TABEA BACH
Sterne über dem Salzgarten

AF198232

Weitere Titel der Autorin:

Die Kamelien-Insel
Die Frauen der Kamelien-Insel
Winterliebe auf der Kamelien-Insel
Heimkehr auf die Kamelien-Insel

Die Seidenvilla
Im Glanz der Seidenvilla
Das Vermächtnis der Seidenvilla
Weihnachten in der Seidenvilla

Sonne über dem Salzgarten
Himmel über dem Salzgarten
Weihnachtszauber im Salzgarten
Sterne über dem Salzgarten

Alle Titel sind in der Regel auch als Hörbuch erhältlich.

Über die Autorin:

Tabea Bach war Operndramaturgin, bevor sie sich ganz dem Schreiben widmete. Ihre Romanreihen sind Bestseller und in verschiedene Sprachen übersetzt. Tabea Bach wurde in der Hölderlin-Stadt Tübingen geboren und wuchs in Süddeutschland sowie in Frankreich auf. Ihr Studium führte sie nach München und Florenz. Heute lebt sie mit ihrem Mann in einem idyllischen Dorf im Schwarzwald, Ausgangspunkt zahlreicher Reisen in die ganze Welt. Die herrlichen Landschaften, die sie dabei kennenlernt, finden sich als atmosphärische Kulisse in ihren Romanen wieder. Mit ihrer *Kamelien-Insel*-Saga führt sie uns in die Bretagne. In den erfolgreichen *Seidenvilla*-Romanen wechselt der Schauplatz zu einer Seidenweberei in Venetien. Die *Salzgarten*-Reihe spielt auf den Kanarischen Inseln.

Tabea Bach

STERNE ÜBER DEM
SALZ
GARTEN

Roman

lübbe

Dieser Titel ist auch als Hörbuch und E-Book erschienen.

Die Bastei Lübbe AG verfolgt eine nachhaltige Buchproduktion. Wir verwenden Papiere aus nachhaltiger Forstwirtschaft und verzichten darauf, Bücher einzeln in Folie zu verpacken. Wir stellen unsere Bücher in Deutschland und Europa (EU) her und arbeiten mit den Druckereien kontinuierlich an einer positiven Ökobilanz.

MIX
Papier | Fördert
gute Waldnutzung
FSC® C014496

Originalausgabe

Copyright © 2023 by Bastei Lübbe AG, Köln
Lektorat: Melanie Blank-Schröder
Textredaktion: Dr. Ulrike Brandt-Schwarze, Bonn
Titelillustration: © www.buerososued.de; © Rekha Garton / Trevillion Images
Umschlaggestaltung: www.buerosued.de
Satz: hanseatenSatz-bremen, Bremen
Gesetzt aus der Adobe Garamond Pro
Druck und Verarbeitung: GGP Media GmbH, Pößneck
Printed in Germany
ISBN 978-3-404-18569-6

2 4 5 3 1

Sie finden uns im Internet unter:
luebbe.de
Bitte beachten Sie auch: lesejury.de

Ohne Salz ist das Leben nicht süß.
Altes russisches Sprichwort

1

Die Taufe

Als sie aus der Kirche traten, ließ der Jakarandabaum blaue Blüten auf sie herunterregnen. Es war ein wunderschöner Sonntag Ende Mai, und die Sonne stand hoch über dem Weiler, dessen hell getünchte Häuser sich in eine Mulde am Hang oberhalb der Ortschaft Santo Domingo aneinanderzudrängen schienen wie eine Herde Ziegen. Die Kirche, deren Glocken ein Festgeläut angestimmt hatten, erstrahlte in blendendem Weiß, sodass die meisten Gäste der Taufgesellschaft eilig ihre Sonnenbrillen aufsetzten.

»Seht nur«, rief Fayna fasziniert aus und hob eine der kleinen glockenförmigen Blüten auf, die auf das Taufkleid ihres Töchterchens herabgesegelt waren. »Was für ein schönes Omen!«

Julia sog den würzigen Duft des Baumes tief in sich ein und lehnte sich glücklich an Álvaro, der ihr den Arm um die Schulter gelegt hatte und sie sanft auf die Schläfe küsste.

»Du hast Blumen im Haar.« Julias dreizehnjähriger Neffe Emil grinste sie an und bemerkte gar nicht, dass auch sein mit Gel mühsam gebändigter Haarschopf inzwischen voller blauer Blüten war. »Bald siehst du aus wie eine Hippiebraut.«

Julia lachte. »Wo hast du denn diesen Ausdruck her?«, fragte sie ihn und tastete vorsichtig ihre Aufsteckfrisur ab.

»Selber Hippie«, spottete El Rostro, Emils bester Freund, und wuschelte ihm durch das Haar, was zu einer kleinen Rangelei zwischen den Jungen führte. Denn seit Neuestem achtete Emil peinlich genau auf sein Aussehen und hatte heimlich stets einen

Kamm in seiner Hosentasche, was Julia amüsiert beobachtet hatte. Natürlich würde sie sich hüten, ihren heftig pubertierenden Neffen darauf anzusprechen. El Rostro, der mit seinen Eltern und seinem Bruder auf dem Ziegenhof seiner Großeltern Maribel und Paco lebte, fand sein Verhalten offenbar ziemlich albern.

»Lass ruhig alles so, wie es ist«, riet ihr Álvaro zärtlich, als sie begann, einige Blüten aus ihrem Haar zu zupfen. »Du siehst wunderschön aus.«

»Wir alle haben jetzt Blüten im Haar«, bemerkte Belén, Álvaros Großmutter, und wies lachend auf die anderen Gäste.

»Es ist, als hätte der Baum uns mit einem besonderen Segen überschüttet«, erklärte Maribel und betrachtete gerührt die kleine Martina auf dem Arm ihrer Nichte Fayna, die sich gerade mit ihrem Mann Pablo und den beiden Taufpaten zu einem Gruppenbild aufstellten.

Julia sah auf die Uhr. Es war höchste Zeit für sie aufzubrechen. »Ich muss los«, sagte sie. Die Feierlichkeiten zu Martinas Taufe würden selbstverständlich in ihrem Landgasthof Flor de Sal stattfinden. »Lasst euch ruhig noch Zeit, und vergesst nicht, auch für uns ein paar schöne Erinnerungsfotos zu machen.«

Sie warf Fayna eine Kusshand zu und ging eilig zu ihrem Wagen. Von Faynas Heimatdorf im Landesinneren zum Mesón Flor de Sal waren es zwar nur wenige Kilometer, und doch brauchte man für die kurvenreiche Strecke fast eine halbe Stunde. Julia lebte nun seit mehr als einem Jahr auf der Insel und hatte sich daran gewöhnt, dass die Entfernungen zwar nicht groß waren, man allerdings viel Zeit für die Fahrten einrechnen musste. Denn La Palma war das Ergebnis von unzähligen gewaltigen Vulkanausbrüchen, die vor Millionen von Jahren in einer Tiefe von fünftausend Metern unter dem Wasserspiegel begonnen hatten, das Innere der Erde nach außen zu kehren, bis dieses Eiland entstanden war, dessen höchster Punkt stattliche 2426 Meter aus dem Atlantik herausragte. Entsprechend gefurcht und zerklüftet waren die Flanken der Insel, die es zu umrunden galt. Ihr vulkanischer Ursprung machte aber die atemberaubende Schönheit dieser kanarischen Insel aus mit ihren bizarren Felsformationen, die die Lava gebildet hatte, und den vielfarbigen Gesteinsschichten, die durch die Verwitterung sichtbar geworden waren. Und natürlich trug auch die einzigartige Pflanzenwelt mit ihren wilden Blüten, Sträuchern und Bäumen zum besonderen Charme dieser Insel bei.

Der Landgasthof Flor de Sal, dessen Name übersetzt Salzblume bedeutete, war in den 1960er-Jahren auf einer mächtigen Klippe hoch über dem Atlantik von Álvaros Großeltern erbaut worden. Seinen Namen hatte er von dem Salzgarten, der am Fuße des Felsens lag und in dem Álvaro in traditioneller Manier köstliches Meersalz erntete. Die Anlage, die in den Naturfelsen geschlagen worden war, bestand seit Menschengedenken, war lange vergessen gewesen und von Álvaros Großvater wieder in Betrieb genommen worden. Heute war die modernisierte und erweiterte Saline ein Geheimtipp der internationalen gehobenen Gastronomie. Vor allem die Salzblumen, große kostbare Kristalle, die nur bei bestimmten Witterungsbedingungen in mühevoller Handarbeit von den Becken abgeschöpft werden konnten, das sogenannte Flor de Sal, waren berühmt und begehrt.

Julia umrundete eine letzte Kurve, und der Blick hinunter zur Küste war frei. Wie eine kleine Trutzburg thronte die Finca mit dem Landgasthof im strahlenden Mittagslicht auf dem mächtigen Felsen. Ein uralter Drachenbaum schien die große zweistöckige Anlage zu bewachen. Hinter dem Haus befand sich, von hohen Mauern vor dem stetigen Passatwind geschützt, ein Garten mit Obstbäumen und zahlreichen Küchenkräutern.

Julia erreichte die Landstraße und nahm die ungeteerte Piste, die zum Mesón führte. Unter dem Drachenbaum parkten bereits die Autos von Devi und Sam sowie von Julias Küchenhilfe Paola.

Kaum hatte Julia ihren Wagen daneben abgestellt, kam Amo, ein wunderschöner Garafianorüde, der ihr zugelaufen war und seither das Anwesen mit großem Verantwortungsbewusstsein bewachte, aufgeregt angerannt. Winselnd sprang er an ihr hoch und hinterließ staubige Pfotenspuren auf ihrem roten Kleid.

»Na, na, nicht so stürmisch«, wehrte Julia ihn verwundert ab. Das war so gar nicht seine Art. »Was ist denn los mit dir?« Zur Antwort bellte Amo zweimal und rannte ein Stück den Fahrweg entlang in Richtung Straße, blieb dann stehen und blickte sich auffordernd um, so als wolle er, dass Julia ihm folgte.

Kopfschüttelnd betrat sie den Innenhof, wo ihr Team bereits emsig dabei war, die letzten Vorbereitungen für den Sektempfang hier im Freien zu treffen. Devi verteilte gemeinsam mit ihrer dreizehnjährigen Tochter Parvati Servietten und kleine Blumengestecke auf den Stehtischen, während Amelie Gläser auf einem der Buffettische aufreihte. Tina, die jüngere Schwester von Álvaros bestem Freund Toto, ging Amelie an diesem Tag, wie schon oft zuvor, zur Hand.

»Hey«, rief Amelie Julia zu. Ihre blauen Augen blitzten, und ihr kurzes blondes Haar war wie immer tadellos frisiert. »Wie war die Zeremonie?« Amelie und Julia kannten sich schon seit einer Ewigkeit und hatten gemeinsam in den besten Restaurants Europas gearbeitet – Amelie als Serviceleiterin und Julia als Chef de Cuisine. Julia beglückwünschte sich jeden Tag aufs Neue dazu, dass ihre Freundin eine internationale Karriere in den größten Häusern zugunsten ihres kleinen Landgasthofs mitten im Atlantik aufgegeben hatte.

»Sehr schön«, antwortete Julia. »Der Priester hat zwar ein bisschen lange gepredigt, aber die kleine Martina hat das auf ihre Weise geregelt: Irgendwann hat sie die Geduld verloren und ihm laut und deutlich zu verstehen gegeben, dass er zu einem Ende kommen sollte.«

Amelie lachte. »Die Kleine ist so süß«, schwärmte sie. »Wenn man sie anschaut, könnte man direkt Lust bekommen, selbst so etwas in die Welt zu setzen.«

»Kinder sind etwas Wunderbares«, pflichtete Devi ihr bei und warf ihrer Tochter einen liebevollen Blick zu. Die beiden sahen an diesem Tag hinreißend aus in ihren hellen Tuniken über den indisch geschnittenen Baumwollhosen. Parvati hatte in ihr langes goldblondes Haar ein fuchsiafarbenes Seidenband eingeflochten, was ihr ausgezeichnet stand.

»Nun«, meinte Julia an Amelie gewandt, »du und Toto könntet das doch durchaus in Erwägung ziehen.«

»Na ja, so weit sind wir noch lange nicht«, entgegnete Amelie verlegen. Sie war seit einem guten halben Jahr mit Álvaros bestem Freund zusammen. Wenn man bedachte, dass keine ihrer früheren Beziehungen länger als zwei Wochen gedauert hatte, war das schon eine halbe Ewigkeit. »Und stell dir vor, ich müsste so wie Fayna während der gesamten Schwangerschaft liegen …« Amelie stieß geräuschvoll die Luft aus. »Das würde ich nicht überleben.«

»Das kommt zum Glück nur ganz selten vor«, versicherte ihr Devi. »Als ich mit Parvati schwanger war, hab ich die ersten sechs Monate fast nichts davon bemerkt.«

»Deine Tochter war eben schon von Anfang an extrem rücksichtsvoll«, entgegnete Amelie und sah dem Mädchen nach, das gerade im Haus verschwand. Dann wandte sie sich Julia zu. »Wann kommen denn die Gäste?«

»Sie können jeden Moment hier sein«, antwortete Julia und ging in die Küche, wo Paola schon den Salat mit den Wildkräutern vorbereitet hatte, der zusammen mit Pacos Ziegenkäse als Vorspeise serviert werden würde.

Als Hauptgericht hatte sich Fayna fangfrischen Felsenfisch mit hausgemachtem grünen Mojo gewünscht, jener pikanten Kräutersauce aus frischem Korianderkraut, Petersilie und Knoblauch sowie diversen Gewürzen, die für die Kanaren so typisch war. Diego, ein befreundeter Fischer, hatte sie nicht enttäuscht und Julia in aller Herrgottsfrühe mit ausreichend Zackenbarsch, Rotrandbrasse und Drachenkopf versorgt. Vor dem Kirchgang hatte Julia die Fische bereits zum Garen vorbereitet.

»Zeit für die Tapas!« Mit Schwung betrat Amelie die Küche.

»Hier sind sie.« Julia öffnete den Kühlraum und reichte ihr Platte um Platte, damit sie auf dem Buffet draußen im Hof angeordnet werden konnten. Schließlich ging Julia selbst hinaus, um sich davon zu überzeugen, dass alles perfekt war. Noch waren die Köstlichkeiten mit Folie abgedeckt, die Amelie und Tina erst entfernen würden, wenn die Gäste vollzählig waren.

»Da kommen die Ersten.« Amelie beschattete ihre Augen mit der Hand und sah zur Landstraße hinüber. Julias Blick wanderte über das Buffet. In den Eiskübeln warteten bereits die Weißwein- und Cava-Flaschen darauf, geöffnet zu werden. Die Menge der leckeren Tapas war riesig, doch sie wusste aus Erfahrung, dass kaum etwas übrig bleiben würde, zu begehrt war ihr Fingerfood, das sie am Tag zuvor zubereitet hatte: mit Ziegenkäse gefüllte Champignonköpfe, marinierte Sardellen, eingelegte Oliven, winzige Käsewindbeutel, Chorizo von Julias Lieblingsmetzger, feinster Schinken vom Ibérico-Schwein, verschiedene Meerestiere und gegrilltes Gemüse.

Rasch ging sie zurück in die Küche und half Paola, die knapp fünfzig Portionen Salat anzurichten. Sie benutzte eine Kochpinzette aus Edelstahl, um die bunten essbaren Blüten und den in Herzform ausgestochenen Ziegenkäse auf den Wildkräutern zu platzieren, sodass jeder einzelne Teller schließlich wie ein Kunstwerk wirkte.

»Das Dressing geben wir erst kurz vor dem Servieren drauf«, erklärte sie, als sie damit fertig war, und wandte sich den großen Kasserollen zu, in denen sie später den Fisch zusammen mit bereits geschälten und in große Stücke geschnittenen Kartoffeln nach traditioneller kanarischer Manier dünsten würde.

Paola musterte sie mit einem breiten Lächeln. »Du siehst hübsch aus mit all den Blüten im Haar«, sagte sie. »Das solltest du immer so tragen.«

»Das war der Jakarandabaum«, gab Julia lachend zurück, streifte die Kochbluse ab, die sie über ihr Kleid gezogen hatte, und klopfte nochmals den Staub vom Rock, den Amos Pfoten hinterlassen hatten. Sie warf einen Blick in den Spiegel neben dem Schrank. Tatsächlich hatten sich zahlreiche der winzigen blauen Blüten in ihrem Haar festgesetzt.

»Lass das ruhig so«, riet ihr Paola und begann, die benutzten Küchenbretter und Messer abzuwaschen. »Das ist ein schöner Haarschmuck.«

»Das finde ich auch.« Julia drehte sich um. Es war Álvaro, der durch die Gartentür hereingekommen war. »Es sieht toll aus.« Sachte berührte er den in Silber gefassten Perlmuttanhänger, den er ihr zum vergangenen Weihnachtsfest geschenkt hatte, und küsste sie zärtlich. »Die ersten Gäste sind da. Kommst du mit hinaus?«

Der Hof hallte wider von angeregten Stimmen und fröhlichem Gelächter. Amelie und Tina waren dabei, die Taufgesellschaft mit Getränken zu versorgen. Sie hatten die Folien von den Tapas entfernt, und Amelie klopfte gerade Emil spielerisch auf die Finger, der sich ein Tellerchen mit Jamón Ibérico schnappen wollte. El Rostro, der sich ebenso angeschlichen hatte, streckte demonstrativ seine Hände in die Hosentaschen und tat so, als könne er kein Wässerchen trüben. Julia wandte sich mit einem Grinsen von den beiden Jungen ab.

»Das sieht ja alles äußerst verlockend aus.« Arminda, Faynas Mutter, musterte das Buffet mit anerkennender Miene.

13

»Julias Tapas sind die besten der gesamten Insel«, warf Belén ein.

»Den Kalamar hab ich nach deinem Rezept zubereitet«, sagte Julia liebevoll zu der alten Dame, die vor vielen Jahren gemeinsam mit Álvaros Großvater den Landgasthof aufgebaut hatte. »Sind eigentlich schon alle Gäste eingetroffen?«, fragte sie Fayna und ihre Mutter. »Wenn es euch recht ist, können wir das Buffet jetzt eröffnen.«

»Paco möchte noch eine kleine Rede halten«, erklärte Fayna und sah sich unruhig nach ihrer kleinen Tochter um, die von Arm zu Arm gereicht und gerade von ihrer Großtante Maribel in Obhut genommen wurde.

Auf einmal fühlte Julia eine kühle Schnauze an ihrem Knie. Es war Amo, der winselnd mit der Pfote sanft gegen ihr Knie stieß und sie mit schreckgeweiteten Augen ansah.

»Was hat er denn?«, fragte Fayna.

»Ich hab keine Ahnung«, antwortete Julia ratlos. Als Amos Winseln in ein aufgeregtes Bellen und Herumspringen überging, brachte sie ihn hinters Haus, wo Sam unter den Bäumen ein großes Gehege für den Garafiano gebaut hatte. Mit Mühe gelang es ihr, Amo zu überreden, dort hineinzugehen und sich vor seine Hundehütte zu legen.

Sie konnte sich nicht erklären, was an diesem Tag in ihn gefahren war. »Ich hol dich wieder raus, wenn die Besucher weg sind.« Amo blieb gehorsam liegen, sein Blick war jedoch unruhig und verfolgte flehentlich jede von Julias Bewegungen. Sie prüfte noch rasch, ob er ausreichend Trinkwasser hatte, dann begab sie sich zurück in den Hof, wo Paco gerade mit seiner Rede begann.

»Keine Sorge«, hörte sie ihn sagen, »ich mach es kurz, alles andere wäre nicht auszuhalten angesichts dieses fantastischen Buffets.« Er lachte, und einige Gäste stimmten mit ein. »Ich bin ja nur Faynas Onkel, aber da ihr Vater nicht mehr bei uns ist, habe ich die Ehre, unsere kleine Erdenbürgerin in unserer Mitte willkommen zu heißen.« Er zog umständlich etwas aus seiner Jackentasche, das in der Sonne aufblitzte. »Liebe Martina. Dieses goldene Armband mit dem Symbol der Spirale, das von Tochter zur Tochter weitergereicht wird, seit deine Familie zurückdenken kann, soll dich beschützen. Es ist das Symbol der ewigen Wiederkehr, ein Symbol für die Sonne, die uns am Leben erhält. Es ist ein Symbol, das uns überall in der Natur begegnet, in Schneckenhäusern, in den Samenständen von Blumen, in den Trieben der Farne und in den Galaxien des Universums. Nicht umsonst haben unsere Vorfahren, die Benahoaritas, die Spirale in unzähligen Varianten in die Felsen geritzt, denn sie erinnert uns daran, woher wir kommen, und gibt uns eine Idee davon, wohin wir gehen. Du bist eine von uns, kleine Martina, wir werden immer für dich da sein. Möge das Glück dich begleiten.« Er beugte sich über das Baby, das friedlich in Maribels Armen lag, und legte ihm behutsam die feine goldene Kette um das Handgelenk, während die Gäste applaudierten.

»Noch reicht es dreimal um ihre Hand«, sagte Arminda mit Tränen der Rührung in den Augen. »Es wird auch noch passen, wenn sie erwachsen ist.«

Maribel legte Fayna ihr Töchterchen in den Arm.

»Das ist ein schöner Brauch«, sagte Julia und betrachtete das Armband. Zwischen zwei Gliedern der Kette war eine kleine goldene Plakette befestigt, auf der eine Spirale eingraviert worden war.

»Er ist sehr alt«, erzählte Fayna und prüfte, ob die Kette nicht etwa zu eng um den Arm des Neugeborenen geschlungen war. »Keiner aus unserer Familie weiß, wann dieser Brauch begonnen hat.« Sie seufzte. »Wenn ich ehrlich sein darf – ich hab einen Bärenhunger«, gestand sie und betrachtete sehnsüchtig das Buffet mit den Tapas, das sogleich umlagert wurde. Natürlich waren Emil und El Rostro bei den Ersten, die sich bedienten.

»Weißt du was?«, schlug Julia Fayna vor. »Wieso setzt du dich nicht auf diesen Stuhl und lässt dir etwas bringen? Du musst müde sein. Weckt dich die kleine Maus oft in der Nacht?«

»Drei oder vier Mal«, antwortete Fayna und ließ sich dankbar auf einem der Stühle nieder, die Sam vor allem für die älteren Verwandten bereitgestellt hatte. Sie wirkte sehr bleich, und Julia begann, sich Sorgen zu machen.

»Möchtest du dich vielleicht einen Moment hinlegen?«, fragte sie beunruhigt. »Hast du eigentlich das hübsche Appartement schon gesehen, das Sam da drüben für Belén eingebaut hat?« Sie wies auf eines der beiden Nebengebäude, die den Hof seitlich schlossen. »Dort könntest du kurz die Beine hochlegen, wenn dir danach ist.«

Fayna schüttelte den Kopf. »Nicht nötig«, antwortete sie. »Vielen Dank.«

Julia winkte Tina heran und bat sie, Fayna Mineralwasser zu bringen und einen Teller mit verschiedenen Tapas zusammenzustellen, dann setzte sie sich zu der jungen Mutter. Fayna sah ihr fest in die Augen. »Glaub mir, die Beine hochlegen ist das Letzte, was ich will, ganz im Gegenteil. Ich möchte so bald wie möglich wieder arbeiten. Das monatelange Liegen hat mich richtig fertig gemacht. Ich kann es kaum erwarten, zu einem normalen Leben zurückzukehren.«

»Dein ›normales‹ Leben ist jetzt dein Kind.« Weder Julia noch Fayna hatten Arminda kommen hören, die besorgt auf ihre Tochter herunterblickte. »Auch ich habe damals aufgehört zu arbeiten, als du zur Welt gekommen bist. Als Mutter hast du genug zu tun. Sei froh, dass dein Mann eure Familie ernähren kann und du dich deinen Kindern widmen kannst.« Julia beobachtete besorgt, wie Faynas Miene sich verfinsterte. Wer sie kannte, sah an der Art, wie ihre Augen blitzten, dass sie gleich vor Ärger platzen würde. Ihre Mutter schien das nicht zu stören. »Martina soll ja irgendwann ein Geschwisterchen bekommen und …«

»Lass es gut sein, Mama«, schnitt Fayna ihr das Wort ab. Glücklicherweise rief in diesem Moment Maribel nach Arminda und erinnerte sie daran, dass sie noch die Namenskärtchen für die Tischordnung im Restaurant verteilen musste, ehe die Gäste dort Platz nahmen.

Fayna wartete, bis ihre Mutter weit genug entfernt war, dann stieß sie einen abgrundtief verzweifelten Seufzer aus.

»Ich will nicht nur zu Hause rumsitzen«, stieß sie hervor. »Es bedeutet doch nicht, eine schlechte Mutter zu sein, nur weil man seinen Beruf ausüben will!«

»Natürlich nicht«, antwortete Julia und schluckte hart. Faynas Wunsch, so bald auf ihre alte Arbeitsstelle als Serviceleiterin im Flor de Sal zurückzukehren, erfüllte sie mit Bestürzung. Denn, so fragte sie sich, was sollte dann mit Amelie geschehen? Schließlich hatte sie Julia damals gerettet, als Faynas Schwangerschaft sich so unerwartet verkomplizierte hatte, dass sie von einem Tag auf den anderen nicht mehr zur Arbeit hatte erscheinen können. Um ihr Kind nicht zu verlieren, hatte Fayna viele Monate lang liegen müssen. Dass sie sich danach sehnte, in ihr altes Leben zurückzukehren, war nur zu verständlich. Was Julia nun allerdings vor keine geringen Schwierigkeiten stellte. Denn auch wenn das Restaurant ausgezeichnet lief, konnte sie sich zwei so qualifizierte Kräfte wie Amelie und Fayna finanziell nicht leisten. Mit Amelie war sie außerdem seit vielen Jahren befreundet, und der Gedanke, diese könnte die Insel verlassen, um weit weg in einem großen internationalen Hotel eine Stelle anzunehmen, erfüllte sie mit Bestürzung.

»Komm erst mal wieder zu Kräften«, riet sie Fayna. »Nimm dir Zeit, bis sich euer Leben mit dem Kind eingependelt hat.« Sie erhob sich und sah sich prüfend um. Die Platten mit Tapas leerten sich rasch. Es würde nicht mehr lange dauern, bis alle sich zu Tisch begeben würden. »Ich muss zurück in die Küche«, sagte sie und streichelte sanft über Martinas kleine Fäuste. »Genieß es einfach, heute die Hauptperson zu sein und dich bedienen zu lassen. Alles andere werden wir sehen.«

»Die Hauptperson heißt Martina«, gab Fayna mit einem müden Lächeln zurück. »Und ich fürchte, das wird die nächsten Jahre so bleiben.«

In der folgenden Stunde blieb Julia keine Zeit, über Faynas Worte nachzudenken. Als der Salat serviert war, dünstete sie den vorbereiteten Fisch auf traditionelle kanarische Art in großen Kasserollen auf einem Bett von Kartoffeln und richtete ihn auf Platten an. Zum Nachtisch hatte Fayna sich Bienmesabe gewünscht, eine Creme aus karamellisiertem Zucker, Honig und schaumig geschlagenen Eidottern, eine Köstlichkeit, die laut den Einheimischen von einer Konditorin in El Paso erfunden worden war. Julia servierte so gut wie nie nur eine einzige Nachspeise nach einem Menü, ihre Dessertteller enthielten mindestens drei Komponenten. An diesem besonderen Tag hatte sie zu dem Bienmesabe eine leichte Zitronencreme gezaubert und zu Ehren der kleinen Martina zarte Makronen gebacken, die auf der Zunge zergingen, und zwar in den Farben Rosarot, Weinrot und Zartgrün, wofür sie Himbeer- und Maulbeersaft verwendet hatte und für das Grün einen Auszug von Pfefferminze.

Als Amelie und Tina anschließend den Kaffee servierten und Julia ins Restaurant ging, um sich zu Álvaro und seinen Freunden zu setzen, vernahm sie plötzlich ein leises, tiefes Grollen, ein Geräusch, das aus den Tiefen der Erde zu stammen schien. Sie blieb unwillkürlich stehen und hatte auf einmal das Gefühl, die Kontrolle über ihre Beine zu verlieren. Sie hielt sich an der Bar fest und sah verwundert nach oben, wo die Blumenampeln mit den Farnen und Strelitzien, die von der Decke hingen, hin- und herschwangen, als hätte eine unsichtbare Hand sie angestoßen. Gläser begannen zu vibrieren und gaben sirrende Klänge von sich. Tina ließ mit einem Schreckensschrei ihr Tablett fallen, klirrend zerbrachen die Tassen auf dem Fliesenboden. Das fröhliche Geplauder verstummte schlagartig, als der Boden zu schwanken begann.

»Ein Erdbeben«, rief Álvaro. »Schnell, alle raus in den Hof.«

2

Das Beben

Julia fühlte sich wie gelähmt. Der Boden unter ihren Füßen vibrierte, die Welt um sie herum schien auf seltsame Art und Weise zu tanzen. Wie durch einen Schleier nahm sie wahr, wie Faynas Mann seinen Arm um Frau und Kind legte und sie Richtung Ausgang schob. Amelie half einer älteren Dame vom Stuhl auf. Álvaro stützte Belén.

»Bleibt von den Mauern weg, wenn ihr draußen seid!«, übertönte Paco die aufgeregten Stimmen. Maribel rief nach ihrem Enkel El Rostro. Das Gebälk des alten Gebäudes ächzte. Eine der Blumenampeln löste sich aus ihrer Verankerung, stürzte herunter und zerbarst einen Meter vor Julia auf dem Fußboden. Mehrere Gäste gerieten in Panik und begannen zu schreien. Aus der Küche vernahm Julia ein lautes Krachen.

»Ich muss den Strom abschalten«, stieß sie hervor, wankte in den Flur zum Sicherungskasten und legte den Hauptschalter um. Es kam ihr vor, als bewege sie sich wie in Zeitlupe auf einer Eisscholle, die sich unter ihren Schritten mal hierhin, mal dorthin neigte. In der Küche waren einige der Kupfertöpfe, die über dem Herd an Haken hingen, heruntergefallen, scheppernd folgte gerade eine große Bratpfanne. Julia verriegelte die Klappe des gemauerten Ofens, inständig hoffend, dass die Feuerstelle nicht aufbrechen würde.

»Komm mit nach draußen«, hörte sie Álvaro sagen. Sie hatte gar nicht bemerkt, dass er ihr gefolgt war. Aus dem Garten drang das aufgeregte Gebell von Amo zu ihr.

Er hat es gespürt, durchzuckte Julia die plötzliche Erkenntnis. Bestürzt ließ sie sich von Álvaro durch die Gartentür ins Freie ziehen.

Noch einmal ruckte der Boden unter ihren Füßen, dann beruhigte sich die Welt um sie herum und stand endlich wieder still.

»Alles in Ordnung mit dir?«, fragte Álvaro und nahm ihr Gesicht zwischen seine Hände.

Sie nickte mit großen Augen. Der Schreck saß ihr tief in den Gliedern.

»Wo ist Emil? Was ist mit den Gästen? Ist Belén in Sicherheit?«

»Es geht allen gut. Sie sind im Hof. Die Jungen haben toll mitgeholfen.«

Julia merkte, dass sie sich geradezu an Álvaro festklammerte. Sie lockerte ihren Griff und atmete tief durch. Ihr Blick wanderte an der Fassade des Hauses empor. Sie konnte keine Schäden erkennen.

»Ich muss nach Amo sehen.«

Rasch lief sie zum Gehege. Der Garafiano zitterte am ganzen Leib und drückte sich schwanzwedelnd an sie.

»Jetzt ist alles gut«, flüsterte sie ihm ins Ohr und streichelte ihn. Zumindest hoffte sie das. Amo winselte herzzerreißend und drängte sich an ihr vorbei. Tiere haben ihre eigene Intelligenz, sagte sie sich. Falls weitere Beben folgen würden, wusste der Hund ganz bestimmt, wo er in Sicherheit war. Immerhin hatte er das Ereignis bereits gespürt, als sie noch vollkommen ahnungslos gewesen war.

»Erdstöße sind auf der Insel nichts Besonderes«, sagte einer der Taufpaten, als Julia mit Álvaro in den Hof kam.

»Das stimmt. Dieses Beben war allerdings ungewöhnlich heftig«, gab Faynas Schwiegervater zurück. Tina und Amelie boten der aufgeregten Gruppe Getränke und Gebäck an, doch die meisten winkten ab. Selbst Belén war ungewöhnlich still und umschloss ihren Gehstock fast krampfhaft.

»Dass man es sogar hier an der Küste so heftig spüren konnte – nein, das ist nicht normal«, warf Maribel ein und wandte sich an Fayna. »Bitte nimm es uns nicht übel, aber wir müssen nach Hause.«

Ihr Mann Paco nickte. »Jetzt wissen wir, warum die Ziegen und Esel heute so unruhig waren«, sagte er, während Maribel El Rostro zu sich rief. »Wir müssen dringend nach den Tieren sehen. Emil, möchtest du mitkommen?«

»Klar«, antwortete der Junge.

»Solltest du nicht deinen Vater anrufen?«, fragte Julia besorgt.

»Hab ich gerade«, gab Emil zurück. »Er ist mit einer Touristengruppe unterwegs, es ist alles in Ordnung mit ihm.« Und zu Paco gewandt sagte er: »Ich darf heute bei euch übernachten. Ist das okay?«

»Natürlich, mein Junge«, antwortete Paco warmherzig. »Du bist bei uns zu Hause, das weißt du doch.«

Auch die anderen Gäste hatten es auf einmal eilig, aufzubrechen. Von der festlichen Stimmung war nichts mehr zu spüren. Keiner hatte Lust, so wie üblich noch zu verweilen und sich bis in den Abend hinein zu verplaudern. Eine halbe Stunde später waren sie in alle Winde zerstreut, nur Julias Restaurantteam sowie Toto und Fayna mit Mann und Kind waren geblieben. Devi beseitigte gemeinsam mit Amelie und Tina die Scherben des Blumenkübels und die weit verstreute Blumenerde, und Paola sah in der Küche nach dem Rechten.

»Was für ein Desaster«, sagte Fayna niedergeschlagen. Sie hatte die kleine Martina angelegt, die gierig an ihrer Brust trank. »Einen Moment lang hab ich wirklich geglaubt, uns fällt die Decke auf den Kopf.«

»So schlimm war es nicht«, versuchte ihr Mann Pablo, sie zu beruhigen, und legte einen Arm um sie.

»Gibt es denn häufiger solche Erdbeben auf La Palma?«, fragte Julia besorgt.

»Wir leben auf einem sogenannten Hotspot«, erklärte Álvaro. »Das kommt daher, dass hier verschiedene tektonische Platten aneinanderstoßen.«

»Die gesamte Inselgruppe der Kanaren ist das Ergebnis vulkanischer Aktivitäten«, ergänzte Toto. Er arbeitete bei der Umweltschutzbehörde und kannte sich in solchen Dingen besonders gut aus. »Da ist es ganz normal, dass wir hin und wieder ein bisschen durchgerüttelt werden.«

»Na ja, *ein bisschen* war das nicht«, wandte Fayna ein.

»Die Seismographen registrieren tagtäglich mehrere Beben«, sagte Toto. »Die meisten spürt man gar nicht.«

Das Beben heute hat man aber deutlich gespürt, dachte Julia beunruhigt. »Eine Tasse Kaffee tut uns jetzt sicher gut«, sagte sie und erhob sich. »Wer möchte eine?«

»Mich hat das ganz schön erschreckt«, gestand Julia, als sie am Abend mit Álvaro auf ihrem Lieblingsfelsen unten im Salzgarten saß. Sie hatten die gesamte Finca nach eventuellen Schäden abgesucht, doch außer der zerbrochenen Blumenampel hatte das Erdbeben keine Spuren hinterlassen. Danach hatte Álvaro seine Großmutter zurück in ihre Seniorenresidenz nach Santa Cruz gebracht.

»Beim ersten Mal ist es beängstigend«, sagte Álvaro und legte ihr den Arm um die Schultern. »Man gewöhnt sich daran.«

»Schade um das Fest«, seufzte Julia und lehnte sich an ihren Freund. In der Dämmerung schienen die weißen Salzkegel, die Álvaro und seine Mitarbeiter in regelmäßigen Abständen zwischen den rechteckigen Verdunstungsbecken aufgehäuft hatten, von innen heraus zu leuchten. Noch reflektierte das Wasser das schwindende violette Licht, über dem Horizont erschien bereits der Abendstern. Das gleichmäßige Geräusch der Wellen, die zwanzig Meter unterhalb des riesigen Felsplateaus, auf dem der

Jardín de la Sal angelegt war, gegen das Festland anbrandeten, hatte eine beruhigende, ja, fast einschläfernde Wirkung auf Julia. Der Geruch nach Salz und Tang füllte ihre Lungen.

»Wollen wir heute hier unten übernachten?«, schlug sie vor.

Als Antwort küsste Álvaro sie und strich behutsam eine Strähne aus ihrem Gesicht. »Da sind ja noch die Blüten«, murmelte er und drückte viele kleine Küsse auf ihr Haar. Seine Hand streichelte ihre Knie und begann zärtlich, ihr Kleid nach oben zu schieben, fuhr ihre Oberschenkel hinauf und liebkoste sie. Julia schmiegte sich an ihn und atmete tief aus, alle Anspannung fiel von ihr ab. Nur noch sie beide existierten in diesem Moment, ihre Liebe und Zärtlichkeit – als plötzlich eine weibliche Stimme ertönte.

»Álvaro, bist du hier?«

Der Lichtkegel einer Taschenlampe glitt über den Salzgarten. Hastig machte Julia sich los und zog das Kleid über ihre Knie. Keine Sekunde zu spät, schon streifte sie der Strahl.

»Hör auf uns zu blenden, Naira«, sagte Álvaro und hob schützend den Arm vor die Augen. »Was willst du? Ist etwas passiert?«

Julia unterdrückte ein Stöhnen. Álvaros Cousine Naira hatte ein ausgesprochenes Gespür dafür, zu den ungelegensten Zeiten zu kommen. Erst vor Kurzem war sie so wie jetzt aufgetaucht und bis früh um vier geblieben. Der Lichtkegel ruhte etwas zu lange auf Julia, dann wurde er ausgeschaltet.

»Ich wollte wissen, wie es dir geht«, erklärte Naira, und ihre Stimme zitterte. »Wegen des Erdbebens. Ob alles in Ordnung ist. Du bist nicht ans Telefon gegangen.«

»Natürlich nicht«, entgegnete Álvaro mit einem Seufzen. »Es ist Samstagabend. Wieso bist du nicht mit den anderen unterwegs, so wie immer?«

Naira antwortete nicht. Obwohl es inzwischen dunkel geworden war, konnte Julia ihre zarte Gestalt gegen den Nachthimmel erkennen. Schließlich ließ sie sich auf Álvaros anderer Seite nieder.

Julia biss die Zähne aufeinander. Genau so hatte es neulich auch begonnen. Merkte diese Frau denn nicht, dass sie störte?

»Es ist nicht mehr so wie früher«, sagte Naira niedergeschlagen. »Du bist nicht mehr dabei. Und Toto ist nur noch mit Amelie unterwegs.«

»Bleiben noch Pepe und Serena«, gab Álvaro ungerührt zurück. »Und noch jede Menge anderer Leute.«

Naira schwieg, und Julia verdrehte innerlich die Augen. Wann würde Álvaro endlich begreifen, dass seine Cousine in ihn verliebt war? Auch Amelie war das schon aufgefallen. Sie nannte Naira inzwischen nur noch »die Stalkerin«. Nachdem Nairas Bruder vor einigen Jahren bei einem Unfall ums Leben gekommen war, hatte Álvaro alles dafür getan, um ihr den Verlust zu ersetzen. Er war der festen Überzeugung, dass sie in ihm nichts weiter als eine Art Bruder sah. Julia war da anderer Meinung.

»Okay, mir geht es gut«, sagte Álvaro resigniert. »Hier ist nichts passiert. Und bei euch?«

»Es war wirklich beängstigend«, gab Naira zurück. Dann begann sie, leise zu schluchzen. »Ich traue mich eigentlich gar nicht, mit dem Auto alleine nach Hause zu fahren. Was, wenn es wieder losgeht?«

»Es ist ja alles gut gegangen«, versuchte Álvaro sie zu trösten. Dann erhob er sich und reichte Naira die Hand, um ihr aufzuhelfen. »Soll ich dich heimfahren?«

»Das wäre nett«, antwortete Naira, und Julia fluchte innerlich. Nun war es dieser Frau tatsächlich schon wieder gelungen, ihnen den Abend zu verderben.

»Geh schon mal vor zum Wagen«, sagte er und sah Naira nach, wie sie ihre Taschenlampe erneut anknipste und zögernd an dem Salzhäuschen vorbei in Richtung seines Pick-ups ging, mit dem er seine Salzernte abtransportierte. »Tut mir leid«, sagte er zu Julia und ging neben ihr in die Hocke. »In einer Stunde bin ich zurück. Wenn es dir hier draußen zu ungemütlich wird, geh einfach schon mal zu Bett.« Er fuhr ihr sanft über den Rücken, sodass Julia ein Schauer durchlief. In ihr war alles Begehren, und auch seine Lippen wirkten hungrig und leidenschaftlich, als er sie küsste. Schließlich seufzte er tief und richtete sich auf. »Bis nachher«, sagte er leise.

Julia nickte enttäuscht. »Bis später«, flüsterte sie, da war er schon wie ein Schemen hinter dem Salzhaus verschwunden.

Tief in der Nacht schreckte Julia aus einem Traum auf. Sie hatte ziemlich lange draußen auf dem Felsen gewartet und beobachtet, wie immer mehr Himmelskörper am Firmament aufgeleuchtet waren. Schließlich war eine kühle Brise aufgekommen, und sie war ins Haus gegangen. Sie hatte sich ausgezogen und war nackt zwischen die Laken geschlüpft in der Hoffnung, dass Álvaro wie versprochen bald zurückkäme. Jetzt hatte Julia keine Ahnung, wie spät es war, dass er inzwischen weit länger als eine Stunde weg war, daran bestand jedoch kein Zweifel.

Sie tastete nach der kleinen Lampe neben dem Bett und schaltete sie ein. Es war kurz vor eins.

Ein scharrendes Geräusch ließ sie zusammenfahren, gleichzeitig wurde ihr bewusst, dass es diese Laute gewesen waren, die sie geweckt hatten.

»Álvaro?«, rief sie leise. Das Geräusch verstummte. Sie holte tief Luft, schlüpfte in ihr Kleid, nahm ihren gesamten Mut zusammen und öffnete die Tür. Eine feuchte Nase stieß gegen ihr Knie. Amo stand vor ihr und wedelte heftig mit dem Schwanz. »Meine Güte«, stieß sie hervor und beugte sich zu dem Hund hinunter. »Du hast mir einen Schrecken eingejagt.«

Nachdenklich setzte sie sich auf einen Stein neben der Haustür und kraulte den Garafiano hinter den Ohren. Amo begleitete Julia selten bis hier herunter, meistens blieb er oben bei der Finca und wartete dort auf sie. Warum hatte er sich in dieser Nacht auf den Weg zu ihr gemacht? War er noch wegen des Erdbebens beunruhigt? Und wo blieb eigentlich Álvaro? War ihm womöglich unterwegs etwas zugestoßen?

Ihr fiel ein, dass er ihr eine Nachricht geschickt haben könnte, und sie ging ins Häuschen, um auf ihrem Smartphone nachzusehen. Tatsächlich. *Naira hat einen ihrer Anfälle bekommen. Ich muss mit ihr ins Krankenhaus. Tut mir so leid. Warte besser nicht auf mich.*

Julia stöhnte laut auf. Sie war hin- und hergerissen zwischen Verständnis für Nairas Bedürfnisse und einem leisen Argwohn, dass Naira die Erkrankung manchmal vorschob. Seit dem Tod ihres Bruders litt Naira unter Epilepsie, auch wenn kein Arzt je eine physische Ursache für diese Erkrankung hatte diagnostizieren können. Es hieß, es sei der Schock gewesen, doch wenn Julia ehrlich mit sich war, musste sie sich eingestehen, dass sie Naira im Grunde ihres Herzens für eine Simulantin hielt. War so ein Anfall nicht ein wunderbares Mittel, alle Aufmerksamkeit auf sich zu ziehen? Denn die junge Frau wusste ganz genau, dass Álvaro alles stehen und liegen ließ, um sich in einem solchen Fall um sie zu kümmern.

»Biest«, murmelte sie frustriert und legte fröstelnd die Arme um ihre Schultern. Kurz zögerte sie, ob sie in die Finca zurückkehren sollte. Der schmale Pfad dort hinauf war schon bei Tage steil und beschwerlich. Und so beschloss sie, wieder zu Bett zu gehen, zog ihr Kleid wieder aus und schlüpfte in das große T-Shirt, das Álvaro nachts hier unten trug.

»Komm rein«, sagte sie und ließ Amo über die Schwelle, was ihm normalerweise verboten war. Sie wusste, dass Álvaro wie die meisten Spanier den Hund nicht gern in den Wohnräumen, geschweige denn im Schlafzimmer sah. In dieser Nacht setzte sie sich trotzig über seinen Wunsch hinweg.

Amo überschritt die Schwelle zögernd und vorsichtig, er wusste genau, dass dies eigentlich nicht zu den Spielregeln gehörte. Er schnupperte kurz den Raum aus, dann ließ er sich auf dem Flickenteppich vor Julias Bett nieder, rollte sich zusammen und schlief sogleich ein.

Es war taghell, als Amos Bellen Julia weckte. Álvaro stand mit einer Brötchentüte in der Tür und blickte erstaunt auf den Hund, der sogleich verstummte, als er ihn erkannte und schwanzwedelnd auf ihn zulief.

»Guten Morgen. Was macht denn Amo im Haus?«, fragte er erstaunt.

Julia rieb sich die Augen. Es brauchte einen Moment, bis sie richtig wach war.

»Er hat mich wohl vermisst«, sagte sie und schwang die Beine aus dem Bett. »Jedenfalls hat *er* mich nicht im Stich gelassen.«

Als hätte Amo alles verstanden, zog der das Genick ein und drückte sich an Álvaro vorbei aus dem Haus.

»Findest du, *ich* hab dich im Stich gelassen?«, fragte Álvaro überrascht und legte die Brötchen in eine Schale auf dem Tisch. »Ich hab dir doch geschrieben, dass …«

»Lass es gut sein«, unterbrach Julia ihn unwillig und ging zum Waschbecken, um ihr Gesicht mit kaltem Wasser zu waschen. Als sie sich abtrocknete, spürte sie, wie Álvaro hinter sie getreten war und die Arme um sie legte, doch in einem jähen Impuls machte sie sich von ihm los. Ja, auf einmal wurde ihr bewusst, dass sie schrecklich wütend auf ihn war.

»Was ist los mit dir?«, fragte Álvaro. Julia antwortete nicht gleich. Stattdessen füllte sie Wasser und Kaffeepulver in die italienische Espressokanne und stellte sie auf den Gasherd. »Bist du sauer auf mich?«

Julia entzündete die Gasflamme, dann drehte sie sich zu ihm um und betrachtete ihn forschend. Fand er es wirklich in Ordnung, wie der vergangene Abend verlaufen war?

»Ich komme mit Naira nicht klar«, sagte sie schließlich. »Ist dir schon mal aufgefallen, dass sie immer bei uns auftaucht, wenn wir gerade mal Zeit füreinander haben?«

»Du übertreibst«, entgegnete Álvaro. »Sie hat sich Sorgen gemacht.«

»Ach was, Sorgen«, erwiderte Julia heftig. »Schließlich hätte sie genauso gut Toto anrufen können. Der hätte ihr gesagt, dass bei uns alles in Ordnung ist.« Sie stellte zwei Becher auf den Tisch. »Wenn du mich fragst – Naira ist eifersüchtig.«

»Eifersüchtig?« Álvaro wirkte ehrlich verblüfft. »Auf wen denn?«

»Auf mich natürlich.« Julia konnte es nicht fassen, dass er das nicht erkannte. Für sie lag das auf der Hand. »Sie hat sogar einmal gesagt, ich hätte dich ihr weggenommen. Weißt du das nicht mehr?«

»Das war ein Scherz«, versuchte Álvaro, sie zu beruhigen, und holte Butter und Käse aus dem Kühlschrank.

»Hinter jedem ihrer Scherze steckt ein Körnchen Wahrheit«, gab Julia zu bedenken. »Jedenfalls fand ich das ziemlich überfallartig gestern Abend. Und am Ende war *ich* es, die sich Sorgen gemacht hat, als ich mitten in der Nacht wach geworden bin und du noch nicht da warst.«

Álvaro ließ das Messer sinken, mit dem er begonnen hatte, den Käse in Scheiben zu schneiden, und blickte auf. Offenbar wurde ihm erst jetzt bewusst, wie aufgebracht Julia war.

»Das tut mir leid«, sagte er. »Ich hab dir eine Nachricht geschickt, damit du Bescheid weißt. Naira hatte einen Anfall und …«

»Ja, ich weiß«, fiel ihm Julia ins Wort. »Naira hat praktischerweise immer einen Anfall, wenn sie dich von mir fernhalten will.«

Álvaros Gesicht wurde ernst. »Meine Cousine ist krank«, sagte er vorwurfsvoll. »Es ist nicht fair, ihr Derartiges zu unterstellen.

Wir stehen uns eben nahe, Naira und ich, und du weißt auch, warum das so ist. Seit Bentor verunglückt ist …«

»Das ist jetzt vier Jahre her«, warf Julia ein. »Wird das ewig so weitergehen? Muss ich selbst in den intimsten Momenten damit rechnen, dass deine Cousine auftaucht?«

Der Blick, den Álvaro ihr zuwarf, verhieß nichts Gutes. »Das klingt eher so, als wärst *du* eifersüchtig auf *sie*«, gab er zurück. »Ehrlich, Julia, das ist doch unter deiner Würde.«

Julia schluckte. Auf einmal waren da Tränen in ihren Augen, und obwohl sie versuchte, sie wegzublinzeln, war es zu spät. Eine dicke Träne kullerte ihr über die Wange.

»Du weinst ja!« Rasch kam Álvaro zu ihr und schloss sie in die Arme. »Dafür gibt es überhaupt keinen Grund, *cariño!* Wirklich nicht. Es tut mir leid, dass ich dich allein gelassen habe. Was hätte ich denn tun sollen?«

Warum hast du sie nicht einfach weggeschickt?, hätte sie am liebsten gefragt. Sie nach Hause zu fahren war ihrer Meinung nach völlig unnötig gewesen. Sicher hatte Naira oben bei der Finca ihren eigenen Wagen abgestellt. Jetzt hatte sie schon wieder einen Grund, bei ihnen aufzutauchen, nämlich, um ihr Auto abzuholen. Solches und vieles mehr hatte Julia auf der Zunge, aber ihre Kehle war auf einmal wie zugeschnürt. Vermutlich war es besser, nicht weiter darauf zu beharren. Wenn Álvaro nach dem, was sie gesagt hatte, noch fand, dass Naira alles Recht der Welt hatte, sie zu jeder Tages- und Nachtzeit zu stören, würde auch ein Streit daran nichts ändern.

»Lass uns erst mal in Ruhe frühstücken«, schlug Álvaro versöhnlich vor.

Alles in Julia sträubte sich dagegen, zur Tagesordnung überzugehen und so zu tun, als sei alles in bester Ordnung. Sie sah auf ihre Uhr.

»Ich muss los«, sagte sie. »Heute steht der Großeinkauf an.« Sie raffte ihre Sachen zusammen und hängte sich ihre Tasche um die Schulter. »Bis später.«

»Jetzt warte doch mal«, hörte sie Álvaro noch sagen, da war sie schon draußen, pfiff nach Amo und machte sich in aller Eile auf den Heimweg.

3

Der Sternegucker

Der Pfad, der vom Salzgarten hinauf zur Finca führte, war nichts für Menschen mit Höhenangst. Er war steil und beschwerlich, und obwohl Julia ihn fast täglich zurücklegte, war sie an diesem Morgen schon nach der Hälfte vollkommen außer Puste. Zu hastig hatte sie den Weg begonnen, fast so, als wäre sie auf der Flucht. Amo war bereits ein gutes Stück voraus und sah von einem Felsvorsprung auf sie herab.

Sie blieb stehen und hielt sich die schmerzende Seite. Ihr Blick wanderte zurück zur Bucht. Unter ihr glitzerte das Meer in der Morgensonne, in der Ferne sah sie die beiden markanten Riffe, dahinter die Steilküste der Lomada Ronca, eines Ausläufers des Inselbergs, der wie die lange Pranke eines riesigen Tieres in den Atlantik hinausragte.

Zu Beginn dieses Jahres war dieser wilde Küstenabschnitt in Álvaros Besitz übergegangen. Er diente zahlreichen andernorts ausgestorbenen Seevögeln als Brutstätte, und die Unterwasserwelt davor beherbergte eine Fülle an bedrohten Lebewesen. Ein kleines Paradies, das seit Kurzem von offizieller Seite geschützt wurde und Teil eines Nationalparks war. Dass dies hatte gelingen können, war Julia, Álvaro und Diego zu verdanken. Naira hatte damals nicht hinter ihrem ach so heiß geliebten Cousin gestanden, hatte ihn nicht unterstützt, und der Grund dafür war vermutlich Julia gewesen. Wenn Julia für eine Sache eintrat, war Naira garantiert dagegen. So einfach war das.

Julia wandte ihren Blick hinaus auf den Atlantik. Das Wetter war mild, der Seegang sacht, ein wundervoller Tag lag vor ihr. Die Weite, die sich bis zum Horizont erstreckte, beruhigte sie. Hatte sie sich zu Unrecht aufgeregt? Nein. Nairas Verhalten ging ihr schon seit einiger Zeit auf die Nerven. Am meisten verletzte Julia, dass Naira sie – falls sie nicht gegen alles Einwände hatte, was Julia sagte – einfach ignorierte. Auch am Abend zuvor hatte sie ausschließlich mit Álvaro gesprochen, so als wäre Julia gar nicht dabei gewesen. Nicht einmal verabschiedet hatte sie sich von ihr, geschweige denn für die Störung entschuldigt. Warum wollte Álvaro das nicht sehen?

Amo hatte kehrtgemacht und neben ihr Stellung bezogen. Er blickte wie sie hinaus aufs Meer, so als wollte er herausfinden, warum seine *dueña* hier so lange stehen blieb.

»Komm, wir gehen nach Hause«, sagte sie entschlossen und folgte Amo, der nun wie ein Pfeil den Pfad hinaufschoss.

Im privaten Bereich des Gartens hatte es sich Amelie bei einer Tasse Kaffee gemütlich gemacht. Sie saß an dem Tisch, dessen Platte aus alten kanarischen Keramikkacheln bestand. Julia hatte ihn in einem der Nebengebäude gefunden, er stammte noch aus der Zeit, als Álvaros Großmutter Belén hier Wirtin gewesen war. Amelie blickte von der Zeitung auf, in der sie las.

»Stell dir vor, das Erdbeben hat es auf die Titelseite geschafft«, empfing sie Julia. »Es war wohl doch stärker als gewöhnlich.«

Julia setzte sich auf einen der Gartenstühle. Was in der Zeitung stand, war ihr an diesem Morgen herzlich egal.

»Wieso bist du eigentlich schon hier?«, fragte sie Amelie, schließlich war Montag, das Flor de Sal hatte geschlossen.

»Toto muss arbeiten«, antwortete Amelie und musterte Julia eingehend. »Ist alles in Ordnung mit dir?«

Julia seufzte. Ihre Freundin konnte wohl Gedanken lesen.

»Naira ist gestern Abend plötzlich aufgetaucht«, erzählte sie. »Gerade als es … na ja, romantisch wurde.« Sie verzog das Gesicht.

»Oh nein! Ist sie wie neulich bis in die Puppen geblieben?«

»Álvaro hat sie nach Hause gefahren«, antwortete Julia. »Aber dann bekam sie einen ihrer Anfälle und musste ins Krankenhaus gebracht werden.«

»Das darf doch nicht wahr sein!« Amelie sah Julia mitfühlend an.

»Er ist vorhin erst zurückgekommen«, sagte Julia und erhob sich. »Hast du schon gefrühstückt? Nein? Ich richte uns mal was Schönes.« Sie wandte sich ab und ging rasch in die Küche, denn wenn Amelie sie jetzt gefragt hätte, warum sie nicht mit Álvaro gefrühstückt hatte, wäre sie vermutlich in Tränen ausgebrochen. Sie ließ extra starken Kaffee aus der Maschine, toastete ein paar Brötchen vom Vortag und stellte verschiedene Honigsorten aus Maribels Imkerei samt Ziegenkäse und zwei reife Tomaten auf ein Tablett. Pfeffer, Salz und Butter. Es gab nichts, was mehr beruhigte, als etwas zum Essen zuzubereiten. Schließlich schäumte sie ein Kännchen Milch auf und brachte alles hinaus in den Garten. Sie und Amelie hatten gerade den Tisch fertig gedeckt, als Tanja aus dem Haus kam und sie fröhlich begrüßte.

»Na, wieder zurück von Teneriffa?«, fragte Amelie. »Wie war das Seminar?«

»Großartig!« Tanja ließ sich auf einen der Stühle fallen und strich ihr langes blondes Haar zurück. Sie trug noch ihren Pyjama, offenbar war sie am Abend zuvor erst spät zurückgekommen. »Ich hab unheimlich viel gelernt. Sagt mal, kann ich auch eine Tasse Kaffee haben?«

»Klar«, antwortete Julia. »Die Maschine ist noch an. Du kannst gern mit uns frühstücken, wenn du möchtest. Hol dir einfach ein Gedeck aus der Küche.«

Amelie und Julia tauschten ein Lächeln, als Tanja sich aufraffte und ein wenig widerwillig in die Küche ging. Sie hatte sich seit ihrem Einzug in die Finca zwar sehr zu ihrem Vorteil verändert, trotzdem ließ sie sich nach wie vor gern bedienen. Früher, als sie noch mit Julias Bruder zusammengelebt hatte, war sie nicht besonders nett gewesen. Damals hätte Julia sich nicht vorstellen können, einmal mit ihr unter einem Dach zu leben. Nach ihrer Trennung von Jens hatte Tanja nicht gewusst, wohin sie sich wenden sollte, und Julia hatte sie in der Finca aufgenommen. Inzwischen hatten sie gemeinsam ihr Talent als Designerin entdeckt, Tanja war selbstbewusster und umgänglicher geworden. Ja, die drei Frauen hatten sich tatsächlich miteinander angefreundet.

»Mit diesem neuen Grafikprogramm hätte ich ganz andere Möglichkeiten«, sprudelte sie los, als sie zurück war. Sie nahm sich von der geschäumten Milch und bestrich eine Brötchenhälfte mit Honig. »Ihr glaubt nicht, was das alles kann.«

Julia knabberte lustlos an ihrem Toast. Während Tanja von Vektorgrafiken und sogenannten Mockups schwärmte, wanderten Julias Gedanken zu ihrem morgendlichen Disput mit Álvaro zurück. War es falsch gewesen, einfach so davonzulaufen? Sie hatte behauptet, keine Zeit zu haben. Und nun saß sie seelenruhig mit ihren Freundinnen im Garten. Auf einmal hatte sie überhaupt keinen Appetit mehr. Sie trank ihren Kaffee aus und erhob sich.

»Ich muss los. Der Großeinkauf wartet.« Sie nahm ihr Gedeck und trug es in die Küche. Dort hielt sie einen Moment lang inne. Sollte sie zurück zu Álvaro gehen und mit ihm in aller Ruhe über das Problem mit Naira sprechen? Sie war schon halb dazu entschlossen, als Amelie hereinkam.

»Fährst du nach Santa Cruz?«, erkundigte sie sich. Julia nickte. »Kann ich mitkommen? Ich helfe dir mit den Einkäufen. Und später könnten wir einen kurzen Abstecher zum Strand in Tazacorte machen. Und irgendwo schön essen gehen. Schließlich ist es auch *dein* freier Tag. Das Wetter ist traumhaft.«

»Ja, das … das wäre schön«, antwortete Julia zögernd. »Ist dir das denn nicht zu langweilig? Unser Vorratsschrank ist so gut wie leer. Devi hat mir eine lange Liste mit Putzmitteln und anderen Dingen geschrieben, außerdem ist unser Bestand an Toilettenpapier so gut wie aufgebraucht. Ich werde den ganzen Tag unterwegs sein.«

»Umso besser!« Amelie strahlte über ihr ganzes Gesicht. »Ich war schon lange nicht mehr in der Hauptstadt. Ehrlich, es wird höchste Zeit für mich, aus dieser Idylle hier mal rauszukommen.« Und als sie sah, dass Julia zögerte, fügte sie hinzu: »Gemeinsam macht es viel mehr Spaß.«

Julia seufzte. Amelie hatte natürlich recht.

»Wir könnten über Roque de los Muchachos fahren«, schlug sie vor. »Das dauert zwar ein bisschen länger als über die Küstenstraße, ist aber viel schöner.«

»Oder wir nehmen die Küstenroute und machen in San Andrés halt und springen in den Charco Azul.«

»Charco Azul? Was ist denn das?«

Amelie machte kugelrunde Augen. »Sag bloß, das kennst du noch nicht? Charco Azul ist eine Anlage von Meeresschwimmbecken auf der Nordostseite der Insel. Wir kommen praktisch daran vorbei. War Álvaro noch nicht mit dir da?«

»Nein«, antwortete Julia. »Willst du es mir zeigen?«

»Mit dem größten Vergnügen!«, gab ihre Freundin grinsend zurück. »Ich pack mal rasch meine Badesachen ein.«

»Wollt ihr mich etwa allein zurücklassen?«

Weder Julia noch Amelie hatten bemerkt, dass Tanja in die Küche gekommen war.

»Willst du auch mit?«, fragte Amelie.

»Das wird kein Ausflug«, warnte Julia sie. »Wir gehen nur *kurz* schwimmen. Danach wird es eine sehr langweilige Einkaufstour.«

»Ach, das macht nichts«, gab Tanja zurück. »Wir können

uns in Santa Cruz ja für eine Weile trennen. Dann kann ich die Visitenkarten mit deinen neuen Öffnungszeiten abholen und Druckerpatronen kaufen. Außerdem brauchen wir Papier.«

»Oh, wie schön, ein richtiger Mädelsausflug«, sagte Amelie fröhlich. »Also. In einer Viertelstunde bei Julias Wagen.«

Als sie mit Amelie an ihrer Seite und Tanja im Fond ihres Lieferwagens unterwegs war, erschien Julia die ganze Sache mit Álvaros Cousine auf einmal weit weniger schlimm als noch früh am Morgen. Irgendwie würde sie es schon schaffen, Naira davon abzuhalten, sich weiterhin zwischen sie und ihren Freund zu drängen. Im hellen Licht dieses wunderschönen Tages fand sie das gar nicht mehr so unmöglich. Álvaro würde irgendwann ganz von selbst merken, dass es so nicht weiterging. Sie lauschte Tanjas begeisterten Erzählungen von ihrem Wochenend-Workshop auf der Nachbarinsel Teneriffa, in denen verdächtig oft der Name eines gewissen Ricardo fiel.

»Und wo wohnt dieser Ricardo?«, fragte Amelie unverblümt.

»In Valencia«, antwortete Tanja. Klang das ein wenig niedergeschlagen, oder bildete Julia sich das nur ein? »Er hat dort gerade gemeinsam mit einem Freund eine Werbeagentur gegründet«, fuhr sie fort.

»Und der hat noch einen solchen Workshop nötig?«, wollte Amelie skeptisch wissen.

»Klar«, antwortete Tanja. »Im Grafikdesign gibt es ständig neue Programme. Ricardo sagt, dass er fast jedes Jahr einen solchen Kurs braucht, um stets auf dem neuesten Stand zu sein.«

»Valencia ist toll«, sagte Julia. »Ich hab da mal ein Jahr lang gearbeitet.«

»Das sagt Ricardo auch«, sprudelte es aus Tanja hervor. »Stellt euch vor, er hat mich eingeladen, ihn zu besuchen.«

Julia und Amelie wechselten einen verschwörerischen Blick.

»Womöglich hat er eine Stelle für dich«, meinte Amelie.

»Na ja, ich denke, das dauert noch, bis ich in einer richtigen Agentur arbeiten kann.« Auf einmal klang Tanja ziemlich kleinlaut. »Ich hab das ja im Gegensatz zu ihm gar nicht gelernt. Außerdem haben sie den Laden ja gerade erst gegründet.«

Klingt, als habe sie sich das schon genau überlegt, dachte Julia. Nun, sie würde es Tanja von Herzen gönnen, wenn es ihr gelingen würde, sich nach dem Desaster mit Jens ein eigenes, unabhängiges Leben aufzubauen. Und einen netten Partner zu finden.

Der Weg entlang der Nordküste in Richtung Osten war von einer wilden Schönheit. Er führte teils oberhalb der Steilküste am Berg entlang, teils durch verwunschene Lorbeerwälder und Bestände von sogenannter Baumheide, einer bis zu zehn Meter hohen Art des Heidekrauts. An vielen Stellen waren Tunnel in den Felsen getrieben, von ihren moosbedeckten Natursteinwänden tropfte Wasser. Wieder im Tageslicht, eröffneten sich überraschende Ausblicke auf winzige Weiler, beschattet von mächtigen Drachenbäumen. Die Fahrt um die vielen engen Kurven, die sich durch die Faltungen der Berghänge ergaben, war zwar anstrengend, aber wunderschön.

Es war fast Mittag, als sie kurz vor dem Ort Los Sauces links abbogen und über eine kleine Landstraße durch Bananenplantagen in Richtung Meeresküste fuhren.

»Wir sind da«, sagte Amelie und wies Julia den Weg zu einem Parkplatz, auf dem nur ein einziges Auto stand. »Sieht so aus, als wären wir fast allein.«

Julia stellte ihren Lieferwagen daneben ab, stieg aus und sah sich neugierig um. Unter ihnen lag eine relativ flache Felsküste mit mehreren natürlichen Vertiefungen im schwarzen Gestein, von denen die meisten nicht größer waren als Álvaros Verdunstungsbecken.

»Dort drüben ist es«, rief ihr Amelie zu und wies hinüber zu einer mit weiß-blauen Geländern gesicherten Anlage. Eine niedrige Mauer schützte ein unregelmäßig geformtes Naturbassin vor der Urgewalt des Atlantiks gerade so, dass der Inhalt des Beckens regelmäßig von den Wellen leicht überspült und das Wasser auf diese Weise erneuert wurde. Etwas weiter entfernt befand sich ein höher gelegenes, von Menschenhand in den Fels geschlagenes Schwimmbecken, das sich in seiner geschwungenen Form an die natürlichen Gegebenheiten der Umgebung anpasste und das so himmelblau angestrichen war wie die meisten Pools auf dieser Welt. Über allem thronte die Terrasse eines kleinen Lokals mit Tischen unter einladenden hellbeigen Sonnenschirmen.

»Ein Traum«, rief Tanja aus.

»Hat Jens dich nie hierher mitgenommen?«, wollte Amelie ungläubig wissen. Schließlich hatte Julias Bruder ein Touristikunternehmen und kam mit seinen Kunden hier sicher öfter vorbei.

Tanja schüttelte den Kopf. »Solche Dinge hat er vermutlich nur mit diesen allein reisenden Urlauberinnen gemacht, mit denen er dann ins Bett ging.«

Das klang verbittert, dachte Julia. Und Tanja hatte dazu vermutlich auch allen Grund.

»Wollen wir zuerst etwas trinken oder gleich schwimmen gehen?«

»Zuerst ins Wasser«, antworteten Tanja und Amelie wie aus einem Mund.

»Danach könnten wir hier eine Kleinigkeit essen«, fügte Amelie hinzu.

Was eine gute Idee war, wie Julia fand. Ihr knurrte der Magen. Schließlich hatte sie an diesem Morgen fast nichts gefrühstückt.

Sie steuerten die hölzernen Umkleidehäuschen an, zogen ihre Badeanzüge an und stiegen vorsichtig ins Wasser.

»Brrr, ist das kalt.« Tanja hatte sich auf den Rand des Bassins gesetzt und die Füße vorsichtig hineingetaucht.

»Am besten du hältst die Luft an und springst einfach rein«, rief Amelie ihr zu, nachdem sie prustend untergetaucht war.

Auch Julia bevorzugte diese »schnelle Tour«, wie sie es nannte, denn der Atlantik war zu jeder Jahreszeit kühl, und es kostete sie immer eine gewisse Überwindung zu baden.

»So kalt ist es gar nicht«, fand sie und stieß sich vom Rand des Beckens ab. »Die Sonne hat das Wasser aufgewärmt.«

Nach und nach gelang es Amelie und Julia, Tanja ins Becken zu locken. Ausgelassen plantschten sie darin herum, bis sie durchgefroren waren und wieder aus dem Wasser stiegen. Bibbernd hüllten sie sich in ihre Badetücher.

»Wir treffen uns oben bei der Bar«, schlug Julia vor und lief mit klappernden Zähnen zu einem der Umkleidehäuschen, um sich anzuziehen.

Sie war vor den anderen fertig. Als sie die Terrasse des Lokals betrat, entdeckte sie an einem der Tische nahe der Hauswand einen Mann. Er hatte dichtes rotblondes Haar, das in der Sonne glänzte, und nickte Julia freundlich zu. Sie schätzte ihn auf um die vierzig. Sie grüßte zurück, stellte fest, dass er sich seinen Platz mit Bedacht im Windschatten ausgesucht hatte, und wählte aus demselben Grund den Tisch daneben.

»*Buenos días*«, sagte er mit einem eigenwilligen Akzent. Seine helle Haut war von Myriaden von Sommersprossen übersät.

»*¡Hola!*«, antwortete Julia.

»Entschuldigen Sie, darf ich fragen, ob Sie aus der Gegend hier sind?« Sein Spanisch klang holperig und ein wenig umständlich.

»Ich lebe seit rund einem Jahr auf der Insel«, antwortete sie. »Ursprünglich komme ich aus Deutschland.«

»Douglas Macay«, stellte er sich vor. »Ich bin Schotte.«

»*Nice to meet you*«, antwortete Julia und schwenkte auf Englisch um. »Ich bin Julia. Und hier kommen meine Freundinnen Amelie und Tanja.« Sie winkte die beiden zu sich.

»Warum setzt ihr euch nicht zu mir?«, schlug Douglas Macay vor und zog einen vierten Stuhl heran. Julia stellte ihn ihren Freundinnen vor, und sie nahmen Platz.

»Verbringst du deinen Urlaub hier?«, erkundigte sich Amelie.

»Diese Woche hab ich tatsächlich noch frei«, antwortete der Schotte. »Ich fange nächsten Montag bei meiner neuen Arbeitsstelle an.«

»Auf La Palma?«, fragte Julia überrascht.

Douglas Macay nickte. »Ja, dort oben auf diesem imposanten Kraterrand«, antwortete er. Er wies mit der Hand in Richtung Inselmitte.

»Doch nicht etwa bei der Sternwarte?«, fragte Tanja mit großen Augen.

»Erraten«, gab Douglas zurück. »Ich bin einer von diesen Himmelsguckern.«

Ehe sie weitere Fragen stellen konnten, kam der Kellner, um nach ihren Wünschen zu fragen. Sie bestellten Salat, frittierte Sardinen und Papas arrugadas, dazu alkoholfreies Bier.

»Also bist du Astrophysiker?«, knüpfte Julia an ihr Gespräch an, als der Kellner gegangen war. Sie war froh darüber, dass es im Englischen keine Sie-Form gab. Im Grunde machte das alles viel einfacher, fand sie.

»Ja«, antwortete Douglas und sah ihr direkt in die Augen. Sie waren von einem überraschend leuchtenden Grün. In seinem Blick lag ein Lächeln. »Und was macht ihr so?«

»Ich habe ein Restaurant im Nordwesten der Insel«, antwortete Julia. »Amelie schmeißt den Service. Und Tanja ist Grafikdesignerin.«

Tanja wurde auf der Stelle rot. Was ihre neue Karriere anbelangte, fühlte sie sich noch recht unsicher.

»Wie heißt das Restaurant?«, fragte Douglas und wandte den Blick nicht von Julia.

»Flor de Sal«, antwortete sie.

»Hier.« Amelie hatte einen Prospekt aus ihrer Handtasche gezogen und schob ihn Douglas über den Tisch zu. »Julia ist die beste Köchin diesseits und jenseits des Atlantiks. In Deutschland hat sie einen Guide-Michelin-Stern verliehen bekommen. Kennt man in Schottland den Guide Michelin?«

Douglas lachte, und feine Fältchen zeigten sich an seinen Augenwinkeln. »Ja, von dieser Art Sterne hab ich schon mal was gehört«, sagte er verschmitzt und faltete den Prospekt auf.

»Die Öffnungszeiten haben sich geändert«, erklärte Tanja und zog ihre hübsche Nase kraus. »Diese Dinger müssen wir auch neu drucken lassen, Julia.« Und an Douglas gewandt fügte sie hinzu: »Seit Kurzem hat das Flor de Sal nur noch abends geöffnet.«

»Jedenfalls unter der Woche«, ergänzte Amelie. »Darf ich?« Sie nahm Douglas den Prospekt aus der Hand, zog einen Kugelschreiber aus der Handtasche und korrigierte die Öffnungszeiten. »Sonntags dagegen kann man von zwölf bis fünf bei uns essen.«

»Jetzt erzähl doch mal«, bat Tanja. »Was macht man als Astrophysiker so den ganzen Tag?«

»Also, wenn ich ehrlich bin – tagsüber schlafe ich«, antwortete Douglas und steckte den Prospekt ein. »Ich bin nämlich in einem Team, das den Nachthimmel erforscht.«

»Wie dumm von mir«, sagte Tanja verlegen. »Natürlich kann man tagsüber die Sterne gar nicht sehen.«

»Das war gar nicht dumm«, gab Douglas zurück. »Es gibt im Observatorium eine ganze Reihe von Wissenschaftlern, die den Taghimmel erforschen. Vor allem die Geheimnisse der Sonne versuchen sie zu entschlüsseln. Die Bestätigung der Existenz der sogenannten Schwarzen Löcher war übrigens mithilfe eines der Teleskope der Sternwarte möglich.«

»Schwarze Löcher …«, wiederholte Amelie beeindruckt. »Ich hab ehrlich gesagt noch nie begriffen, was das ist.«

»Da bist du nicht die Einzige«, antwortete Douglas freimütig. »Im Grunde übersteigt das die menschliche Vorstellungskraft.«

»Also weißt du über die Sterne Bescheid?« Tanja schien der Gedanke, dass dieser Mann über etwas forschte, was derart weit von der Erde entfernt war, sehr zu imponieren.

»Nun ja«, antwortete Douglas nachdenklich. »Es ist eher so: Je mehr man über die Sterne herausfindet, desto klarer wird einem, wie wenig man weiß. Eine Antwort wirft tausend neue Fragen auf. Genau das macht es interessant.«

»Hat das Erdbeben gestern in der Sternwarte eigentlich Schäden angerichtet?«, fragte Julia.

»Nein«, antwortete Douglas. »Die Teleskope sind so konstruiert, dass ihnen Erdschwankungen nichts anhaben können. Denn mit so etwas muss man hier ja rechnen.«

Die Getränke wurden gebracht und bald darauf das Essen, und Douglas erkundigte sich nach den Sehenswürdigkeiten der Insel.

»Ich würde die paar freien Tage gern nutzen, um herauszufinden, wo ich hier eigentlich gelandet bin«, erklärte er. »Jetzt weiß ich wenigstens schon, wo ich morgen Abend essen werde: im Flor de Sal.«

»Ich fürchte, morgen sind wir ausgebucht«, sagte Amelie und gab Zitronensaft über ihre Sardellen.

»Wir sind die ganze Woche ausgebucht«, fügte Julia hinzu. »Aber Platz für eine Person findet sich immer. Nicht wahr, Amelie?«

Amelie hob die Brauen, widersprach allerdings nicht. Sie wandte sich an Douglas. »In diesem Fall empfehle ich dir, übermorgen zu kommen, falls dir das passt.« Julia verstand, warum Amelie das vorschlug. Für Mittwoch hatten sich außer einem Paar zwei große Gruppen angesagt, und wenn die Tische zu Tafeln zusammengeschoben wurden, ließe sich leicht ein weiterer Einzeltisch unterbringen.

»Das passt ganz wunderbar«, antwortete der Astrophysiker. »Wie weit im Voraus muss man bei euch denn buchen, um ganz regulär essen zu können?«

»Ein paar Wochen Vorlauf braucht es schon«, entgegnete Amelie ungerührt, und wer sie kannte, konnte deutlich erkennen, mit wie viel Genugtuung sie Douglas' überraschter Gesichtsausdruck erfüllte. »Julia ist ein Star, musst du wissen. Und das Flor de Sal ein Geheimtipp.«

»Okay«, sagte Douglas, nachdem er sich gefasst hatte. »Habt ihr außerdem Tipps für mich, womit ich mir bis dahin die Zeit vertreiben kann?«

Diesen Part überließen sie Tanja, während Julia und Amelie sich ihrem Essen widmeten, denn sie hatte schließlich einige Jahre lang in Jens' Touristikunternehmen mitgearbeitet. Gerade riet sie ihm, unbedingt eine Bootstour zu unternehmen, weil man die schönsten Buchten nur vom Wasser aus erreichen konnte, als sich auf einmal die Terrasse zu füllen begann. Eine Gruppe von gut zwei Dutzend Personen im Wanderdress ließ sich an den Tischen nieder.

»Wir bleiben hier eine Stunde«, ertönte eine markante männliche Stimme. Tanja erstarrte augenblicklich. Die Stimme gehörte Jens, daran gab es keinen Zweifel. Und da kam er auch schon aus dem Lokal. Wie immer sah er blendend aus, sein volles dunkelblondes Haar glänzte in der Sonne. Julias Weihnachtsgeschenk, eine himmelblaue Funktionsjacke, stand ihm ausgezeichnet und brachte seinen durchtrainierten Körper zur Geltung. »Zeit genug, um eine Kleinigkeit zu essen«, fuhr er fort. »Ich empfehle die frittierten Sardellen. Die Albondigas, das sind Fleischbällchen in Tomatensauce, sind auch sehr gut. Also, meine Herrschaften, stärken Sie sich, denn nachher geht es auf steilen Pfaden weiter.«

»Lasst uns abhauen«, sagte Tanja auf Deutsch und rutschte mit ihrem Stuhl ein wenig zur Seite, wohl um sich hinter Amelie zu verstecken. »Und zwar sofort.«

»Er hat uns längst gesehen«, gab Amelie leise zurück. »Bleib cool, wir sind ja bei dir.«

Douglas hatte nichts davon verstanden, und seine Miene war ein einziges Fragezeichen. Sein Blick wanderte von der leicht panischen Tanja zu Jens und wieder zurück, und Julia war sich sicher, dass er ungefähr ahnte, was los war. Inzwischen war Jens an ihren Tisch getreten.

»Hallo«, sagte er und rieb sich kurz die Schläfe. Julia wusste, dass er seit jenem Unfall im vergangenen Herbst, als ein Steinschlag ihn im Wasser erwischt hatte, häufig unter Kopfschmerzen litt.

»Hallo, Jens«, antwortete Julia. »Ist das deine Wandergruppe?«

Jens nickte und achtete nicht weiter auf sie. Er fixierte Tanja, die so tat, als gäbe es nichts Interessanteres, als zwei junge Frauen aus Jens' Wandergruppe zu beobachten, die sich gerade in den Naturpool stürzten und dabei laut aufkreischten.

»Hey, Tanja«, sagte Jens und räusperte sich. »Ich würde gern kurz mit dir reden.«

»Aber ich nicht mit dir«, gab Tanja zurück und funkelte ihn bitterböse an, ehe sie erneut den Blick abwandte.

»Jetzt zier dich nicht so«, stieß Jens verärgert hervor. »Ich will nur ...«

»Lass mich in Ruhe«, fiel ihm Tanja heftig ins Wort. »Wir beide haben nichts miteinander zu besprechen.«

»Doch, das haben wir ...«

Tanja sprang so jäh auf, dass sie beinahe den Tisch umgeworfen hätte. Die Gläser darauf schwankten gefährlich, und hätte Douglas nicht geistesgegenwärtig sein Weinglas festgehalten, wäre es zu Bruch gegangen.

»Lasst uns gehen«, forderte Tanja ihre Freundinnen auf, schnappte sich ihre Tasche und stürmte in Richtung Parkplatz, als sei sie auf der Flucht.

Jens schüttelte ärgerlich den Kopf. »Was hat sie nur?«, fragte er. »Ist das euer Werk? Gebt es ruhig zu: Ihr habt sie gegen mich aufgehetzt.«

»Das war nicht nötig«, sagte Amelie kühl. Auch sie war vor einem Jahr, gleich nach ihrer Ankunft auf der Insel, Jens' Charme erlegen und hatte eine kurze, heftige Affäre mit ihm gehabt. »Das hast du schon ganz allein geschafft.«

Jens' Gesicht lief rötlich an, ein sicheres Zeichen für einen bevorstehenden Wutausbruch.

»Jens, bitte«, versuchte Julia ihn zu besänftigen. »Du willst vor deinen Kunden sicher keinen Streit anfangen wollen? Das zwischen dir und Tanja geht uns nichts an. Ihr müsst das untereinander klären.«

»Wie denn, wenn sie nicht mehr mit mir redet?« Die Ader an Jens' Schläfe pochte gefährlich, Julias Hinweis auf die Touristen zeigte allerdings Wirkung. Er wandte sich kurz zu seiner Gruppe um und schluckte seinen Ärger hinunter. »Sag ihr, dass ich mit ihr sprechen möchte.« Jens hatte sich an Julia gewandt.

»Das ist wohl kaum notwendig«, gab Julia zurück. »Du hast es ihr ja gerade selbst gesagt. Wenn sie das nicht möchte, ist es ihre Entscheidung. Wir mischen uns da nicht ein.«

»Ach nein?«, gab er mit bitterem Unterton zurück. »Das ist schwer zu glauben. Ihr Frauen haltet doch immer zusammen.« Jens warf Douglas einen misstrauischen Blick zu, dann stapfte er grußlos in Richtung Pool davon.

»Ich fürchte, wir müssen aufbrechen«, sagte Julia bedauernd zu Douglas und gab dem Kellner ein Zeichen, dass sie zahlen wollte.

»Sicher«, antwortete er und blickte Jens nachdenklich hinterher. »Es war wirklich schön, euch kennenzulernen. Wir sehen uns am Mittwoch. Ich freu mich jetzt schon darauf.«

4

Überraschungen

»Na endlich«, maulte Tanja, als Julia und Amelie zum Parkplatz kamen. »Ich hab schon geglaubt, ihr schlagt hier Wurzeln.« Sie sah angestrengt zum Pool hinunter. Jens stand breitbeinig an dessen Rand und hatte die Hände in die Hüften gestützt, während sich die beiden Touristinnen auf dem Rücken im Wasser treiben ließen und ihre Bikinifiguren zur Schau stellten. Eben spritzte eine von ihnen Wasser nach Jens, ihr perlendes Lachen drang bis zu ihnen herauf. Tanja wandte sich abrupt ab.

»Na hör mal«, mahnte Julia und kramte den Autoschlüssel aus ihrer Tasche. »Das war ein ziemlich dramatischer Abgang, den du da hingelegt hast. Immerhin musste ich noch die Rechnung bezahlen.«

»Warum hörst du dir nicht einfach an, was Jens zu sagen hat?«, fragte Amelie, als sie im Wagen saßen.

»Weil ich keine Lust auf seine Lügen mehr habe«, gab Tanja zurück. »Was meint ihr, mit wem er heute Abend im Bett liegen wird?«, fuhr sie fort und klang auf einmal verletzt. »Mit der Blonden oder mit der Rothaarigen, die ihn gerade eben so neckisch nass gespritzt hat …«

»Hey, Tanja.« Amelie drehte den Kopf nach hinten, um ihr in die Augen zu sehen. »Du bist ja eifersüchtig!«

»Bin ich nicht!«

»Bist du doch«, konterte Amelie. »Und weißt du, was das heißt?«

»Ich bin nicht eifersüchtig«, tönte es eine Spur lauter von der Rückbank.

»Das heißt, dass dir noch etwas an Jens liegt.«

»Nicht die Bohne«, beharrte Tanja.

Amelie drehte sich nach vorn und warf Julia einen vielsagenden Blick zu.

»Er soll mich in Ruhe lassen«, wiederholte Tanja. »Und damit aufhören, mich anzurufen.«

»Er ruft dich an?«

»Fast täglich.« Tanja seufzte tief. »Er stalkt mich richtiggehend.«

»Und du gehst nicht ran?«

»Nein, verdammt«, schrie Tanja jetzt zornig. »Ich geh nicht ran. Und wenn er die nächsten hundert Jahre lang Tag für Tag anruft.«

Amelie holte bereits Luft, um etwas zu entgegnen. Julia kam ihr rasch zuvor. »Lass es gut sein«, bat sie. »Wenn Tanja nicht mit Jens sprechen will, geht uns das nichts an.«

Sie kamen viel später in die Inselhauptstadt als geplant, und bis sie alles erledigt hatten und zu Hause angekommen waren, war es Abend geworden.

Julia war todmüde, als sie endlich die Einkäufe verstaut hatte. Dennoch bereitete sie noch den Brötchen-Teig für den nächsten Tag vor, der über Nacht gehen musste.

»Darf ich reinkommen, oder bist du immer noch wütend auf mich?« Álvaro stand in der geöffneten Tür zum Garten und spähte zu ihr in die Küche.

»Natürlich darfst du reinkommen, du wohnst schließlich hier«, entgegnete Julia und wischte sich die bemehlten Hände an ihrer Schürze ab. Sie ging auf ihn zu und schloss ihn in ihre Arme. »Ich bin überhaupt nicht wütend auf dich«, sagte sie leise.

»Nein?« Er erwiderte ihre Umarmung, dann löste er sich von ihr. »Das sah heute Morgen aber ganz danach aus.« Er wirkte unglücklich. »Du bist davongerannt, als hätte ich die Pest.«

Julia seufzte. »Das war nicht schön von mir, es tut mir leid«, räumte sie schuldbewusst ein. »Es ärgert mich einfach schrecklich, wie sehr Naira sich in unserem Leben breitmacht. Ich finde, sie sollte unsere Privatsphäre mehr respektieren und nicht dauernd unangemeldet aufkreuzen.«

»Das tut sie doch gar nicht«, entgegnete Álvaro ernst. »Ich fühle mich verantwortlich für sie, das hat mit unserer Geschichte zu tun. Weißt du eigentlich, dass ich bei Nairas Familie ein neues Zuhause gefunden habe, nachdem mein Vater dieses Anwesen hier verspielt hatte? Jago, Nairas Vater, ist der Cousin meiner Mutter. Ich war sieben Jahre alt, als sie uns aufgenommen haben, Belén und mich, als wir von einem Tag auf den anderen hier ausziehen mussten. Mein Vater ist ja einfach nach Venezuela abgehauen und …«

»Das weiß ich alles«, sagte Julia resigniert.

»Dann solltest du auch wissen, dass wir wie Bruder und Schwester sind. Sie ist meine Cousine!«

»Sie ist deine *Großcousine!*«, korrigierte sie ihn.

»Was willst du damit sagen?«, fragte er irritiert. »Bei uns in Spanien zählt Familie etwas, wir halten zusammen und können uns aufeinander verlassen. Bitte versuch, das zu verstehen.«

Julia schwieg betroffen. Sie konnte nicht anders, als seine letzten Sätze auf sich und Jens zu beziehen, denn obwohl sie im Gegensatz zu Álvaro und Naira tatsächlich Geschwister waren, konnte sie nicht behaupten, dass sie zusammenhielten, ganz im Gegenteil. Zwar war Jens in letzter Zeit etwas umgänglicher geworden, dennoch hatte Julia Zweifel daran, ob sie auf ihn zählen könnte, sollte sie ihn einmal wirklich brauchen. Und das allein war traurig genug.

»Na gut«, sagte sie schließlich und versuchte ein Lächeln, das ihr offenbar gründlich misslang.

»Ach, Julia. Du musst wirklich nicht eifersüchtig auf Naira sein. Ich liebe dich. Das weißt du doch.«

Julia öffnete bereits den Mund, um ihm zu erklären, dass sie kein bisschen eifersüchtig war, sondern im Gegenteil befürchtete, dass Naira mehr für Álvaro empfand als eine Schwester. Dann ließ sie es lieber sein. Vielleicht irrte sie sich ja. Und er würde das ohnehin nicht glauben. Vor allem war sie es leid, sich wegen dieser Frau mit Álvaro zu streiten.

»Ich liebe dich auch«, sagte sie stattdessen und schmiegte sich an ihn. »Hat Naira sich denn von ihrem Anfall gestern Nacht erholt?«, fragte sie, um Versöhnung bemüht.

»Ja, das hat sie«, antwortete Álvaro, und die Erleichterung war ihm deutlich anzuhören.

»Weißt du eigentlich schon das mit Emil und Parvati?«

Es war Mittwoch, und Devi hatte gerade ihre Gummihandschuhe abgestreift, nachdem sie das Restaurant gründlich durchgewischt hatte.

»Was meinst du?«, fragte Julia zurück. Sie stand gerade an der großen Maschine hinter der Theke und ließ frisch gebrühten Kaffee heraus. Nach getaner Arbeit war das zwischen den beiden Frauen zum Ritual geworden.

»Die beiden gehen jetzt miteinander.«

»Wirklich?« Julia wäre beinahe die Tasse aus der Hand gefallen. Dass Parvati für ihren Neffen schwärmte, war kein Geheimnis. Und seit sie an Weihnachten gemeinsam Marcos' Täuschungsmanöver beim Domino mit Álvaros Vater aufgedeckt hatten, waren sie ohnehin unzertrennlich. Aber schließlich waren sie erst dreizehn. »Sind sie nicht noch viel zu jung dafür?«

Devi lachte. »Genau dasselbe hat Sam auch gesagt«, antwortete sie. »Dabei waren wir gerade mal sechzehn, als wir uns kennengelernt haben.«

»So lange seid ihr schon zusammen?«, fragte Julia ehrfürchtig. Paare, die auf eine solch lange Beziehung zurückblicken konnten, fand sie absolut bewundernswert.

»Ja, ich kann es selbst kaum fassen«, gab Devi zurück und nahm Julia die Tasse ab. »Als Parvati geboren wurde, war ich zwanzig. Wir hatten uns gerade die untere Höhle eingerichtet, und alles war noch sehr abenteuerlich. Den Ofen hat Sam erst zwei Jahre später eingebaut.« Sie setzten sich an einen der Tische im Restaurant. Julia kannte Devis und Sams Wohnung, die sich auf mehrere behaglich ausgebaute Höhlen an einem der malerischsten Orte der Insel über der Küste erstreckte. Ein bisschen erinnerten sie sie stets an die Behausungen der Hobbits in den Büchern von Tolkien. Umgeben von blühenden Gärten, hatten Sam und Devi ein kleines Paradies erschaffen. Im Sommer spendeten die Höhlen Kühle, für den Winter, der auf La Palma nie besonders kalt war, gab es inzwischen einen selbst gemauerten Ofen, der gemütliche Wärme verbreitete.

»Du findest also nicht, dass die beiden zu jung sind, um eine Beziehung zu haben?«

Devi schüttelte den Kopf. »In ihrem Alter heißt ›miteinander gehen‹ ja noch nicht, dass sie ein richtiges Liebespaar sind«, erklärte sie. »Sorgen macht mir etwas anderes. Parvi hat mich gestern gefragt, ob Emil bei uns einziehen könnte.«

»Was?« Das war tatsächlich eine erstaunliche Entwicklung. Bislang hatte Julias Neffe stets über die Hobbithöhlen von Devi und Sam gespottet. »Und was sagt Jens dazu?«

Devi hob die Schultern. »Der wurde, fürchte ich, noch gar nicht gefragt«, antwortete sie.

»Also mir scheint das ein bisschen … übereilt.« Julia dachte angestrengt nach. Seit Emils Mutter nicht mehr lebte, hatte sie als seine Patentante mehr und mehr deren Rolle übernommen. Je nach Jens' Laune kam ihm das entgegen, oder er beschwerte sich darüber und wies Julia in ihre Schranken. Ja, es hatte Zeiten gegeben, als er ihr den Umgang mit seinem Sohn ganz verboten hatte. Julia musste also genau abwägen, inwieweit sie sich in Emils Angelegenheiten einmischen sollte oder nicht.

»Ehrlich gesagt wäre mir das nicht so recht«, erklärte Devi zögerlich und wirkte, als habe sie ein schlechtes Gewissen. »So viel Platz haben wir eigentlich gar nicht. Und in Parvis Zimmer kann ich ihn ja schlecht einquartieren.«

»Auf gar keinen Fall«, stimmte Julia ihr zu. »Ich halte das für keine gute Idee. Das geht eindeutig zu schnell.«

»Weißt du«, sagte Devi. »Ich hab gar nicht das Gefühl, dass Emil unbedingt wegen Parvati bei uns wohnen möchte. Natürlich ist das auch ein Grund, die beiden sind gerade unzertrennlich. Aber mir scheint, er möchte so oder so von zu Hause weg. Ich glaube, er und sein Vater streiten viel.«

Julia schwieg bedrückt. Devi erzählte ihr nichts Neues. Es war nicht leicht, mit Jens auszukommen, sein Charakter war sprunghaft und unstet, nie würde Julia vergessen, wie er seinen Sohn nach einem Sportunfall einfach in der Klinik im Stich gelassen und, ohne sie zu fragen, ihre Telefonnummer hinterlegt hatte – und das an Emils Geburtstag. Jens wollte durchaus ein guter Vater sein, nur wusste er nach seinen eigenen Worten nicht, wie das geht.

»Was ist mit seinem Freund El Rostro?«, fragte Julia. »Auf Pacos und Maribels Finca hat er doch ein zweites Zuhause gefunden.«

Devi senkte bedrückt den Blick. »Die beiden Jungen haben sich ganz furchtbar zerstritten«, sagte sie.

»Schon wieder?« Julia seufzte. »Worum ging es denn dieses Mal?«

Sie erhielt nicht gleich eine Antwort. Devi nahm zunächst einen großen Schluck von ihrem Kaffee. »Es ging um Parvati«, erklärte sie schließlich. »Viele der einheimischen Kinder mobben meine Tochter. Weil wir anders leben als sie. Indische Kleider tragen und zu Hause einen Altar mit hinduistischen Gottheiten haben.«

»Und wegen der Räucherstäbchen«, ergänzte Julia traurig. Sie wusste, dass die hübsche Parvati mit ihrem langen goldenen Haar, das sie zumeist zu vielen kleinen Zöpfen geflochten trug, eine Außenseiterin war. Außerdem hatte sie eine besondere Gabe, nämlich eine Art fotografisches Gedächtnis, das sie in der Klasse zur Überfliegerin machte. »Sie haben sich wegen Parvati zerstritten?«

Devi nickte niedergeschlagen. »Natürlich hat auch Emil seinen Anteil daran. Es gab wohl eine schlimme Rauferei, und obwohl man meinen könnte, El Rostro sei der Stärkere von beiden, hat Emil ihn wohl recht übel zugerichtet. Fakt ist, er will dort nicht mehr wohnen.«

»Ach herrje«, entfuhr es Julia. Hoffentlich war die Sache nicht so schlimm, dass Maribel und Paco oder El Rostros Eltern deswegen schlecht auf sie zu sprechen waren. Julia war mit der ganzen Familie eng befreundet, sie hatte zu ihr gehalten, als das ganze Dorf gegen sie gewesen war. Zunächst allerdings musste eine Lösung für Emil gefunden werden. »Er könnte ja bei mir einziehen«, sagte sie. »Ich verstehe gar nicht, warum er mich nicht danach fragt. Er hat hier in der Finca ein eigenes Zimmer, und gleich dort vorn an der Straße ist die Haltestelle für den Schulbus.«

»Das wäre eine gute Lösung«, antwortete Devi erleichtert und erhob sich. »So könnten die beiden Turteltäubchen in aller Ruhe sehen, wie sich ihre Beziehung entwickelt.«

Julia stand ebenfalls auf und stellte die Tassen zusammen. Ihr kam eine Idee. »Wie lange haben die beiden denn heute Unterricht?«, fragte sie. Am besten, sie brachte das Gespräch mit ihrem Patensohn so bald wie möglich hinter sich.

»Heute nur bis zwei«, antwortete Devi. »Der Erdkundelehrer ist krank, die Doppelstunde fällt aus.«

»Na, dann schick ich ihm mal eine Nachricht und lade ihn zum Pizzaessen ein«, meinte Julia. »Falls Jens ihn nicht abholen kommt, sehen wir uns später vor der Schule.«

Emil hatte auf ihre Nachricht nicht geantwortet, und Julia rechnete damit, Jens zu treffen, der, soweit sie informiert war, seinen Sohn täglich abholte. Vielleicht, überlegte sie, wäre das sogar eine gute Gelegenheit, die Sache gleich gemeinsam zu besprechen. Dennoch war sie erleichtert, als die Schulglocke läutete und sie ihren Bruder nirgendwo entdecken konnte. Es war leicht, mit Jens in Streit zu geraten, und außerordentlich schwierig, sich vernünftig mit ihm über etwas zu einigen. Vor allem, wenn es seinen Sohn betraf. Einmal mehr grübelte sie darüber nach, warum das so war.

Endlich entdeckte sie Emils Blondschopf in der Menge der Kinder, die aus dem Schulgebäude strömten. Und an seiner Seite Parvati. Die beiden gingen Hand in Hand. Julia sah sich nach El Rostro um. Sie entdeckte ihn inmitten seiner Clique, zu der bis vor Kurzem auch Emil gehört hatte. Demonstrativ wandte er seinem einstigen Freund den Rücken zu, während seine Kumpel ein paar hässliche Bemerkungen zu den beiden hinüberzurufen schienen. Sie waren zu weit entfernt, als dass Julia sie verstehen konnte. Ihre Mienen und Gesten sagten ihr allerdings genug.

»Da sind die beiden.« Devi gesellte sich zu Julia. »Willst du jetzt gleich mit ihm reden, oder möchtet ihr lieber mit zu uns kommen?«

Julia schüttelte den Kopf. »Danke«, sagte sie mit einem Lächeln. »Ich hab ihm eine Pizza versprochen. Und du weißt, wie gern er die isst.«

Inzwischen hatten Emil und Parvati sie entdeckt und steuerten direkt auf sie zu.

»Hey«, rief Emil alarmiert. »Was machst du denn hier?« Er sah von Julia zu Devi. »Ist was passiert?«

»Nein«, antwortete Julia rasch. »Ich hab dir eine Nachricht geschrieben.«

»Im Unterricht müssen wir das Handy ausschalten«, antwortete er. »Weißt du das nicht?«

Julia musste grinsen. »Schon. Aber nicht, dass du dich daran hältst. Was ist, wollen wir zusammen Pizza essen gehen? Oder wartet dein Vater auf dich?«

Emil schüttelte den Kopf. »Der ist heute mit seinen Touris unterwegs«, antwortete er und warf Devi einen fragenden Blick aus seinen himmelblauen Augen zu. »Eigentlich wollte ich mit zu Parvi. Falls das okay ist.« Julia wurde einmal mehr bewusst, wie sehr ihr Neffe seinem Vater ähnelte. Die gleichen widerspenstigen blonden Locken, der gleiche unwiderstehliche Blick, dem man so schnell nichts abschlagen konnte. »Wir sind nämlich jetzt zusammen«, fügte er an Julia gewandt hinzu und zog seine Freundin noch näher zu sich heran.

»Das ist schön«, sagte Julia so gelassen wir möglich. Sie lächelte Parvati, die ganz rot geworden war, aufmunternd an. »Also, wie sieht es aus? Ich habe ungefähr eine Stunde Zeit. Danach bring ich dich zu Devi und Sam.«

Emil schien kurz nachzudenken. »Kann Parvi mitkommen?«

Julia wechselte mit Devi einen Blick. Die nickte.

»Klar«, antwortete sie.

»Also, worum geht's?« Sie saßen auf einer der hübschen Plazas des Städtchens unter einem Sonnenschirm und hatten sich ihre Pizzas schmecken lassen. »Damit du es gleich weißt: Nein, wir fühlen uns nicht zu jung für eine Beziehung.«

Julia hätte sich beinahe an ihrem Orangensaft verschluckt. So förmlich drückte sich ihr dreizehnjähriger Neffe sonst nie aus.

»Wie kommst du denn darauf? Hat das jemand zu dir gesagt?«

»Klar«, antwortete Emil. »Und dreimal darfst du raten, wer das war.«

»Dein Vater?«

»Bingo!« Emil trank sein Glas leer. »Also fang du besser nicht auch damit an.«

»Das hatte ich nicht vor«, antwortete Julia. »Ich wollte etwas anderes mit dir … oder mit euch beiden besprechen. Devi hat erzählt, du willst bei deinem Vater ausziehen?«

»Genau«, gab Emil zurück. »Ich ziehe zu Parvi.« Er warf seiner Freundin ein strahlendes Lächeln zu, und sie lächelte glücklich zurück.

»Das Problem ist, Devi möchte das nicht«, wandte Julia ein. »Sie sagt, es ist zu eng in den Wohnhöhlen.«

»Ist gar nicht wahr«, konterte Emil empört. »In Parvis Raum ist Platz genug.«

Julia holte tief Luft. »Emil, das geht einfach nicht. Sam und Devi sind dagegen, dass ihr euch ein Zimmer teilt. Ihr seid erst dreizehn und …«

»Jetzt kommst du doch mit dieser blöden Nummer mit dem Alter«, fiel ihr Emil wütend ins Wort. »Was glaubt ihr denn von uns? Wir wissen selbst, wie jung wir sind. Parvi und ich haben beschlossen, dass wir noch warten wollen mit dem … mit dem Sex. Mindestens, bis wir sechzehn sind. Wir wollen einfach zusammen sein. Weil wir uns liebhaben.«

Julia war sprachlos. So genau hatten sich die beiden das überlegt?

»Wenn man sich liebhat, möchte man eben Zeit miteinander verbringen«, warf Parvati schüchtern ein. »Und Emil hat schließlich niemanden.«

»Das stimmt so nicht«, antwortete Julia betroffen. »Emil hat seinen Vater. Und er hat mich.«

»Wieso sagt Devi mir das eigentlich nicht selbst?«, fuhr Emil zornig auf.

»Sie wollte erst meine Meinung dazu hören«, erklärte Julia geduldig. »Und wenn ihr mögt, können wir ja gleich zu ihr fahren und das Ganze gemeinsam besprechen.«

Emils Wut schien in sich zusammenzufallen, auf einmal wirkte er nur noch niedergeschlagen. »Ich halte es nicht mehr aus bei Papa«, sagte er leise. »Die meiste Zeit bin ich sowieso allein zu Hause. Und wenn er da ist, zoffen wir uns bloß.«

»Du könntest bei mir wohnen«, schlug Julia vor. »Vorausgesetzt, dein Vater ist einverstanden.«

»Das wird er niemals sein«, gab Emil frustriert zurück. »Schon gar nicht, wenn *du* ihn fragst. Wenn er sich mit jemandem noch mehr zofft als mit mir, bist du das. Das war schon immer so.«

»Worüber streitet ihr euch denn?«, fragte Julia behutsam.

»Über alles«, kam es prompt zurück. »Vor allem bin ich ihm nicht sportlich genug. Dauernd stellt er mich als Versager hin.« Julia musste an Emils letzten Geburtstag denken, als er sich beim Paragliding am Fußgelenk verletzt hatte. Damals hatte Jens gesagt, Emil habe sich blöd angestellt. »Und Parvi kann er auch nicht leiden«, fuhr Emil fort. »Er sagt hässliche Dinge über sie und ihre Eltern.«

»Also würde er wohl kaum erlauben, dass du bei ihnen wohnst«, gab Julia zu bedenken.

»Das ist mir egal«, stieß Emil bockig hervor. »Wenn es sein muss, hauen wir beide eben von zu Hause ab. Stimmt's, Parvi?«

Das Mädchen nickte heftig.

»Weglaufen ist keine Lösung«, wandte Julia ein. »Ihr wisst selbst, dass das Unsinn ist.«

Emil starrte auf seinen Teller, auf dem nur noch ein paar Pizzaränder lagen. »Warum kann ich nicht einfach ein Zuhause haben, so wie alle anderen?«, fragte er leise, und Julia zog es das Herz zusammen, so unfassbar unglücklich wirkte der Junge. Parvati nahm seine Hand und drückte sie. Tränen glitzerten in ihren Augen.

»Ich red mit meinen Eltern«, flüsterte sie. »Vielleicht erlauben sie es ja doch.«

»Mach das«, riet Julia. »Aber wenn sie Nein sagen, solltet ihr das akzeptieren.«

»Ich würde schon gern bei dir wohnen.« Emil sah an Julia vorbei. »Es ist namlich ein Scheiß-Gefühl, wenn man nicht erwünscht ist.«

Julia hielt unwillkürlich kurz die Luft an. Denn dieses Gefühl kannte sie selbst sehr gut. Ihr war es früher nicht anders ergangen. So richtig willkommen hatte sie sich nur im Haus ihrer besten Freundin Claire gefühlt. Deren Mutter hatte ihr die Zuwendung gegeben, die sie bei ihrer eigenen so vermisst hatte. Jens dagegen war zu Hause stets der Kronprinz gewesen, ja, ihre Mutter hatte ihn geradezu vergöttert. Amelie hatte mal den Gedanken geäußert, dass er deswegen so unausstehlich geworden war. Ob das stimmte?

Julia schob ihre Erinnerungen beiseite und bat um die Rechnung.

»Wenn das so ist, spreche ich mit Jens, damit du zu uns ziehen kannst«, sagte sie zu Emil und hoffte inständig, dass es ihr gelingen würde, ihren Bruder davon zu überzeugen.

»Heute haben wir zwei große Gruppen, und außerdem wurde ein Tisch für zwei Personen reserviert.« Amelie stand über das Reservierungsbuch gebeugt. »Ach ja, und unser Himmelsgucker kommt ja auch noch.« Sie blickte auf und zwinkerte Julia zu, was diese irritiert zur Kenntnis nahm. »Den Tisch mit den zehn Personen stellen wir dort auf, oder?« Amelie wies auf die Wand der Theke gegenüber. »Und den für die Sechsergruppe hier im Anschluss an die Theke. Dann können wir die zwei kleineren Tische …« Das Telefon klingelte, und Julia nahm den Hörer ab.

Es war Douglas, und er klang verlegen.

»Hallo, Julia«, hörte sie ihn sagen. »Ich wage kaum zu fragen …«

»Möchtest du absagen?«

»Nein, im Gegenteil«, erklärte Douglas. »Ich habe heute meine künftigen Kollegen getroffen, und einige würden mich heute Abend gern begleiten. Ich weiß, dass ihr ausgebucht seid und …«

»Du kannst gern noch drei weitere Personen mitbringen«, half ihm Julia aus der Verlegenheit. »Zu viert habt ihr an dem Tisch, den wir für dich vorgesehen haben, durchaus Platz.«

»Ach, wie schön«, hörte sie den Astrophysiker erfreut sagen.

»Das ist doch viel netter für dich, statt ganz allein zu essen«, antwortete Julia. »Also decken wir für vier Personen?«

»Ja, das ist wunderbar. Bis heute Abend.«

»Der Himmelsgucker bringt noch drei weitere mit?«, fragte Amelie, nachdem Julia das Gespräch beendet hatte.

»Ja«, antwortete Julia und zog das Reservierungsbuch zu sich heran. »Was sind denn das für Gruppen? Kennen wir jemanden?«

»Und ob«, antwortete Amelie. »Den Zehnertisch hat Totos Vater reservieren lassen.«

»Toto kommt also auch?«

Amelie schüttelte den Kopf. »Nein, er musste heute Nachmittag nach Teneriffa und kommt erst morgen wieder. Keine Ahnung, wen Juan mitbringt. Ein paar Freunde, hat er gesagt.«

»Und die andere Gruppe?«

»Das sind Touristen, schätze ich.« Amelie begann bereits, die Stühle zur Seite zu räumen, um die Tische umzustellen. »Der Anrufer sprach Deutsch. Die am Zweiertisch scheinen Franzosen zu sein.«

»Okay«, sagte Julia und ging ihrer Freundin zur Hand.

Während sie in der Küche alles für den Abend vorbereitete, überlegte sie, bei welcher Gelegenheit sie am besten mit ihrem Bruder über Emils Wunsch sprechen könnte. Sollte sie ihn zum Mittagessen ins Flor de Sal einladen? Seit sie das Restaurant mittags nicht mehr geöffnet hatte, waren diese Mahlzeiten allerdings sehr familiär, und Julia bezweifelte, dass ein Essen in Gegenwart von Álvaro, Amelie und Tanja der richtige Rahmen für ihr Anliegen war, einmal davon abgesehen, dass Tanja sicher das Weite suchen würde.

Sie war noch zu keinem Schluss gekommen, als die ersten Gäste eintrafen. Punkt sieben erschienen wie immer die deutschen Touristen, während die Einheimischen meist nicht vor neun zu Abend aßen. Julia fand das praktisch, so konnte sie ohne großen Stress die Bestellungen abarbeiten. Auch Douglas und seine drei Kollegen kamen bald darauf, und Julia ging kurz ins Restaurant, um sie zu begrüßen.

»Welcome«, sagte sie und blickte in die Runde. »Wie international ist euer Team?«

»Tom kommt aus den USA«, stellte Douglas seine Kollegen vor. »Santosh aus Indien. Und Thure aus Schweden.«

»Aus allen Himmelsrichtungen also«, antwortete Julia beeindruckt. »Dann hoffe ich sehr, dass es euch heute Abend bei uns munden wird.«

»Ganz bestimmt«, versicherte ihr Douglas, und seine grünen Augen leuchteten.

Julia wollte sich gerade dem Tisch mit den Touristen zuwenden, als die Tür aufging und ein Mann hereintrat, gefolgt von einer Frau, die sich mit kritischem Blick umsah. Julia hatte das Gefühl, als würde ihr Herz einen Moment lang aussetzen, denn der Mann war niemand anderes als Alain Duclos, mit dem sie vor langer Zeit einmal zusammen gewesen war. Er hatte ihr damals das Herz gebrochen, als er sie verlassen hatte, um die Erbin eines

Hotels der Extraklasse in Grenoble zu heiraten. Zwar war sie längst über diese Sache hinweg, trotzdem war es ein kleiner Schock, ihn so unvorbereitet vor sich zu sehen. Gleich darauf hatte sie sich gefasst, atmete tief durch und ging freundlich lächelnd auf ihre einstige große Liebe zu.

»Alain«, sagte sie. »Was für eine Überraschung. Und Sie müssen Mireille sein, nicht wahr?« Sie sprach Französisch, das sie ebenso fließend beherrschte wie Spanisch und Englisch.

»Madame Duclos«, korrigierte die Frau sie mit einem herablassenden, dünnen Lächeln.

5

Je später der Abend ...

»Schön, dich wiederzusehen«, sagte Alain und strahlte Julia an, als sei seine Frau gar nicht da und überhaupt nie etwas zwischen ihnen gewesen. »Stell dir vor, wir machen hier ein paar Tage Urlaub. Und da wollten wir auf keinen Fall versäumen, dein Restaurant zu besuchen. Sein Ruf ist bis zu uns gedrungen. Mein Kompliment.«

Julia setzte ein unverbindliches Lächeln auf und wies auf den reservierten Tisch.

»Das ist nett«, sagte sie. »Bitte, nehmt Platz.« Sie nickte Mireille Duclos höflich zu und verschwand in die Küche. Amelie folgte ihr auf dem Fuße.

»Hast du das gewusst?«, überfiel Julia sie.

»Nein! Natürlich nicht«, antwortete diese genauso überrascht.

»Diese Frau ist ja ein wandelnder Kühlschrank.« Julia schüttelte fassungslos den Kopf.

»Du sagst es.« Amelie stöhnte auf. »Kannst du jetzt verstehen, warum ich um keinen Preis da bleiben wollte?« Tatsächlich hatte sie für kurze Zeit als Restaurantleiterin unter Alain und seiner Frau gearbeitet, ehe sie zu Julia ins Flor de Sal gekommen war.

»Oh ja, das kann ich«, gab Julia zurück. »Aber jetzt hinaus mit dir. Die Astrophysiker haben sicher längst gewählt. Und Monsieur und Madame ...«

»... warten auf die Karte«, fiel ihr Amelie ins Wort. »Natürlich.« Sie straffte sich und verließ die Küche.

Paola, die gerade die Wildkräuter für den Salat verlas, warf ihr einen beunruhigten Blick zu, denn Amelie und Julia hatten natürlich Deutsch gesprochen.

»Was ist los?«, fragte sie. »Ist der Kaiser von China gekommen?«

»Nein«, antwortete Julia und musste lachen. »Nur jemand, der sich dafür hält.«

»Na, dann wollen wir ihm mal zeigen, wer hier die wahre Königin ist«, erklärte Paola stolz und machte sich weiter an ihre Arbeit.

Diego hatte Julia an diesem Morgen ganz besonders zarte Tintenfische gebracht, und deshalb stand jenes Gericht auf der Karte, für das das Flor de Sal schon zu Zeiten berühmt gewesen war, als Álvaros Großmutter Belén hier noch am Herd gestanden hatte. Ihr Rezept war ein Geheimnis, das sie an Julia weitergegeben hatte. Julia hatte es noch verfeinert und hielt die Zubereitungsweise streng geheim. Deshalb freute sie sich, als Alain und seine Frau sich dafür entschieden, denn sie war sich sicher, dass die beiden trotz ihrer Erfahrung im Bereich der Gastronomie – Alain war immerhin der beste Pâtissier und Chocolatier, den Julia kannte – so etwas noch nie gekostet hatten.

Konzentriert und gut gelaunt hantierte sie mit Pfannen und Kasserollen, verwendete wie immer viel Sorgfalt auf das Anrichten der Teller, und noch ehe die große Gesellschaft eintraf, waren die anderen Tische bereits beim Dessert angelangt.

»Und?«, fragte Julia, als Amelie das schmutzige Geschirr in die Küche brachte. »Sind sie zufrieden?«

»Du meinst Madame und Monsieur?«, fragte Amelie. »Sie sind schwer beeindruckt, auch wenn vor allem Madame das nie zugeben wird. Die Himmelsgucker schweben auf Wolke sieben, vor allem Douglas. Der hat überhaupt die ganze Zeit die Küchentür im Auge und hofft, dass du endlich mal wieder rausschaust.«

Julia lachte. »Das glaube ich kaum«, antwortete sie. »Aber jetzt könnte ich tatsächlich kurz allen guten Abend sagen, ehe Juan mit seinen Freunden hier einfällt.«

Sie kontrollierte ihr Aussehen in dem kleinen Spiegel neben dem Schrank, in dem sie ihre Kochblusen aufbewahrte, und entdeckte einen Saucenfleck auf ihrer Brust. Rasch zog sie ein frisches Shirt über und richtete ihr Haar. Dann betrat sie das Restaurant und hielt vor Überraschung kurz inne. Vom Tisch der Astrophysiker ertönte Applaus.

»Ich habe nicht gewusst, dass man so gut essen kann«, erklärte Douglas.

»Als Schotte bist du vermutlich nur dieses schreckliche Haggis gewöhnt«, spottete Tom, sein amerikanischer Kollege. »*Well*, ich muss mich ihm dennoch anschließen«, fügte er, an Julia gerichtet, hinzu. »Das Essen war wirklich ein Erlebnis.«

»Es war ausgesprochen lecker«, sagte Santosh, der viel jünger wirkte als seine Kollegen. »Ich würde meiner Mutter gern das Rezept von dem gefüllten Tintenfisch schicken. Verraten Sie es mir?«

»Tut mir leid«, antwortete Julia. »Das ist ein Betriebsgeheimnis. Das Mesón Flor de Sal ist für den Tintenfisch berühmt, und das nicht erst, seit ich hier bin.«

»Wir müssen eben wiederkommen«, erklärte Thure mit einem breiten Lächeln. »Ich fand alles sehr gut, vor allem das Dessert. Dieses knusprige Zeug … es schmeckt süß und salzig zugleich.«

Julia nickte. »Sie haben recht«, sagte sie. »In meinem Mandelkrokant ist Flor de Sal. Wissen Sie, was das bedeutet?«

»Es ist der Name des Restaurants«, antwortete er verwirrt.

»Richtig.« Julia musste lachen. »Mit Flor de Sal bezeichnet man das kostbarste Salz, das man aus dem Meer gewinnen kann, sehr feine Kristalle, die sich nur bei besonderer Witterung bei Sonnenauf- und -untergang bilden. Die sogenannten Salzblumen. Leider gibt es im Englischen keinen Ausdruck dafür, jedenfalls ist mir keiner bekannt. Auf Französisch sagt man Fleur de Sel. Möchten Sie es verkosten?«, fragte Julia.

»Gern!«, riefen Douglas' Kollegen wie aus einem Munde.

»Es dauert nur einen Moment«, versprach Julia und ging zurück in die Küche. Sie bat Paola, in vier winzige Schälchen etwas Olivenöl zu geben. Sie selbst streute ein paar Kristalle Flor de Sal aus Álvaros Salzgarten in vier weitere kleine Gefäße. Dann schnitt sie eines ihrer selbst gebackenen Brötchen in feine Scheiben, legte sie in einen Korb und stellte alles auf ein Tablett.

»Kannst du das bitte den Astrophysikern bringen?«, bat sie Amelie. »Und ihnen erklären …«

»… dass sie das Brot ins Öl tauchen sollen und ein paar Körnchen darüber streuen sollen? Klar doch!«

Im Grunde, überlegte Julia, während Amelie im Restaurant verschwand, könnten sie das künftig jedem Gast noch vor dem Gruß aus der Küche servieren. Warum war sie darauf noch nicht gekommen?

»Ich glaube, es wäre gut, wenn du auch an Alains Tisch gehen würdest«, sagte Amelie, als sie zurückkam. »Er und seine Frau haben mit Argusaugen beobachtet, wie lange du mit den Himmelsguckern geredet hast.«

Julia seufzte leise. Sie fand es anstrengend, die beiden im Haus zu haben. Und wie sie Alain kannte, hatte er sicher ein Anliegen. Nur welches? Sie konnte sich nicht vorstellen, dass er die lange Reise aus rein persönlichem Interesse gemacht hatte. So oder so, Amelie hatte recht. Vielleicht täuschte sie sich ja, und die beiden waren tatsächlich »nur« hier, um ein paar Urlaubstage zu verbringen.

»Darf ich euch noch etwas anbieten«, fragte sie, als sie vor dem Tisch stand, an dem Alain mit seiner Frau saß. »Einen Kaffee? Oder eine Spezialität von der Insel, einen Ron Aldea?«

»Nein danke«, antwortete Mireille.

»Magst du dich einen Moment zu uns setzen?«, fragte Alain.

Julia zögerte kurz, ehe sie ihm gegenüber Platz nahm. »Wir wollten dich etwas fragen«, fuhr er fort und warf seiner Frau einen verschwörerischen Blick zu. »Das ist ja alles ganz nett hier, sehr romantisch, da sind Mireille und ich uns einig. Aber sei mal ehrlich: Du vergeudest hier doch dein Talent!« Julia blieb kurz die Luft weg. Alain schien das zu bemerken und legte beschwichtigend die Hand auf ihren Arm, den sie sogleich zurückzog. »Entschuldige, dass ich so mit der Tür ins Haus falle. Allerdings sehe ich, dass da drüben für weitere Gäste eingedeckt ist, und ich nehme an, du hast keine Zeit für Small Talk. Wir suchen noch immer einen Chef de Cuisine für unser Hotel. Keiner hat bislang unseren Vorstellungen entsprochen. Du wärst perfekt.«

»Wir zahlen gut«, fügte seine Frau hinzu. »Und Grenoble ist sehr hübsch. Wir würden Sie gern für uns gewinnen.«

»Das ehrt mich sehr«, antwortete Julia, nachdem sie sich von der ersten Überraschung erholt hatte. »Leider kann ich Ihr Angebot nicht annehmen. Ich habe hier mein Zuhause gefunden.«

»Was heißt hier Zuhause?«, wandte Alain leidenschaftlich ein. »Wir Gastronomen sind Nomaden, wir schlagen keine Wurzeln.«

»Das mag vielleicht für Angestellte in unserer Branche zutreffen«, gab Julia zurück, die sehr wohl bemerkte, dass Mireille bei seiner letzten Bemerkung die Stirn gerunzelt hatte und Alain empört ansah. »Für mich trifft das nicht mehr zu. Das Restaurant samt der Finca ist mein Eigentum. Du wirst ja von Grenoble auch nicht mehr fortgehen, oder? Schließlich hast du Frau und Kinder dort. Und ich habe eben hier eine Familie gefunden.«

»Ach, Sie haben Kinder?«, fragte Mireille und hob die Brauen.

»Mein Patensohn lebt hier auf der Insel«, antwortete Julia unwillkürlich ebenso kühl, wie Mireille ihr schon die ganze Zeit begegnete, trotz des Angebots. Sie war sich sicher, dass Alains Frau genau wusste, dass sie keine eigenen Kinder hatte, und fand ihre Frage nicht gerade taktvoll. »Und was noch wichtiger ist: Ich habe hier die Liebe meines Lebens gefunden. Tut mir leid, dich enttäuschen zu müssen, Alain, ihr müsst euch nach einem anderen Chef umsehen.«

»Das ist dann wohl so«, sagte Mireille und wirkte, als sei die Sache für sie erledigt. »Wir werden schon jemanden finden.«

»Ich sehe das anders«, wandte Alain ein. »Natürlich gibt es viele ausgezeichnete Köche. Aber du bist eine Ausnahmeerscheinung, Julia. Jedes einzelne Detail bei dir ist perfekt. Ach, was sage ich: Es ist mehr als Perfektion. In deinen Gerichten steckt … wie soll ich das nur in Worte fassen? Man kann die Liebe schmecken, mit der du alles machst. Das bist einfach du. Julia Brunner. Ein Mensch voller Liebe.«

Mireille Duclos warf ihrem Mann einen derart vernichtenden Blick zu, dass Julia unwillkürlich fröstelte. Sie hatte keine Ahnung von der Beziehung der beiden, trotzdem tat ihr Alain von Herzen leid. Sie wollte gar nicht wissen, was die Hotelerbin ihm auf der Heimfahrt alles an den Kopf werfen würde.

»Danke für deine anerkennenden Worte«, sagte sie neutral und vermied es, ihm dabei in die Augen zu sehen. Für sie hatte das alles mehr nach einer Liebeserklärung geklungen als nach einem Lob. Und wie ihr schien, empfand Mireille das ebenso. »Mein Entschluss steht fest. Ich gehe hier nicht weg. Bitte akzeptiere das.«

»Das akzeptieren wir selbstverständlich«, erklärte Mireille mit eisiger Stimme. »Für jeden Menschen findet sich ein Ersatz. Niemand ist unersetzlich.« Den letzten Satz sagte sie, während sie Alain fixierte, und es hörte sich wie eine Drohung an. Dann wandte sie sich wieder Julia zu. »Wir wollen Ihre kleine Idylle hier keineswegs stören. Ich denke, wir würden nun gern bezahlen. Nicht wahr, Alain?«

Ganz kurz blitzte so etwas wie blanker Hass in Alains Augen auf, dann hatte er sich wieder in der Gewalt. »*Bien sûr, ma chérie*«, antwortete er mit einem Lächeln. »Ganz wie du willst.«

Julia kannte ihn jedoch gut genug, um zu erkennen, dass diese Ehe keine glückliche war. »Ihr seid natürlich meine Gäste«, sagte Julia und erhob sich. Und als Alain widersprechen wollte, fügte sie rasch hinzu: »Das versteht sich von selbst.«

Amelie hatte Monsieur und Madame in ihrem Auftrag als Abschiedsgeschenk eine Packung Flor de Sal überreicht, als sie endlich gegangen waren. Die Touristengruppe war ebenfalls aufgebrochen, sodass einige unangemeldete Besucher das Glück hatten, ohne Reservierung Platz zu finden. Douglas und seine Kollegen dagegen hatten eine weitere Flasche Wein bestellt und wirkten, als wollten sie noch lange nicht gehen.

»Haben sie auch dir ein Angebot gemacht?«, fragte Julia ihre Freundin, als sie die neuen Bestellungen brachte.

»Nein«, erwiderte Amelie auf Julias Frage. »Das hätte mich ganz schön gewundert nach dem plötzlichen Abgang, den ich bei ihnen letztes Jahr gemacht hatte. Aber warte mal … haben sie etwa dir …«

»Ja, Alain wollte mich tatsächlich überreden, zu ihnen zu kommen.«

Amelie schüttelte fassungslos den Kopf. »Du hast doch wohl nicht …«

»Bist du verrückt?«, gab Julia lachend zurück. »Natürlich habe ich Nein gesagt. Ich gehe nirgendwohin. Ich hoffe nur, du bist nicht irgendwann diejenige, die sich fortlocken lässt.« Sie stutzte. Mit einem Mal wirkte Amelie ausgesprochen ernst. »Was ist los?«, fragte sie alarmiert. »Überlegst du dir womöglich wegzugehen?«

»Nein«, antwortete Amelie. »Mir fällt nur gerade ein … Neulich hab ich Fayna getroffen, mit Kind und Kegel. Und da hat sie ein paar sehr seltsame Andeutungen gemacht.«

»Was hat sie denn gesagt?« Julia erschrak. Ihr fiel ein, was Fayna am Tag der Taufe zu ihr gesagt hatte. Dass sie wieder arbeiten wolle. Julia hatte das nicht wirklich ernst genommen. Oder nicht ernst nehmen wollen? Und dann völlig vergessen.

Aus dem Restaurant drangen Stimmen, offenbar trafen Juan und seine Freunde gerade ein.

»Ach, wahrscheinlich hatte es nichts zu bedeuten«, antwortete Amelie, der das nicht entgangen war. »Lass uns ein andermal darüber sprechen.« Und damit war sie im Restaurant verschwunden, um die Gäste zu begrüßen.

Julia sah nach den Brötchen, die sie stets frisch aus dem Ofen servierte, und stellte fest, dass sie fertig waren. Sie nahm das Blech heraus und schob es zum Abkühlen in das dafür vorgesehene Metallgestell. Noch immer hallte die eisige Stimme von Mireille Duclos in ihr nach. Sie konnte es einfach nicht fassen, dass Alain, mit dem sie in Paris gut drei Jahre lang zusammen gewesen war, sie für diese unangenehme Frau verlassen hatte. Tatsächlich, so überlegte sie, während sie Paola half, mit dem Eisportionierer Kugeln aus der Seehechtcreme als Gruß aus der Küche auf kleine Tellerchen zu platzieren, jede Einzelne mit einer hauchfeinen Scheibe von filetierten Zitronenschnitzen und einer von ihr selbst eingelegten Olive dekoriert – tatsächlich hatte Alain wohl eher das renommierte Hotel geheiratet und die Erbin hingenommen. Eine solche Entscheidung war für Julia einfach unbegreiflich.

Sie bat Paola, die inzwischen ausgekühlten Brötchen in zwei Körbe zu verteilen, und begann, Olivenöl und Zitronensaft mit Salz und einer kleinen Prise Zimt, ihr Geheimtipp, zu einer weißlichen Emulsion aufzuschlagen. Dabei wurde ihr bewusst, dass die unerwartete Begegnung mit jenem Mann, der ihr damals so viel Kummer zugefügt hatte, überhaupt keine Wirkung mehr auf sie hatte. Außer dem Staunen darüber, für welchen Weg er sich entschieden hatte, empfand sie rein gar nichts mehr für ihn. Erleichtert fügte sie frisch geschnittene Petersilie und Kerbel zu ihrer Salatsauce, ein wenig Orangensenf und verrührte alles miteinander.

»Die blauen Blüten sind alle«, riss Paola sie aus ihren Gedanken.

»Du meinst den Borretsch?« Ihre Küchenhilfe nickte.

Julia ging hinüber zu den Vasen mit den essbaren Blumen, die sie von Gara bezog, der Mutter ihres Biobauern. »Dann nehmen wir die Beinwellblüten«, entschied sie. »Sie schmecken sehr ähnlich.«

Amelie kam mit der Order von Juans Tisch.

»Tisch eins ist wieder besetzt«, berichtete Amelie. »Die beiden Paare konnten ihr Glück kaum fassen, dass sie ohne Anmeldung Platz gefunden haben.« Sie nahm das Tablett mit den Amuse-Gueule auf und war schon halb aus der Tür, als sie sich noch einmal umwandte und sagte: »Naira hat gefragt, wo Álvaro ist.«

Julia stöhnte auf. »Ist sie etwa auch da?«

Amelie nickte, zog eine lustige Grimasse, und schon schwang die Tür hinter ihr zu.

Julia studierte die Order und machte sich an die Vorbereitungen. Kurz dachte sie an früher, als sie noch die Küchenleitung im Savoir Vivre, einem erstklassigen Restaurant am Fuße des Schwarzwalds, innegehabt hatte. Damals hatte sie die Order laut verlesen, und sogleich hatte jeder Koch in ihrer Mannschaft gewusst, was zu tun war. Damals hatte sie über viele spezialisierte Köche verfügt, über einen Souschef, ihre rechte Hand, eine Kaltmamsell für Salate und alle kalten Vorspeisen, einen Tournant, der jederzeit einspringen konnte, wo man ihn brauchte, über einen Entremetier, der für die Beilagen zuständig war, und einen Pâtissier für Desserts und Kuchen. Dabei war ihre Küchenbrigade verhältnismäßig klein gewesen. In Alains Hotel gab es sicherlich noch einen Potager für die Suppen, einen Saucier für die Saucen und einen Poissonnier für die Fische, außerdem mehrere Commis de Cuisine, die Jungköche, die ihre ersten Erfahrungen schon hinter sich hatten und nun die Kunst der Sterneküche erlernen wollten.

Heute machte Julia alles allein, einzig unterstützt von Paola. Und es gefiel ihr so. Denn damals war sie kaum noch selbst zum Kochen gekommen. Und schließlich war es das Kochen, weswegen sie diesen Beruf gewählt hatte.

Mitunter dachte sie darüber nach, einen zweiten Koch einzustellen, damit nicht alles an ihr hing. Wenn sie Urlaub machen wollte oder krank würde, müsste sie das Restaurant schließen. Doch sie war fest davon überzeugt, dass sie eines Tages den richtigen Mann oder die richtige Frau dafür finden würde.

»Stell dir vor, Douglas' Kollegen sind alle gegangen, nur er hängt noch hier rum«, berichtete Amelie. »Dabei stehen drei Leute im Hof und würden gerne essen. Ist es in Ordnung, wenn ich ihn bitte, sich an die Bar zu setzen?«

Julia blickte auf. »Er ist noch hier?«, fragte sie ungläubig. »Klar soll er sich an die Bar setzen. Biete ihm einfach etwas an. Es geht aufs Haus.«

Während der folgenden Stunde war sie so beschäftigt, die Bestellungen an den verschiedenen neu besetzten Tischen abzuarbeiten, dass sie überhaupt nicht zum Nachdenken kam. Ihre ganze Konzentration galt den erlesenen Lebensmitteln, die sie verarbeitete, ihren Garzeiten, den Saucen und dem Anrichten der Teller. Und alles musste einem bestimmten Rhythmus folgen, damit die Gäste an einem Tisch ihre Gerichte stets zur gleichen Zeit serviert bekamen, auch wenn jeder von ihnen etwas vollkommen anderes bestellt hatte. Von Amelie erfuhr sie durch über Jahre hinweg eingeübte Zeichen und Zurufe, wie weit jeder einzelne Tisch war, sodass sie den richtigen Zeitpunkt erwischen konnte, nicht zu früh und nicht zu spät, an dem der nächste Gang serviert werden musste.

Als sie endlich das letzte Dessert zubereitet hatte, war es kurz vor Mitternacht. Paola hatte längst die Küche aufgeräumt und sich verabschiedet. Müde zog Julia ihre Kochbluse aus und streifte ein leichtes T-Shirt über und ging ins Restaurant, um Juan und seine Freunde zu begrüßen. Zu ihrer Überraschung saß Douglas noch immer an der Bar und hielt sich an einem Glas Wasser fest.

»Douglas!«, rief Julia verwundert aus. »Was machst du denn hier ganz allein?« Sie wusste von Miguel, der im Observatorium arbeitete, dass die Wissenschaftler dort oben einquartiert waren. Falls Douglas jetzt schon in der Unterkunft der Wissenschaftler auf dem Berg wohnte, hatte er einen weiten Weg vor sich, und das mitten in der Nacht.

»Ich wollte dich etwas fragen«, antwortete er.

»Und deshalb hast du so lange gewartet?« Julia konnte es nicht fassen. Sie sah zu Amelie hinüber, die gerade neue Mineralwasserflaschen auf die lange Tafel stellte, an der Juan mit seinen Bekannten saß. Ihre Freundin warf ihr einen Blick zu und hob dabei auf unnachahmliche Weise kurz eine Augenbraue, dann wandte sie sich wieder den Gästen zu. »Was möchtest du denn wissen?«

»Könntest du mir ein Plätzchen reservieren, damit ich hier zu Abend essen kann?« Seine grünen Augen sahen sie bittend an.

»Natürlich«, antwortete Julia und zog das Reservierungsbuch zu sich, das auf der Theke lag. »Wann willst du denn kommen?«

»Ab nächste Woche regelmäßig: jeden Dienstag und Donnerstag. Und zwar gleich um sieben. Danach muss ich arbeiten.«

»So oft?«, fragte Julia verblüfft. »Hast du dir das gut überlegt? Es ist ein ziemlich weiter Weg bis zum Observatorium«, wandte sie ein. »Diese lange Fahrt willst du garantiert nicht täglich auf dich nehmen.« Ehe er etwas erwidern konnte, fuhr sie rasch fort. »Es freut mich natürlich riesig, dass es dir so gut bei mir geschmeckt hat. Aber es gibt noch viele andere gute Restaurants. Zum Beispiel das La Lubina, der Wirt und seine Frau sind meine Freunde, Rayco kocht ausgezeichnet. Und es ist nur die halbe Strecke …«

»Du hast recht«, antwortete Douglas und straffte sich. »Danke für den Tipp, ich werde es ausprobieren. Trotzdem … ich würde gern wiederkommen. Das ist dir doch recht?«

»Ja natürlich ist mir das recht, sehr sogar«, sagte Julia rasch. »Ruf einfach ein paar Tage vorher an. Das klappt bestimmt.« Douglas rutschte von seinem Barhocker. Er wirkte ernüchtert, und Julia hoffte, ihn nicht verprellt zu haben. »Hey, ich freu mich wirklich, dass es dir hier bei uns gefallen hat.« Julia legte kurz ihre Hand auf seinen Arm. Wie seltsam anhänglich dieser schottische Sternegucker war. Sicher lag es daran, dass er ganz neu auf der Insel war. Wenn er sich erst einmal eingelebt hätte, würde ihm sein Wunsch, so oft im Flor de Sal zu Abend zu essen, sicherlich albern vorkommen. »Und jetzt entschuldige mich bitte. Ich muss endlich diese Gäste begrüßen.«

Sie lächelte ihm zu und sah aus den Augenwinkeln, dass Amelie seine Rechnung fertig machte. Dann begab sie sich zu Juans Tisch, wo man gerade über Pipo sprach, der an der Landstraße nicht weit vom Flor de Sal eine Bar betrieb.

»Die Behörden wollen ihm die Bretterbude dichtmachen«, erzählte ein Mann, den Julia nur vom Sehen kannte.

»Die Bar de los dos Dragos?«, fragte Juans Frau ungläubig. »Die gab es doch schon immer.«

»Offenbar hat sie keine offizielle Genehmigung«, gab der andere zurück.

»Das können sie nicht machen«, echauffierte sich Juan. Sein Blick fiel auf Julia. »Dass die *jefa* endlich Zeit für uns hat!«, rief er halb belustigt, halb vorwurfsvoll aus.

»*Lo siento, mis amigos*«, gab sie bedauernd zurück und zog einen Stuhl heran. »Tut mir wirklich leid. Ihr habt ja gesehen, was heute los war. Was war das eben? Pipos Bar soll geschlossen werden?« Während man weiter darüber sprach, blickte sie in die Runde und sah viele bekannte Gesichter. Da waren Beatriz, Juans Frau, und Naira mit ihren Eltern Dora und Jago. Und wo Naira war, fand man auch stets Pepe, so als sei er ihr Schatten. Dann saß noch Faynas Mutter Arminda am Tisch, und Julia erkundigte sich nach dem Befinden des Säuglings und der jungen Mutter.

»Es geht allen gut«, antwortete Arminda. »Wenn meine Tochter nur nicht so ... so nervös wäre. Nichts scheint ihr recht zu sein. Dabei hat sie alles, was man sich nur wünschen kann: ein gesundes Baby. Einen wundervollen Mann, eine Mutter, die sie unterstützt ...«

»Die ersten Monate sind nicht einfach«, nahm Beatriz Fayna in Schutz. »Es ist ihr erstes Kind. Ich kann mich noch gut daran erinnern, was für eine Umstellung es für mich war, als Toto zur Welt kam.«

»Für mich war Bentors Geburt das schönste Erlebnis meines Lebens«, warf Dora ein, Nairas Mutter, und die anderen verstummten betreten. Bentor war Nairas älterer Bruder, Álvaros Großcousin, der bei einem Fischereiunglück ums Leben gekommen war. »Und ich fand es überhaupt nicht anstrengend mit ihm. Jeder einzelne Tag mit ihm war ein Geschenk.«

Julia warf Naira einen Blick zu, die bleich geworden war. Hoffentlich bekam sie nicht gerade jetzt wieder einen ihrer Anfälle. Jago griff nach der Hand seiner Frau und betrachtete sie besorgt.

»Kinder sind wirklich etwas Wunderbares«, sagte Juan schließlich in die Stille hinein und wandte sich Julia zu. »Wo ist eigentlich Álvaro?«

»Er ist nach Santa Cruz gefahren«, antwortete sie und hoffte, dass Juan es dabei bewenden lassen würde, denn tatsächlich hatte Álvaro ihr nicht gesagt, was er dort zu tun hatte.

»Und er ist noch nicht zurück?« Natürlich war es Naira, die Julia halb vorwurfsvoll, halb beunruhigt musterte.

»Nein«, antwortete Julia und erhob sich. Es war spät, und sie war müde. Sich jetzt noch einem Kreuzverhör unterziehen zu lassen lag jenseits ihrer Geduld. »Seid mir nicht böse«, sagte sie. »Es war ein langer Tag. Darf ich euch noch etwas anbieten? Kaffee? Einen *digestivo?* Oder noch etwas Süßes? Amelie wird euch mit allem versorgen, was ihr euch wünscht.«

Sie war schon fast an der Tür zur Küche, als sie hörte, wie Dora missbilligend sagte: »Sie weiß noch nicht einmal, wo er steckt. Und das um diese Zeit.«

»Er hat eben zu tun«, wandte Juan begütigend ein. »Und Julia ebenfalls.«

»Gut, dass wenigstens ich mich um ihn kümmere.« Das war Naira. »Ich werde ihn gleich mal anrufen, um zu hören, ob es ihm gutgeht.«

Julia stockte kurz. Am liebsten wäre sie an den Tisch zurückgekehrt und hätte ein paar Ohrfeigen verteilt. Natürlich riss sie sich zusammen und verzog sich in die Küche. Das wäre ja noch schöner, sagte sie sich wütend, wenn sie sich von diesen beiden Frauen provozieren ließe.

»Soll ich Mutter und Tochter Salz in den Kaffee tun und es ihnen als neue Spezialität des Hauses verkaufen?« Amelie spähte zu ihr herein und zog eine lustige Grimasse.

Da musste Julia schon wieder lachen.

»Ausgezeichnete Idee«, antwortete sie und fühlte sich augenblicklich leichter.

Ach, was täte sie nur ohne ihre Freundin?

6

Das Boot

Am nächsten Morgen wachte sie mit dem Duft von Kaffee in der Nase auf. Kurz dachte sie wieder an Amelies Scherz und die unmöglichen Worte von Naira und deren Mutter. Doch als sie die Augen aufschlug und Álvaro sah – lediglich bekleidet mit seinen Boxershorts, ein Frühstückstablett mit zwei Tassen *café con leche* darauf in den Händen –, war jeder Unmut wie weggeblasen.

»Guten Morgen, *cariño*«, sagte er liebevoll, setzte sich zu ihr aufs Bett und stellte das Tablett behutsam auf die Zudecke. »Hast du gut geschlafen?«

»Ja«, antwortete Julia und lehnte sich an ihn. »Ich hab dich gar nicht nach Hause kommen hören.«

»Ich war ganz leise.« Álvaro küsste sie innig. »Und ich habe eine großartige Überraschung für dich.«

»Eine Überraschung?« Julia richtete sich neugierig auf. »Was ist es denn?«

»Ich habe ein Boot gekauft«, verkündete Álvaro zufrieden.

»Ein Boot? Ich wusste gar nicht, dass du das vorhattest.«

Álvaro nahm einen Schluck von seinem Milchkaffee. »Ich war mir nicht sicher, ob sich die Investition lohnt«, sagte er dann. »Dabei geht es mir schon seit einer ganzen Weile durch den Kopf.«

Julia nippte an ihrem Kaffee und betrachtete ihn nachdenklich. Sein schönes markantes Profil mit der kräftigen Nase und den hohen Wangenknochen. Seine stets gebräunte Haut und das dichte schwarz glänzende Haar, das ihm in Wellen bis auf die Schultern fiel. Sie liebte diesen Mann so sehr, dass es fast wehtat. Und sie war sich sicher, dass er sie ebenso liebte. Trotzdem gab es Dinge, die er nicht mit ihr teilte, sondern lieber mit sich selbst ausmachte.

Er wandte den Kopf und sah sie an. Und obwohl sie nun schon seit mehr als einem Jahr zusammen waren, traf sie der Blick aus seinen hellen grünbraunen Augen wie beim allerersten Mal mitten ins Herz. »Was ist?«, fragte er.

»Nichts«, antwortete Julia. »Ich wundere mich nur, dass du das nie erwähnt hast.« Sie lachte kurz auf. »Während ich dich mit jeder Küchenmaschine, die ich anschaffe oder auch nicht, belästige.«

»Du belästigst mich doch nicht«, entgegnete Álvaro erstaunt. »Das mit dem Boot ... ich hab selbst nicht gedacht, dass das so bald passieren würde. Aber vor zwei Tagen hat mir Diego von diesem Kutter erzählt, der zum Verkauf stand, und auf einmal ging es ganz schnell. Es war eine günstige Gelegenheit. Ich musste mich entscheiden. Und gestern hab ich einfach zugegriffen.«

»Das klingt großartig«, sagte Julia. »Und wofür genau brauchst du es?«

»Ich dachte hauptsächlich an den Salztransport«, erläuterte Álvaro. »Über Land ist es ziemlich weit bis zum Hafen von Santa Cruz. Entlang der Küste ist es viel kürzer. Abián war der Erste, der mich vor einigen Monaten darauf aufmerksam gemacht hat.« Abián war einer der Fischer, mit denen sie befreundet waren. »Dann hab ich Diego davon erzählt. Und nun liegt das Boot unten vor Anker. Ist das nicht großartig?«

»Es ist schon hier? Das muss ich mir ansehen.« Sie machte Anstalten, aus dem Bett zu klettern, und Álvaro rettete lachend das Tablett mit den Tassen.

»Willst du nicht erst deinen Kaffee austrinken?«, fragte er, und seine Augen strahlten.

Julia ergriff ihre Tasse und leerte sie in einem Zug.

»Schon passiert!«, gab sie unternehmungslustig zurück.

Sie packten rasch etwas zum Frühstücken zusammen und gingen gemeinsam hinaus in den frühen Morgen. Die Temperatur war um diese Zeit noch angenehm, trotzdem setzte Julia einen Strohhut auf, schließlich befinden sich die Kanarischen Inseln auf demselben Breitengrad wie die Westsahara.

Schon oberhalb der Höhle konnte Julia den Kutter in der Bucht des Salzgartens vor Anker liegen sehen.

»Der ist ganz schön groß«, sagte sie und begann mit dem Abstieg.

»Ich möchte damit ja auch größere Lasten transportieren«, antwortete Álvaro.

Den Rest des Weges legten sie schweigend zurück. Julia kannte den Felsenpfad zwar in- und auswendig, dennoch erforderte er ihre ganze Aufmerksamkeit. An einer Stelle hatten sich Wolfsmilchgewächse in den Felsritzen angesiedelt, an anderen sogenannte *bejeques,* Rosetten aus der Familie der Hauswurzgewächse in wundervollen Farben – Silbergrün, Zartviolett und Altrosé – hoben sie sich von dem dunklen Stein ab. Manche von ihnen reckten ihre dicken, haarigen Blütenstängel der Sonne entgegen, andere waren bereits verblüht.

»Und wie kommen wir jetzt auf den Kutter?«, fragte Julia ratlos, als sie unten im Salzgarten angekommen waren.

»Damit«, antwortete Álvaro und wies auf ein dunkelgraues, kompaktes Schlauchboot mit Außenbordmotor, das windgeschützt an einem Felsen lehnte und vor diesem Hintergrund kaum ins Auge fiel. »Oder willst du schwimmen? Das ginge auch.«

Julia lachte. »Ein andermal«, gab sie zurück und war froh, eine bequeme Freizeithose angezogen zu haben. »Wollen wir gleich los?«

»Ja, klar«, sagte Álvaro. »Das Wetter ist ideal. Wir könnten an Bord frühstücken und anschließend eine kleine Runde drehen.«

»Einverstanden«, stimmte Julia zu und half Álvaro, das Schlauchboot zu Wasser zu lassen.

Trotz ruhigem Seegang schaukelte es ganz schön, als sie hinausfuhren, und auch der Umstieg in den viel höheren Kutter war nicht ganz einfach. Doch Julia hatte im vergangenen Herbst viel Schlimmeres erlebt, als sie gemeinsam mit Diego und Álvaro und natürlich Emil eine ganze Nacht lang vor der Küste ausgeharrt hatte, um mit ihrer Anwesenheit Sprengungen zu verhindern und damit die einzigartige Unterwasserwelt hier vor der Zerstörung gerettet hatte. Dagegen war es ein Leichtes, an diesem wunderschönen Morgen an Bord des Kutters zu klettern.

Sie ließ sich von Álvaro über das Deck führen, der ihr stolz alles erklärte. Vor allem zeigte er ihr, wo er im Bauch des Bootes durch eine Luke eine große Menge Salzsäcke unterbringen konnte.

»Zur Not kann man da unten übernachten«, erklärte Álvaro mit vor Begeisterung leuchtenden Augen. »Schau, hier kann man eine gemütliche Schlafkoje einrichten. Ich werde das ein bisschen hübscher ausbauen, dann können wir sogar ein paar Tage hier an Bord verbringen. Es gibt da einige grandiose Buchten auf La Palma, die man nur vom Wasser aus erreichen kann.«

»Das klingt toll«, sagte Julia und sah sich um. Der Kutter war früher einmal Weiß und Grün gestrichen gewesen. Jetzt blätterte die Farbe an vielen Stellen ab.

»Ich werde ihn ganz neu herrichten«, erklärte Álvaro, der ihrem Blick gefolgt war. »Diego hat angeboten, mir dabei zu helfen. Das sind nur Schönheitsreparaturen, technisch ist das Boot in guter Verfassung. Abián ist der Meinung, dass es ein ausgezeichneter Kauf war.«

»Kannst du es denn steuern?«, fragte Julia. So viel sie wusste, hatte Álvaro keine entsprechende Lizenz.

»Ja, das kann ich«, erwiderte Álvaro. »Ich bin mit Bentor und seinem Vater schon als kleiner Junge zum Fischen mit hinausgefahren und hab so ein Boot mit vierzehn selbstständig gesteuert. Die offizielle Lizenz muss ich natürlich nachholen. Bis dahin hat Diego mir angeboten, meine Lieferungen nach Santa Cruz zu bringen.«

Sie ließen sich auf einer Metallkiste nieder, auf die Álvaro ein altes Handtuch gebreitet hatte, und packten das Frühstück aus. Das Brot mit Maribels Honig und dem Ziegenkäse von Paco schmeckte auf dem Wasser noch besser als zu Hause. Und als Julia dazu eine Dose mit ihrem köstlichen Mandelkrokant mit Flor de Sal auspackte, war der Genuss perfekt.

»Und weißt du, was das Tüpfelchen auf dem i ist?«, fragte Álvaro schließlich und legte einen Arm um Julia. Sie schüttelte den Kopf. »Das Boot heißt *Alba*, so wie meine Mutter. Ist das nicht ein Zeichen des Himmels?«

»Wirklich?« Julia lehnte sich an ihn. Álvaros Mutter war gestorben, als er noch ganz klein gewesen war. »Was für ein Zufall! *Alba* bedeutet ja außerdem Morgendämmerung, oder? Ein wirklich schöner Name.«

Er küsste sie auf die Schläfe, und sie schmiegte ihr Gesicht an seinen Hals. Sie lauschten dem Geräusch der Wellen, die gegen den Rumpf des Bootes schlugen, und gaben sich seinen sanft wiegenden Bewegungen hin.

Es war Mittag, als sie in den Salzgarten zurückkehrten. Obwohl er noch keinen Bootsführerschein besaß, hatte Álvaro darauf bestanden, eine kleine Spritztour entlang der Küste zu unternehmen, und so hatte Julia zum allerersten Mal die Klippe umrundet, auf der ihr Landgasthof thronte.

»Der ganze Felsen scheint zu leben«, erzählte sie Amelie, während sie nun das Restaurant für den Abend eindeckten. »Überall sind Vögel aufgeflattert. Und auf halber Höhe hat sich ein riesiger Feigenkaktus in einer Nische eingenistet.«

»Ich weiß gar nicht, ob ich das alles wissen will«, gab Amelie zurück. »Womöglich leben direkt unter unseren Füßen auch

Drachen und Schlangen.« Julia lachte. »Sag mal«, wechselte ihre Freundin das Thema, »will dieser Douglas jetzt wirklich so oft kommen?«

»Nein«, entgegnete Julia und holte einen Satz bestickter Leinenservietten aus dem Wäscheschrank. »Er hat eingesehen, dass das Unsinn ist. Wenn er sich hier erst einmal eingelebt hat, werden wir ihn sicher kaum mehr zu Gesicht bekommen.«

»Wenn du dich da mal nicht täuschst«, erwiderte Amelie lächelnd und bedachte Julia mit einem vielsagenden Blick.

Julia achtete nicht weiter darauf. Sie war mit ihren Gedanken längst bei der Bouillabaisse, die sie für den Abend zubereiten würde. Diego hatte ihr eine Auswahl herrlicher Felsenfische gebracht, die sich für dieses Gericht perfekt eigneten.

Sie war gerade dabei, die mit Stacheln und Panzern bewehrten Fische vorsichtig zu säubern, als sie aufgebrachte Stimmen aus dem Hof vernahm. Die eine gehörte zweifellos Amelie, und die andere kam ihr ebenfalls bekannt vor. Sie wusch sich die Hände und wollte eben nachsehen, was da los war, als Amelie in der Küche erschien.

»Kannst du mal eben kommen?«, fragte sie, und ihre Augen blitzten empört. »Fayna ist da und behauptet, ab heute wieder hier zu arbeiten.«

»Wie bitte?«, fragte Julia überrascht zurück, trocknete sich die Hände ab und folgte Amelie ins Restaurant.

Fayna stand an der Theke und blickte ihr trotzig entgegen. Julia erschrak bei ihrem Anblick. Die einst so fröhliche junge Frau wirkte völlig verändert. Als ob ein düsterer Schleier über ihr liegen würde, dachte Julia.

»Fayna, wie schön dich zu sehen«, sagte sie. »Wo ist denn die Kleine?«

»Zu Hause«, gab Fayna kurz angebunden zurück. Sie betrachtete Julia vorwurfsvoll. »Und damit ihr es wisst, ich bin es leid, nur noch auf diese Rolle reduziert zu werden«, sagte sie fast schon aggressiv. »Ich bin Mutter, ja. Daneben bin ich noch ein Mensch.«

»Natürlich bist du das«, antwortete Julia irritiert. »Ich kann mir vorstellen, dass das eine ganz schöne Umstellung …«

»Nein, das kannst du dir wohl nicht vorstellen«, fiel ihr Fayna hart ins Wort. »Ich hätte das ja auch nie gedacht. Aber das muss ein Ende haben, und du musst mir dabei helfen. Weißt du noch, was wir besprochen haben, als ich dir gesagt habe, dass ich schwanger bin?« Julia warf Amelie einen kurzen Blick zu und antwortete nicht gleich. »Du hast gesagt, ich kann wieder arbeiten, wenn das Kind da ist«, fuhr Fayna fort. »Und genau das möchte ich. Etwas Vernünftiges tun, statt zu Hause herumzusitzen.«

»Wie alt ist Martina denn jetzt?«, frage Julia. »Fünf Wochen? Ist das nicht viel zu früh?«

»Nein, ist es nicht«, platzte es aus Fayna heraus. Zu ihrem Schrecken sah Julia, dass Tränen in ihren Augen schimmerten. »Ich muss da raus, verstehst du? Meine Mutter wird auf die Kleine aufpassen, die weiß sowieso alles besser. Ständig redet sie mir in alles rein.« Zornig wischte die junge Frau mit dem Handrücken ein paar Tränen von ihrer Wange.

»Ich finde auch, dass wir das klären müssen«, mischte sich nun Amelie ein. »Im Grunde geht es gar nicht darum, wann Fayna arbeiten kann. Tatsache ist, dass ich ihre Stelle übernommen habe. Und zwei Serviceleiterinnen …« Sie brach ab und sah Julia fragend an. »Ich meine, das ist doch eine zu viel. Oder?«

Julia schluckte. Es stimmte, was Amelie sagte. Und selbstverständlich hatte Fayna ein Anrecht auf ihre alte Stelle. Auf der anderen Seite wollte Julia Amelie nicht verlieren. Dass ihre Freundin sich damals dazu entschlossen hatte, zu ihr zu kommen, statt mit ihren Qualifikationen eine gut dotierte Stelle in einem renommierten Hotel anzunehmen, hatte sie damals buchstäblich gerettet, denn es war unmöglich gewesen, auf die Schnelle jemand anderen zu finden. Jetzt stand sie vor einem Problem. Ein Problem, mit dem sie sich hätte schon viel früher auseinandersetzen müssen.

»Richtig«, sagte sie schließlich. »Das Flor de Sal ist nicht groß genug, um euch beide zu beschäftigen. Ich hab, ehrlich gesagt, gar nicht damit gerechnet, dass du zurückkommen möchtest. Zumindest nicht so bald. Ich dachte, ich hätte noch Zeit, mir darüber Gedanken zu machen …«

»Ja, warum sollte ich denn weiter zu Hause bleiben wollen?«, fiel ihr Fayna aufgebracht ins Wort. »Du hast es mir versprochen!«

»Das stimmt doch gar nicht«, mischte Amelie sich empört ein. »Ich war schließlich dabei, als du Julia von deiner Schwangerschaft erzählt hast. Sie hat nur gesagt, dass sie das schön finden würde.«

»Es ist Faynas gutes Recht, auf ihre alte Stelle zurückzukehren«, versuchte Julia, ihre Freundin zu beruhigen.

»Das heißt, ich kann meine Sachen packen und verschwinden, nur weil Fayna jetzt wieder zur Verfügung steht?«, gab Amelie patzig zurück.

»Du hast mir meine Stelle weggenommen«, schrie Fayna sie an.

»Spinnst du?«, blaffte Amelie zurück. »Ich hab Julia aus der Patsche geholfen, in die sie deinetwegen geraten war.«

»Als ob ich etwas dafürkönnte«, hielt Fayna zornig dagegen.

»Jetzt beruhigt euch erst mal«, versuchte Julia, die Wogen zu glätten. Sie wandte sich an Fayna. »Amelie hat dir die Stelle nicht weggenommen. Sie hat eine gute Anstellung aufgegeben, um kurzfristig einzuspringen. Lasst uns bitte vernünftig …«

»Einzuspringen?« Amelie sah sie entgeistert an. »Mir war nicht klar, dass ich nur eine Schwangerschaftsvertretung bin. Wenn das so ist, suche ich mir eben eine andere Stelle. Nichts leichter als das.«

»Nein«, rief Julia erschrocken aus. »Auf keinen Fall. Jetzt hört mal zu, ihr beiden. Wir werden eine Lösung finden.«

»Und wie soll die aussehen?«, fragte Amelie verärgert.

»Ja, das möchte ich auch gern wissen.« Fayna sah Julia erwartungsvoll an.

»Das weiß ich selbst noch nicht genau«, räumte Julia ein. »Aber ich werde eine finden. Dazu brauche ich Zeit. Fayna, bitte gedulde dich noch, mindestens so lange wie die gesetzliche Mutterschutzregelung gilt. Das sind doch noch fast drei Monate, solange bekommst du hier in Spanien ohnehin dein Gehalt von der Krankenkasse und …«

»Mir geht es nicht ums Geld«, fiel ihr Fayna ins Wort. »Ich will arbeiten.«

»Hör zu, Fayna«, sagte Julia eindringlich. »Ich halte es für viel zu früh, jetzt schon ans Arbeiten zu denken. Und überhaupt. Wie sollte das denn gehen? Stillst du das Baby denn nicht mehr?« Besorgt musterte sie Fayna. Sie hatte sich ziemlich verändert, die einstmals so unbeschwerte, fröhliche junge Frau wirkte verhärmt. Sie hatte zugenommen, wirkte schwerfällig, und ihre früher so makellose Haut war bleich und hatte unreine Stellen. Unter ihren Augen lagen dunkle Schatten. Ihr lockiges Haar, das sie immer kurz getragen hatte, fiel ihr strähnig bis auf die Schultern.

»Ich hab verstanden«, erklärte Fayna finster. »Jetzt, wo du Amelie hast, brauchst du mich nicht mehr. Dabei hab ich für dich meine Stelle im Parador aufgegeben.« Sie nahm ihre Handtasche von der Theke und wandte sich zum Gehen. »Das war ein großer Fehler.«

»Jetzt warte doch mal«, bat Julia.

»Worauf?«, konterte Fayna und strich sich eine Strähne aus der Stirn. Sie warf Julia einen Blick voller Verachtung zu und verließ das Flor de Sal.

»Na toll«, sagte Amelie. »Und was machen wir jetzt?«

7

Am Mirador del Time

»Sie hat ihre Stelle im Parador keineswegs nur meinetwegen aufgegeben«, erklärte Julia und zerteilte entschlossen die Felsenfische. »Nach ihrer Heirat wollte sie nicht mehr täglich um die halbe Insel zur Arbeit fahren, da kam ihr meine Anfrage sehr gelegen.« Sie gab die Fischstücke in einen großen Topf mit Wasser und fügte klein geschnittene Pastinaken, Zwiebeln und etwas Lauch hinzu. Amelie stand an der Küchentür, die Arme vor der Brust verschränkt. »Natürlich war ich sehr froh darüber, dass sie bei mir anfing«, fuhr Julia fort. »Es ist nicht einfach, hier auf der Insel eine gute Servicekraft zu bekommen.«

»Könnte sie dann nicht mit Leichtigkeit eine neue Stelle finden?«, fragte Amelie.

Julia stellte den Topf aufs Feuer und wusch sich die Hände. »Bestimmt«, antwortete sie. »Nur nicht so nah bei sich zu Hause, denke ich. Das Flor de Sal liegt schon ideal für sie.«

Amelie schnaubte. »Ich finde, sie führt sich unmöglich auf.«

»Sie hat sich irgendwie verändert.« Julia seufzte. Waren das die Hormone? Oder die neue Mutterrolle? Dabei hatte sich Fayna von ganzem Herzen ein Kind gewünscht. »Ob sie vielleicht an einer … wie heißt das noch gleich, postnatalen Depression leidet?«

Amelie zuckte mit den Schultern. »Heutzutage hat man für jede Laune einen interessanten Namen«, sagte sie unversöhnlich. »Hör zu, Julia. Mir gefällt die Sache nicht. Ich lass mir ungern an den Kopf werfen, ich hätte einer Einheimischen die Stelle weggenommen.«

»Darauf solltest du nicht hören«, versuchte Julia, sie zu beruhigen. »Du hast ihr die Stelle nicht weggenommen. Du hast mich gerettet. Und ich finde ganz bestimmt eine Lösung. Ihr müsst mir bitte beide einfach etwas Zeit geben.« Wenn Amelie jetzt bloß nicht damit begann, Stellenausschreibungen im Internet zu sichten. Mit ihren Qualifikationen hätte sie im Handumdrehen irgendwo auf der Welt eine viel lukrativere Stelle gefunden als die im Flor de Sal. »Tatsache ist«, fügte sie niedergeschlagen hinzu, »das Recht steht auf Faynas Seite. Wir als Frauen sollten das allerdings als Allererste respektieren, oder nicht?« Sie betrachtete ihre Freundin forschend. »Aber du hast nicht vor, wegzugehen, oder?«

»Nein, natürlich nicht«, antwortete Amelie und löste endlich ihre abweisende Haltung auf. »Jetzt, wo ich Toto gefunden habe und zum ersten Mal so richtig glücklich bin, möchte ich nicht weg.« Sie überlegte. »Aber ich will keinen Ärger«, fuhr sie fort. »Du weißt ja, wie nachtragend die Leute hier sein können.«

Julia seufzte. Und ob sie das wusste. Ihr Telefon klingelte.

»Der hat mir jetzt gerade noch gefehlt«, murmelte sie, als sie den Namen ihres Bruders auf dem Display las. Julia holte tief Luft und nahm den Anruf an.

»Hallo, Jens«, sagte sie und warf Amelie einen vielsagenden Blick zu. Diese verdrehte die Augen und ging zurück ins Restaurant, um die Tische fertig einzudecken.

»Emil sagt, wir sollten reden.« Jens' Stimme klang belustigt.

Julia atmete vorsichtig auf. »Ja«, antwortete sie. »Ich wollte mich auch schon bei dir melden. Was hältst du davon, wenn wir uns treffen?«

Jens schien kurz zu stutzen. Dass er wenig Lust hatte, seine Schwester zu sehen, war für Julia nach all den Jahren keine Überraschung.

»Wenn es sein muss«, hörte sie ihn wenig begeistert sagen.

»Wie wäre es morgen Mittag?«, schlug sie unbeirrt vor.

»Na gut«, sagte er. »Gegen zwölf mache ich mit einer Wandergruppe Rast beim Mirador del Time. Da hätte ich eine Stunde Zeit.«

»In Ordnung«, sagte sie. »Bis morgen also.« Besser, sie nutzte die Gelegenheit. Wer wusste schon, ob ihr Bruder es sich nicht bald anders überlegen würde. Sie konnte nur hoffen, dass seine gute Laune bis zum folgenden Tag anhalten würde.

»Ich verstehe gar nicht, warum du neuerdings das Restaurant nur abends geöffnet hast.« Maribel drehte kräftig an der Kurbel der Honigschleuder. Es verstand sich von selbst, dass die Imkerin keine elektrische Maschine dafür benutzte, die den Honig wenig schonend von den Waben getrennt hätte. Julia war auf dem Weg zum Mirador del Time kurzerhand bei der Finca del Casco abgebogen, um ihre Freundin um Rat in Sachen Fayna zu fragen. Immerhin war Maribel deren Tante. »Die Leute rennen dir die Bude ein. Wenn du auch mittags wieder öffnest, könnte Fayna dann arbeiten und Amelie am Abend.«

Julia verzog das Gesicht. Natürlich hatte sie schon darüber nachgedacht. Allerdings sprach eine Menge dagegen.

»Es wird mir zu viel«, antwortete sie. »Ich bin wirklich froh, dass ich nicht mehr zwei Schichten am Tag habe. Selbst wenn die Mittagskarte kleiner ist – am Ende stehe ich von morgens bis in die Nacht hinein am Herd.«

»Und wenn du einen zweiten Koch einstellst?«, schlug Maribel vor.

»Das rechnet sich nicht«, wandte Julia ein. »Mal davon abgesehen, dass ich erst jemanden finden müsste, der wirklich zu uns passt und außerdem noch qualifiziert ist.«

»Du könntest jemanden anlernen«, schlug Maribel vor. Julia

hatte langsam das Gefühl, ihre Freundin sei der Meinung, sie müsse sich nur genug anstrengen, dann könnte sie beide Frauen beschäftigen.

»Findest du nicht, dass Fayna sich im Augenblick zu viel vornimmt?«, fragte sie vorsichtig. »Martina ist gerade mal vier oder fünf Wochen alt.«

»Na und?«, gab Maribel zurück. »Früher haben die Frauen auch gleich weitergearbeitet, Baby hin oder her. Warum kann sie es nicht einfach mitnehmen? Hättest du etwas dagegen?«

Julia versuchte sich das vorzustellen – es gelang ihr nicht.

»Vielleicht solltest du mal an einem Abend vorbeikommen«, schlug sie vor. »Dann würdest du sehen, wie anstrengend es für den Service ist, wenn alle Tische belegt sind. Amelie serviert ja nicht nur das Essen, sie macht außerdem die Getränke. Fayna weiß genau, was für ein Stress das ist. Da bleibt keine Zeit, ein weinendes Baby zu beruhigen oder ihm in aller Ruhe die Brust zu geben. Das geht vielleicht in einem rustikalen Familienbetrieb. Aber nicht in einem Restaurant wie dem meinen.«

Maribel ließ die Arbeit ruhen und sah sie ernst an. »Sie wünscht es sich so sehr«, sagte sie.

»Ich weiß.« Julia betrachtete die lange Reihe an Honiggläsern, die in dem Wandregal darauf warteten, mit Etiketten versehen zu werden. »Aber hast du nicht auch das Gefühl, dass es ihr im Augenblick gar nicht gut geht? Und zwar nicht deshalb, weil Amelie bei mir arbeitet und nicht sie. Fayna hat sich verändert. Sie wirkte neulich direkt verzweifelt auf mich. So als wäre sie überhaupt nicht glücklich.«

Maribel erhob sich mit einem Seufzen und machte Anstalten, die schwere Honigschleuder auf den Tisch zu hieven. Sogleich ging ihr Julia zur Hand. »Ich glaube, sie hat es sich anders vorgestellt«, sagte die Imkerin schließlich. »So geht es vielen jungen Müttern. Sie wünschen sich sehnlichst ein Baby. Und wenn es da ist, stellen sie fest, dass sich ihr Leben von Grund auf geändert hat und nichts mehr ist, wie es war.« Sie platzierte ein leeres Glas unter dem Hahn und öffnete ihn. Wie flüssiges Gold floss der Honig in den Behälter. »Deshalb dachte ich, es würde ihr guttun, unter Leute zu kommen. Ich hab ja nicht geahnt, dass dir das so große Probleme bereiten würde.«

»Hast *du* ihr dazu geraten, so bald wieder zu arbeiten?«, fragte Julia verblüfft.

»Es war ihre eigene Idee«, erklärte Maribel. »Wenn du mich fragst, hatte sie das die ganze Zeit im Kopf, während der ganzen langen Liegerei. Ich hab sie nur darin bestärkt.« Sie schloss den Hahn und schraubte den Deckel auf das Glas. »Hier«, sagte sie und reichte es Julia. »Das ist für dich.«

»Das erste Glas der neuen Ernte?«, fragte Julia ungläubig.

»*Exacto*«, antwortete Maribel mit dem ihr eigenen Lächeln. »Du wirst mir sagen, ob sie etwas taugt.«

Auf der Fahrt zum Time zerbrach Julia sich den Kopf darüber, wie sie das Problem lösen könnte. Doch ihr fiel nichts ein. Ebenso wenig wusste sie, wie sie ihren Bruder davon überzeugen sollte, dass Emil bei ihr wohnen durfte. Verzweifelt suchte sie nach Argumenten, die Jens akzeptieren würde. Das Dumme war nur, dass ihr einfach keine einfallen wollten. Die Strecke entlang der Westküste, so gut ausgebaut sie auch war, schien sich an diesem Tag schier endlos hinzuziehen, und weder die wunderschöne Landschaft noch der weite Blick über den Atlantik konnten sie wie sonst in ihren Bann schlagen. In ihr war eine Unruhe, die sie sich nicht erklären konnte und über die sie sich selbst wunderte. Hatte sie Faynas Besuch so aus der Fassung gebracht? Nein. Irgendetwas lag in der Luft, etwas, was sie sich nicht erklären konnte.

Schließlich erreichte sie den Aussichtspunkt mit dem spektakulären Blick über den tief eingeschnittenen Barranco de las

Angustias, der – wie von einem gigantischen Messer gezogen – den uralten Krater, den heutigen Nationalpark der Caldera de Taburiente, zur Küste hin öffnet. Von hier reicht der Blick weit über das Aridanetal bis zur südlichen Spitze der Insel. Entsprechend beliebt ist dieser Ort bei Touristen. Julia entdeckte den Kleinbus ihres Bruders auf dem Parkplatz vor der Cafetería und stellte ihren Wagen daneben ab. Auf der Terrasse saß eine große Touristengruppe in Wanderkleidung, etwas abseits an einem kleinen runden Tisch mit polierter Granitplatte fand Julia ihren Bruder.

»Da bist du ja endlich«, begrüßte er sie.

Julia sah auf ihre Uhr, es war fünf Minuten nach zwölf.

»Schön, dich zu sehen«, sagte sie, als hätte sie seinen Tadel nicht bemerkt, und nahm auf dem Stuhl ihm gegenüber Platz. Jens musterte sie aus leicht zusammengekniffenen Augen, so als frage er sich, ob sie das ernst meinte. Der Kellner kam an den Tisch, und Julia bestellte einen Kaffee.

»Warum probierst du nicht von dem Kuchen, falls meine Damen dort drüben überhaupt etwas übrig gelassen haben«, schlug Jens vor. Er machte mit dem Kinn eine Bewegung in Richtung der Gruppe. Eine Frau mit einem kecken Sonnenhut winkte lächelnd zurück. Julia musste sich zusammenreißen, um nicht mit den Augen zu rollen.

»Die Tarta de manzanas ist ganz frisch eingetroffen«, sagte der Kellner.

»Fein, Apfelkuchen«, antwortete Julia. »Ich nehme gern ein Stück.« Sie wartete, bis der Mann gegangen war, dann wandte sie sich an ihren Bruder.

»Wie geht es dir?«, fragte sie.

»Mir geht's gut«, antwortete Jens mechanisch und rührte in seinem Kaffee. »Und dir?« Er blickte kurz auf und schien doch nicht bei der Sache. Dass Julia nicht antwortete, merkte er offensichtlich gar nicht. Er warf einen Blick auf seine Armbanduhr.

»Hör zu, ich hab leider nur noch eine gute halbe Stunde, wir waren heute früher dran als sonst. Also lass uns nicht um den heißen Brei herumreden. Es läuft nicht besonders gut zwischen mir und Emil.« Er sah Julia prüfend in die Augen.

»Er ist verliebt«, sagte Julia.

Jens hob spöttisch die Brauen.

»Ich weiß«, entgegnete er. »Das Hippiemädchen. Ich hätte ihm mehr Geschmack zugetraut. Aber na ja, wohin die Liebe fällt, nicht? Auch das wird vorübergehen. So wie alles.«

Julia wusste nicht recht, was sie erwidern sollte. Jens' letzte Worte machten sie traurig. Natürlich konnte man nicht davon ausgehen, dass eine Liebe unter Dreizehnjährigen ein Leben lang halten würde. Trotzdem fand sie es grausam, das auszusprechen. Besonders in diesem sarkastischen Ton. Doch sie durfte sich nicht beirren lassen. Und vor allem nicht provozieren. Es ging um Emil, der nicht mehr bei seinem Vater leben wollte.

Julias Kaffee und der Apfelkuchen wurden gebracht, und sie stellte auf einmal fest, dass sie hungrig war.

»Er ist in letzter Zeit ziemlich unausstehlich«, fuhr Jens fort. »Sicher hat er sich bei dir darüber beklagt, dass wir uns ständig zoffen.«

»Worüber streitet ihr denn?«, erkundigte sich Julia.

»Über alles«, lautete die Antwort, und fast hätte sie sich an dem Apfelkuchen verschluckt. Genau dieselbe Antwort hatte Emil ihr gegeben. »Es ist überhaupt nichts mit ihm anzufangen«, brach es nun aus Jens heraus. »An nichts, was ich ihm anbiete, hat er Interesse, und ich gebe mir wahrlich Mühe. Wenn ich ihn zum Mountainbiking mitnehme, geht ihm gleich die Puste aus. Und stell dir vor, er leidet unter Höhenangst! Neulich standen wir an einem Klettersteig, und er war starr wie ein Kaninchen vor der Schlange. Da sind meine Touristinnen ja noch mutiger! Sag mir, was fängt man mit einem solchen Jungen nur an?« Seine blauen

Augen blitzten empört, und Julia erkannte in ihnen eine Portion Enttäuschung. »Neuerdings sagt er zu allen meinen Vorschlägen Nein.«

»Vielleicht nimmst du ihn zu hart ran?«, fragte Julia ratlos. »Er ist ja erst dreizehn.«

Jens schnaubte verächtlich. »Mit dreizehn habe ich bereits meine ersten Pokale im Downhill gewonnen«, gab er zurück. »Dass ausgerechnet mein Sohn ein derartiges Weichei sein soll …«

»Übertreibst du nicht ein bisschen?«, wandte Julia ein, bemüht, das Gespräch nicht gleich wieder eskalieren zu lassen, obwohl sie ihrem Bruder am liebsten den Kopf gewaschen hätte. Emil ein Weichei? Das fand sie ziemlich ungerecht. »Nicht jeder ist ein solches Ass wie du. Findest du nicht, dass Emil für sein Alter im Vergleich zu anderen Jungen …«

»Andere Jungs sind mir egal«, fiel ihr Jens ins Wort. »Wenn ich daran denke, wie *ich* mich in seinem Alter bemüht habe, unserem Vater zu zeigen, was ich draufhabe! Bei Emil sehe ich nicht den geringsten Ehrgeiz. Und das macht mich fertig.«

Betroffen sah Julia auf den Rest ihres Apfelkuchens. Er war gut, zweifellos. Für ihren Geschmack etwas zu trocken. Unwillkürlich hatte sie bereits herausgeschmeckt, was ihm fehlte. War sie genau wie Jens von Perfektionismus getrieben, auf ihre Art? Und warum war das eigentlich so?

»Was hat Papa denn zu deinen Erfolgen gesagt, damals?«, fragte sie. Denn tatsächlich konnte sie sich daran überhaupt nicht mehr erinnern.

Jens warf ihr einen irritierten Blick zu. »Was hat das denn jetzt mit Emil zu tun?«

»Nun, ich frag ja nur. Papa war begeistert von dir, oder?«

Jens' Miene verschloss sich abrupt. Er zuckte mit den Schultern. »Keine Ahnung. Ich glaube, es war für ihn mehr oder weniger selbstverständlich, dass ich immer der Erste war.« Er fuhr sich mit der Hand über die Stirn. »Das hat mich nur noch mehr angespornt. Man darf sich nie selbstzufrieden zurücklehnen. Das ist der Anfang vom Ende. Papa war in Ordnung. Aber dann hast du ihn ja unbedingt vertreiben müssen.«

»Ich?« Julia fiel fast die Kinnlade herunter. »Ich hab ihn vertrieben?«

»Ja, du.« Jens lehnte sich auf seinem Stuhl zurück und verschränkte die Arme vor der Brust. »Dir ist doch wohl klar, dass sich unsere Eltern deinetwegen getrennt haben.«

»*Meinet*wegen?« Julia starrte ihren Bruder an, als sähe sie ihn zum ersten Mal. »Wie kommst du denn darauf? Was hab ich denn getan?«

»Es war deine verdammte Kocherei«, stieß Jens wütend hervor. »Glaubst du, es ist angenehm für eine Frau, wenn die eigene Tochter im Alter von zwölf Jahren ein ausgewachsenes Menü zu einer Familienfeier zaubert und alle hin und weg davon sind? Weißt du nicht mehr, wie du dich bei Tisch aufgeführt hast, wenn Mama gekocht hat? Wie oft bist du aufs Klo gerannt und hast dich übergeben, nur um klarzumachen, dass Mama eine Niete als Hausfrau ist? An allem hattest du etwas auszusetzen. Und das Schlimmste war, du hast es tatsächlich besser hingekriegt als sie, dank Claires blöder Mutter. Und Papa hat ins selbe Horn geblasen. Er hat Mama das Leben zur Hölle gemacht und dich als strahlendes Beispiel hingestellt. Bis er eines Tages überhaupt nicht mehr nach Hause kam.«

»Aber … aber … das war doch nicht meinetwegen …«, stammelte Julia. »Papa hat sich nie auf meine Seite geschlagen. Ich war ihm herzlich egal. Sonst hätte er sich ja vielleicht irgendwann mal bei mir gemeldet. Ich kann mich gar nicht mehr daran erinnern, wann ich ihn zum letzten Mal gesehen habe.«

Jetzt war es Jens, der sie verblüfft ansah. »Ihr steht nicht in Kontakt?«

Julia schüttelte den Kopf. Auf einmal stiegen Tränen in ihr auf. »*Du* warst immer der Liebling von allen«, presste sie hervor und kämpfte tapfer gegen den Drang an, zu weinen. »Mamas Superstar. Und das bist du heute noch. Dass ich die Ehe unserer Eltern zerstört haben soll … das ist wirklich ein starkes Stück.«

Sie griff nach der Serviette, um sich den Mund abzutupfen und dabei unauffällig die Nase zu putzen. Schon wieder hatte Jens es geschafft, sie aus der Fassung zu bringen. Trotzdem hatte sie das Gefühl, dass dieses Gespräch wichtig war. Wann hatten sie jemals über ihre Kindheit gesprochen? Noch nie. Und wie es aussah, lag dort so manches begraben, was heute zwischen ihnen stand.

»Ich war mir sicher, dass du mit Papa …« Jens brachte den Satz nicht zu Ende. Und auf einmal wurde Julia klar, was er gedacht hatte. Dass sie nicht nur die Ehe ihrer Eltern zerstört hatte, so absurd dieser Gedanke allein schon war, sondern ihm außerdem den Vater weggenommen hatte.

»Keiner von beiden meldet sich bei mir«, stellte sie nun klar. »Mama bringt es noch nicht einmal fertig, zu Weihnachten eine Karte zu schicken. Wenn ich Glück habe, kommt irgendwann eine Kurznachricht. Merry Christmas und Happy Birthday, meist ein, zwei Tage zu spät. Und von Papas neuer Familie weiß ich nur übers Internet ein bisschen Bescheid. Sein Sohn ist bei Instagram und …«

»Das ist unser Halbbruder«, sagte Jens. Julia hielt kurz inne. Daran hatte sie noch gar nie gedacht. »Es interessiert dich also schon, was Papa so macht?«, fuhr Jens fort.

»Nein. Im Grunde nicht.« Julia starrte auf den Kuchen, ohne ihn zu sehen. »Trotzdem. Er ist mein Vater, oder? Ich hab ihm geschrieben, dass ich jetzt auf La Palma lebe. Natürlich kam keine Antwort.« Sie schwieg erschöpft. Das alles hatte sie noch nicht einmal Álvaro erzählt. Sie hatte geglaubt, dass ihr diese alten Geschichten nichts mehr ausmachten. Und normalerweise war es auch so. Nun hatten Jens' Worte den alten Schmerz wieder aufleben lassen. »Hast du denn Kontakt zu den beiden?«

Jens schüttelte den Kopf. »Nur zu Mama. Wir telefonieren gelegentlich. Und lästern gemeinsam über dich.« Er grinste sie schief an, und Julia wusste nicht, ob sie in Tränen ausbrechen oder lachen sollte. Ob es stimmte, was er sagte, oder ob er einen seiner skurrilen Scherze machte. Vermutlich, so dachte sie resigniert, sagte er die Wahrheit.

»Um auf Emil zurückzukommen«, begann sie und riss sich zusammen, »was hättest *du* dir von Papa denn damals gewünscht?« Jens sah sie misstrauisch an, so als fürchtete er eine hinterhältige Falle. »Du hast gesagt, Papa hat das alles als selbstverständlich betrachtet«, fuhr Julia fort. »Aber das war nicht selbstverständlich. Du hast großartige Leistungen erbracht. So etwas sollte ein Vater schließlich anerkennen, oder nicht?«

Jens schwieg noch immer. Auf einmal fielen Julia die vielen kleinen Fältchen auf seiner Stirn und um die Mundwinkel auf, waren die etwa neu? Oder hatte sie ihren Bruder viel zu lange nicht wirklich wahrgenommen, so, wie er war?

»Schon möglich«, sagte er schließlich. »Worauf willst du hinaus?«

»Dass Emil sich vielleicht wünschen könnte, dass du siehst, was er gut kann, und ihm dafür deine Anerkennung zeigst. Statt ihm dauernd seine Grenzen vor Augen zu führen.« Aufmerksam beobachtete sie die Miene ihres Bruders. Es war so schwer, zu ihm vorzudringen, Jens war derart daran gewöhnt, seine wahren Gefühle zu verbergen, und reagierte in der Regel fast schon reflexhaft mit Abwehr, dass Julia fürchtete, zu weit gegangen zu sein. Er wirkte in sich gekehrt, man hätte fast meinen können, er habe gar nicht gehört, was sie gesagt hatte.

»Und was kann er deiner Meinung nach gut?«, fragte er schließlich, und Julia atmete auf.

»Eine Menge«, sagte sie. »Die Wahrheit ist: Du hast einen wirklich großartigen Sohn. Er ist vielleicht kein Outdoor-Typ, dafür kann er andere Dinge.«

Die Touristen an dem großen Tisch wurden unruhig. Zwei Frauen sahen ungeduldig zu ihnen herüber. Jens bemerkte das natürlich und winkte ihnen freundlich zu. Eine der Frauen winkte zurück.

»Und deshalb hat Emil gesagt, dass du und ich miteinander reden sollen?«, fragte er Julia skeptisch.

»Nein«, antwortete sie. »Die Sache ist die …« Sie zögerte. Vermutlich würde jetzt doch geschehen, was sie die ganze Zeit vermeiden wollte, und Jens würde seinen berühmten Tobsuchtsanfall bekommen. Egal, sagte sie sich, sie musste es ansprechen – für Emil. »Er möchte gern bei uns wohnen«, sagte sie und wappnete sich.

Das Donnerwetter blieb aus. Als sie Jens in die Augen sah, erkannte sie in ihnen zu ihrer Bestürzung eine abgrundtiefe Traurigkeit, die er sogleich zu verbergen suchte.

»Toll!«, sagte er resigniert. »Jetzt lässt mich auch noch mein eigener Sohn hängen.«

»Ich glaube, er möchte einfach …«, wollte Julia die Motive des Jungen erklären. Jens ließ sie nicht ausreden.

»Ist dir eigentlich klar, wie einsam es um mich geworden ist?«, fragte er heftig. »Seit Alice tot ist, gleicht mein Leben einem Erdrutsch. Ich hab versucht, mir hier ein neues aufzubauen. Aber dann hat Tanja mich verlassen. Und jetzt will auch mein Sohn nichts mehr von mir wissen.«

Noch ehe Julia etwas darauf antworten konnte, fingen die Tassen auf ihren Untertellern an, leise zu klirren und wie von unsichtbarer Hand bewegt zu vibrieren. Der Boden begann, unter ihren Füßen zu schwanken. Eine Frau am Nebentisch schrie auf.

»Verdammt«, stöhnte Jens. »Schon wieder. Langsam geht mir das auf die Nerven.«

8

Der letzte Barraquito

Einige der Gäste waren aufgestanden, die Angestellten der Cafetería kamen aus dem Gebäude gelaufen und starrten in Richtung Süden.

»Wonach halten die denn Ausschau?«, fragte Julia.

Jens hob die Brauen. »Hörst du keine Nachrichten?«, fragte er. »Na, ist vielleicht besser so.« Das Beben verebbte allmählich, die Kellner wandten sich wieder ihrer Arbeit zu. »Dass man in den vergangenen Tagen viele kleinere und größere Beben gemessen hat, ist dir schon bekannt, oder?« Julia schüttelte den Kopf, und Jens lachte auf. »Du hast wohl deinen Kopf in den Sternen – willkommen in der Realität. Hier unter der Cumbre Vieja brodelt eine andere Suppe als in deinem Kochtopf.« Er wies auf den Gebirgszug, der die Insel in südlicher Richtung der Länge nach teilte. »Der Vulkan ist nie ganz erloschen, auch wenn er seit Jahrzehnten schläft. Die Menschen vergessen das gern, bauen ihre Häuser auf seine Flanke und bestellen ihre Gärten.«

»Dein Haus liegt ja auch dort«, wandte Julia ein und wies hinunter ins Aridanetal. Jens zuckte mit den Schultern.

»Weit genug unten an der Küste«, entgegnete er. »Da passiert schon nichts. Überhaupt gab es schon häufig Vorwarnungen, und nichts ist geschehen. Wird diesmal genauso sein.« Er winkte dem Kellner und legte einen Geldschein auf den Tisch. »Du bist mein Gast«, sagte er, als Julia nach ihrer Handtasche griff. »Dabei hast du ja nicht mal aufgegessen.« Er wies missbilligend auf den Rest

Apfelkuchen auf ihrem Teller. »Was war diesmal nicht in Ordnung? Zu wenig Vanille? Oder war die Apfelsorte nicht nach deinem Geschmack?« Seine Worte troffen nur so vor Sarkasmus.

»Er war sehr gut«, antwortete Julia ernst. »Aber unser Gespräch war so … so wichtig, da hab ich den Kuchen ganz vergessen.« Er warf ihr einen prüfenden Blick zu. Sie hielt ihm stand. »Ich bin sehr froh, dass wir über all das gesprochen haben.«

»Du meinst, über unsere verkorkste Familie?« Jens' Miene war schwer zu deuten. Julia hasste es, wenn er sich hinter seiner Ironie verschanzte.

»Ja, genau«, antwortete sie und versuchte, nicht auf diesen Ton einzugehen. »Und was schlägst du wegen Emil vor?«, fragte sie.

Genau in diesem Moment kam der Kellner an den Tisch, brachte die Rechnung und plauderte noch eine Weile mit Jens über die Erdbeben und was das alles wohl zu bedeuten habe. Julia biss sich auf die Unterlippe und hatte das Gefühl, eine wichtige Chance verpasst zu haben. Schon erhoben sich die Touristen, die Frau, die vorhin zu Jens herübergewunken hatte, kam erwartungsvoll auf ihren Tisch zu und musterte Julia eingehend.

»Wollen wir jetzt weiter?«, fragte sie Jens.

Er blickte zu ihr auf und setzte jenes charmante Lächeln auf, das viele Frauen so bezaubernd fanden. Zum ersten Mal nahm Julia dabei die angestrengten Fältchen rund um seine Augen richtig wahr.

»Gleich. Geh ruhig schon mal mit den anderen zum Bus, ich komme in einer Minute nach.«

Die Touristin warf Julia einen vorwurfsvollen Blick zu und verschwand in Richtung Parkplatz.

»Du glaubst nicht, wie mir das auf die Nerven geht«, brach es aus Jens hervor. »All diese Frauen, die sich für unwiderstehlich halten und sich einbilden, sie hätten mit der Tour mich gleich mitgebucht.« Julia hielt erschrocken die Luft an. »So wie deine

Freundin Claire an Weihnachten. Weißt du noch, wie die mich angemacht hat?« Jens schüttelte angewidert den Kopf. »Dabei konnte ich sie schon früher nicht leiden, als sie noch mit dir zur Schule gegangen ist.«

»Dafür hast du aber ganz schön mit ihr geflirtet«, konnte Julia sich nicht verkneifen zu sagen.

Jens warf ihr einen empörten Blick zu. »Würdest du es etwa für besser halten, ich sag denen, wie sehr sie mir auf die Nerven gehen? Das wäre echt schlecht fürs Geschäft. Blöd nur, dass Tanja das alles für bare Münze genommen hat. Wie geht es ihr eigentlich?«

»Tanja geht's gut«, antwortete Julia verblüfft. Sollte Jens tatsächlich nicht fremdgegangen sein? Oder versuchte er gerade, sich herauszureden? »Sie arbeitet jetzt als Grafikdesignerin und ist ziemlich beschäftigt. Sie macht das richtig toll.«

»Hat sie … ich meine … gibt es da einen neuen Mann in ihrem Leben?« Auch wenn Jens versuchte, das so beiläufig wie möglich klingen zu lassen – Julia hatte das Gefühl, dass ihm diese Frage schon die ganze Zeit auf der Zunge gelegen hatte.

»Soweit ich weiß, nein«, antwortete sie vorsichtig.

»Wenn sie doch nur mit mir reden würde«, sagte Jens. »Kannst du sie nicht … ich könnte mir vorstellen, dass sie auf dich hört, oder? Es wäre wirklich toll, wenn sie bereit wäre, sich endlich mit mir zu treffen.«

Die Frau von vorhin kam um die Ecke, eine Hand in die Hüfte gestemmt. »Können wir jetzt endlich weiter?«, fragte sie spitz und warf Julia einen unfreundlichen Blick zu.

»Ich komm gleich«, antwortete Jens, wobei ihm sein Lächeln diesmal nicht so recht gelingen wollte. »Ich hab hier noch was zu klären. Es dauert nicht mehr lange.«

»Ich glaube, Tanja ist einfach sehr enttäuscht«, sagte Julia leise, nachdem die Touristin sich zögernd entfernt hatte. »Möchtest du denn wieder mit ihr zusammen sein?«

Jens antwortete nicht gleich. Er ließ die Touristin nicht aus den Augen. »Sie fehlt mir«, sagte er schließlich und erhob sich.

»Einen Moment noch«, bat Julia und stand ebenfalls auf. »Was sagen wir denn nun Emil?«

»Kann ich ihn besuchen, wenn er bei dir wohnt?«, fragte Jens zurück.

»Natürlich«, antwortete Julia.

»Dann ist es in Ordnung.« Jens nickte ihr zum Abschied kurz zu und ging mit großen Schritten über die Terrasse zu seinen Kunden.

Erst als Julia im Wagen saß, fiel es ihr wie Schuppen von den Augen. Wenn Jens seinen Sohn auf der Finca besuchen kam, hatte er die Chance, Tanja wiederzusehen. War womöglich dies der Grund für sein Einlenken gewesen? Hoffentlich nicht sein einziger …

Aber, Moment, wann sollte Emil denn nun zu ihr kommen?

Sie sprang aus dem Auto und lief zu Jens' Tourenbus, der soeben im Begriff stand, vom Parkplatz zu fahren. Mit genervter Miene ließ Jens das Seitenfenster herunter.

»Was ist denn noch?«, fragte er.

»Wann kann ich mit Emil rechnen?«, fragte Julia außer Atem. »Soll ich ihn abholen?«

»Meine Güte«, ertönte von hinten eine weibliche Stimme. »Kann uns diese Tussi mal endlich in Ruhe lassen?«

»Ich bring ihn am Wochenende«, antwortete Jens. »Und nun lass mich bitte arbeiten.«

Kurz vor der Abzweigung in die kleine Landstraße, die zur Finca führte, tauchen die beiden Drachenbäume auf, unter der in einer bunt gestrichenen Bretterbude Pipos Bar untergebracht war – die unter den Einheimischen legendäre Bar de los dos Dragos. Auf einmal erinnerte sich Julia daran, dass sie geschlossen werden sollte. Oder war es nur ein Gerücht gewesen? Das hoffte sie von Herzen. Der schweigsame Barista war eine Institution und seine Kaffeespezialität Barraquito unübertroffen.

Sie hielt an und stieg aus. Pipo schleppte gerade eine Kiste aus dem Verschlag und lud sie auf die Ladefläche seines Pick-ups.

»*Hola,* Pipo«, rief sie.

Der Barista wischte sich die Haare aus der Stirn, drehte sich zu ihr um und hob die Hand zum Gruß. Julia erkannte eine Menge Gegenstände aus der Bar auf der Ladefläche: Kisten mit Gläsern und Tassen, das gerahmte Foto von Pipo zusammen mit ein paar älteren Männern, das immer über dem Kühlschrank gehangen hatte, Eimer, ein alter Besen und Putzmittel, Pakete mit Zucker und Milchtüten. Zwei Barhocker lagen quer darüber, die langen Beine ineinander verhakt.

»*Hola,* Julia«, sagte Pipo müde. »*¿Qué tal?*«

»Mir geht's gut«, antwortete Julia und betrachtete bestürzt das Durcheinander auf dem Wagen. »Packst du zusammen?«

Pipo nickte. »Muss ich wohl.«

»Ich hab davon gehört«, sagte Julia traurig. »Aber ich hab's nicht glauben wollen.«

Pipo presste die Lippen zusammen und sah hinüber zu den Drachenbäumen, nach denen er die Bar benannt hatte. »Ich auch nicht«, sagte er schließlich. »Immerhin bin ich seit siebzehn Jahren hier. Und noch nie hat einer nach Papieren gefragt. Oder ob es hier eine Toilette gibt. Oder sonst irgendetwas.«

»Kannst du denn die Lizenz nicht nachträglich beantragen?«, fragte Julia ratlos.

Pipo schüttelte den Kopf. »Wenn das mit den Behörden erst mal losgeht«, sagte er, »wirst du deines Lebens nicht mehr froh.« Er seufzte tief, dann gab er sich einen Ruck. »Was ist?«, schlug er vor. »Willst du einen Barraquito?«

Julia sah ihn überrascht an. »Geht das denn noch?«

Pipo machte jene unbestimmte Bewegung mit Schultern und Kopf, die so typisch für ihn war und im Grunde weder nein noch ja bedeutete. »¿*Por qué no?* Ein letztes Mal.« Er angelte zwei schmale, hohe Gläser und eine Flasche aus den Kartons in seinem Kofferraum – Licor 43, eine wichtige Zutat. »Ich hab die Kaffeemaschine noch nicht ausgeschaltet«, sagte er. »Jetzt weiß ich auch, warum.«

Bedrückt nahm Julia auf dem letzten verbliebenen Barhocker vor dem großen Holzbrett Platz, das als Tresen diente und, wenn es hochgeklappt wurde, die Bar verschloss. Sie sah Pipo dabei zu, wie er zunächst gesüßte Kondensmilch in die beiden Gläser goss und vorsichtig von dem Vanillelikör darübergab, und zwar so, dass sich die verschiedenen Schichten nicht vermischten. Danach ließ er frischen Espresso aus der Maschine und zauberte damit die dritte Schicht. Aufgeschäumte Milch mit einer Prise Zimt bildete den Abschluss. Julia hatte dieses Prozedere schon oft gesehen, doch an diesem Tag beobachtete sie jeden Handgriff voller Wehmut. Schließlich waren die beiden Kaffeekunstwerke fertig und Pipo stellte ein Glas vor Julia hin und eines vor sich. Es war das erste Mal, dass Pipo sich in ihrer Gegenwart ebenfalls einen Kaffee machte.

»Kennst du eigentlich die Geschichte des Barraquito?«, fragte er, und Julia schüttelte verdutzt den Kopf. Die Schweigsamkeit des Baristas war legendär. Selten hatte er mehr als zwei Sätze am Stück zu ihr gesagt, geschweige denn eine ganze Geschichte erzählt. »In Puerto de Santa Cruz auf Teneriffa gab es im vorletzten Jahrhundert mal einen Mann, den alle nur Barraquito nannten. Der besuchte täglich um die gleiche Zeit eine bestimmte Bar und bestellte Café Cortado, süße Kondensmilch, ein Gläschen Licor 43, geschäumte Milch, Zimt und ein Stückchen Zitronenschale – und natürlich ein leeres Glas. Jeden Tag goss er unter den Augen des Baristas erst die Kondensmilch da hinein, dann den Likör, den Kaffee und schließlich die geschäumte Milch.

Irgendwann probierten das auch andere, und man benannte diesen Kaffee nach seinem Erfinder.« Pipo grinste, die Sorgenfalten waren verschwunden. »Komm, lass uns trinken.«

Wie es das Ritual verlangte, rührten sie beide das sorgsam geschichtete Getränk um und tranken es in einem Zug.

»Köstlich!« sagte Julia und stellte das Glas zurück auf die Theke. Sie mochte nicht glauben, dass es das letzte Mal gewesen sein sollte. »Was machst du denn jetzt? Hast du schon etwas Neues?«

Pipo schüttelte den Kopf. Schließlich gab er sich einen Ruck und nahm die beiden Gläser von der Theke, legte sie, schmutzig, wie sie waren, in eine der unzähligen Kisten und schaltete die Kaffeemaschine aus.

»Danke für den Barraquito«, antwortete Julia und rutschte von dem Barhocker. Hier hatte sie gesessen, als sie mit Marcos über den Kauf der Finca gesprochen hatte. Wehmut erfüllte sie. Pipo klappte das Brett hoch und sicherte es mit einem Vorhängeschloss.

»Adiós«, sagte er und legte noch einmal liebevoll die Hand an die Bretterwand. »Morgen hole ich den Rest.«

»Mach's gut«, antwortete Julia. »*Mucha suerte.*«

»Dir auch viel Glück«, sagte Pipo, wandte sich ab und ging zu seinem Pick-up.

»Stellt euch vor, Faynas Mutter hat mich besucht«, erzählte Belén.

Es war am Sonntagabend gegen sechs, und sie hatten es sich im Garten hinter der Finca gemütlich gemacht. Die Sonne stand eine Handbreit über dem Horizont, und die Hitze, die den ganzen Tag über geherrscht hatte, ließ nach. In den Bäumen wurden die kanarischen Gelbfinken wieder munter, die den Tag über, im Blattwerk verborgen, geschlafen hatten, und begannen aufgeregt zu zwitschern. Im Gesträuch raschelten die Kanareneidechsen, prächtige Exemplare, deren Männchen leuchtend blaue Kehlen

besaßen. Sie lebten vor allem in der Natursteinmauer, die das Anwesen umgab, und näherten sich nun vorsichtig dem Tisch in der
Hoffnung auf ein paar Brotkrumen.

Julia lehnte sich mit einem wohligen Seufzen zurück. Das Wochenende war anstrengend gewesen. Nun hatte Álvaro unter der
Regie seiner Großmutter eine riesige Paella zubereitet, und Maribel und Paco sowie Devi, Sam und ihre Tochter Parvati dazu
eingeladen. Auch Toto und Amelie sowie Tanja waren natürlich
dabei – und wie immer einige ungebetene Gäste. Doch darüber
wollte Julia nicht weiter nachdenken, denn gerade stellte Álvaro
die duftende Paella-Pfanne mitten auf den Tisch und begann, jedem eine Portion auf den Teller zu geben.

»Arminda hat dich besucht?«, fragte Julia erstaunt, und Amelie
hob alarmiert den Kopf, während Toto ihre beiden Teller ergriff
und sie Álvaro entgegenhielt. »Was wollte sie denn von dir?«

Belén lächelte. »Nun, ich hoffe, dass sie in erster Linie vorhatte, mir eine Freude zu machen.« Sie zwinkerte Julia verschwörerisch zu. »Dann kam sie auf ihre Tochter zu sprechen. Kurz gesagt: Sie ist dagegen, dass Fayna wieder arbeitet.«

»Als ob das ihre Angelegenheit wäre«, wandte Naira ein, die
mit Pepe im Schlepptau wie so oft einfach aufgetaucht war, ob sie
nun eingeladen war oder nicht.

»Nun, das geht sie schon auch etwas an«, sagte Belén. »Fayna
möchte nämlich, dass ihre Mutter solange auf das Baby aufpasst.
Und davon ist Arminda nicht gerade begeistert. Mal davon abgesehen, dass sie ja in der Stadtbibliothek in Garafía angestellt ist
und das auf keinen Fall aufgeben möchte.«

»Die kleine Martina ist doch noch nicht mal zwei Monate alt,
oder?« Devi wirkte geradezu entsetzt. »Wie kann Fayna so früh
schon ans Arbeiten denken?« Sie legte einen Arm um Parvati, die
an diesem Abend wirklich bezaubernd aussah mit ihrem gold-
blonden Haar.

»Ihr fällt die Decke auf den Kopf«, erklärte Maribel mit einer strengen Falte zwischen den Augenbrauen. »Das ist doch verständlich, nachdem sie so lange untätig herumliegen musste.«

Inzwischen hatte jeder von ihnen eine schöne Portion des Klassikers der spanischen Küche aus Safranreis, Hühnchen und Meeresfrüchten vor sich. Wie es sich gehörte, hatte Álvaro Erbsen, Tomaten und grüne Bohnen dazugegeben.

»Hmm«, machte Julia, nachdem sie probiert hatte. »Schmeckt wunderbar. Das wünsche ich mir jetzt an jedem Wochenende.«

»Kein Problem«, antwortete Álvaro zufrieden.

»Wenn du nicht aufpasst«, neckte Toto seinen Freund, »stellt Julia dich im Handumdrehen als Hilfskoch ein.« Alle lachten.

»Ich glaube nicht, dass ich ihren Ansprüchen genügen würde«, wandte Álvaro grinsend ein. »Eine Paella macht noch längst keinen Profi aus mir. Zumal mir *yaya* nicht unerheblich geholfen hatte.« *Yaya* war der Kosename, den Álvaro für seine Großmutter benutzte, es hieß so viel wie Oma.

»Ein zusätzlicher Koch wäre wohl nicht schlecht, was Julia?« Belén betrachtete sie aus ihren klugen Augen.

»Ich komme zurecht«, antwortete Julia knapp.

»Aber nur, weil du neuerdings mittags geschlossen hast«, wandte Maribel ein.

Julia widmete sich ihrem Essen und beschloss, nicht darauf einzugehen. Seit Maribel die Partei ihrer Nichte ergriffen hatte, fand Julia ihre Freundin ziemlich anstrengend. Schließlich hatte sie ihr bereits ausführlich erklärt, warum sie mittags nicht mehr arbeiten wollte. Es war ihr nicht leichtgefallen. Seit sie diese Entscheidung getroffen hatte, ging es ihr allerdings viel besser. Anstatt das erneut durchzudiskutieren, überlegte sie lieber, wie sie das Gespräch auf etwas anderes lenken könnte. Und tatsächlich fiel ihr eine wichtige Frage ein, die sie seit Freitag mit sich herumtrug.

»Weiß eigentlich jemand, was Pipo jetzt vorhat?«, fragte sie in die Runde.

Belén sah sie überrascht an. »Was ist denn mit Pipo?«

»Die Behörden haben ihm die Bar zugemacht«, erklärte Álvaro.

»Was?« Tanja bekam ganz große Augen. »Der nette Barista bei den beiden Drachenbäumen?«

»Na ja«, fiel Toto nun ein und lud sich eine zweite Portion auf den Teller, »es war nicht gerade umweltfreundlich, was er da veranstaltet hat. Sein Spülwasser hat er einfach neben der Straße ausgekippt. Und mit dem Abfall nahm er es auch nicht so genau. Von den Hygienevorschriften ganz zu schweigen.«

Nicht nur Julia betrachtete ihn nun mit großen Augen.

»Bist *du* etwa dafür verantwortlich, dass er seine Existenz verloren hat?«, fragte Maribel.

Toto hatte den Mund voller Reis und konnte nicht gleich antworten. »Nein, nicht direkt«, sagte er schließlich. »Ihr müsst doch zugeben, dass das einfach nicht mehr ging. Was haben wir darum gekämpft, dass die Lomada Ronca zum Nationalpark erklärt werden konnte, und die beginnt keinen Kilometer weiter. Da ist so eine illegale Bretterbudenbar nicht gerade ein Top-Aushängeschild.«

Es war still am Tisch geworden. Julia war der Appetit vergangen.

»Aber hör mal«, sagte Amelie vorsichtig, immerhin war sie mit Toto liiert. »Gab es denn keine andere Lösung?«

»Ich hab mit ihm gesprochen«, antwortete Toto widerwillig. Offenbar passte es ihm überhaupt nicht, sich rechtfertigen zu müssen. »Man hätte genauso gut zu diesem Baum hier reden können.« Er wies mit der Gabel auf den Nísperobaum.

»Hätte er die Auflagen denn umsetzen können?«, wandte Julia ein. »Pipo hat sicher nicht das Geld, um ein richtiges Gebäude zu errichten mit allem, was offiziell für einen Barbetrieb notwendig ist.«

»Zumal ihm nicht einmal der Grund und Boden gehört, auf dem die Bar de los dos Dragos stand«, fügte Toto hinzu.

»Sie war etwas Besonderes«, beharrte Tanja. »Ich bin gern dort gewesen. Neulich hab ich ihm angeboten, sein Logo zu überarbeiten und ihm Visitenkarten oder so was zu machen. Das hätte ich gern gemacht und nichts dafür verlangt. Jetzt weiß ich, warum er mir keine Antwort gegeben hat.«

»Pipo gibt selten eine Antwort«, belehrte Toto sie. »Er ist ein Eigenbrötler.«

»Also weiß keiner, was nun aus ihm wird?«, wiederholte Julia ihre Frage. Ihr wurde bewusst, dass auch die anderen Toto vorwurfsvoll musterten.

»Was wollt ihr von mir?«, fragte er abwehrend. »Bin ich etwa für Pipo zuständig?«

»Immerhin hast du mitgeholfen, seine Existenz zu zerstören«, erklärte Tanja kämpferisch.

»Tanja«, mahnte Amelie leise.

»Vielleicht kann Julia ja einen schweigsamen Barista gebrauchen«, schlug Toto angriffslustig vor.

»Du wirst es nicht glauben«, antwortete Julia ruhig. »Ich hab mir das tatsächlich schon überlegt. Leider kann ich nicht alle einstellen, die eine Existenz oder eine Beschäftigung benötigen.«

»Also, wenn du auf Fayna anspielst«, griff Maribel ihre Bemerkung prompt auf, »muss man mal klar sagen, dass sie ein Anrecht auf ihre alte Stelle hat. Immerhin gibt es so etwas wie Mutterschutz und …«

»Genau«, pflichtete Naira ihr bei und schob sich eine Gabel voll Paella in den Mund.

»Keiner will Fayna ein Unrecht antun, schon gar nicht Julia«, sagte Belén leise, und die Autorität ihres Alters ließ die anderen aufmerken. »Jeder hier weiß, dass Julia in einer schwierigen Situation ist, um es mal offen auszusprechen. Dass Fayna nach der Geburt ihres Kindes wieder arbeiten möchte, ist verständlich. Über den Zeitpunkt kann man sich streiten. Ich persönlich halte es jetzt noch für viel zu früh, aber das ist eine andere Sache.« Naira nickte heftig und funkelte Amelie vorwurfsvoll an. »Auf der anderen Seite«, fuhr Belén fort, »hat Amelie eine großartige Karriere aufgegeben, um hier zu arbeiten, und Julia kann sie jetzt unmöglich wegschicken.«

»Sie muss eben dafür sorgen, dass beide ausgelastet sind.« Die steile Falte zwischen Maribels Augenbrauen vertiefte sich noch. »Das Flor de Sal läuft ausgezeichnet. Alles, was es braucht, ist ein bisschen Mut, um die Mannschaft zu vergrößern. Mit einem zweiten Koch …«

»Könnt ihr das nicht Julia überlassen?«, fiel ihr Amelie aufgebracht ins Wort. »Es ist *ihr* Restaurant, und sie weiß sehr genau, wie sie das zu führen hat.«

»Ich meine es doch nur gut«, gab Maribel hitzig zurück, und ihre dunklen Augen blitzten. »Wir brauchen schließlich eine Lösung.«

»Wir?«, fragte Amelie empört. »Das ist Julias Angelegenheit. Nicht deine.«

Maribels Gesicht färbte sich dunkelrot, und als Paco beruhigend seine Hand auf ihren Arm legte, schüttelte sie ihn ungehalten ab.

»Ich fühle mich eben verantwortlich«, sagte sie in Julias Richtung. »Immerhin war ich es, die sie dir vermittelt hat. Sonst hätte Fayna ihre Stelle im Parador niemals gekündigt und …«

»Das reicht jetzt«, erklärte Belén streng und stieß mit ihrem Gehstock ein paarmal auf den Boden. »Was geschehen ist, ist geschehen. Fayna hat auf eigenes Risiko gehandelt. Angenommen, das Flor de Sal wäre ein Reinfall geworden. Was hätte sie dann getan? Julia verklagt? Kein Mensch konnte ahnen, dass Fayna für so lange Zeit ausfallen würde. Deine Nichte weiß genau, wie schwierig es war, einen guten Ersatz zu finden. Ohne Amelie hätte Julia das Restaurant kurz nach der Eröffnung gleich wieder schließen müssen. Davon spricht heute keiner mehr. Also hört bitte auf, ihr Vorwürfe zu machen. Statt sich über das zu streiten, was war, sollten wir an die Zukunft denken.« Sie hielt inne und holte erschöpft Luft. Alle schwiegen betreten, und Julia betrachtete die alte Dame voller Sorge. Seit einiger Zeit hatte Belén Probleme mit dem Herzen und sollte jede Aufregung vermeiden. Zu ihrer Erleichterung lächelte Belén. »Wisst ihr was?«, sagte sie und wirkte auf einmal um Jahre jünger. »Ich glaube, ich hab da eine ausgezeichnete Idee. Eine, mit der wir zwei Fliegen mit einer Klappe …«

»Wo seid ihr denn?« Emil kam um die Hausecke gerannt, und im nächsten Augenblick stand Jens im Garten.

»Guten Abend allerseits«, sagte er und musterte die Gesellschaft. »Wir stören doch nicht?«

9

In aller Freundschaft

Tanja sprang auf wie von der Tarantel gestochen.

»Ich muss los«, keuchte sie und lief ins Haus. Toto und Pepe wechselten Blicke, so als wollten sie sich darüber verständigen, ob sie bleiben sollten oder ebenfalls lieber gehen. Die Feindseligkeit, die sie ausstrahlten, ließ Julia erschauern. Naira starrte Álvaro an, als wollte sie ihn dazu auffordern, ein Machtwort zu sprechen und El Alemán, wie Jens auf der Insel genannt wurde, wegzuschicken.

»Komm, setz dich zu uns«, sagte Álvaro stattdessen freundlich zu Jens, und Julia liebte ihn umso mehr dafür. Er war aufgestanden und zog nun einen Stuhl zwischen sich und Julia, auf dem sich ihr Bruder niederließ. Nur Julia bemerkte das leichte Zögern und die Befangenheit in seinen Bewegungen, und sie fragte sich, ob das schon früher so gewesen war und sie es nur nicht wahrgenommen hatte. Früher, das war vor ihrem Gespräch am Mirador del Time. Damit hatte sich zwischen ihnen beiden unmerklich etwas verändert. Oder bildete sie sich das nur ein?

»Ich wohne jetzt hier«, sagte Emil, der nur Augen für Parvati hatte. »Hilfst du mir, meine Sachen aus dem Auto zu holen?«, fragte er sie, und schon waren die beiden verschwunden.

Zurück blieb betretenes Schweigen. Keiner knüpfte an das Gespräch von vorhin an. Amelie ging in die Küche, um für alle Kaffee zu machen, und Devi beschloss, ihr dabei zu helfen.

»Wie geht es eigentlich mit dem Nationalpark weiter?«,

erkundigte sich Jens bei Toto, und dem fiel beinahe die Kinnlade herunter, so überrascht war er von dieser Frage.

»Was meinst du mit … wie geht es weiter?«, fragte er.

»Er wäre ein schönes Ziel für meine Kunden«, erklärte Jens.

»Oh nein.« Toto funkelte ihn wütend an. »Das wäre er auf gar keinen Fall. Wir haben nicht darum gekämpft, diese einzigartige Meeresküste zu erhalten, damit du mit deinen Touristen dort Schaden anrichtest.«

Julia durchlief es heiß und kalt. Wie sie ihren Bruder kannte, würde es nun einen fürchterlichen Streit geben … doch zu ihrer Überraschung hob er lediglich beschwichtigend die Hände.

»Von Schaden anrichten hab ich nichts gesagt«, antwortete er ruhig und verzog abschätzig den Mund. »Ich dachte nur, es wäre vielleicht so etwas wie ein Besucherzentrum geplant, das die Gäste aus dem Ausland über das informiert, was da so einzigartig ist. Aber wenn ihr das nicht im Sinn habt – vergiss es einfach.«

»Eigentlich gar keine schlechte Idee«, sagte Belén und erntete entsetzte Blicke von Toto, Naira und Pepe. »Ich hab eigentlich auch gedacht, dass die Lomada Ronca, jetzt, wo sie Álvaro gehört, ein Publikumsmagnet werden könnte.«

»Belén«, stieß Toto entsetzt hervor. »Glaubst du, wir haben unser Leben riskiert, damit …«

»*Du* hast dein Leben riskiert?«, konnte Julia sich nun nicht verkneifen zu sagen. »Ich glaube, da verwechselst du etwas. Du hast in deinem Bett gelegen, als wir das unter uns geklärt haben, Álvaro, Diego, Jens und ich.«

»Nun ja, es ist schon wahr, dass man sich nicht viel Gutes über Sie erzählt, junger Mann«, sagte Belén an Jens gewandt. »Sie sollen mit Marcos unter einer Decke stecken. Stimmt das?«

»Ich arbeite schon lange nicht mehr mit ihm zusammen«, antwortete Jens, und Julia konnte sehen, dass seine Kiefernmuskeln angespannt waren. Es musste ihn eine riesige Überwindung kosten, sich hier so ins Kreuzverhör nehmen zu lassen. »Mit wem hab ich überhaupt die Ehre …«

»Ich bin Belén«, antwortete Álvaros Großmutter würdevoll. »Mein Mann und ich haben dies hier vor vielen Jahren aufgebaut. Álvaro ist mein Enkel. Und Sie sind Julias Bruder, nicht wahr?« Dass die alte Dame Jens hartnäckig siezte, sprach Bände.

»Ja, das bin ich«, sagte Jens. »Julias ungeliebter Bruder.«

Devi und Amelie kamen aus dem Haus, beide beladen mit Tabletts voller Kaffeetassen, Zuckerdosen und den leckeren Keksen aus der Witwenkooperative, die für Julia nach ihren Spezialrezepten backte. Der Duft, der den Garten nun erfüllte, schien einen Moment lang die Gemüter zu besänftigen, das Geklapper der kleinen Tassen auf ihren Untertellern und das Geklingel der Löffelchen beim Umrühren wirkte irgendwie beruhigend. Julia versuchte, sich davon zu überzeugen, dass dies eben ein ganz normaler Sonntagabend unter Freunden und Verwandten war, bei dem sich naturgegeben niemals alle einig waren, als Jens erneut das Wort an Toto richtete.

»Ich weiß«, sagte er, »bislang lief es nicht so gut zwischen uns. Aber ich würde bei meinen Touren gern die … na, sagen wir, die ökologische Komponente ein bisschen mehr ausbauen und …«

»Was soll das heißen?«, fiel ihm Toto ungehalten ins Wort. »Willst du dir jetzt etwa ein Ökolabel auf die Stirn heften, damit du an mehr Kunden herankommst? Dabei ist dir die Natur so was von egal.«

»Genau!« Natürlich war Pepe wie immer Totos Meinung. »Es ist noch nicht lange her, da wolltest du Unterwasserfelsen sprengen.«

»Ich gebe zu, dass das ein Fehler war«, erklärte Jens und trank seinen Kaffee aus. Julia blieb fast die Luft weg. Wann hatte ihr Bruder je einen Fehler eingeräumt? »Und ich möchte euch nicht den Abend verderben. Danke für den Kaffee.« Er stand auf und sah zögernd zum Haus, so als hoffe er, Tanja würde sich noch mal zeigen. Doch es waren Emil und Parvati, die fröhlich aus der Küchentür stürmten.

»Wir haben alles in mein Zimmer geräumt«, erzählte Emil und sah von Julia zu Jens. Sein Lächeln erlosch. »Gehst du schon?«

Jens nickte. »Hab noch zu tun«, sagte er und schlug Emil kumpelhaft auf die Schulter. »Also, Sportsfreund, melde dich, wenn du Sehnsucht nach deinem Erzeuger hast.«

Er sah sich noch einmal nach der Runde am Tisch um und hob die Hand. »Man sieht sich«, sagte er und wandte sich zum Gehen.

Julia stand auf und begleitete ihn bis zu seinem Wagen, den er wie die anderen draußen vor dem Tor unter dem alten Drachenbaum geparkt hatte.

»Ich hoffe, ich hab mich nicht danebenbenommen«, sagte er zu Julia und setzte seine ironische Miene auf.

Julia beschloss, gar nicht erst darauf einzugehen. »Meinst du das wirklich ernst?«, fragte sie.

»Was denn?«

»Das mit dem Öko-Tourismus?«

Jens betrachtete sie misstrauisch. »Du glaubst mir ja so oder so nicht«, antwortete er.

»Wieso denkst du das?«, fragte Julia.

»Allein deine Frage zeigt mir, dass du mir nicht traust.«

Julia schluckte. »Na ja, mit Umweltschutz hattest du bislang nicht so viel am Hut«, sagte sie schließlich. »Wenn es dir wirklich ernst damit ist, reichen ein paar Worte nicht, um die Leute hier zu überzeugen.«

Jens' Augen blitzten wütend auf. »Danke für den ungebetenen Ratschlag, Schwesterherz. Wenn ich mal wieder einen brauche, weiß ich jetzt, wo ich ihn mir holen kann.«

Er stieg ein und fuhr davon. Julia sah ihm noch eine Weile

kopfschüttelnd nach. Dann machte sie kehrt und ging zurück in den Garten.

»Das hätte dem so gepasst«, hörte sie Naira sagen und hielt inne. Noch konnten die anderen sie nicht sehen, ein Oleanderstrauch verbarg sie vor ihren Blicken. »Sich bei Toto einschleimen, nur damit er sein Geschäft beleben kann.«

Was Toto daraufhin sagte, hörte sie schon nicht mehr, ihre Füße trugen sie von ganz allein zurück zum Haus. Rasch durchquerte sie die Küche und ging hinauf ins obere Stockwerk. Jetzt erst wurde ihr bewusst, wie gründlich sie die Nase voll hatte von dieser Runde.

»Ist er weg?« Tanja spähte durch einen Spalt ihrer Tür.

Julia unterdrückte ein Stöhnen. »Wenn du Jens meinst, ja, er ist gegangen.«

»Was hat er hier überhaupt zu suchen?«, beschwerte sich Tanja.

»Jetzt hör mir mal gut zu«, gab Julia entnervt zurück. »Ich entscheide, wen ich hier einlasse und wen nicht. Gut möglich, dass Jens jetzt öfter vorbeischaut, wenn Emil bei uns wohnt.«

»Aber …«

»Ich hab keine Lust, mich mit dir zu streiten«, fiel ihr Julia ungeduldig ins Wort. »Lass mich einfach in Ruhe. Ja?«

Tanja zog erschrocken den Kopf ein. »Ist ja schon gut«, sagte sie. »Es ist nur so … ich will ihm einfach nicht begegnen. Verstehst du?«

Doch Julia war bereits in ihr Zimmer gegangen und schloss die Tür hinter sich.

»Wisst ihr noch, als er mit diesem Katamaran volle Kanne in die Walschule hineingerast ist?«, drang Pepes Stimme durch das offene Fenster, das zum Garten hinausging, zu ihr empor. Frustriert schloss sie es. Nach einer anstrengenden Arbeitswoche hatte sie sich so auf ihren freien Sonntagabend gefreut, und nun belagerten Álvaros Freunde schon seit Stunden ihren Garten. Sie war nicht einmal dazu gekommen, sich in Ruhe mit Belén zu unterhalten.

Und seit Maribel ihr das Leben wegen Faynas Wiedereinstellung schwer machte, konnte Julia auch ihre Gegenwart nicht mehr so genießen wie früher.

Es klopfte leise an der Tür, dann öffnete sie sich. Álvaro erschien auf der Türschwelle.

»Ist alles in Ordnung mit dir?«, fragte er und musterte sie besorgt.

»Ich bin okay«, erwiderte Julia. »Ich finde das heute nur alles ein bisschen anstrengend.«

Aus dem Garten war Gelächter zu hören.

»*Yaya* möchte sich von dir verabschieden«, sagte Álvaro und nahm Julia in die Arme.

»Jetzt schon?«, fragte Julia enttäuscht und schmiegte sich an ihn. »Wieso bleibt sie nicht über Nacht?«

Immerhin hatten sie extra für die alte Dame das Nebengebäude zu einer hübschen kleinen Wohnung ausgebaut. So gern hätte sie Belén gefragt, was sie an ihrer Stelle in Sachen Fayna tun würde. Sie schätzte den Rat der Älteren, Belén kannte die Eigenarten der Einheimischen nur zu gut und wusste, wie man sie zu nehmen hatte. Dazu hatte sich allerdings an diesem Tag keine Gelegenheit geboten.

»Sie sagt, sie hat morgen früh einen Temin in der Stadt«, antwortete Álvaro.

Mit einem Seufzen folgte sie ihm hinunter in den Garten, wo Belén sich gerade reihum mit den üblichen Wangenküsschen verabschiedete. Maribel und Paco schlossen sich ihr an, und Julia hoffte, dass die anderen dies zum Anlass nehmen würden, auch endlich aufzubrechen, doch zu ihrem Verdruss machten weder Naira noch Pepe Anstalten zu gehen, von Toto, der den Arm um Amelie gelegt hatte, ganz zu schweigen.

»Am liebsten würde ich mit euch fahren«, entfuhr es Julia, als sie Belén half, in Álvaros Pick-up einzusteigen.

»Ja, warum kommst du nicht mit?«, fragte die alte Dame fröhlich.

»Und was ist mit den Gästen?«, wandte Julia ein. »Wir können sie schließlich nicht einfach alleinlassen.«

Belén sah nachdenklich von ihr zu Álvaro.

»Eigentlich sind es *deine* Freunde, oder nicht?«, fragte sie. Álvaro nickte. »Wie wäre es dann, wenn *du* dich um sie kümmerst, und Julia fährt mich nach Santa Cruz?« Sie sah Álvaro fragend an.

»Wenn Julia das möchte?«, gab er zurück.

»Oh ja, das würde ich gern tun«, erklärte Julia erfreut.

»Ich wollte ohnehin noch ein paar Sachen mit dir besprechen«, vertraute Belén ihr verschwörerisch an.

»Alles klar«, sagte Álvaro mit einem Grinsen. »Wenn ihr beiden Gespräche von Frau zu Frau führen müsst …«

»Von Wirtin zu Wirtin«, korrigierte seine Großmutter ihn fröhlich und hielt ihm ihre Wangen entgegen, damit er sie zum Abschied küssen konnte.

»Kannst du hier bitte kurz anhalten?«

Der verwaiste Bretterverschlag unter den beiden Drachenbäumen gab ein trauriges Bild ab, trotz der bunten Farben, in denen er einst gestrichen worden war. Das Schild mit dem Namen der Bar, das so viele Jahre lang an zwei Haken über der Theke gehangen hatte, lehnte mit der Schrift nach hinten an einer der Seitenwände.

»Möchtest du aussteigen?«, fragte Julia.

Die alte Dame antwortete nicht, sondern blickte angestrengt hinaus auf die Bude.

»Ich hatte vorhin eine Idee«, sagte sie schließlich. »Und das, was dein Bruder gesagt hat, das hat mich darin noch bestärkt.«

»Wirklich? Was meinst du?«, fragte Julia erstaunt.

»Das mit dem Besucherzentrum«, antwortete Belén. »Dass man etwas aus der Lomada Ronca machen sollte. Etwas Gutes.«

Álvaros Großmutter schürzte die Lippen und wirkte, als dächte sie intensiv über etwas nach. »Etwas, das allen hilft«, fügte sie nachdenklich hinzu und lehnte sich in ihrem Sitz zurück. »Wir können weiter«, sagte sie. »Aber nicht in Richtung Santa Cruz, sondern in die Richtung.« Sie deutete mit der Hand nach hinten.

»Willst du wieder zurück zum Flor de Sal?«, fragte Julia überrascht.

Belén schüttelte den Kopf. »Nicht zum Flor de Sal. Zur Lomada Ronca.«

Julia beschloss, nicht lange zu fragen. Sie wendete und fuhr in die entgegengesetzte Richtung. Nach wenigen Minuten passierten sie die Abzweigung zu ihrem Landgasthof und hielten auf die Nordküste zu.

»Ab hier gehört das Land Álvaro«, sagte Belén, als die Teerstraße endete und einer holperigen Piste wich.

Julia verlangsamte das Tempo und sah sich um. Sie war erst ein- oder zweimal hier gewesen, damals, als die Lomada Ronca noch in Marcos' Besitz gewesen war und sie darum gekämpft hatten, die einzigartige Unterwasserwelt, die diesem Küstenstrich vorgelagert war, zu erhalten. Marcos' Plan, hier gemeinsam mit Jens eine Tauchstation zu errichten, hatten sie verhindern können. Und an Weihnachten war dieses schroffe Stück Land nach einer nervenzerfetzenden Partie Domino zwischen Marcos und Álvaros Vater ihm zugefallen. Seither hatte sich keiner mehr um diesen Felsrücken gekümmert.

»Dort drüben«, sagte Belén und wies auf etwas, was Julia bislang für einen Steinhaufen gehalten hatte. Jetzt erkannte sie, dass es sich um die Ruine eines Gebäudes handelte, das einmal aus den Felsbrocken, die hier überall herumlagen, erbaut gewesen sein mochte. Eine der Längsseiten war fast noch intakt. »Das war mal ein *pajar*«, erklärte die alte Dame zufrieden. »Lass uns den mal genauer anschauen.«

Julia steuerte den Pick-up so nahe wie möglich an die Ruine heran, dann half sie Belén aus dem Wagen.

»Was ist ein *pajar*?«, fragte sie.

»Eine Scheune«, antwortete Belén und mühte sich hartnäckig über den steinigen Grund. Julia reichte ihr den Arm und führte sie vorsichtig zu der Ruine. »Schau mal«, fuhr sie begeistert fort und deutete auf ein paar gemauerte Reste. »Hier war sogar mal ein Kamin. Also diente der *pajar* als Unterschlupf für den Hirten. Umso besser.«

Eidechsen huschten erschreckt davon. Ein Kaninchen, das es sich zwischen den warmen Steinen gemütlich gemacht hatte, sprang im Zickzack auf und verschwand in dem kniehohen Gestrüpp, das hier und da die Lomada Ronca bedeckte.

»*Muy bien*«, murmelte Belén vor sich hin. »Wie groß mag der Grundriss sein? Acht auf fünf Meter? Das dürfte genügen.« Sie drehte sich in Richtung der Steilküste. Der Ausblick war atemberaubend. »Na, wer sagt es denn«, hörte Julia Belén ausrufen. »Mein Jaime hatte also recht. Daraus lässt sich was machen.«

»Jaime?«

»Mein verstorbener Mann«, antwortete Belén und wirkte auf einmal sehr zerbrechlich. »Er hat sich damals, als wir das Flor de Sal gegründet haben, auch für die Lomada Ronca interessiert. Jaime hat immer größer gedacht als andere. Er hatte damals schon im Sinn, hier einen kleinen Ableger zu eröffnen.«

»Ein zweites Restaurant?« Julia starrte zweifelnd auf die Ruine.

»Komm, lass uns nach Santa Cruz fahren«, bat Belén und setzte ihren Stock bedächtig auf dem unebenen Grund auf, um zurück zum Pick-up zu gehen. »Unterwegs erzähl ich dir alles.«

»Also Fayna braucht eine Aufgabe, richtig?« Julia nickte. Eben hatten sie die geteerte Straße erreicht, und Julia war froh, dass keiner der Reifen Schaden genommen hatte. »Und Pipo ebenfalls«, fuhr

Belén fort. »Es kann ja wohl nicht angehen, dass der beste Barista weit und breit seinen Barraquito nicht mehr zubereiten kann, oder?«

Julia musste unwillkürlich lächeln. Wenn sie Belén zuhörte, hatte sie das Gefühl, dass alles in Ordnung kommen konnte, egal, wie die Lage war.

»Dann hör mal gut zu. Ich finde, dein Bruder hat recht. Auf der Lomada Ronca sollten Touristen etwas finden, wo sie einkehren können. Eine hübsche kleine Bar. Aber nicht so einen Bretterverschlag wie die Bar de los dos Dragos, sondern etwas Richtiges. Eine Art *chiringuito*. Und weißt du was? Ich verwette meinen Stock, dass man für so etwas sogar Zuschüsse beantragen kann. Toto soll sich darum kümmern, der kennt sich mit so was aus.« Beléns helle Augen, die denen von Álvaro so sehr glichen, blitzten unternehmungslustig.

»Ein *chiringuito?*«, fragte Julia zurück. »Du meinst so ein kleines Ausflugslokal?«

»Ich kann es schon direkt vor mir sehen: ein einstöckiger schlichter Bau aus Natursteinen, so wie der *pajar* früher ausgesehen hat.« Belén zog mit einer Hand eine Linie in der Luft. »Nur mit großen Fenstern, damit die Gäste die Aussicht genießen können. Eine Bar und … sagen wir vier oder fünf Tische.«

»Und die soll Pipo übernehmen?«

»Wir verpachten sie ihm«, erklärte Belén. »So braucht er sich nicht um den Papierkram zu kümmern. Denn offenbar liegt ihm das nicht. Und dafür, dass die Gäste auch was Feines zwischen die Zähne bekommen, sorgst du. Natürlich nur mittags. Der *chiringuito* hat von elf bis sechzehn Uhr geöffnet. Später kommen sowieso keine Touristen mehr. Und wenn, sollen sie im Flor de Sal essen.«

»Ich soll fürs Essen sorgen?« Julia wäre beinahe in den Straßengraben gefahren. »Nein, Belén. Ich will mittags nicht mehr …«

»Jetzt hör mir erst mal zu«, unterbrach Belén sie sanft. »Ich spreche von ein paar kleinen Gerichten, die du vorbereiten kannst. Tapas. Kartoffelomelett, Russischer Salat, eingelegte Sardinen – das machst du mit links. Etwas, das Pipo in der Mikrowelle aufwärmen kann. Oder er brät ein paar Sachen *a la plancha*: Würstchen oder Steak, das müssen wir noch überlegen. Und weißt du, wer den Service macht?«

»Fayna?«, fragte Julia zweifelnd. »Meinst du, das ist ihr gut genug? Sie ist viel zu qualifiziert für so etwas.«

»Ich finde, die *Leitung* eines kleinen Ausflugslokals ist Herausforderung genug«, erwiderte Belén. »Außerdem wird sie froh sein, Arbeit zu bekommen«, erklärte Belén mit Nachdruck. »Vor allem eine, zu der sie ihr Baby mitnehmen kann. Das ist in einem solchen Lokal kein Problem. Im Flor de Sal wäre es unmöglich, das wird sie einsehen.« Belén strahlte Julia von der Seite an. »Na? Was hältst du davon?«

Julia überlegte. Die Unternehmerin in ihr war Feuer und Flamme. Und doch gab es einiges zu bedenken.

»Wir sollen diesen alten Steinhaufen wiederaufbauen?«, fragte sie zweifelnd.

»*Claro*«, antwortete Belén. »Wir können von Glück sagen, dass es den dort gibt. Andernfalls würden wir nie und nimmer eine Baugenehmigung bekommen. Nur da, wo früher bereits ein Gebäude stand, darf eines errichtet werden. So will es das Gesetz.«

Julia schwieg beeindruckt. Das hatte sie nicht gewusst.

»Im Grunde läuft es ja auf einen Neubau hinaus«, überlegte sie. »Ein Fahrweg muss ebenfalls angelegt werden. Von der Ausstattung einer modernen Bar ganz zu schweigen. Das wird nicht billig werden.«

»Weißt du, ich hab über die Jahre ein bisschen was angespart«, verriet Belén. »Ich überlege sowieso schon die ganze Zeit, was ich damit anfangen soll. Auf der Bank bekommt man ja keine Zinsen mehr, ganz im Gegenteil. Und wenn ich Álvaro eines Tages so ein hübsches kleines Ausflugslokal vermachen könnte, wäre das doch schön. Der gute Junge besteht seit Jahren darauf, die Kosten für die Seniorenresidenz zu übernehmen. Da ist es nur recht und billig, dass er eines Tages dafür belohnt wird. Oder?«

Julia wusste nicht, was sie darauf sagen sollte. Dass Belén ihr das alles anvertraute, erfüllte sie mit Stolz.

»Wenn wir es richtig anstellen«, fuhr Belén fort, »wird die Bar an der Lomada Ronca eine Goldgrube. Wir müssen natürlich mit diesen Leuten kooperieren.«

»Mit welchen Leuten denn?«, fragte Julia.

»Mit Leuten wie deinem Bruder«, antwortete Belén. »Leute, die Touristen heranfahren. Du machst ein Spezialarrangement mit ihnen, und sie bringen dir jeden Tag fünfzig bis hundert Gäste.«

Das musste Julia erst einmal verdauen. Und auf einmal wurde ihr leichter ums Herz. Belén verurteilte Jens nicht in Bausch und Bogen, so wie es die anderen taten.

»Toto davon zu überzeugen«, sagte sie, »das wird ein ganz schön hartes Stück Arbeit. Hilfst du mir dabei?«

Belén grinste sie an. »Ob ich dir helfe? *Por supuesto!* Mit dem allergrößten Vergnügen.«

Es war spät geworden, als sie endlich wieder auf die Piste einbog, die zum Landgasthof führte. Sie hoffte inständig, dass Naira und Pepe inzwischen gegangen waren und sie den Abend mit Álvaro ausklingen lassen konnte. Amelia und Toto hätten sich sicher schon zurückgezogen.

Doch schon von Weitem erkannte sie Nairas Wagen unter dem Drachenbaum. Daneben stand noch einer, ein Jeep, den sie nicht zuordnen konnte. Aufgeregte Stimmen drangen zu ihr, als sie den Hof durchquerte. Amo hatte offenbar schon geschlafen und kam nun mit sichtlich schlechtem Gewissen um die Ecke getrottet, um sie zu begrüßen.

Sie beugte sich hinunter und kraulte ihn hinter den Ohren. Gelächter schallte aus dem Garten. Offenbar amüsierte man sich bestens. Sie sah auf ihre Armbanduhr, es war kurz nach halb elf. Einen Moment lang erwog sie, einfach zu Bett zu gehen und sich die Decke über die Ohren zu ziehen. Und Álvaro? Sicherlich wartete er auf sie.

Im Schein einiger Windlichter erkannte Julia die altbekannten Gesichter. Toto hatte den Arm um Amelie gelegt, Naira saß zwischen Pepe und Álvaro, und Tanja schenkte sich gerade Wein ein. Daneben entdeckte Julia Emil, der natürlich um diese Uhrzeit längst ins Bett gehörte, ein großes Glas Cola in der Hand.

»Hallo«, sagte sie und fixierte ihren Neffen in der Hoffnung, dass er von selbst darauf kam, endlich schlafen zu gehen. »Da bin ich wieder.«

»Wie war die Fahrt?«, fragte Álvaro und wies auf den freien Stuhl neben sich. »Komm, setz dich.«

»Ich glaube, hier gibt es einen Jungen, der morgen früh zur Schule gehen muss«, sagte Julia. Emil tat so, als sähe er sich suchend um, und Pepe lachte auf. »Bitte, Emil«, forderte Julia ihn etwas strenger auf. »Es ist höchste Zeit.«

Ihr Neffe erhob sich in Zeitlupe, leerte das Glas in einem Zuge, und Julia nahm sich vor, später in Ruhe mit ihm über seinen Coca-Cola-Konsum zu sprechen. Dann ging er gemächlich um den Tisch herum.

»Übrigens«, sagte er, als er bei Julia angelangt war. »Du hast deinen Besuch noch gar nicht begrüßt.«

Aus dem Schatten zwischen Álvaro und Naira beugte sich eine Gestalt ein wenig vor. Julia hatte gar nicht gesehen, dass zwischen den beiden jemand saß. Es war ein Mann, und sein Haar glänzte rotgolden im Schein der Kerzen.

»Douglas!«, rief Julia überrascht aus. »Was für eine Überraschung! Hattest du vergessen, dass wir heute Abend geschlossen haben?«

»Nein«, antwortete der Schotte und schenkte ihr ein strahlendes Lächeln. »Wie könnte ich das vergessen? Ich kenne die Öffnungszeiten des Flor de Sal inzwischen auswendig.« Auf einmal wurde es sehr still am Tisch. Alle schienen von Douglas zu Julia zu blicken und wieder zurück. »Ich kam hier quasi zufällig vorbei. Und da hab ich einfach mal …«

»Klar«, fiel ihm Naira spöttisch ins Wort. »Weil hier ja so viele Wege vorbeiführen, die man rein zufällig …«

»Lass das«, unterbrach Tanja sie hitzig. »Douglas ist unser Freund. Du bist hier nur zu Gast, vergiss das nicht.«

»Geh jetzt bitte schlafen«, sagte Julia auf Deutsch zu Emil. »Ich hoffe, ich muss später nicht nachkommen und kontrollieren, ob du wirklich …«

»Schon gut«, maulte Emil und trottete davon.

»Hast du dich denn auf der Insel schon ein bisschen eingelebt?«, fragte Amelie Douglas gerade. »Wie gefällt es dir hier?«

»Es gefällt mir sehr«, antwortete er. »Aber am allerschönsten ist es doch oben auf dem Berg.«

»Unter all den Sternen«, schwärmte Tanja, und Julia beschlich der Verdacht, die Exfreundin ihres Bruders könnte dabei sein, sich in den Schotten zu verlieben. Warum auch nicht, dachte sie und unterdrückte ein Gähnen. Dieser Sternegucker schien wirklich sehr nett zu sein.

»Unsere Gastgeberin wirkt müde«, sagte er da und erhob sich. »Vielen Dank für den Wein.« Er schenkte Amelie ein Lächeln und nickte Tanja zu.

»Ich bring dich noch eben zum Wagen«, schlug Julia vor. Inzwischen war es ganz dunkel geworden, und sie nahm eines der Windlichter vom Tisch, um ihnen beiden den Weg am Haus

entlang zu beleuchten. Schon seit Langem wollte sie hier Solar-
lampen installieren lassen, noch war sie nicht dazu gekommen.

»Weißt du, ich wollte dich zu einer kleinen Sternenwanderung
einladen«, brach Douglas das Schweigen, als sie den Parkplatz unter dem Drachenbaum erreicht hatten. »Das war der eigentliche
Grund für mein Kommen. Oben beim Observatorium liegt einem der Himmel quasi zu Füßen. Die Sicht ist im Moment ganz
besonders gut.«

»Du meinst … heute?«

»Nein, ich sehe ja, dass du schrecklich müde bist«, antwortete
Douglas rasch. »Vielleicht hast du ja ein anderes Mal Lust dazu?«

»Sicher.« Julia musste schon wieder ein Gähnen unterdrücken.

»Dein freier Tag ist montags, nicht wahr«, fuhr Douglas fort.
»Wie wäre es denn in einer Woche? Dann kannst du am anderen
Tag ausschlafen.«

»Klar«, antwortete Julia. »Das klingt toll.«

»Wunderbar«, sagte er und öffnete den Wagen.

»*Hasta luego*«, antwortete sie und sah zu, wie er in den Wagen
stieg und den Motor startete.

Etwas Weiches schmiegte sich seitlich gegen ihr Knie, es war
Amo, der erneut sein warmes Körbchen verlassen hatte, um nach
ihr zu sehen. Aufmerksam sah er den sich entfernenden Rücklich-
tern nach, hob den Kopf und blickte fragend zu ihr empor.

»Der ist ganz schön anhänglich, was?«

Amo sog noch einmal schnüffelnd die Luft ein, wandte sich
schließlich ab und trottete zurück in den Hof.

10

Salzblumen

Als der Wecker klingelte, fand Julia den Platz neben sich leer. Verwirrt rieb sie sich die Augen. Dann fiel es ihr ein: Álvaro hatte vor dem Schlafengehen angekündigt, an diesem Morgen das kostbare Flor de Sal zu ernten.

Diese Kristalle, für die der Jardín de la Sal auf der ganzen Welt berühmt war, entstanden im Gegensatz zum normalen Salz nur unter ganz bestimmten Wetterbedingungen: Es brauchte eine bestimme Temperatur, besondere Luftverhältnisse und einen besonders sanften Wind – all das traf am ehesten bei Sonnenaufgang oder -untergang zu. Nur ein Salzgärtner mit Erfahrung und Fingerspitzengefühl konnte im Voraus einschätzen, wann es so weit sein würde.

Julia sprang aus dem Bett und zog sich rasch an. Duschen würde sie nach getaner Arbeit, denn selbstverständlich wollte sie Álvaro zur Hand gehen. Doch zuvor musste sie dafür sorgen, dass Emil rechtzeitig den Schulbus erreichte. Als sie nachsehen ging, ob er schon aufgestanden war, hörte sie ihn bereits in dem kleinen Badezimmer neben seinem Zimmer rumoren.

»Guten Morgen«, rief sie durch die geschlossene Tür und lauschte.

»Morgen«, tönte es mit vollem Mund zurück. Offenbar putzte er sich gerade die Zähne.

In der Küche bereitete sie das Müsli vor, von dem sie wusste, dass Emil es gern aß. Es war eine Variante des berühmten

Birchermüslis, das sie mit Vanille und frischem Obst der Saison verfeinerte. Während die Milch für den Kakao heiß wurde, packte sie außerdem Frühstück für Álvaro und sich selbst in einen Korb und belegte ein Brötchen mit Käse und eines mit Schinken. Da hörte sie Emil die Holztreppe herunterpoltern.

»Du musst nicht jeden Morgen aufstehen«, brummte er und warf seinen Schulrucksack in eine Ecke. »Bei Papa hab ich mir mein Frühstück auch selbst gemacht.«

Dann begann er, das Müsli in sich hineinzuschaufeln.

»Und was hast du da gegessen?« Julia schob ihm den dampfenden Becher mit Kakao hin.

»Cornflakes mit Milch«, gab der Junge zurück.

Julia beschloss, sich auf keine Diskussion einzulassen. Es war für sie keine Frage, dass sie morgens darauf achten würde, dass Emil pünktlich und mit etwas Ordentlichem im Magen zur Schule ging. Sie verpackte die beiden belegten Brötchen und reichte sie Emil.

»Was soll das sein?«, fragte er und nahm einen großen Schluck von seinem Kakao.

»Dein Schulbrot«, sagte sie.

Er sah sie ungläubig an. »Papa hat mir immer Geld gegeben, damit ich mir am Kiosk was kaufe.«

Julia zuckte mit den Schultern. »Wie du willst«, sagte sie. »Wenn du Pacos Käse und den guten Ibérico-Schinken nicht möchtest …«

Rasch griff Emil nach dem Päckchen und stopfte es in seinen Rucksack. Im Stehen leerte er den Rest Kakao in sich hinein.

»Tschüss«, sagte er. An der Tür drehte er sich noch einmal um. »Ich komme heute spät zurück«, erklärte er. »Nach der Schule geh ich noch mit zu Parvi.« Und schon war er weg.

Julia seufzte. Emil würde zwar erst in vier Monaten vierzehn werden, doch in letzter Zeit verhielt er sich fast schon wie ein

Fünfzehnjähriger. Und eigentlich war es nicht verwunderlich. Nach dem Tod seiner Mutter hatte der Junge quasi über Nacht selbstständig werden müssen. Seit damals hatte er kein richtiges Zuhause mehr gehabt. Dieses Hin und Her muss ein Ende haben, sagte sie sich und füllte frischen Kaffee in eine Thermoskanne. Sie lief noch mal rasch ins Bad, um ihr Gesicht mit Sonnencreme einzureiben, das Haar im Nacken zu flechten und ein altes Baumwolltuch um den Kopf zu binden. Sie nahm ihren Strohhut vom Haken und schlüpfte in ihre Turnschuhe. Bewaffnet mit dem Frühstückskorb machte sie sich schließlich an den Abstieg zum Salzgarten.

Es war ein zauberhafter Morgen, Meer und Himmel schimmerten in zarten Perlmutttönen. Weit weg am Horizont waren Passatwolken als schmales Band zu erkennen, ansonsten wölbte sich ein makelloser Himmel über ihr. Kurz dachte sie an Douglas und an die vielen Sterne, die inzwischen verblasst waren und doch immer noch dort oben waren und von den Experten im Observatorium beobachtet wurden. Das Meer schimmerte so klar wie grünliches Glas, die Unterwasserfelsen zeichneten sich deutlich ab und erinnerten sie an die Wunder, die sich ihr vor einiger Zeit beim Schnorcheln gezeigt hatten. Die Welt war so unfassbar groß und schön, so vielfältig und voller Rätsel. Und Julia fühlte sich klein und unbedeutend, als sie den Felsenweg hinunterging, wie ein Käfer, der einen Stein hinunterkrabbelte und dabei glaubte, das Zentrum des Universums zu sein. Vom Kopf bis zu den Zehen war Julia angefüllt mit Staunen und einem Glücksgefühl, für das sie keine Worte fand.

Da lag er unter ihr, der Salzgarten. Álvaro hatte mit seiner Arbeit bereits begonnen. Wie in einem Scherenschnitt stand er als dunkle Silhouette gegen den fliederfarbenen Morgenhimmel am äußersten Rand der Saline und bewegte den *cedazo* mit sicheren Bewegungen über die Oberfläche eines der Salzbecken. Das große unhandliche Gerät, das an einen überdimensionalen Kescher erinnerte, wirkte wie ein Spielzeug in seinen Händen, und doch wusste Julia aus eigener Erfahrung, wie schwer es zu handhaben war.

Sie deponierte den Proviantkorb im Salzhäuschen, schlüpfte in die salzverkrusteten Gummistiefel und zog sich einen der langen Kittel über, die Álvaro für seine Helfer bereithielt. Bewaffnet mit einem *cedazo* und einem Weidenkörbchen begab sie sich zu Álvaro.

»Bist du schon auf?«, begrüßte er sie und strahlte sie an.

»Guten Morgen«, rief sie ihm fröhlich zu. »Soll ich hier beginnen?« Sie wies auf eine Reihe mit Salzbecken, in denen eine rosafarbene Lake wunderschön mit dem schwarzen Gestein kontrastierte. Inzwischen hatte Julia gelernt, die feinen Salzflocken auszumachen, die wie zarte Federchen an die Oberfläche stiegen.

Álvaro nickte, und so begann Julia mit der Arbeit. Seit sie bei der Ernte half, hatte sie muskulösere Oberarme bekommen, denn das Hantieren mit der langen Stange verlangte einem einiges ab. Anfangs war sie stolz darauf gewesen, am Ende eine Handvoll dieser wertvollen Salzblüten in ihrem Korb gesammelt zu haben. Heute war es bei guten Bedingungen bei Weitem mehr.

Auch an diesem Morgen konnten sie zufrieden sein. Als die Sonne über den Kamm des Inselbergs stieg, hatten sie zusammen fast zwei Kilo geerntet.

»Heute sind sie besonders schön.« Julia klaubte vorsichtig eine Salzflocke aus ihrem Korb, um sie sich auf die Zunge zu legen. Álvaro würde das Flor de Sal vorsichtig auf ein großes Sieb schütten und auf diese Weise die größeren von den kleineren Kristallen trennen.

»Ja, das Wetter ist ideal«, sagte Álvaro. Er nahm ihr den Korb aus der Hand und schloss sie in seine Arme. »Guten Morgen«, sagte er und drückte ihr einen salzigen Kuss auf die Lippen. »Wie schön, dass du mir Gesellschaft leistest.«

»Ich habe Frühstück mitgebracht«, flüsterte sie und küsste ihn erneut.

»Das hatte ich gehofft«, sagte er schmunzelnd.

Während er die Geräte wegräumte und das Salz verstaute, deckte Julia den Tisch, der windgeschützt neben dem Häuschen bereitstand. Seit Belisario, Álvaros Vater, an Weihnachten hier erneut gegen Marcos im Domino angetreten war und einmal mehr die Existenz seiner Familie aufs Spiel gesetzt hatte, besaß dieser alte, wackelige Tisch fast schon eine symbolhafte Bedeutung für Julia. Und gerade, als sie als Letztes die Servietten neben die Teller gelegt hatte, fiel ihr wieder ein, was Belén vorhatte.

»Ich muss dir unbedingt etwas erzählen«, sagte sie, als Álvaro sich zu ihr gesetzt hatte und ihnen beiden Kaffee einschenkte.

»Lass mich raten«, gab er mit einem zärtlichen Lächeln zurück. »Du hast dir ein neues Gericht ausgedacht.«

Julia lachte. »Nein«, entgegnete sie. »Etwas viel Spannenderes. Belén möchte auf der Lomada Ronca einen *chiringuito* eröffnen.«

Álvaro, der gerade von seinem Kaffee trinken wollte, verschluckte sich beinahe daran.

»*Was* will sie?«

Julia begann zu erzählen. Von dem *pajar,* den man aufbauen könnte, und dass es sich doch wunderbar fügen würde, wenn Pipo dort eine neue Wirkungsstätte finden könnte, eine, die seinen Fähigkeiten angemessen war.

»Hast du gewusst, dass dein Großvater das schon im Sinn gehabt hat, damals, als er und Belén den *mesón* eröffnet haben?«

Álvaro sah sie ungläubig an. »Nein«, sagte er. »Davon hat sie mir nie etwas erzählt.« Nachdenklich sah er an Julia vorbei und schien das Frühstück ganz vergessen zu haben. »Trotzdem«, sagte er schließlich. »Ich halte das für keine gute Idee.«

»Warum denn nicht?«

»Belén ist fünfundachtzig, hast du das vergessen? Ich finde, sie sollte ihr Leben genießen und sich nicht mehr auf ein solches Abenteuer einlassen.«

»Nun«, wandte Julia ein, »sie will ja nicht mehr selbst an der Theke stehen.«

»Und wer soll das Ganze finanzieren?«

»Sie sagt, sie hätte …«

»Oh nein«, unterbrach Álvaro sie entschlossen. »Ihr Erspartes soll sie auf keinen Fall anrühren. Wer weiß, ob sie es nicht noch braucht? Sie soll einen sorgenfreien Lebensabend haben. Das hab ich mir fest vorgenommen.«

Julia schwieg. Ein wenig enttäuscht war sie schon, sie war davon ausgegangen, dass Álvaro die Idee genauso aufregend finden würde wie sie. Aber natürlich stand auch für sie das Wohl von Álvaros Großmutter an allererster Stelle. Nur, so überlegte sie, war es nicht Beléns Angelegenheit, was sie mit ihrem Leben und mit ihrem Geld anfing? Sie war zwar betagt. Ihr Verstand arbeitete jedoch noch einwandfrei. Und vielleicht war es ja gerade eine solche Aufgabe, die ihren »Lebensabend«, wie Álvaro es nannte, nach ihren Vorstellungen schön und zufriedenstellend machte.

»Und was hättest du von dieser Sache?«, fragte Álvaro, dem ihre Enttäuschung wohl nicht entgangen war. »Du hast sie hoffentlich nicht dazu ermuntert?«

»Nun«, antwortete Julia, »zunächst war ich auch nicht so überzeugt von der Idee, zumal Belén meinte, ich solle für das Speisenangebot sorgen. Auf der anderen Seite wäre Pipo damit geholfen. Und für Fayna könnte das eine interessante Aufgabe sein.«

»Belén ist aber nicht das Arbeitsamt«, wandte Álvaro ein.

»Wenn du es nicht möchtest«, sagte Julia, »wird sie das Ganze bestimmt nicht weiterverfolgen, schließlich gehört die Lomada Ronca dir.«

Álvaro wirkte wenig überzeugt. »Da kennst du meine *yaya*

schlecht«, entgegnete er. »Wenn sie sich mal etwas in den Kopf gesetzt hat …« Er schnaubte vielsagend. Julia zuckte mit den Schultern. Das Letzte, was sie im Sinn hatte, war, mit Álvaro über Beléns Pläne zu streiten. »Ich mag gar nicht daran denken, was Toto dazu sagen würde«, fuhr er fort und widmete sich seinem Frühstück, träufelte Olivenöl auf eine Brötchenhälfte und streute Salz darüber.

»Belén meinte, es könnte durchaus im Sinne des Ministeriums für Umweltschutz sein, wenn man die Bevölkerung und die Touristen über die Notwendigkeit von Schutzgebieten sensibilisiert«, gab Julia zu bedenken. Auch ihr war klar, dass Toto die Tendenz hatte, alles abzulehnen, was nur irgendwie Menschen in diesen entlegenen Winkel der Insel locken könnte. Im Grunde, so fand Julia, dachte Belén bei Weitem mutiger und fortschrittlicher als Álvaro und seine Freunde.

Auf der anderen Seite – sie war mit dem Flor de Sal wirklich ausgelastet. Es wäre allerdings schön gewesen, sie hätten Fayna diese interessante Aufgabe anbieten können. Denn je länger sie darüber nachdachte, desto besser fand sie Beléns Vorschlag. Die Leitung eines Ausflugslokals mit kindgerechten Arbeitszeiten hätte der jungen Frau sicher gefallen. Julia kannte Álvaro jedoch inzwischen gut genug, um nicht auf dem Thema zu beharren. Im Grunde, so überlegte sie, ging diese Sache nur Belén und ihn etwas an. Er war immerhin der Besitzer der Lomada Ronca und konnte darüber bestimmen, was dort geschah. Es war ganz sicher besser, sie hielt sich da raus.

»Was machst du heute noch?«, fragte sie, um das Thema zu wechseln und zur Tagesordnung überzugehen.

Álvaro erzählte, dass er an diesem Tag gemeinsam mit Diego sein Boot zu einem befreundeten Fischer bringen würde, in dessen kleiner, privater Werft der Rumpf der *Alba* einen frischen Anstrich erhalten würde. Nach kurzer Zeit war Beléns Idee vergessen.

Als Julia schließlich alles wieder in ihren Picknickkorb verstaute und den Heimweg antrat, war es bereits später Vormittag.

An diesem Tag musste sie nicht, wie so oft montags, einen Großeinkauf tätigen. Denn als sie ihre Vorräte durchging, stellte sie fest, dass noch von allem ausreichend vorhanden war.

»Was machen unsere Turteltäubchen?«, fragte sie Devi, die bereits das Erdgeschoss der Finca auf Hochglanz gebracht hatte und sich nun eine Pause gönnte, ehe sie das Obergeschoss in Angriff nahm. »Emil hat angekündigt, nach der Schule zu euch zu kommen. Ich hoffe, das ist in Ordnung.«

»Ja, klar«, erklärte Devi und nahm dankbar den Becher mit Kaffee entgegen, den Julia für sie frisch aufgebrüht hatte. »Die beiden sind ein Herz und eine Seele.«

»Soll ich ihn irgendwann abholen kommen?« Julia legte gerade einige der Kokosplätzchen von der Witwenkooperative auf einen Teller, von denen sie wusste, dass Devi sie ganz besonders gern mochte.

»Nicht nötig«, antwortete Devi und nahm sich einen Keks. »Sam kann ihn vorbeibringen, wenn er heute Abend zur Lomada Ronca fährt.«

»Er fährt zur Lomada Ronca?«

»Ja«, antwortete Devi und nahm einen Schluck Kaffee. »Belén hat ihn heute Morgen angerufen und ihn gebeten, sich irgendeine alte Scheune anzusehen.« Sie hielt inne und betrachtete Julia forschend. »Was hast du denn?«

»Ich?« Julia räusperte sich. »Ach, nichts. Ich bin nur ein bisschen überrascht.«

»Ich finde es auch erstaunlich, über welche Energie Belén noch immer verfügt«, gab Devi zurück. »Stell dir vor, sie möchte das Gebäude offenbar wiederaufbauen lassen. Aber sicher weißt du darüber besser Bescheid als ich.«

Julia schluckte. »Na ja«, antwortete sie zögernd. »Sie hat

gestern etwas in der Art erwähnt.« Dass Belén allerdings so schnell handeln würde, hatte sie nicht erwartet. »Was … was genau will sie denn von Sam wissen?«, fragte sie.

»Was dieser Wiederaufbau kosten würde«, antwortete Devi und nahm sich noch einen Kokoskeks. »Und ob er Leute kennt, mit denen er das machen könnte.«

Puh, dachte Julia. Das klang ja schon reichlich konkret. Brauchte man dazu nicht irgendwelche Genehmigungen, *pajar* hin oder her? Trotz ihrer Bestürzung über die Tatsache, dass Belén Álvaro bislang über ihre Pläne im Unklaren gelassen hatte, konnte sie nicht umhin, die alte Dame für ihre Tatkraft und Entschlossenheit zu bewundern.

»Dann mach ich mal weiter«, sagte Devi und räumte ihren Kaffeebecher in die Spülmaschine. »Lass einfach alles stehen«, fügte sie mit Blick auf Julias Picknickkorb hinzu. »Ich mach das schon. Heute ist schließlich dein freier Tag.«

Wirklich frei zu haben, sich weder um Emil noch um Einkäufe kümmern zu müssen – Julia konnte sich nicht erinnern, wann das zuletzt der Fall gewesen war. Und zuerst wusste sie überhaupt nicht, was sie mit sich anfangen sollte. Sie könnte sich einfach in die Hängematte legen und sich ausruhen. Oder sie könnte endlich jene verschwiegene Bucht aufsuchen, von der Toto neulich so geschwärmt hatte. Um dorthin zu gelangen, musste man von der Straße aus zwar eine kleine Wanderung zurücklegen, doch das schreckte sie nicht. Sie hatte sich genau erklären lassen, wie sie dorthin kam, und schon packte sie ihren Badeanzug und ein Handtuch in ihren Rucksack samt Wasserflasche und Obst. Dann schlüpfte sie in eine bequeme Dreiviertelhose und schnürte ihre Wanderschuhe.

Kurz überlegte sie, ob sie Álvaro anrufen sollte, um ihn über die Aktivitäten seiner Großmutter aufzuklären. Aber sie entschied sich dagegen. Belén konnte schließlich tun und lassen, was sie für richtig hielt. Und wer weiß, vielleicht würde Sam ihr ja erklären, dass sich die verfallene Scheune nicht so ohne Weiteres in ein Ausflugslokal verwandeln ließe.

Sie hatte gerade ihren Rucksack in den Kofferraum gelegt, als ihr Amelie nachgelaufen kam.

»Wo gehst du hin?«, wollte sie wissen. »Kann ich mitkommen?«

Julia lachte. »Wenn du zu einer kleinen Kletterpartie bereit bist, gerne.« Sie erzählte ihr von der Bucht, die sie endlich erkunden wollte, und als Amelie sich dazu entschloss, sie zu begleiten, wartete sie geduldig, bis ihre Freundin sich ebenfalls für diesen Ausflug gerüstet hatte.

Während der Fahrt war Amelie ungewöhnlich still. Auch Julia hing ihren Gedanken nach, und als sie die Stelle erreicht hatten, wo der schwindelerregende Pfad der Steilküste entlang begann, waren sie voll und ganz mit dem Abstieg beschäftigt. An vielen Stellen war zwischen den Felsen überhaupt kein Pfad zu erkennen, doch Álvaro hatte Julia erklärt, dass sie sich an den sogenannten Steinmännchen orientieren sollte: aufeinandergeschichtete flache Steine, die den Weg markierten.

»Sie mal, da unten«, rief Julia Amelie zu und deutete auf eine durch hohe Klippen geschützte Bucht, in der das Wasser den strahlend blauen Himmel reflektierte und an manchen Stellen türkis schimmerte. Diese Felsen hatten die Form einer gigantischen Hand, die die Wucht der anstürmenden Atlantikwellen abhielt, sodass sie sich an ihnen brachen und zu meterhohen Gischtfontänen aufstiegen.

»Puh«, machte Amelie. »Wollen wir hoffen, dass die Klippen halten.«

Julia lachte und legte rasch die letzten hundert Meter bis zur Bucht zurück.

»Hier ist wirklich niemand«, stellte Amelie fest und zog ihr

T-Shirt über den Kopf. »Da brauchen wir nicht mal einen Badeanzug.«

Erhitzt vom Abstieg, wie sie waren, schlüpften die beiden aus ihren Kleidern und ließen sich vorsichtig ins Wasser gleiten. Es war so klar, dass sie den Untergrund erkennen konnten, und Julia bereute, ihre Taucherbrille nicht mitgenommen zu haben.

»Ist das herrlich«, jauchzte Amelie und ließ sich auf dem Rücken treiben und von den sachten Wellen schaukeln, bis sie von der Gischt einer der Fontänen getroffen wurde, die der Wind herübergeweht hatte, und hell aufschrie.

»Sieh mal«, rief Julia. »Ein Regenbogen!«

Die Luft war erfüllt von feinsten Wasserpartikeln, in denen sich die Sonnenstrahlen brachen und zauberhafte Farbspiele hervorbrachten, die im nächsten Augenblick verschwanden und an anderer Stelle auftauchten.

Als sie sich ausreichend abgekühlt hatten, kletterten sie zurück an Land, hüllten sich in ihre Badetücher und setzten sich auf einen langgestreckten Felsen, der eine natürliche Bank bildete.

»Ist es nicht wunderbar hier?«, fragte Julia und reckte ihre mit Wassertropfen benetzten Beine ins Sonnenlicht. »Wir leben im Paradies.« Amelie antwortete nicht, ihre Fröhlichkeit schien wie weggeblasen. Julia konnte fühlen, wie sich die Stimmung änderte, und betrachtete ihre Freundin besorgt von der Seite. »Was ist los?«, fragte sie.

»Sagen wir mal so …«, antwortete Amelie, während ihr Blick auf einem der mächtigen Felsen ruhte, hinter dem wieder eine gewaltige Gischtwolke aufstieg. »Mir geht gerade viel durch den Kopf.«

»Was denn?«, fragte Julia besorgt.

Amelie schwieg eine Weile und betrachtete den Horizont. »Ich hab mal nachgesehen«, sagte sie schließlich. »Es gäbe da tatsächlich ein paar Stellen, die für mich interessant sein könnten.«

»Aber ich will nicht, dass du weggehst!«, rief Julia erschrocken aus.

»Das weiß ich«, antwortete Amelie. »Vielleicht kannst du gar nicht anders und musst Fayna wieder einstellen.«

»Nein, ich ...«

»Hör zu, ich möchte, dass wir ehrlich miteinander sind, so wie wir es immer waren. Auch wenn es jetzt wahrscheinlich noch zu früh ist – irgendwann hat Fayna ein Recht darauf, ihre Stelle wiederzubekommen.«

»Und da überlegst du dir wegzugehen?«

Amelie warf ihr einen traurigen Blick zu. »Was soll ich denn sonst tun? Etwa in eines der Hotels hier auf der Insel wechseln? Du weißt, dass das nichts für mich ist. Wenn ich nicht im Flor de Sal bleiben kann, möchte ich in einem erstklassigen Haus arbeiten.«

»Und was ist mit Toto?«

Amelie seufzte tief. »Ja, das ist natürlich der Haken«, räumte sie ein. »Vielleicht könnte er sich versetzen lassen und mitkommen. Zum Beispiel nach Gran Canaria oder Teneriffa.«

»Du hast mit ihm schon darüber gesprochen?«, fragte Julia alarmiert.

»Nein.« Amelie zog die Knie an und schlang ihre Arme um sie. »Das hab ich nicht. Ich wollte zuerst mit dir darüber reden. Eigentlich möchte ich hier ja gar nicht weg. Aber wenn es sein muss, will ich vorbereitet sein. Verstehst du?«

»So weit wird es nicht kommen«, antwortete Julia. »Hör zu, Amelie, es ist mir wirklich ernst. Wenn du weggehst, dann ... dann ...« Tränen traten ihr in die Augen. »Du bist meine einzige richtige Freundin«, fügte sie leise hinzu.

»Hey«, sagte Amelie erschrocken und legte ihren Arm um Julias Schulter. »Nicht weinen. Wir werden immer Freundinnen bleiben.«

»Ich weiß«, schniefte Julia und suchte in ihrem Rucksack nach einem Taschentuch. Ihr wurde in aller Deutlichkeit bewusst, wie wichtig Amelie für sie war. Nur mit ihr konnte sie in ihrer Muttersprache über alles, was sie bewegte, sprechen. Amelie war weit mehr als eine ausgezeichnete Servicekraft für sie. »Du darfst nicht weggehen«, sagte sie und putzte sich die Nase. »Ich werde eine Lösung finden.«

»Eine Lösung?«, fragte Amelie skeptisch. »Willst du etwa das Restaurant vergrößern?«

Julia überlegte fieberhaft. Sollte sie Amelie Beléns Pläne anvertrauen, obwohl Álvaro dagegen war? Machte sie sich gerade etwas vor, wenn sie hoffte, für Fayna eine Beschäftigung zu finden?

»Hör zu«, sagte sie und räusperte sich. »Was ich dir jetzt sage, ist noch vollkommen unausgegoren, und es kann gut sein, dass aus der Sache nichts wird. Und du musst mir versprechen, mit niemandem darüber zu sprechen. Auch nicht mit Toto.«

Amelie sah sie mit großen Augen an. »Ein Geheimnis?«, fragte sie.

»Sozusagen.« Julia überlegte, wo sie am besten beginnen sollte. »Also die Sache ist die: Belén hat einen Plan, der unser Problem lösen könnte. Ich finde ihre Idee toll. Aber … na ja, leider ist Álvaro im Moment noch dagegen. Belén möchte eine Art Ausflugslokal auf der Lomada Ronca errichten. Einen *chiringuito*. Pipo könnte ihn pachten und Fayna den Service übernehmen.«

»Auf der Lomada Ronca?«, fragte Amelie verblüfft. »Das ist doch Naturschutzgebiet. Die Erlaubnis kriegt ihr nie und nimmer.«

»Dort stand einmal ein Gebäude«, erklärte Julia. »Und Belén sagt …«

»Bei aller Liebe«, fiel ihr Amelie ins Wort. »Belén ist eine sehr alte Dame. Glaubst du nicht, dass ihr da die Fantasie durchgegangen ist? Wenn ich mir überlege, was Toto dazu sagen wird …«

»Das Grundstück gehört Álvaro«, sagte Julia. »Und von dem Meeresschutzgebiet ist der *pajar* weit genug entfernt. Wenn die Umweltbehörde will, kann sie ja dort mit einsteigen und über den Nationalpark informieren.«

Amelie musterte sie auf einmal misstrauisch. »Das ist doch auf Jens' Mist gewachsen«, sagte sie. »Kann es sein, dass du dich vor seinen Karren spannen lässt?«

»Nein«, antwortete Julia scharf. »Es war Beléns Idee.«

»Klingt aber sehr nach deinem Bruder«, beharrte Amelie. »Hat er nicht neulich so etwas erwähnt? Dass man auf der Lomada Ronca etwas für Touristen bräuchte?«

»Herrje, Amelie«, brach es aus Julia hervor. »Verstehst du denn nicht? Das wäre unsere Chance.«

»Um Fayna loszuwerden?« Amelie schnaubte. »Also ich an ihrer Stelle würde mich bedanken, in ein *chiringuito* abgeschoben zu werden.«

Julia schluckte. War die Idee tatsächlich so falsch?

»Du hast ja auch kein kleines Kind«, antwortete sie schließlich. »Fayna kann noch eine ganze Weile nicht voll arbeiten, ob sie nun will oder nicht.«

»Und wenn aus diesem *chiringuito* nichts wird?« Amelie klang auf einmal gereizt. »Du sagst ja selbst, dass Álvaro das nicht möchte. Dann kommt Fayna zurück, wenn ihr Baby älter ist, oder? Ehrlich, Julia. Ich möchte *jetzt* wissen, woran ich bin. Ist meine Stelle befristet, quasi als Mutterschutzvertretung? Oder habe ich eine langfristige Perspektive im Flor de Sal?«

Julia wusste zunächst nicht, was sie antworten sollte. Sie verstand nicht, warum Amelie sie auf einmal so unter Druck setzte.

»Amelie, bitte«, begann sie. »Du warst schließlich dabei, als Fayna uns über ihre Schwangerschaftskomplikationen informiert hat. Du hast von Anfang an um die Situation gewusst. Sag jetzt nicht, ich hätte dir irgendetwas vorgemacht, als du beschlossen hast, die Stelle in Grenoble aufzugeben und herzukommen. Damals hat keine von uns beiden daran gedacht, was später sein würde.« Sie schluckte. »Ich werde eine Lösung finden«, fügte sie hinzu. »Bitte hab ein bisschen Geduld.«

Der Schreck darüber, dass Amelie ernsthaft Stellenangebote prüfte, saß tief. Sie würde sie doch hoffentlich nicht Hals über Kopf im Stich lassen? Denn egal, was Fayna meinte, noch war sie längst nicht so weit, Amelie zu ersetzen.

»Na gut«, sagte Amelie. »Ich kann es nur nicht mehr lang ertragen, von allen Seiten schief angesehen zu werden, weil ich angeblich einer Einheimischen den Job wegnehme.«

Julia seufzte. »Wir sollten alle beide Naira nicht so ernst nehmen«, versuchte sie ihre Freundin zu trösten.

»Maribel bläst ins selbe Horn«, erinnerte Amelie sie. »Und sie ist nicht die Einzige.«

»Wieso heiratet ihr eigentlich nicht, du und Toto, und bekommt auch ein Baby?«, fragte Julia halb im Spaß. »Dann könntest du dir mit Fayna die Stelle teilen und …«

»… mit unseren Kindern eine Krabbelgruppe gründen?« Amelie lachte auf. »Vergiss es. Ich bin zu alt für ein Baby.«

Julia versuchte, ihrer Freundin in die Augen zu sehen. »Du bist überhaupt nicht zu alt«, wandte sie nun ernst geworden ein.

»Was ist mit euch?«, gab Amelie die Frage zurück, und in ihren Augen blitzte der Schalk. »Du und Álvaro, ihr seid das Traumpaar schlechthin. Und Naira würde endlich Ruhe geben, wenn ihr beide Mann und Frau wärt. Vermutlich würde sie die Patentante eures Kindes werden, und alles wäre gut.« Sie kicherte.

»Naira als Patentante?«, rief Julia entrüstet aus. »Nie im Leben.«

»Sag niemals nie«, gab Amelie, nun wieder viel besser gelaunt, zurück.

11

Jaimes Vermächtnis

»Das ist jetzt schon das vierte Volk!« Maribel starrte fassungslos in den offenen Bienenstock. Julia trat näher. Der Kasten war leer. »Sie sind einfach weg.« Resigniert lehnte die Imkerin den Deckel gegen das Gehäuse.

»Wie kann denn das passieren?« Julia beobachtete, wie Maribel einige der Waben herauszog und kritisch inspizierte. Wo sonst ein Gewusel herrschte, war keine einzige Biene mehr zu sehen. Wieso waren sie verschwunden? Julia konnte sich nicht vorstellen, wo es die Bienen besser haben könnten als bei ihrer Freundin.

»Es sind die Beben«, antwortete Maribel finster. »Anders kann ich es mir nicht erklären. Die Bienen spüren das.« Sie schloss den Bienenstock. »Ich nehme an, das ist kein gutes Zeichen.«

Julia sah sich um. In einiger Entfernung befanden sich noch drei weitere der hellgrün gestrichenen Holzkisten, Heimat für jeweils ein Volk. Auch dort war nichts von dem üblichen Gesumme der ein- und ausfliegenden Bienen zu hören. Besorgt warf sie ihrer Freundin einen Blick zu, die den Kopf leicht angehoben und die Augen geschlossen hatte, als würde sie intensiv lauschen. Da vernahm es Julia ebenfalls – einen surrenden Ton von irgendwoher.

»Da sind sie«, wisperte Maribel und wies auf die Krone einer stattlichen Kastanie. Zwischen dem Geäst hing ein dunkles traubenartiges Gebilde, von dem das Geräusch ausging. »Da muss ich einen der Jungen um Hilfe bitten.«

»Was hast du vor?«, fragte Julia, als sie sah, dass Maribel ihr Handy aus der Tasche kramte.

»Einer meiner Enkel muss da hochklettern und das Volk runterholen«, antwortete die Imkerin. »Früher hab ich das selbst gemacht. Inzwischen geht das nicht mehr.«

Ungläubig starrte Julia hinauf in die Baumkrone, während Maribel ins Telefon sprach und jemanden instruierte, was er alles mitbringen sollte. Ihre Freundin hatte ernsthaft vor, die Bienen einzufangen? »Und vergiss den Korb nicht«, schloss sie gerade. »Bitte beeil dich!«

Sie beendete das Gespräch und ging ein paar Schritte in den lichten Laubwald hinein.

»Wenn wir Glück haben, sind die anderen nicht weit«, rief sie über ihre Schulter zurück. »Kannst du hier warten und das Volk da oben im Auge behalten? Bitte ruf nach mir, falls es weiterschwärmt. Sollte das wirklich passieren, dann versuche, dir die Richtung zu merken, in die sie ziehen.«

Bitte bleibt, wo ihr seid, dachte Julia so intensiv, wie sie konnte. Hatte Maribel ihr nicht erzählt, dass man mit Bienen über Gedanken kommunizieren könne? Sie konnte sich das zwar nicht so recht vorstellen – warum sollte es nicht möglich sein? War es vielleicht sogar möglich, sie noch näher heranzulocken? Doch so sehr sie die Bienen in Gedanken auch bat, zurückzukommen – das summende Gebilde dort oben blieb, wo es war.

Es war Donnerstag am frühen Nachmittag, und Julia hatte nach einer Besorgung dem Bedürfnis nicht widerstehen können, Maribel einen Besuch abzustatten, so wie früher, als Faynas Wunsch, wieder zu arbeiten, noch nicht zwischen ihnen gestanden hatte. An der Abzweigung zur Finca del Casco hatte sie fast automatisch den Blinker gesetzt und war abgebogen. Maribel hatte sorgenvoll berichtet, dass schon mehrere Bienenvölker das Weite gesucht hätten, und natürlich hatte Julia eingewilligt mitzukommen, um zu sehen, wie es den Völkern an diesem Standort ging.

Schließlich erschien Acorán, genannt El Rostro, gemeinsam mit Paco, bewaffnet mit Leiter, Seilen und einem rundlichen Korb mit Deckel. Julia hatte den Jungen eine Weile nicht gesehen und staunte über den Wachstumsschub, den der bislang eher stämmige und untersetzte Dreizehnjährige in letzter Zeit gehabt haben musste. Man konnte jetzt schon erkennen, dass aus ihm einmal ein großer, breitschultriger Mann werden würde mit schwarzem Bürstenhaar und kräftigen Augenbrauen.

»Wo sind die Biester?«, fragte er und blickte mit seinen dunklen Augen verlegen an Julia vorbei. Was immer zwischen ihm und Emil vorgefallen war – er schien sich dafür zu schämen.

»Da oben«, sagte Julia und wies auf die Baumkrone.

Acorán murmelte etwas, was wie ein Fluch klang, und warf seinem Großvater einen anklagenden Blick zu.

»Tut mir leid, dass ich zu alt geworden bin, um selbst da hochzuklettern«, erklärte Paco mit einem Grinsen. »Jetzt seid ihr dran. Also los. Es gibt schlimmere Bäume.«

Er stellte die Leiter so an den Stamm, dass der Junge auf einen großen Ast gelangen konnte. Acorán band sich das Seil um den Bauch, und Paco reichte ihm einen Umhängebeutel, den er sich quer über die Schulter legte. Dann stieg er die Leiter hinauf zu dem Ast. Von dort kletterte er behände weiter bis in die Krone.

»Braucht er denn keinen Helm oder so?«, fragte Julia besorgt. Nie und nimmer hätte sie Emil erlaubt, so etwas ungeschützt zu tun.

»Ach was«, gab Paco zurück und schob seine Schirmmütze in den Nacken, um besser sehen zu können, was sein Enkel dort oben machte. »Das ist doch ein Kinderspiel. Da hatten wir schon andere Geschichten.«

Acorán war nun knapp unterhalb des Bienenvolkes und

begann in der Umhängetasche zu kramen. Paco band den Korb ans untere Ende des Seils, und schon zog der Junge ihn zu sich hinauf.

»Werden die Bienen ihn denn nicht stechen?«

»Dafür hat er den Wasserzerstäuber«, antwortete Paco und wies mit dem Daumen hoch zu seinem Enkel, der sich über den Ast gelegt hatte und nun in die Richtung robbte, wo das Volk an einem Blätterzweig hing. Jetzt erkannte Julia das Gerät in der Hand des Jungen. Sobald er die Stelle erreicht hatte, über der die Bienentraube hing, besprühte er sie mit Wasser. »Das sorgt dafür, dass sie näher zusammenrücken und nicht so leicht wegfliegen können«, erklärte Paco. »Im Grunde wollen sie sowieso nur eines: zusammenbleiben.«

Jetzt hielt Acorán den geöffneten Korb unter den Schwarm und begann, an dem Zweig, an dem die Insekten hingen, sanft zu rütteln. Ungläubig sah Julia, wie sich die Traube vom Baum löste und in den Korb plumpste, als bestünde sie nicht aus Hunderten von einzelnen Tieren, sondern wäre eine Einheit. Und im Grunde war so ein Bienenvolk das ja. In aller Ruhe legte Acorán den Deckel auf den Korb, verschloss ihn sorgfältig und begann, ihn vorsichtig am Seil hinunterzulassen.

»Siehst du?« Paco stellte sich unter den Baum und nahm den Korb in Empfang. »Ein Kinderspiel.«

»Habt ihr sie?« Maribel tauchte erschöpft unter den Bäumen auf. Julia sah ihr auf den ersten Blick an, dass ihre Suche nach weiteren Bienen nicht von Erfolg gekrönt gewesen war. »Na, wenigstens eines der Völker. Die anderen konnte ich nicht finden.« Sie nahm den Korb in Empfang und lauschte dem Gesumme darin. »Hast du alle erwischt?«, fragte sie ihren Enkel und blickte mit zusammengekniffenen Augen hoch zu der Stelle, wo die Bienen sich nach dem Ausschwärmen gesammelt hatten.

»Ich glaub schon«, antwortete Acorán.

»Was machst du mit ihnen?«, fragte Julia und wies auf den Korb. »Kommen sie zurück in ihren Bienenstock?«

»Noch nicht«, gab Maribel zurück. »Die Gefahr, dass sie gleich wieder ausfliegen, wäre groß. Sie sind noch zu aufgeregt. Besser, ich nehme sie über Nacht mit nach Hause und stelle sie ins Dunkle. So beruhigen sie sich am schnellsten.«

»Hoffentlich hört das bald auf mit den Erdbeben«, murmelte Paco und nahm die Leiter vom Baum.

»Ich hab gar nicht so viel mitbekommen«, wunderte sich Julia und half Maribel, ihre Siebensachen einzusammeln.

»Bei euch an der Küste sind sie normalerweise nicht so stark zu spüren wie hier«, erklärte Maribel.

»In der Schule hat es heute ganz schön gewackelt«, erzählte Acorán. »Unser Erdkundelehrer hat gesagt, dass sich da etwas zusammenbraut.«

»Ach, das ist doch nur Gerede«, wandte Maribel ein.

»Was meint er denn mit ›zusammenbrauen‹?«, fragte Julia und kam sich schrecklich unwissend vor.

»Man spricht davon, dass einer der Vulkane ausbrechen könnte«, erläuterte Paco und schulterte die Leiter. »Das ist ja nichts Neues.«

Den Weg zurück zur Finca legten sie schweigend zurück. Erst als sie bei dem kleinen Gebäude angelangt waren, in dem Maribel ihre Imkerei betrieb, fragte Julia: »Wie wahrscheinlich ist so ein Vulkanausbruch?«

Acorán war vorausgelaufen und ließ sich von Luna und Chico, den beiden Hunden der Finca, umtanzen. Maribel brachte ihr Bienenvolk ins Gebäude und schien ihre Frage nicht gehört zu haben.

»Mach dir mal keine Sorgen«, antwortete Paco. »Vulkanausbrüche gab es hier immer. Wenn wir Glück haben, wird es ein schönes Naturspektakel.«

Und wenn wir Pech haben?, wollte Julia fragen, ließ es allerdings sein.

Paco schien zu spüren, dass sie nicht wirklich beruhigt war. »Ohne Vulkane keine Insel. Das gehört für uns Kanaren einfach zum Leben dazu. Sie bescheren uns außerdem fruchtbaren Boden. Alles hat zwei Seiten.« Er klopfte ihr auf die Schulter und ging in Richtung des Ziegengeheges davon.

»Ich fahr dann mal nach Hause«, rief Julia ins Bienenhaus hinein.

»*Hasta luego*«, rief Maribel zerstreut zurück, und Julia begriff, dass sie mit ihren eigenen Sorgen beschäftigt war.

»Was ist eigentlich zwischen dir und Emil?« Eigentlich hatte Julia gar nicht vorgehabt, Acorán darauf anzusprechen. Doch als sie sah, wie er direkt vor ihrem Wagen mit den Hunden spielte, war ihr die Frage einfach herausgerutscht. Der Junge lief rot an, offenbar brachte sie ihn in Verlegenheit. Er zuckte mit den Schultern und wollte sich abwenden. »Ihr wart mal so eng miteinander befreundet.«

»Er macht jetzt mit diesem Mädchen rum«, kam es widerstrebend zurück.

»Parvi ist auch deine Klassenkameradin«, wandte Julia ein. »Was habt ihr gegen sie?« Wieder zuckte der Junge mit den Schultern. Das Gespräch war ihm sichtlich unangenehm.

»Hör zu«, sagte Julia. Sie konnte es nun mal nicht mitansehen, wenn Menschen aus oberflächlichen Gründen ausgeschlossen wurden. »Nur weil jemand andere Kleider trägt oder in einer Höhle wohnt …«

»Sie ist einfach anders als wir«, fiel ihr Acorán ins Wort.

»Ist das denn schlimm?«, hakte Julia unerbittlich nach. »Also ich fände es entsetzlich langweilig, wenn wir alle gleich wären.« Sie musterte Acorán prüfend. »Schade. Ich hatte wirklich gedacht, dass eure Freundschaft mehr Bestand hätte und nicht an so einer Kleinigkeit zerbrechen würde.«

Sie öffnete die Wagentür und stieg ein. Sie wollte sie gerade schließen, als Luna, die die Missstimmung zwischen ihnen wohl gespürt hatte, sich winselnd an sie drängte und versuchte, Julias Hand abzulecken. Gerührt streichelte sie den Hund und sprach besänftigende Worte. Als sie aufblickte, war Acorán verschwunden.

An diesem Abend würde Julia erntefrische Prinzessböhnchen mit knuspriger Speckmanschette zu Lammnüsschen servieren. Für die Vegetarier hatte sie bereits blättrig geschnittene Kartoffeln und Karotten zu einem hauchzarten Gratin vorbereitet. Sie sann gerade über die verschiedenen Nachtischangebote nach, als ihr beim Parken unter dem Drachenbaum die Limousine auffiel, die dort stand. Sie hatte keine Ahnung, wem dieser Wagen gehörte. Hoffentlich waren es keine Gäste, die glaubten, ihre Küche hätte rund um die Uhr geöffnet.

Schon als sie den Hof betrat, glaubte Julia eine weibliche Stimme aus dem Garten zu vernehmen, die sie gut kannte – war es möglich, dass Belén an einem ganz normalen Donnerstagmittag zu ihnen gekommen war? Dabei hatte sie sich weder angekündigt noch darum gebeten, abgeholt zu werden.

Sie brachte rasch die Kiste mit dem frischen Gemüse in den Kühlraum, dann ging sie nachsehen, ob sie ihre Ohren womöglich getäuscht hatten. Aber nein. Am Gartentisch saß Belén, ihren Gehstock zwischen den Knien und ihre gefalteten Hände darauf gestützt, und sprach eifrig auf Álvaro ein. Ein sportlich-elegant gekleideter Mann mit grauen Strähnen im dunklen Haar legte gerade große Papierbögen auf den Tisch.

»Wieso hast du das nicht vorher mit mir abgesprochen?«, fragte Álvaro und sah fassungslos auf die Papiere.

»*Hola*«, grüßte Julia in die Runde. »Störe ich?«

»Wie könntest du in deinem eigenen Haus stören?«, entgegnete Belén herzlich und nahm ihre Lesebrille ab, die ihr an einer hübschen Glasperlenkette um den Hals hing. »Du kommst gerade richtig. Darf ich dir Carlos vorstellen? Er ist Architekt und hat fantastische Ideen für den *chiringuito*.«

Carlos nickte ihr freundlich zu und warf Álvaro einen prüfenden Blick zu, der geradezu überrumpelt wirkte.

»Ehrlich, *abuela*«, sagte der. »Ich halte das für keine gute Idee.«

»Aber ich«, antwortete Belén liebevoll. »Und Julia ist auch dafür, *verdad?*«

Julia fing einen empörten Blick von Álvaro auf und beschloss, nicht darauf einzugehen.

»Komm, setz dich zu uns«, forderte die alte Dame sie auf. »Ich will wissen, was du dazu meinst.«

Julia nahm zögernd Platz. »Zuerst solltet ihr vielleicht klären, ob Álvaro mit deinen Plänen einverstanden ist. Erst dann können wir überlegen, wie der Bau aussehen soll. Meinst du nicht?«

Belén ließ die Lesebrille los, die sie gerade aufsetzen wollte, und sah von Julia zu ihrem Enkel. »Du bist doch nicht etwa dagegen?«, fragte sie ihn fassungslos.

»Sagen wir mal so«, begann Álvaro, dem es sichtlich schwerfiel, seiner geliebten Großmutter zu widersprechen, »mir geht das alles ein bisschen zu schnell. Zäumen wir das Pferd nicht gerade von hinten auf? Bevor wir einen Architekten heranziehen«, er lächelte Carlos entschuldigend zu, »müssten wir doch wissen, ob wir überhaupt eine Baugenehmigung erhalten und …«

»Ach das«, fiel ihm Belén erleichtert ins Wort. »Die Genehmigung haben wir so gut wie in der Tasche. Stell dir vor, wen ich beim Bauamt getroffen habe? Fernandito!« Sie blickte triumphierend in die Runde. Als sie Álvaros fragende Miene sah, ergänzte sie: »Das ist der Enkel von Ramón Gutiérrez, der mit deinem Großvater in Venezuela war und … na ja, ist ja egal. Jedenfalls hat Fernandito sehr wohl begriffen, was für eine ausgezeichnete Idee das ist. Und da die Ruine auf dem Gelände früher nicht nur eine Scheune war, sondern sogar als Wohnhaus in den alten Plänen eingezeichnet ist, steht der Genehmigung rein gar nichts im Wege.« Triumphierend blickte Belén in die Runde.

»Das alles hast du …«, Álvaro schien um Worte zu ringen. »Seit wann verfolgst du eigentlich diesen Plan schon?«

»Seit vergangenem Sonntag«, erklärte Belén fröhlich. »Die Idee kam mir, als Julia und ich Pipos alte Bretterbude gesehen haben. Und natürlich hat mich El Alemán auf den Gedanken gebracht.«

»Jens?« Álvaro schien es nicht fassen zu können.

»Ja, Julias Bruder. Als er sagte, er würde den Touristen gern die Lomada Ronca zeigen. Da ist mir auf einmal eingefallen, dass das schon dein Großvater damals gesagt hat.« Sie lehnte sich auf ihrem Stuhl zurück. »Er war ein vorausschauender Mann, weißt du?« Und an den Architekten gewandt fuhr sie fort: »Wie so viele ist er als junger Mann nach Venezuela gegangen. Und im Gegensatz zu anderen, von denen man nie wieder etwas gehört hat, ist er nach sechzehn Jahren mit einem kleinen Vermögen in der Tasche zurückgekommen. Von dem Geld haben wir dies hier erschaffen.« Belén machte eine Geste, die die gesamte Finca miteinschloss, und sah Álvaro eindringlich an. »Und er hatte noch weit größere Pläne«, sagte sie. »Zum Beispiel wollte er die Lomada Ronca kaufen, um dort einen *chiringuito* zu errichten. Eine Bar mit leckeren Tapas und kleinen Speisen.« Sie klopfte mit den Knöcheln auf den Plan vor sich auf dem Tisch. »Und genau das werden wir jetzt tun. Wir werden Jaimes Vermächtnis realisieren.«

Einen Moment lang war es still am Gartentisch. Álvaro fehlten die Worte, und Julia hatte Mitgefühl mit ihm. Sie fand es nicht richtig, dass er derart überrumpelt wurde.

»Davon hast du mir nie etwas erzählt«, sagte er schließlich.

»Wie hätte ich das tun können?«, entgegnete seine Großmutter leise. »Es ist ja nichts daraus geworden. Marcos hat Jaime das Gelände vor der Nase weggeschnappt. Einfach so, um ihn zu ärgern.

Er hat nie etwas damit angefangen, bis zum vergangenen Jahr, wo er auf einmal diese Tauchstation errichten wollte. Du warst sieben, als dein Vater die Finca verlor, und ein halbes Jahr später starb Jaime. Wir hatten andere Sorgen. Aus welchem Grund hätte ich von den Hoffnungen deines Großvaters erzählen sollen? Um unseren Schmerz noch zu vergrößern?« Belén wirkte einen Moment lang kraftlos und gebeugt. Dann straffte sich ihre kleine, zähe Gestalt. »Das ist jetzt vorbei. Mit Julia als Küchenchefin eröffnen sich uns wundervolle Möglichkeiten. Ich hab schon alles ganz genau durchgeplant.«

»Und die Kosten?«, wandte Álvaro ein.

»Die lass mal meine Sorge sein«, gab Belén zurück. »Ich war nicht faul in den vergangenen Tagen. Außer bei den Baubehörden hatte ich auch einen Termin bei meiner Hausbank. Wenn wir es vernünftig anpacken, ist es zu bewerkstelligen. Nur in einer Sache musst du mir helfen.« Ihre Augen richteten sich auf Álvaro. »Du musst mit Toto reden. Wegen der Zufahrtstraße. Wir brauchen die Genehmigung der Umweltbehörde. Außerdem gäbe es die Möglichkeit, Fördermittel der EU zu beantragen. Und darin kennt sich dein Freund bestens aus. Bitte sprich mit ihm, damit er mir hilft.«

Julia fühlte Álvaros unmerkliches Stöhnen mehr, als dass sie es hörte. »Das wird nicht einfach werden«, sagte er.

»Wenn es einfach wäre«, entgegnete Belén prompt, »würde ich es selbst tun. Also bitte, streng dich an.«

»Du hast davon gewusst.«

Es war spät geworden. An diesem Abend hatte der Zufall es so gewollt, dass – mit einer Ausnahme – alle ihre Gäste Vegetarier gewesen waren, was sie in ihrer gesamten Laufbahn noch nicht erlebt hatte. Bereits um zehn war ihr das Kartoffel-Karotten-Gratin ausgegangen. Natürlich hatte sie genug anderes Gemüse in ihrem

Kühlraum, doch ihre schöne Planung war durcheinandergeraten, und die Zubereitung der neuen Gerichte hatte sie bis zuletzt in Atem gehalten. Eigentlich müsste sie den Fisch in ihrem Kühlraum, den niemand bestellt hatte, noch in dieser Nacht verarbeiten, eine leckere Terrine daraus machen oder ein Soufflé, aber dazu war sie einfach zu müde.

»Ich hab dir davon erzählt«, antwortete sie auf Álvaros anklagende Frage, zog die durchgeschwitzten Kleider aus und beförderte sie in den Wäschekorb.

»Nicht, dass Belén bereits Nägel mit Köpfen macht«, kam es zurück.

»Davon hatte ich keine Ahnung«, entgegnete sie und bekam sofort ein schlechtes Gewissen. Hatte Devi ihr nicht gesagt, dass Belén Sam bereits am Montag beauftragt hatte, die Ruine aufzusuchen? »Was macht eigentlich das Boot?«, fragte sie, um das Thema zu wechseln, und schlüpfte in ihren Morgenmantel. »Kommt ihr gut voran?«

»Lenk jetzt bitte nicht ab«, beschwerte sich Álvaro. »Ich mach mir Sorgen. Das alles ist viel zu viel Aufregung für meine *yaya*. Du weißt, dass sie Probleme mit dem Herzen hat.«

»Auf mich macht sie einen äußerst munteren Eindruck«, wandte Julia ein und ging ins Badezimmer. Álvaro folgte ihr. »Als würde ihr das alles neue Energie schenken.« Sie stellte das Wasser an und prüfte die Temperatur. »Komm unter die Dusche«, bat sie. Denn das war schon seit Langem ein Ritual zwischen ihnen vor dem Schlafengehen.

Álvaro sah so aus, als wolle er noch etwas sagen. Offenbar überlegte er es sich anders. Mit fließenden Bewegungen streifte er seine Boxershorts und sein T-Shirt ab und stellte sich ebenfalls unter den Wasserstrahl. Julia schmiegte sich an ihn, und er legte seine Arme um sie. Er griff nach dem Duschgel und begann, ihr sanft den Rücken einzuseifen und sie zu massieren, bis sie wohlig aufseufzte. Die ganze Anstrengung des langen Abends fiel von ihr ab, und auch Álvaro schien sich zu entspannen.

Sie hatten sich gerade gegenseitig abgetrocknet und wollten zu Bett gehen, als Julias Handy klingelte. Álvaro stöhnte genervt auf.

Hastig suchte Julia nach dem Gerät. Als sie es endlich gefunden hatte, zeigte das Display eine ihr unbekannte Nummer an. Mechanisch nahm sie den Anruf an.

»Ich wollte dich fragen, ob es bei Sonntag bleibt.«

Zuerst konnte Julia die Stimme nicht zuordnen. Dann fiel es ihr wie Schuppen von den Augen.

»Douglas?«, fragte sie konsterniert und sah, wie Álvaro die Stirn runzelte. »Weißt du eigentlich, wie spät es ist?«

Kurz wurde es still in der Leitung.

»Oh, sorry«, hörte sie. Douglas klang tatsächlich zerknirscht. »Entschuldige bitte. Ich bin bei der Arbeit, weißt du … Und ich dachte, ein Restaurant … ich meine, dass du auch noch …«

»Hör mal«, unterbrach Julia sein verlegenes Stottern. »Lass uns das mit der Sternetour noch mal verschieben. Hier ist gerade viel los und …«

»Okay, klar«, sagte Douglas rasch. »Wie wäre es am Sonntag darauf? Wirklich, Julia, der Sternenhimmel ist zurzeit besonders schön und …«

»Weißt du was«, erklärte Julia, um das Ganze abzukürzen. Ihr war nicht entgangen, wie ärgerlich Álvaro auf einmal dreinsah. »Ich melde mich, wenn es bei mir reinpasst, okay? Jetzt muss ich Schluss machen. Mach's gut.« Sie beendete das Gespräch und schaltete das Handy gleich ganz aus. »Tut mir leid«, sagte sie und schlüpfte zu Álvaro ins Bett.

»Dieser Kerl ist merkwürdig«, knurrte er. »Was will er von dir?«

Sie schmiegte sich an seinen Körper, und als er erst nicht reagierte, schob sie sich unter seinen Arm.

»Nichts«, flüsterte sie. »Vergessen wir ihn einfach.«

12

Beléns Pläne

»Da ist jemand, der dich sprechen möchte.«

Es war Freitagmittag und Julia bereitete gerade die raffinierte Füllung für das Gericht zu, für das das Flor de Sal schon früher berühmt gewesen war: Tintenfisch nach Art des Hauses. Das Rezept stammte von Belén, und Julia hatte es mit ein paar eigenen Änderungen verfeinert. Der Restaurantkritiker, der im vergangenen Herbst hier gewesen war, hatte es in seinem Podcast und in mehreren Gourmetzeitschriften ausdrücklich erwähnt, und seitdem wurde es häufig bestellt.

»Wer ist es denn?«, fragte sie.

»Ein Koch. Er kommt von dem Nobelhotel auf der anderen Inselseite. Offenbar hat Fayna ihn hergeschickt.«

»Fayna?«, fragte Julia ungläubig zurück.

»Er sagt, dass er mit ihr früher zusammengearbeitet hat«, erklärte Amelie.

»Na schön«, entgegnete Julia und folgte Amelie in den Restaurantsaal.

Ein junger, zierlicher Mann mit der Figur eines Tänzers stand an der Theke und sah sich interessiert um. Julia schätzte ihn auf Anfang zwanzig, eher jünger.

»*Hola*«, begrüßte Julia ihn. »Wie kann ich helfen?«

»Ich bin Vidal«, stellte er sich vor und lächelte, wobei sich kindliche Grübchen in seinen Wangen bildeten. Julia fand ihn auf den ersten Blick sympathisch. »Entschuldige, dass ich so hereinplatze. Fayna hat mir von dir erzählt … Es ist doch in Ordnung, dass wir du sagen?«

»Völlig in Ordnung.« Amüsiert stellte Julia fest, dass Vidal offenbar recht nervös war.

»Ich möchte mich gern bei dir bewerben.« Der junge Mann war rosarot angelaufen vor lauter Aufregung.

»Gefällt es dir nicht im Parador?«, fragte Julia zurück.

Vidal biss sich verlegen auf die Unterlippe. »Na ja. Eigentlich schon. Aber ich möchte weiterkommen. Besser werden. Lernen. Und … einmal davon abgesehen, dass Fayna so von dir geschwärmt hat – dein Restaurant ist in aller Munde.«

»So?« Julia musste lachen.

»Ich war vor einer Weile hier. Mein Großonkel hat seinen Geburtstag im Flor de Sal gefeiert.« Vidal wurde, wenn möglich, noch röter. »Und was soll ich sagen? Wir waren absolut begeistert. Das ist noch gar nicht das richtige Wort. Hingerissen. Ich würde gerne bei dir arbeiten. Wirklich. Es wäre mein Traum.«

Julia betrachtete den jungen Mann. Bislang hatte sie sich stets dagegen gewehrt, einen Koch einzustellen. Wegen der Personalkosten. Und weil sie inzwischen lieber allein arbeitete. Auf der anderen Seite konnte sie einen zusätzlichen Koch natürlich gut gebrauchen, besonders, wenn Belén ihre Pläne tatsächlich verwirklichen würde, und im Grunde hatte Julia daran keinen Zweifel. Alle lagen ihr in den Ohren, auch mittags das Restaurant zu öffnen, es kam häufig vor, dass Gäste um diese Zeit vor der Tür standen und es nicht fassen konnten, dass sie den weiten Weg umsonst gemacht hatten. Zunächst musste sie allerdings herausfinden, was Vidal konnte.

»Wenn es dir wirklich ernst ist«, sagte sie, »kannst du am Montag wiederkommen, da haben wir geschlossen, und ich habe Zeit. Bring deine Unterlagen mit.«

»Was für Unterlagen?«, fragte Vidal und machte große Augen.

»Na, deine Zeugnisse und das alles«, gab Julia zurück. »Eine Liste, wo du gelernt hast und wo du schon überall gewesen bist. Deinen Werdegang.«

Entmutigt senkte Vidal den Blick.

»Ich war nur hier auf der Insel«, sagte er kleinlaut. »Hier bin ich geboren. Meine Ausbildung hab ich im Parador gemacht. Mehr an Werdegang kann ich nicht vorweisen.«

Julia musste sich ein Lächeln verkneifen, so niedergeschlagen wirkte der junge Mann. Natürlich, dachte sie. Wir leben schließlich am Ende der Welt. Wie konnte sie erwarten, dass ein junger Koch mit ausgezeichneter Expertise bei ihr vorbeischaute?

»Komm trotzdem vorbei«, schlug sie vor. »Montag um zehn? Wir kochen ein bisschen, und du zeigst mir, was du kannst.«

»Sehr gerne«, antwortete Vidal strahlend und verabschiedete sich.

»Der sieht nett aus«, fand Amelie.

»Ja«, sagte Julia nachdenklich. »Mal sehen, was er kann.« Und wie hoch seine Gehaltsvorstellungen sind, fügte sie in Gedanken hinzu. Dann kehrte sie zu ihrer Arbeit zurück.

Sie hatte gerade eine Form mit dreißig Portionen Tintenfisch im Kühlraum verstaut, als die Tür aufging, die von der Küche direkt in den Garten führte.

»*Sorpresa*«, hörte sie jemanden fröhlich sagen und fuhr herum. Auf der Schwelle stand Belén und strahlte über das ganze Gesicht.

»Das ist tatsächlich eine Überraschung«, sagte Julia und ging, die alte Dame zu begrüßen. »Es ist doch nichts passiert? Wie bist du überhaupt hergekommen?«

»Ich hab beschlossen, ein bisschen mobiler zu werden und nicht immer den armen Álvaro zu bemühen«, erklärte Belén und setzte sich auf den Stuhl, den Julia ihr anbot. »Als ich gestern mit Carlos spontan hier war, hat mir das sehr gefallen. Weißt du, für alte Menschen wie mich gibt es einen Fahrdienst, den man buchen kann. Ich hab das gar nicht gewusst. Aber meine Freundin vom dritten Stock lässt sich auf diese Weise über die ganze Insel von Arzt zu Arzt kutschieren, und das hat mich auf die Idee gebracht, das ebenfalls zu nutzen.«

»Das heißt, jemand hat dich hergebracht?«, erkundigte Julia sich. »Wo ist die Person?«

»Ich hab den Fahrer weggeschickt.« Belén sah sich neugierig um und schnupperte. »Später holt er mich wieder ab. Hast du Tintenfisch gemacht? Ich kann die Gewürze riechen.«

Julia lächelte. »Dein Geruchssinn ist jung geblieben«, sagte sie.

Belén lachte. »In letzter Zeit habe ich tatsächlich das Gefühl, von Tag zu Tag jünger zu werden statt älter.« Sie zwinkerte Julia verschwörerisch zu. »Und das liegt an unseren Plänen. Weißt du, ich hab viel zu lange auf der faulen Haut gelegen. Es fühlt sich richtig gut an, wieder eine Aufgabe zu haben.«

»Du meinst den *chiringuito?*«

»Natürlich«, antwortete Belén. »Was denn sonst.«

Julia bat Amelie, die gerade mit dem Eindecken fertig war, ihnen frischen Kaffee aus der Maschine zu lassen. Auch sie staunte nicht schlecht über Beléns Überraschungsbesuch und gesellte sich eine Weile zu ihnen.

»Ihr wollt allen Ernstes auf der Lomada Ronca ein Lokal eröffnen?«, fragte sie.

»*Exacto*«, antwortete Belén mit blitzenden Augen. »Und Toto muss uns dabei helfen. Ich hab seinen Vater angerufen. Am Sonntag wollen wir uns mal alle zusammensetzen und die Sache besprechen. Ich nehme an, wir sind ausgebucht?«

Julia lächelte. Sie fand es großartig, wenn Álvaros Großmutter sich mit dem Restaurant noch immer so identifizierte, dass sie in der ersten Person Plural sprach. »Im Restaurant ja«, antwortete sie. »Aber wenn Juan mit seiner Familie im Garten essen möchte, dann kriegen wir das noch hin. Was meinst du, Amelie?«

»Klar«, antwortete ihre Freundin und erhob sich. »Falls nicht das halbe Dorf mitkommt.«

Julia grinste. Sie wusste, wen Amelie meinte.

»Ich hab noch Baltasar dazu gebeten«, sagte Belén. »Als Bürgermeister muss er unbedingt miteinbezogen werden.«

»Und Naira wird selbstverständlich auch da sein«, ergänzte Amelie bissig. »So wie jeden Sonntag. Und Pepe wird ihr wie ein Schatten folgen.«

»Was hat deine Freundin gegen Naira?«, fragte Belén, nachdem Amelie sich verabschiedet hatte.

»Sie hat nichts gegen sie«, gab Julia widerstrebend zurück. Sie wusste genau, wie eng Belén und Álvaro mit dieser Familie verbunden waren, und glaubte nicht, bei ihr Verständnis dafür finden zu können, wie sehr Naira nicht nur Amelie, sondern vor allem ihr auf die Nerven ging. »Nur gegen die Tatsache, dass sie in der Finca ein und aus geht, als wäre sie hier zu Hause.« Sie biss sich auf die Zunge. Jetzt hatte sie mehr gesagt, als sie sich vorgenommen hatte.

»Ja, sie gehört zur Familie«, sagte Belén nachdenklich. »Naira ist meine Großnichte.«

»Ich weiß«, sagte Julia resigniert und räumte die leeren Kaffeetassen weg.

»Eines Tages werden Pepe und sie heiraten«, hörte sie Belén zu ihrer Überraschung sagen. »Wenn der Junge doch nur endlich Nägel mit Köpfen machen würde. Er ist eben ein bisschen zu bedächtig, unser guter Pepe. Na ja. Er wird schon die richtigen Worte finden.«

Julia war sprachlos. Pepe und Naira – natürlich ergab das Sinn. Jedenfalls von seiner Warte aus betrachtet. Er war stets dort zu finden, wo Naira war, äußerte sich grundsätzlich erst, wenn er ihre Meinung gehört hatte, und niemals hatte Julia ihn Naira widersprechen hören. Aber war es wirklich das, was Naira wollte?

»Ich muss loslegen«, sagte Julia mit Blick auf die Uhr. »Sollen wir für dich ein nettes Plätzchen im Garten suchen?«

Belén schüttelte den Kopf. »Ich hab zu tun, mein Kind«, antwortete sie und erhob sich. »Ich treffe gleich Carlos auf der Lomada Ronca. Danach führe ich mit Pipo ein Gespräch.«

»Mit Pipo?« Julia konnte es nicht fassen, in welchem Tempo Belén die Sache anging. »Wo ist er denn gerade?«

»Er hilft bei seinem Schwager aus«, antwortete Belén und griff nach ihrem Gehstock. »Der hat eine Bar in Santa Cruz. Das ist aber nichts für ihn. Auf Dauer geht er dort ein wie eine Mandelblüte bei Frost. Die Großstadt ist Gift für Pipo. Und deshalb holen wir ihn dort weg.«

»Wie schade, dass du Álvaro nicht angetroffen hast«, sagte Julia, als sie Belén zum Parkplatz begleitete. »Er ist mit seinem Boot beschäftigt.«

Plötzlich blieb Belén mitten im Hof stehen. »Warte einen Moment, *por favor*«, antwortete Belén. »Ich möchte dich etwas fragen.«

»Was ist es denn?« Julia betrachtete voller Zuneigung die kleine, energiegeladene alte Dame.

»Was hältst du davon, wenn ich vorerst öfter bei euch wohne?« Belén betrachtete sie aufmerksam aus ihren hellen grünbraunen Augen. »In Santa Cruz bin ich so weit ab vom Schuss, und bald fangen sie mit dem Bauen auf der Lomada Ronca an. Ich behalte natürlich mein Zimmer im Heim und werde dorthin zurückkehren, wenn alles geschafft ist. Inzwischen wäre es praktischer, wenn ich hier vor Ort wäre und …«

»Natürlich«, fiel ihr Julia sanft ins Wort. »Dafür haben wir die kleine Wohnung schließlich ausgebaut. Du bist hier zu Hause.«

»Du weißt, ich möchte dir keineswegs zur Last fallen.«

»Das tust du nicht. Kannst du dich an deinen allerersten Besuch erinnern?«, fragte Julia liebevoll. »Damals habe ich bereits vorgeschlagen, dass du in der Finca wohnen könntest. Ich freue mich immer, wenn du hier bist.«

Es war noch sehr früh am Samstagmorgen, als Julia leise aufstand. Für dieses Wochenende hatte sie besonders viel frischen Fisch bei Diego bestellt und wollte die Ware persönlich in Empfang nehmen, denn normalerweise stellte der Fischer die eisgekühlten Kisten vor der Hintertür ab.

Sie glaubte ihren Augen nicht zu trauen, als sie Emil am Küchentisch sitzen sah, einen Becher Kakao vor sich und mit vor Müdigkeit verschwollenen Augen.

»Wieso bist du denn schon auf?«, fragte sie überrascht. »Hab ich etwa irgendetwas vergessen? Macht ihr einen Schulausflug oder …«

»Nein«, unterbrach Emil sie. »Ich warte auf Diego. Hab was mit ihm zu besprechen. Und was willst du schon so früh?«

Julia stutzte. War das etwa nicht das erste Mal, dass sich ihr Neffe um diese Uhrzeit aus dem Bett quälte?

»Was … was hast du denn mit ihm zu besprechen?«, fragte sie und bemühte sich, ihrer Stimme einen beiläufigen Klang zu geben, während sie Wasser in die Kaffeemaschine gab.

Es dauerte einige Momente, bis Emil antwortete, so als müsse er es sich vorher gut überlegen, ob er seine Tante ins Vertrauen ziehen könnte oder besser nicht.

»Ich will, dass er mir das Freitauchen beibringt«, sagte er schließlich.

»Das Apnoetauchen?«, entfuhr es Julia. Jetzt verstand sie, warum Emil das lieber für sich behalten hätte, denn diese Art des Tauchens, bei der man ohne jegliche Hilfsmittel auf einen einzigen Atemzug mitunter minutenlang unter Wasser blieb, war nicht ungefährlich. »Und warum möchtest du das lernen?«

»Weil das etwas ist, was Papa nicht kann«, kam es wie aus der Pistole geschossen zurück.

Julia, die gerade Kaffee nachgefüllt hatte, drehte sich zu ihm um.

»Du willst etwas lernen, was Jens nicht kann?« Emil nickte. »Na, da gibt es eine Menge. Zum Beispiel kann er nicht kochen. Und ein Haus bauen, so wie Sam, kann er auch nicht.«

»Du verstehst mich nicht«, gab Emil finster zurück und verdrehte die Augen. »Was wäre das schon für eine Leistung, wenn ich kochen lernen würde. Oder Steine aufmauern.«

»Danke für das Kompliment«, gab Julia mit einem Grinsen zurück.

»Es muss etwas Sportliches sein«, erklärte Emil. »Etwas, das Papa toll findet. Etwas, das er nicht kann.«

»Du willst deinen Vater beeindrucken«, stellte Julia fest.

»Ich will ihm zeigen, dass er nicht der Einzige auf der Welt ist, der etwas Besonderes leistet«, brach es aus Emil hervor. »Weißt du, was ich will?« Er sah sie an und wirkte auf einmal hellwach. »Mit ihm da runter gehen und sehen, wie er schon nach zwanzig Sekunden japsend auftaucht, während ich noch ewig die Seesterne bewundere.« Seine Augen blitzten.

Schritte waren zu hören, und Julia ging zur Gartentür. Als sie sie öffnete, bog Diego gerade um die Ecke des Gebäudes.

»*Buenos días,* Diego«, begrüßte sie den Fischer. »Heute hast du ein regelrechtes Empfangskomitee. Komm rein. Ich hab Kaffee gemacht.«

»Guten Morgen. Soll ich die Kiste gleich in den Kühlraum stellen? Im Wagen wartet noch eine zweite.«

»Du hast tatsächlich alles fangen können?«

»Natürlich«, antwortete Diego. »Was ich verspreche, halte ich.«

Nachdem sie die Fische verstaut hatten, bat Julia ihn, sich zu ihnen an den Tisch zu setzen.

»Möchtest du ein paar Spiegeleier nach der langen Nacht?«, fragte sie.

»Ich an deiner Stelle würde mir ein Steak braten lassen«, riet Emil, und Diego lachte.

»Eier wären toll«, sagte er. »Mit einem Steak im Bauch schläft es sich nicht besonders gut.«

»Gehst du heute noch zum Tauchen?«, fragte Emil den Fischer, und Julia versuchte, in ihren Gesichtern zu lesen, ob sie sich schon früher darüber unterhalten hatten.

»Nein, heute nicht«, gab Diego ruhig zurück.

Sie begann, Eier mit Speck zu braten, und versuchte dabei, die beiden im Auge zu behalten. Zu Diego hatte Julia von Anfang an Vertrauen gefasst, auch damals, als sie damit die Einzige weit und breit gewesen war, die das tat. Es war noch nicht lange her, dass die Dorfgemeinschaft – und allen voran Nairas Familie – diesen Mann abgelehnt hatte, denn sie machten ihn für Bentors Tod verantwortlich. Bentor war Nairas Bruder und Álvaros Cousin gewesen, und es hatte Julia viel gekostet, sie endlich mit Diego auszusöhnen, der wohl mit am meisten unter den Folgen des Unfalls litt, den er unabsichtlich ausgelöst hatte und bei dem Bentor zu Tode gekommen war. Julia überlegte, dass Diego der Beste war, dem man Emil anvertrauen konnte, nachdem sich der in den Kopf gesetzt hatte, so etwas Gefährliches wie das Apnoetauchen zu lernen. Allerdings waren Diego und Jens im vergangenen Herbst erbitterte Kontrahenten gewesen, als es darum gegangen war, die Sprengung des Unterwasserfelsens vor der Küste der Lomada Ronca zu verhindern. Und selbst wenn Emil vorhatte, seinen Vater zu überraschen, so wusste er im Grunde ganz genau, dass Jens ihm den Umgang mit Diego niemals erlauben würde.

»Wann üben wir wieder?«, fragte Emil leise, und nun war klar, dass die beiden längst mit dem Unterricht begonnen hatten.

Diego antwortete nicht, fast so, als hätte er die Frage nicht gehört. Erst als Julia ihm die Spiegeleier mit Weißbrot servierte und sich zu ihnen setzte, sagte er: »Warum fragst du eigentlich nicht deinen Vater, damit *er* es dir beibringt?«

Emil sah ihn entgeistert an. »Meinen Vater? Der kann das doch gar nicht!«

»Umso besser. Dann könntet ihr es gemeinsam lernen«, schlug Diego vor und tauchte ein Stück Weißbrot in einen der Eidotter. »Wäre das nicht schön? Weißt du, ich habe das von meinem Vater gelernt, als ich so alt war wie du.«

»Ist das Apnoetauchen denn für Kinder ... ich meine, für Jugendliche nicht gefährlich?«, fragte Julia und ignorierte Emils empörten Seitenblick.

»Wenn man es vernünftig angeht, überhaupt nicht«, antwortete Diego. »Emil hat ja schon mit seinen Freunden damit angefangen, ohne es so zu nennen. In dem Alter probiert man automatisch aus, wie lange man unter Wasser bleiben kann. Er macht das schon ziemlich gut.«

»Ich möchte es von *dir* lernen«, bat Emil. »Ich will Papa damit überraschen.«

»Na ja, vielleicht will *ich* die Überraschung lieber nicht erleben, die El Alemán *mir* bereiten wird, wenn er erfährt, dass ich mit seinem Sohn getaucht bin. Dein Vater mag mich nicht besonders.«

»Das ist mir egal.« Emil war rot angelaufen vor Erregung. »Wenn ich nur mit denen Umgang haben darf, die er gut findet, bin ich ziemlich einsam. Er mag ja nicht mal seine eigene Schwester.«

Julia hielt kurz den Atem an.

»Das sieht vielleicht für dich so aus«, antwortete Diego

ungerührt. »Aber es ist bestimmt nicht wahr. Geschwister sind miteinander verbunden, ob sie es nun merken oder nicht.«

»Um noch mal auf das Tauchen zurückzukommen ...«, fing Julia an und konnte nicht verhindern, dass ihre Stimme ein bisschen zitterte, doch Emil ließ sie nicht ausreden.

»Ich möchte es von dir lernen, Diego. Niemand kann es so gut wie du«, sagte er mit Nachdruck. »Können wir nicht einfach so tun, als würdest du noch im Bett liegen und schlafen, Julia? Du weißt von nichts, und niemand kann dir Vorwürfe machen.« Und an Diego gewandt fuhr er fort: »Wenn du nicht mit mir übst, mach ich es eben allein. Im Internet findet man eine Menge darüber. Man bindet sich einen Stein ans Bein und ...«

»Nein, so geht das nicht«, fiel im Diego scharf ins Wort. »Du bindest dir überhaupt nichts ans Bein, hörst du?«

»Dann zeig es mir«, forderte Emil. »Bitte. Mein Vater wird es nie erfahren.« Sein Blick wanderte wieder zu Julia. »Du verrätst mich nicht, oder?«

»Emil«, versuchte Julia, ihm gut zuzureden. »Dein Vater wird von ganz allein darauf kommen. Er weiß genau, dass Diego ...«

»Diego hat ihm immerhin das Leben gerettet«, sagte Emil ernst. »Und das war nur möglich, weil er so lange ohne Geräte unter Wasser bleiben konnte.« Darauf wusste Julia nichts mehr zu erwidern. Emil hatte recht. »Und wer weiß, ob ich nicht vielleicht auch irgendwann jemanden retten muss?«

Für einige Augenblicke blieb es still am Tisch.

»Na schön«, sagte Diego schließlich. »Wenn deine Tante nichts dagegen hat ...«

»Versprich mir, dass ihm nichts passieren wird«, sagte Julia eindringlich.

»Wenn Emil sich an das hält, was ich ihm sage, kann ich dir das versprechen.«

»Ich halte mich an das, was du sagst«, erklärte Emil fast schon feierlich.

»Ehrenwort?«

»Ehrenwort.«

13

Der junge Koch

Es war früher Abend. Die Vögel zwitscherten aufgeregt im Nísperobaum, als zankten sie sich um die übrig gebliebenen, längst verdorrten Früchte. Ein anstrengendes Wochenende lag hinter Julia, und doch konnte sie zufrieden sein. Die Gäste hatten Schlange gestanden, um die letzten nicht reservierten Tische zu ergattern. Es war offensichtlich, dass sich das Flor de Sal bereits einen ausgezeichneten Namen auf der Insel gemacht hatte. Und der Gedanke, einen zweiten Koch einzustellen, war nun gar nicht mehr so abwegig.

Im Garten saßen wie an jedem Sonntagabend die Freunde und Verwandten von Álvaro um den großen Tisch und ließen das Wochenende ausklingen. Stolz hatte Álvaro sein frisch ausgestelltes Bootspatent herumgereicht und damit sogar Emil beeindruckt, den Diego gerade vom Tauchen nach Hause gebracht hatte. Der Fischer ließ sich gern dazu überreden, sich zu ihnen zu setzen.

Schließlich überraschte Belén die Runde mit ihren Plänen für die Lomada Ronca. Vor allem Toto wirkte geradezu entsetzt.

»Bitte nimm es mir nicht übel, aber ich halte das für keine gute Idee«, sagte er. Julia ahnte, dass nur sein Respekt vor der alten Dame ihn daran hinderte, noch deutlicher zu werden. »Wir haben so darum gekämpft, das Gebiet zum Nationalpark zu erklären. Wie könnten wir jetzt ausgerechnet mitten darin ein Restaurant errichten?«

»Kein Restaurant«, korrigierte ihn Belén. »Eine geschmackvolle kleine Tapasbar. Und zwar am Rande des Nationalparks und nicht mitten darin. So ein Ausflugslokal fehlt hier in der Gegend. Unserer Gemeinde käme das sicherlich zugute.«

Sie warf Baltasar Alonso González einen auffordernden Blick zu, der sich jedoch sichtlich wand. Die meisten der Anwesenden wussten genau, warum. Der Bürgermeister des Dorfes hatte im vergangenen Jahr eine unrühmliche Rolle gespielt, als es darum ging, die Lomada Ronca zum Nationalpark zu erklären. Toto war es nur mithilfe einiger kompromittierenden Fotos, die Baltasar mit einer viel jüngeren Geliebten zeigten, gelungen, ihn im letzten Moment auf ihre Seite zu bringen. Nur Lorita, Baltasars Ehefrau, war dieser Umstand unbekannt, und das war besser so. Allerdings wagte Baltasar nach dieser Vorgeschichte offensichtlich nicht, sich nun gegen Toto zu stellen und für eine Touristenattraktion einzusetzen.

»Dann sollten wir im Dorf nach einer Möglichkeit suchen, so etwas zu verwirklichen«, nutzte Toto die Zurückhaltung des Bürgermeisters.

»Im Dorf gibt es bereits drei Bars«, wandte Naira ein. »Mehr braucht es nicht.«

»Es geht nicht um das Dorf«, versuchte Belén, geduldig zu erklären. »Es geht um die Lomada Ronca, die auf dem Gelände der Gemeinde liegt. Ich sag euch eines: Gerade *weil* das Gebiet zum Nationalpark erklärt worden ist, werden die Touristen dorthin strömen, ob es euch nun passt oder nicht. Und bitte sagt mir, was ist euch lieber? Dass sie dort Picknick machen und ihren Müll liegen lassen? Oder dass sie ein gut geführtes, sanft in die Landschaft eingebettetes und nachhaltig bewirtschaftetes Ausflugslokal antreffen, wo sie alles finden, was sie brauchen? Speisen und Getränke aus lokaler Herstellung. Und nicht zuletzt Toiletten, damit sie nicht hinter die Büsche gehen müssen und überall

Papiertaschentücher oder Schlimmeres hinterlassen?« Sie blickte in die Runde und ließ ihre Worte wirken.

»Mein Papa fände das sicher cool«, sagte Emil in die Stille hinein.

»Tatsächlich war er es, der mich darauf gebracht hat«, antwortete Belén freundlich. Dass Toto, Naira und Pepe die Gesichter verzogen und sich vielsagende Blicke zuwarfen, ignorierte sie geflissentlich. Toto öffnete den Mund und schloss ihn, ohne etwas zu entgegnen. Offenbar waren ihm die Argumente ausgegangen.

»Das klingt tatsächlich gar nicht so übel«, wagte jetzt sogar Baltasar zu sagen.

»Damit könnten Arbeitsplätze geschaffen werden«, warf Juan Pérez ein, Totos Vater. »Wer soll das Restaurant denn führen? Willst du das tun, Julia?«

»Nein«, entgegnete Julia. »Ich bin mit dem Flor de Sal vollkommen ausgelastet. Allerdings könnte ich natürlich Tapas liefern und sonstige Kleinigkeiten.«

»Das wäre doch schön«, meinte Lorita und sah ihren Mann aufmunternd an.

»Die Bar kann Pipo übernehmen«, erklärte Belén. »Er wäre genau der Richtige dafür. Eine Schande, dass man dem armen Jungen die Existenzgrundlage genommen hat.« Sie vermied es, Toto direkt anzublicken, alle verstanden auch so, wen sie meinte. »Das hat mich immerhin auf den Gedanken gebracht.«

»Ich komm noch nicht ganz mit«, warf Pepe ein. »Wer genau soll den *pajar* wiederaufbauen und daraus ein Ausflugslokal machen? Die Gemeinde?«

»*Ich* werde das tun«, antwortete Belén. »Den Architekten hab ich schon, falls ihr die Pläne sehen möchtet?«

»Belén«, wandte Lorita besorgt ein. »Willst du dir wirklich noch eine solche Aufgabe aufbürden?«

»Du hältst mich wohl für zu alt?« Belén lachte gutmütig. »Da bist du nicht allein. Mein Enkel findet das auch.«

Álvaro warf ihr einen unglücklichen Blick zu. »Wir meinen es gut, *yaya*«, sagte er leise.

»Ich weiß, mein Junge, ich weiß.« Belén schenkte ihm ein liebevolles Lächeln. »Tatsächlich hätte ich schon viel früher darauf kommen müssen, gleich nach Weihnachten, als die Lomada Ronca in deinen Besitz übergegangen ist. Es ist mir erst jetzt wieder eingefallen.«

»Was ist dir wieder eingefallen?«, wollte Naira wissen.

»Dass mein verstorbener Mann genau dasselbe vorhatte«, erklärte Belén lebhaft. »Er wollte an dieser Stelle einen *chiringuito* errichten, stellt euch das mal vor!«

»Jaime wollte das tun?« Juan Pérez betrachtete Belén mit gerunzelter Stirn. »Aber die Lomada Ronca gehörte ihm gar nicht.«

»Weil Marcos sie ihm vor der Nase weggeschnappt hat, nachdem Alba ihm einen Korb gegeben hat«, antwortete Belén heftig. »Damit hat der ganze Ärger begonnen. Vielleicht wissen die Jüngeren hier gar nicht, dass Marcos um Albas Hand angehalten hat.«

»Wer ist denn Alba?«, wollte Emil wissen und schnappte sich Käse und Brot von der Platte auf dem Tisch. »Ich denke, das ist Álvaros Boot!«

»Alba war meine Tochter«, antwortete Belén. »Und Álvaros Mutter. Weil sie Marcos damals zurückgewiesen hat, hegt er bis heute diesen Groll gegen uns.« Sie atmete ein paarmal schwer. »Schade, dass von den Alten kaum jemand mehr lebt. Dein Vater könnte sich sehr wohl an Jaimes Pläne erinnern, Juan Pérez, er war ja sein bester Freund. Nun ja. Das ist Schnee von gestern. Aber die Idee ist noch genauso gut wie damals. Und wisst ihr was? Ich werde Jaimes Traum endlich Wirklichkeit werden lassen, ob ihr mir nun dabei helft oder nicht.«

Die alte Dame machte Anstalten aufzustehen.

»Jetzt warte doch mal«, rief Toto aus. Er fuhr sich mit beiden Händen durchs Haar, und es sah fast so aus, als würde er sie sich raufen. »Was genau willst du denn von mir?«

Belén antwortete nicht gleich. Hoheitsvoll ließ sie sich wieder auf dem Stuhl nieder und lehnte ihren Gehstock gegen den Tisch. Schließlich wandte sie den Kopf und sah Toto direkt an. »Es geht um den Zufahrtsweg«, erklärte sie schließlich. »Das Ministerium, für das du arbeitest, muss ihn genehmigen.«

Toto sog scharf die Luft ein. »Belén, ich weiß nicht …«

»Ich bin noch nicht fertig«, fiel ihm die alte Dame ins Wort. »Wenn das Umweltministerium ihn genehmigt hat, musst du dafür sorgen, dass das Ministerium für Tourismus die Straße baut.« Toto starrte sie entgeistert an. Julia wusste, dass die beiden Ministerien selten auf einer Linie miteinander waren. »Und wenn sie nicht dumm sind, werden sie das tun. Denn dafür kann man Fördergelder beantragen, sowohl in Madrid als auch in Brüssel.« Belén sah triumphierend in die Runde.

»Wer hat dir denn *das* erzählt?«, fragte Toto skeptisch.

»Mein Architekt«, antwortete Belén und nahm ihre Handtasche auf den Schoß. »Hier ist seine Karte. Am besten rufst du ihn mal an. Ihr werdet euch verstehen, ihr beiden. Carlos ist genauso tüchtig wie du.« Sie zog eine Visitenkarte aus der Tasche und reichte sie Toto. »Ich bau auf dich«, fügte sie hinzu. »Wenn einer das hinkriegt, dann bist du das, Tomás.«

Julia hatte noch nie erlebt, dass Toto bei seinem richtigen Namen angesprochen wurde, und offenbar verfehlte das seine Wirkung nicht. Juan Pérez samt seiner Frau Beatriz betrachteten ihren Sohn voller Stolz. Offenbar empfanden sie Beléns letzte Bemerkung als großes Lob.

»Na gut«, sagte Toto schicksalsergeben. »Ich werde mein Bestes tun. Aber ich brauche gute Gründe. Argumente …«

»Natürlich«, stimmte Belén ihm zu und lächelte ihn aufmunternd an. »Wir haben den ganzen Abend Zeit, darüber zu sprechen.«

»Der arme Toto«, sagte Álvaro, als sie einige Stunden später endlich allein waren und sich in ihr Zimmer zurückzogen. »Meine *yaya* heizt ihm ganz schön ein.« Er zog Julia an sich und küsste sie zärtlich. Glücklich schmiegte Julia sich an ihn. An diesem Abend hatte Belén dafür gesorgt, dass die anderen, einschließlich Naira, frühzeitig aufgebrochen waren. »Kommst du morgen mit?«, fragte Álvaro nahe an ihrem Ohr. »Das Boot ist fertig. Wir wollen es zu Wasser lassen.«

Julia wollte spontan zusagen, immerhin war montags ihr freier Tag. Dann fiel ihr ein, dass sie Vidal herbestellt hatte.

»Am Vormittag habe ich eine Verabredung mit einem jungen Koch«, sagte sie mit Bedauern.

»Andauernd hast du ›Verabredungen‹ mit anderen Männern.«

Zunächst dachte Julia, Álvaro mache einen Scherz. Seiner Miene ließ allerdings keine Zweifel daran, dass es ihm ernst war. »Erst dieser Schotte und nun ein Koch.«

»Du bist doch nicht etwa sauer, weil ich mir überlege, eventuell einen Koch einzustellen?«, fragte sie befremdet. »Alle Welt nervt mich damit. Und wenn das klappt, hab ich künftig mehr freie Zeit und …«

»Das glaube ich erst, wenn es so weit ist«, fiel ihr Álvaro resigniert ins Wort. »Ein neuer Koch lohnt sich erst, wenn du längere Öffnungszeiten hast. So hast du es mir erklärt. Und längere Öffnungszeiten bedeuten auch für dich mehr Arbeit.«

»Ja, das stimmt«, räumte Julia ein. »Ich habe übrigens nicht nach jemandem gesucht. Vidal stand am Freitag einfach im Restaurant und hat gefragt, ob ich jemanden brauche.« Und als Álvaro noch immer skeptisch wirkte, fügte sie hinzu: »Er sollte morgen probekochen. Wenn es dir lieber ist, rufe ich ihn an und verschiebe das.«

»Nein«, gab Álvaro verstimmt zurück. »Nicht weil es *mir* lieber ist. Sondern falls es *dir* lieber wäre. Lass ihn ruhig kommen. So wichtig ist das morgen nicht. Wir können ja ein anderes Mal …«

»Ich denke, genau das werde ich tun«, sagte Julia und verschloss seinen Mund mit einem Kuss. »Weil es mir *wichtig* ist«, flüsterte sie nach einer Weile, »dabei zu sein, wenn dein Boot zu Wasser gelassen wird. Vidal kann sich genauso gut an einem anderen Vormittag vorstellen.«

Und dann diskutierten sie nicht mehr, sondern ließen ihre Zärtlichkeit sprechen.

Der Tag auf See fühlte sich für Julia an wie Urlaub. Es war kein Problem gewesen, den Termin mit Vidal auf einen anderen Morgen zu verlegen, und auf Julias Frage, was sein Chef denn dazu sagen würde, erklärte er ihr, dass er ohnehin noch ein paar Urlaubstage übrig habe, die er unbedingt vor der Hochsaison nehmen müsse.

Julia hätte die *Alba* kaum wiedererkannt, so stattlich wirkte sie mit ihrem neuen weiß-grünen Anstrich. Gemeinsam mit Abián und seinen Leuten hatten sie nach der morgendlichen Rückkehr der Fischer das Boot vom Stapel gelassen und umrundeten nun in aller Ruhe die Insel.

Das Wetter war traumhaft, der Atlantik zeigte sich von seiner lieblichsten Seite, und der Bug der *Alba* durchpflügte seine seidenglatten, sanften Wellenhügel, als wären sie aus flüssigem Glas. Julia konnte sich nicht sattsehen an der Vielgestaltigkeit der Küste, die mal aus schroffen Steilwänden geformt war, an anderer Stelle tief gefurcht war und Buchten bildete, in denen sich schwarzer Sand angesammelt hatte.

»*Vaya!*«, rief Álvaro überrascht aus und deutete auf eine

besonders breite Sandbucht. »Hier war bislang noch nie ein Strand.«

»Wirklich nicht?« Julia beschattete ihre Augen, um besser sehen zu können. »Wie kann das sein?«

»Das macht der Atlantik«, erklärte Álvaro. »Je nach Strömung und Wetterlage holt er schon mal an einer Stelle tonnenweise Sand weg und schwemmt ihn woanders wieder an. Oder er versenkt ihn für die nächsten Jahrhunderte in der Tiefe.«

Julia musterte den steilen Felsen, der hinter dem Strand aufragte. »Kommt man denn da runter?«, fragte sie.

»Nicht, dass ich wüsste«, antwortete Álvaro. »Das nächste Mal nehmen wir das Schlauchboot mit und landen dort an, um zu schwimmen.«

Sie fuhren weiter, begegneten einer Schule Delphine, die eine Weile mit ihnen schwammen, ihre silbergrau und anthrazitfarben glänzenden Leiber aus dem Wasser hoben und ausgelassene Sprünge vollführten, sodass Julia vor Entzücken auflachte und sich wünschte, Emil könnte das sehen. Auch die Meeressäuger hatten offenbar eine Menge Spaß an ihrer Gesellschaft, ehe sie irgendwann zurückblieben und in Richtung offenes Meer weiterzogen. Doch die Freude, die sie Julia gemacht hatten, blieb und verzauberte den gesamten restlichen Tag.

Ihre gute Laune hielt sich bis zum Dienstagvormittag, als Vidal erschien. Sie unterhielten sich eine Weile, dann nahm Julia ihn mit in die Küche und zeigte ihm, wo er die wichtigsten Utensilien, Öl und Gewürze fand.

»Bitte bereite ein Omelett zu«, bat Julia ihn.

»Ein Omelett?«, fragte er konsterniert zurück. Er wirkte so überrascht in seiner weißen Kochmontur, dass Julia sich ein Grinsen verkneifen musste.

»*Exacto.*« So einfach es schien, zwei Eier aufzuschlagen und in der Pfanne anzubraten, desto mehr, so fand Julia, zeigte man mit diesen wenigen Handgriffen, was man konnte und was nicht. »Hier sind Eier«, sagte sie und holte zwei aus dem Kühlschrank. »Sag mir, was du noch dazu brauchst.«

Langsam schien es Vidal zu dämmern, worin die Prüfung bestand.

»Also für eine Tortilla …«

»Keine Tortilla«, korrigierte Julia ihn freundlich, aber bestimmt. »Ein Omelett. Internationale Küche.«

Vidal kratzte sich verlegen am Rand seiner Kochmütze.

»Ein Omelett. Richtig.« Er nahm die Eier und schien kurz zu überlegen. Dann schlug er sie in die kleine Glasschüssel, die Julia bereitgestellt hatte, nahm einen Rührbesen und begann, sie kräftig zu verquirlen.

»Salz und Pfeffer«, sagte er mehr zu sich selbst und würzte die Eiermasse. »Haben wir frische Kräuter?« Julia nickte und führte ihn in den Garten. Dort sah sie zu, wie er neugierig an dem Kerbel schnupperte, den sie mit viel Mühe gezogen hatte. »Was ist das?«, fragte er.

»Auf Spanisch heißt es *perifollo*«, erklärte Julia, die wusste, dass dieses Küchenkraut in der hiesigen Küche weitgehend unbekannt war. »Magst du den Duft?«

»Ja, es könnte gut in ein Omelett passen. Oder?«

»Mach, wie du es denkst«, bat Julia und sah zu, wie er nach kurzem Zögern einige Stiele Kerbel und Petersilie pflückte und zur Küche zurückkehrte. Dort wusch er die Kräuter und hackte sie fein, gab sie zu den geschlagenen Eiern und griff nach der passenden Eisenpfanne, die über dem Herd hing.

Er briet das Omelett in Olivenöl, und als er es Julia servierte, war es durchaus passabel. Sie schnitt es einmal in der Mitte durch und gab ihm selbst eine Hälfte auf einen Teller.

»Sag mir, wie du es findest«, bat sie ihn und probierte selbst.

Vidal sah sie verwirrt an.

»Wie ich es finde?«, fragte er zurück.

»Ja«, bestätigte Julia. »Stell dir vor, du bist ein Gast und bekommst dieses Omelett. Was würdest du sagen?«

Zögernd probierte Vidal davon und schloss kurz die Augen.

»Schmeckt gut«, sagte er unsicher. »Wie ein Omelett eben schmecken muss. Oder?«

Julia nickte. Sie selbst hätte ein wenig Frischkäse oder einen Schuss Sahne in die Eiermasse gegeben. Und natürlich hätte sie die Eier getrennt aufgeschlagen, den Eischnee am Ende vorsichtig untergehoben. Gewürzt hätte sie das Omelett mit einer Prise Zimt oder ein paar Tropfen Sojasauce, die sie selbst angesetzt hatte und die jeder gekauften den Rang ablief. Aber das konnte Vidal ja nicht wissen. Für ein Kräuteromelett hätte Julia natürlich auch Schnittlauch ausgewählt, da hatte jeder Koch seine eigenen Präferenzen. Alles in allem war Vidals Variante schlicht und ehrlich. Nur eben kein bisschen raffiniert. »Ja«, sagte sie. »Wenn wir zusammenarbeiten, werde ich dir noch ein paar Tricks zeigen. Jetzt bekommst du erst mal etwas Leckeres zum Probieren.«

Unter Vidals erfreuten Blicken wärmte sie eine kleine Portion von ihrem Kaninchenragout auf und ließ es ihn kosten. Dann legte sie einen Zettel und Bleistift neben seinen Teller.

»Bitte schreib auf, welche Zutaten ich verwendet habe.«

Sie wusste, dass dies für ungeübte Köche eine schwierige Aufgabe war. Es würde ihr allerdings helfen zu verstehen, wie ausgeprägt Vidals Geschmacksnerven waren und ob er in der Lage war, Nuancen herauszufiltern. Um ihn nicht nervös zu machen, ließ sie ihn allein in der Küche und gesellte sich zu Amelie, die sie im Restaurant herumwerkeln hörte.

»Na?«, fragte ihre Freundin, die gerade das Paket mit den frisch gewaschenen und gemangelten Leinentischtüchern öffnete, um die Tische neu einzudecken. »Wie macht sich unser Nachwuchstalent?«

Julia legte den Finger auf die Lippen und grinste Amelie an. »Sein Omelett war in Ordnung. Ein bisschen durchschnittlich«, berichtete sie leise, damit Vidal nicht merkte, dass sie über ihn sprachen.

»Wahrscheinlich macht man das so fürs Frühstück in seinem Hotel, selbst wenn es zur Luxusklasse der *paradores* gehört«, gab Amelie zurück und entfaltete schwungvoll eines der bestickten Tischtücher.

Als Julia in die Küche zurückkehrte, standen auf dem Zettel gerade mal fünf Zutaten: Kaninchenfleisch, Salz, Pfeffer, Rotwein und Knoblauch. Julia seufzte innerlich. Dass diese fünf Dinge feste Bestandteile von Schmorgerichten waren, wusste jede Hausfrau. Ein Supertalent schien Vidal nicht zu sein. Das war auch nicht unbedingt notwendig. Wenn er in der Lage war, ein Gericht, das sie ihm zeigte, exakt nachzukochen, würde es schon ausreichen, um ihm irgendwann die Mittagskarte anzuvertrauen. Und dazulernen wollte er ja ohnehin.

»Na schön«, sagte sie. »Dann wollen wir noch eine letzte Sache ausprobieren. Ich bereite für heute Abend eine Geflügelterrine zu. Du assistierst mir dabei und prägst dir jeden Arbeitsschritt ganz genau ein. Achte bitte auch auf das Anrichten der Teller, das hat bei mir denselben Stellenwert wie das Gericht selbst. Wenn du das nächste Mal kommst, machst *du* die Terrine. Allein. Wenn sie genauso schmeckt und aussieht wie bei mir, bekommst du die Stelle. Wann kannst du dich wieder freimachen?«

Vidal hatte einen roten Kopf bekommen, mit einer derartig komplexen Aufgabe hatte er offenbar nicht gerechnet.

»Gleich morgen«, antwortete er. »Ich hab zwei Wochen freigenommen.«

Dass Vidal sich am folgenden Tag anstrengte, war deutlich zu sehen. Er brauchte zwar ziemlich lange für die Terrine, am Ende konnte sie dem Vergleich mit Julias allerdings standhalten, und das war schon mehr, als sie erwartet hatte. Sie kamen überein, dass er sobald wie möglich bei ihr anfangen würde, zunächst auf Probe und danach, wenn sie gut miteinander auskämen, mit einem festen Vertrag. Und da er gerade Urlaub genommen hatte, bot er an, sofort bei ihr mitzuarbeiten und zu versuchen, sein Arbeitsverhältnis im Parador frühzeitig zu beenden.

Julia entdeckte Belén im Hof, wo sie über Pläne gebeugt an einem der Tische saß. Sie nutzte die Gelegenheit, ihr Vidal vorzustellen, und sie wechselten ein paar Worte.

»Wann hast du denn Fayna das letzte Mal getroffen?«, fragte Julia den jungen Mann, als die Rede darauf kam, dass sie es gewesen war, die ihm den Rat gegeben hatte, sich im Flor de Sal zu bewerben.

»Das ist schon eine Weile her«, räumte Vidal ein. »Ich hab sie zusammen mit ein paar Kollegen während ihrer Schwangerschaft besucht. Da hat sie so von euch geschwärmt.«

»Das war aber nett von Fayna«, sagte Belén nachdenklich, nachdem Vidal sich verabschiedet hatte. »Weißt du eigentlich, wie es ihr inzwischen geht?«

»Nein«, antwortete Julia betreten. Seit Faynas kurzem Besuch im Restaurant, bei dem sie so hässlich in Streit geraten waren, hatte sie ihre einstige Serviceleiterin nicht mehr gesehen. Sie sah auf die Uhr. Für die Abendgäste hatte sie so gut wie alles vorbereitet. Blieb genügend Zeit, um Fayna endlich einen Besuch abzustatten. »Ich denke, ich sollte mal zu ihr fahren.«

»Eine gute Idee.« Belén nickte. »Hab ich dir schon gesagt, dass wir nächste Woche auf der Lomada Ronca anfangen können?«

»So bald?« Julia staunte nicht schlecht. »Liegen die Genehmigungen denn vor?«

»Die kommen schon«, erklärte Belén mit einem trotzigen Ausdruck auf dem Gesicht. »Der Genehmigung steht nichts im Wege. Die Männer fangen einfach mal damit an, dort Ordnung zu schaffen. Alles andere wird sich ergeben.« Julia hob die Brauen. Mit »alles andere« meinte Belén wohl die Zufahrtsstraße. Offenbar hatte Belén Julias skeptischen Gesichtsausdruck bemerkt. »Wenn ich warte, bis Toto die beiden Ministerien überzeugt hat, wird das in fünf Jahren noch nichts werden«, sagte sie. »Besser, wir stellen sie vor Tatsachen. Das wird das Ganze ein bisschen beschleunigen. Damals mit der Finca haben wir das genauso gemacht.«

Belén zwinkerte Julia zu und vertiefte sich wieder in die Pläne.

14

Der weiße Spitz

Der Weg in das Bergdorf, in dem Fayna mit ihrer Familie lebte, war einer der idyllischsten, den Julia auf der Insel kannte. Auf zahlreichen Serpentinen überwand er in kürzester Zeit sechshundert Höhenmeter, und selbst wenn unten beim *mesón* die Sonne schien und ein Sommerkleid reichte, so brauchte man dort oben häufig eine Strickjacke. Wie so oft hing auch an diesem Tag eine hartnäckige Wolke zwischen den bizarr geformten Felskanten fest, die das Dorf umgaben, und sorgte dafür, dass die Sicht kaum zehn Meter betrug. Fröstelnd zog Julia ihre Jacke vor der Brust zusammen, nachdem sie den Wagen auf einem Parkplatz abgestellt hatte, und beeilte sich, durch die engen Gassen zu Faynas und Pedros Haus zu kommen.

Der Jakarandabaum, der am Tag der Taufe so herrlich geblüht hatte, zeigte sich längst ohne seine blaue Pracht und breitete nun sein fedriges Laubwerk über den Kirchplatz aus. Alles troff nur so vor Feuchtigkeit, und Julia fragte sich, wie viele Tage im Jahr es hier wohl so neblig war, während unten an der Küste die Sonne schien.

Faynas Haus lag im oberen Teil des Dorfes am Hang, und an schönen Tagen bot sich von hier ein fantastischer Ausblick über die Nachbargebäude hinweg bis hinunter zum Meer. Heute jedoch legte die Wolke einen wattigen Schleier um das Dorf, und sogar der Vorgarten mit seinen üppigen Blumen wirkte, als seien alle Farben ausradiert und nur noch verschiedene Nuancen von Grau seien übrig geblieben.

Julia klingelte. Im Inneren des Hauses begann ein Hund hysterisch zu bellen, sonst rührte sich nichts. Es sah ganz danach aus, als sei niemand zu Hause. Als Julia sich jedoch umsah, entdeckte sie auf dem Stellplatz neben dem Grundstück Faynas kleinen roten Seat. Endlich vernahm sie Schritte hinter der Haustür, jemand schimpfte mit dem Hund. Dann wurde die Tür einen Spalt weit aufgemacht. Julia erkannte Faynas Wuschelkopf.

»Julia!« Sie öffnete, und augenblicklich schoss ein kleiner weißer Spitz heraus und tanzte kläffend um Julia herum. Er gebärdete sich so giftig und schnappte nach ihren Fesseln, ohne auf Faynas Kommandos zu hören, dass Julia voll und ganz damit beschäftigt war, den kleinen Teufel abzuwehren. Endlich gelang es Fayna, ihn einzufangen.

»Tut mir leid«, sagte sie. Der Spitz in ihren Armen zappelte wild und knurrte böse in Julias Richtung. »Er ist einfach unmöglich. Warte bitte kurz, ich sperre ihn in Pablos Arbeitszimmer.«

Das fängt ja gut an, dachte Julia, die sich die Wade rieb, in die der freche kleine Kerl sie gezwickt hatte.

»Ich hatte keine Ahnung, dass ihr einen Hund habt«, sagte sie, als Fayna mit hochrotem Kopf wieder erschien. Die junge Frau stöhnte.

»Glaub mir, wenn es nach mir ginge, würde das Biest auf der Stelle ins Tierheim zurückwandern. Aber Pablo ist der Ansicht, ich bräuchte Gesellschaft. Als ob mich dieser Giftzwerg aufheitern könnte.«

Sie waren im *salón* angekommen, dem Wohnzimmer der Familie, und Fayna wies auf das Sofa, auf dem eine Wolldecke lag, so als hätte hier jemand gerade geschlafen.

»Bitte nimm Platz«, sagte sie. Hastig legte sie die Decke zusammen und verstaute sie in einem Schrank. »Was … was kann ich dir denn anbieten? Einen Kaffee vielleicht?«

»Nein, danke«, antwortete Julia. Jetzt erst bemerkte sie die

Flecken auf Faynas Bluse. Die sonst stets so adrett gekleidete Frau trug ausgebeulte Jogginghosen, das inzwischen lang gewachsene lockige Haar umspielte ihr Gesicht wie eine Gloriole. Als würde sie sich in Julias Blick gespiegelt sehen, strich sie sich ein paar Strähnen aus dem Gesicht.

»Tut mir leid«, sagte sie nervös. »Ich bekomme nie Besuch. Du hättest anrufen können.«

»Entschuldige«, entgegnete Julia befangen. Natürlich hatte Fayna recht. Man platzte wohl besser nicht einfach so unangekündigt in den Haushalt einer jungen Mutter hinein. Sie hatte Fayna nicht in Verlegenheit bringen wollen. Und genau das war jetzt geschehen. »Das war gedankenlos von mir.«

Ein Baby begann irgendwo zu weinen, offenbar war Martina aufgewacht. Als wäre das eine Aufforderung, war nun auch wieder das Gekläffe des kleinen Hundes zu hören. Zwischen Faynas Brauen bildete sich eine Falte.

»Ich weiß, das ist nicht höflich, aber darf ich fragen, was du willst?« Fayna stand mitten im Raum und machte keinerlei Anstalten, nach dem Baby zu sehen, dessen Weinen gerade in Schreien überging.

»Ich wollte dich einfach besuchen«, erklärte Julia und stand auf. »Wahrscheinlich ist es kein günstiger Moment.«

Fayna lachte bitter auf. »Um ehrlich zu sein, gibt es keine günstigen Momente«, sagte sie. »Das hier«, und dazu breitete sie die Arme ein wenig aus, »ist mein ganz normaler Alltagswahnsinn. Nichts passiert. Und doch raubt es mir den Verstand.« Sie wandte sich um und verließ das Zimmer.

Julia konnte hören, wie sie den Hund anschrie, dann erklang ein markerschütterndes Jaulen, das sich nach und nach entfernte. Unschlüssig sah Julia sich im Zimmer um. Auf dem Couchtisch stand eine Tasse mit einem eingetrockneten dunklen Rand, eine aufgerissene Kekspackung lag daneben. Papiertaschentücher neben Babyöl, ein Stapel Zeitschriften, ein paar Bücher. Julia entzifferte die Titel *Das große Stillbuch* und *Mutter sein – aber glücklich*. Sollte sie sich wieder hinsetzen oder lieber gehen? Auf der anderen Seite war es keine gute Idee, einfach so zu verschwinden. Also nahm sie auf der vorderen Kante des Sofas Platz.

Schließlich kehrte Fayna mit Martina auf dem Arm zurück.

»Was … was ist mit dem Hund?« Julia konnte nicht anders, sie musste einfach fragen.

»Keine Sorge«, gab Fayna zurück und ließ sich auf einen Sessel fallen, über dessen Armlehne zwei Stoffwindeln hingen. »Ich hab ihm nicht den Hals umgedreht. Noch nicht. Er ist im Garten und jagt Eidechsen.«

Sie hatte die Bluse ein Stück aufgeknöpft und den Still-BH aufgehakt. Martina brauchte einen Augenblick, bis sie die Brustwarze gefunden hatte, und begann heftig zu saugen. Wohltuende Stille breitete sich aus, nur unterbrochen von Martinas leisen Geräuschen beim Trinken. Der süßliche Duft des Säuglings, vermischt mit den Gerüchen nach Babycreme und einem Hauch von säuerlicher Milch erfüllte den Raum, in dem schon länger nicht mehr gelüftet worden war. Julia dachte an die feuchte Luft draußen – kein Wetter, um die Fenster zu öffnen oder gar einen Spaziergang mit der Kleinen zu machen. Sehnsüchtig dachte sie an das Sonnenlicht und den warmen Wind unten beim Salzgarten. Hier oben musste man ja auf trübe Gedanken kommen.

»Martina ist mächtig gewachsen seit der Taufe«, sagte Julia und kam sich sogleich dämlich vor. Die Wahrheit war – sie hatte keine Ahnung, wie sie die Unterhaltung beginnen sollte. Fayna warf ihr einen kurzen Blick zu, und Julia fühlte sich durchschaut.

»Es passiert alles irgendwie von ganz allein, auch ohne mein Zutun«, sagte sie tonlos. »Martina weint, trinkt, schläft, kackt die Windel voll. Und sie wächst, gedeiht, und alle sind glücklich.« Fayna verzog das Gesicht, lehnte den Kopf zurück und schloss die

Augen. Wie blass sie war! Die dunklen Ringe unter ihren langen Wimpern waren noch tiefer geworden seit ihrem Überraschungsbesuch im Flor de Sal.

»Kommst du denn zum Schlafen?«, fragte Julia.

»Ich leg mich hin, sobald die Kleine schläft«, sagte Fayna matt, und Julia dachte an die Decke, die hier gerade noch gelegen hatte. Sie hatte Fayna beim Schlafen gestört und vermutlich durch ihr Klingeln und den Aufruhr, den der Hund gemacht hatte, das Baby geweckt. Wäre sie doch bloß nicht so unüberlegt einfach hereingeplatzt. »Hör zu, Julia, ich weiß, weswegen du hier bist«, fuhr Fayna fort, und ihre Stimme hatte einen bitteren Beiklang. »Du brauchst dir keine Sorgen zu machen. Du siehst ja, dass ich hier nicht mehr rauskommen werde. Meine Mutter weigert sich, auf Martina aufzupassen. Sie sagt, sie lasse sich ihr Leben nicht kaputtmachen, nur weil ich mit meiner Mutterrolle nicht klarkomme.« Fayna lachte freudlos auf. »Tante Maribel hat zwar angeboten, die Kleine zu nehmen, aber meine Mutter hat einen Riesenstreit mit ihr deswegen vom Zaun gebrochen, und das Ende vom Lied ist, dass Pablo nun auch dagegen ist.« Tränen glitzerten in ihren Augen. »Er ist wütend auf mich, weil ich nicht wie andere Mütter im siebten Babyhimmel schwebe.« Eine Träne kullerte über Faynas Wange und wurde ungehalten weggewischt. »Ich versteh mich ja selbst nicht«, fügte sie hinzu. »Ich weiß nur eines …« Sie brach ab, und ihre Miene verschloss sich, so als habe sie für kurze Zeit vergessen, mit wem sie sprach.

»Was wolltest du sagen?«, fragte Julia sanft nach.

»Nichts.« Fayna erhob sich so abrupt, dass Martina die Brustwarze verlor und nach einigen unglücklich klingenden Lauten erneut zu weinen begann. »Du kannst beruhigt sein«, sagte Fayna über das Wimmern hinweg. »Ich mach dir keinen Ärger mehr wegen der Stelle. Ich bin in eine Falle getappt. In die Mutterfalle.«

»Hör zu, Fayna«, sagte Julia. »Ich wollte dir etwas erzählen.«

»Ich bin ganz Ohr«, gab Fayna zurück, obwohl Martinas Schreien schriller wurde. Ihre Mutter schien das nicht zu stören.

»Könntest du dich wieder hinsetzen?«, bat Julia. »Und deinem Kind zu trinken geben?«

»Es ist nicht zum Aushalten, stimmt's?« Julia konnte nicht fassen, wie sehr sich Fayna verändert hatte. Sie hielt ihr Kind auf dem Arm, als sei es ein Fremdkörper, und dass es vor Hunger weinte, schien nichts in ihr auszulösen. Irgendetwas stimmt hier nicht, dachte Julia besorgt. Fayna brauchte ganz offensichtlich Hilfe. Und zwar nicht in erster Linie jemanden, der ihr das Kind abnahm. Sondern einen Fachmann oder eine Fachfrau, die herausfand, was mit ihr los war.

»Ich gehe jetzt besser«, sagte sie und erhob sich. »Tut mir leid, dass ich dich gestört habe. Wir reden ein andermal.« Doch auf einmal erschien es ihr fast schon fahrlässig, Fayna in diesem Zustand allein zu lassen. »Wann kommt denn Pablo nach Hause?«, fragte sie. Fayna gab keine Antwort. Sie stand im Zimmer, das schreiende Kind auf dem Arm, und blickte abwesend zum Fenster hinaus in das graue Einerlei, das draußen herrschte. Julia wurde es angst und bange. »Hör mal«, sagte sie und berührte Fayna sanft am Arm. Die junge Frau schreckte auf. »Kann ich irgendetwas für dich tun?«

»Nein«, antwortete Fayna und schien nun endlich ihr Kind wieder wahrzunehmen, setzte sich in den Sessel und legte es mechanisch an ihre Brust. »Für mich kann keiner etwas tun. Danke für den Besuch. Tut mir leid, dass hier alles so …« Sie brach ab und schloss die Augen. »Ruf das nächste Mal besser an, ja?«

»Fayna muss zu einem Arzt.«

Julia war auf dem direkten Weg zu Maribel gefahren und hatte ihre Freundin gerade beim Aufbruch zu einem Bienenstandort angetroffen. Die Fahrt aus der Wolke heraus in den Sonnenschein kam ihr vollkommen unwirklich vor.

»Wir waren mit ihr beim Arzt«, erwiderte Maribel. »Sie ist kerngesund.«

»Aber sie ist seltsam.« Julia hatte den Eindruck, dass sie störte. Und das war noch nie der Fall gewesen, stets hatte sie sich in der Finca del Casco willkommen gefühlt, so beschäftigt Maribel auch gewesen sein mochte.

»Wie sollte sie nicht seltsam werden, so allein?«, fragte Maribel. »Ich hab mich dazu bereit erklärt, die Kleine zu nehmen, wenigstens an drei Abenden die Woche. Damit sie wieder arbeiten kann. Meiner Ansicht nach muss sie unter Leute, das ist alles. Fayna ist es gewöhnt, Kontakt zu Menschen zu haben. Dieses Alleinsein ist nichts für sie. Und was hab ich damit erreicht? Die Familie ist über mich hergefallen.«

»Wieso denn?«

Maribel schnaubte. »Meine Schwester findet, Fayna müsse sich an ihre Mutterrolle gewöhnen. Wir hatten einen Riesenstreit, und jetzt redet Arminda nicht mehr mit mir.«

Julia dachte an den abwesenden Ausdruck in Faynas Gesicht, während sich das Kind in ihrem Arm fast heiser geschrien hatte.

»Ich mach mir ernsthaft Sorgen«, sagte sie.

»Dann gib ihr Arbeit«, entgegnete Maribel heftig, so als wäre Julia an allem schuld.

»Das kann nicht dein Ernst sein«, gab Julia zurück. »Sieh sie dir doch an. In diesem Zustand würde sie keinen Abend im Flor de Sal durchhalten. Sie steht ja völlig neben sich. Das ist nicht Fayna, wie wir sie kennen. Hat man denn mal ihren Hormonspiegel untersucht? Ich kenne mich ja nicht aus, aber könnte sie nicht unter dieser Wochenbettdepression leiden?«

Maribel warf ihr einen skeptischen Blick zu. »Um solche Dinge kümmert sich Pablo. Schließlich ist er Apotheker«, erwiderte sie. »Glaubst du wirklich, er wüsste nicht, was in solchen Fällen zu tun ist?«

»Keine Ahnung.« Julia zuckte ratlos mit den Schultern. »Manchmal denkt man selbst als Fachmann nicht an das Naheliegende. Vor allem, wenn es einen selbst betrifft. Fayna einen hysterischen Spitz zu schenken ist vermutlich nicht die beste Idee gewesen.«

Maribel seufzte. »Er meint es gut. Hoffentlich zerbricht nicht auch noch die Ehe der beiden.« Maribel griff nach ihrem Wanderstock, ohne den sie nie das Grundstück verließ. »Ich muss jetzt los.«

»Hast du die Bienenvölker von neulich wiedergefunden?«, fragte Julia.

Maribel schüttelte den Kopf. »Nein. Keine Ahnung, wo die hingeflogen sind. Mal sehen, wie es denen unten im *barranco* geht. Wenn nur endlich die Erde aufhören würde, zu beben. Man wird ja ganz verrückt davon. Mach's gut, Julia.« Sie hob die Hand zum Gruß und schlug den Pfad in Richtung Schlucht ein.

Niedergeschlagen wandte sich Julia zum Gehen. Von den Erdbeben hatte sie auch diesmal nichts mitbekommen, ganz so, als lebte sie auf einem anderen Stern.

In den folgenden Tagen schob sich immer wieder das Bild von Fayna vor Julias inneres Auge, wie sie mit ihrem weinenden Baby im Arm dagestanden und ins Leere gestarrt hatte. Als Vidal sie nach dem Rezept ihrer begehrten Fischsuppe fragte, fiel ihr ein, dass sie gar nicht dazu gekommen war, Fayna dafür zu danken, dass sie ihm empfohlen hatte, sich bei ihr zu bewerben.

»Die Fischsuppe steht bei dir noch lange nicht auf dem Programm«, antwortete sie freundlich. »Zuerst gehen wir die Grundlagen durch. Zum Beispiel die Reisgerichte. Mit dem Risotto fangen wir an.«

»Ristotto? Das kann ich längst«, protestierte der junge Koch.

Julia lächelte nachsichtig. »Das will ich hoffen«, antwortete sie. »Dann zeig mal, wie du es machst.«

»¿*Ahora mismo?*«

»Ja, jetzt gleich.«

»Es sind doch gar keine Gäste da«, wandte Vidal ratlos ein.

»Natürlich nicht«, antwortete Julia geduldig. »Glaubst du, ich würde Gästen dein Risotto vorsetzen, ohne dass ich es vorher gekostet hätte? Weißt du was? Warum machst du es nicht für uns heute zum Mittagessen? Wir sind zu acht. In einer Stunde wird gegessen.«

Vidal entschied sich für ein Zitronenrisotto, und als er es pünktlich auf den Tisch brachte, um den nicht nur Amelie, Tanja, Álvaro und Julia versammelt waren, sondern auch Belén samt Devi und Sam, war ihm seine Nervosität deutlich anzumerken.

»Gar nicht übel«, meinte Belén, nachdem sie probiert hatte. »Zwei Esslöffel Butter würden dem Ganzen allerdings nicht schaden«, fügte sie hinzu. »Und an der Präsentation musst du noch arbeiten.« Sie blickte mit einem Lächeln zu Julia hinüber. »Ihre Teller sind Kunstwerke. Bei ihr kannst du viel lernen.«

Vidal war rot angelaufen, Julia konnte nicht sagen, ob vor Verlegenheit oder weil er sich über die Kritik ärgerte.

»Mir schmeckt es«, warf Devi gutmütig ein.

»Natürlich schmeckt es«, sagte Belén. »Wenn nicht, hätte der Junge seinen Beruf verfehlt. Für das Flor de Sal reicht es noch nicht ganz aus. Was sagst du, Julia?«

Aller Augen wandten sich ihr zu. Vidal wirkte, als wollte er am liebsten im Erdboden versinken.

»Es ist ein guter Anfang«, sagte sie. »Ein wirklich passables Risotto. Das Aroma geht in die richtige Richtung. Belén hat natürlich recht, es könnte cremiger sein. Aber das lernst du schon noch.«

Nach dem Essen erklärte Julia Vidal geduldig, wie er seine Rezeptur verbessern konnte, und zu ihrer Freude machte er sich eifrig Notizen. Schließlich sprach sie noch mit ihm über die Kunst der

Präsentation, welche und wie viele Elemente ein gut angerichteter Teller haben musste. »Wenn es irgendwann so weit ist, dass du für Gäste kochst, werden wir Fotos von meinen Arrangements machen«, schloss sie. »Und jetzt fängst du noch mal von vorn an.«

Vidal riss die Augen auf. »Wie meinst du das – von vorn?«

Julia sah auf die Uhr. »In einer Stunde kommt mein Neffe von der Schule. Er möchte sicher auch gern Zitronenrisotto essen. Diesmal arbeitest du ein, was du gerade gelernt hast. Und danach bring ich dir bei, wie man deutsche Spätzle macht.«

»Schbä… wie?«

Julia lachte. »Eine Spezialität aus meiner Heimat. Die findest du bei mir neben den Papas arrugadas stets auf der Speisekarte.« Nicht nur deutsche Touristen waren von dieser typisch schwäbischen Beilage begeistert, sogar Julias spanische Bekannten zeigten sich hingerissen von den auf einem Holzbrett mit Hand ins kochende Wasser geschabten Teigwaren. Nachdem das Risotto für Emil schon viel schmackhafter und cremiger geriet als sein erster Versuch, bekam Vidal Gelegenheit, zu zeigen, wie rasch er sich die Technik des Spätzleschabens aneignete.

»Nun ja«, sagte sie, als sie das Ergebnis von Vidals ersten Versuchen mit einer Kelle aus dem kochenden Wasser schöpfte. Sie waren, wie nicht anders zu erwarten bei einem Anfänger, dick und grob geraten. »Für Käsespätzle zu unserem internen Abendessen sind sie gerade noch zu gebrauchen.«

Sie gab dem erschöpften Vidal für den Rest des Tages und für das gesamte Wochenende frei. Denn auch für sie war es anstrengend, neben ihrer Arbeit noch jemanden auszubilden, obwohl es ihr Freude bereitete, zu sehen, wie eifrig der junge Palmero bei der Sache war.

Fayna ging ihr allerdings nicht mehr aus dem Kopf. Und als Álvaro am Samstagmorgen beim Frühstück erzählte, dass er nach Garafía fahren wollte, um einige Sachen zu erledigen, beschloss sie spontan, ihn zu begleiten und Pablo in seiner Apotheke aufzusuchen.

»Was brauchst du denn?«, fragte Álvaro. »Wenn du willst, bringe ich es dir mit.«

Da erzählte Julia ihm von ihrem Besuch bei Fayna und von den Sorgen, die sie sich seither um die junge Frau machte.

»Ich möchte mit Pablo reden«, schloss sie. Álvaro betrachtete sie nachdenklich. »Was ist?«, fragte sie, als er nichts sagte. »Du hältst das für keine gute Idee, oder?«

»Schwer zu sagen, ich kenne Pablo kaum«, antwortete er. »Wenn du dir wirklich so große Sorgen machst, solltest du es tun.«

»Weißt du denn, ob Toto inzwischen etwas für Beléns Pläne erreichen konnte?«, fragte Julia ihn während der Fahrt.

»Keine Ahnung«, antwortete Álvaro. »Die bevorstehende Salzernte hat mich die ganze Woche in Beschlag genommen. Bitte drück die Daumen, dass das Wetter hält.«

»Ganz bestimmt wird es das«, beruhigte Julia ihn. Es würde die erste große Ernte in diesem Jahr sein, und obwohl Álvaro es nicht zeigte, so konnte Julia spüren, wie nervös er war. Alles war bereit, die Salzkonzentration der Lake in den Verdunstungsbecken optimal – ein Wetterumschwung mit Starkregen könnte allerdings die Mühe vieler Wochen zunichtemachen. »Das Hoch scheint stabil zu sein«, fügte sie hinzu.

»Ja, das hoffe ich«, sagte Álvaro.

In Garafía angekommen ließ Álvaro sie bei der Apotheke aussteigen. Eine Stunde später wollten sie sich in der Bar neben der Kirche treffen.

Julia wartete, bis er weitergefahren war, dann fasste sie die Tür mit der Aufschrift *Farmacia* ins Auge. Was genau wollte sie Pablo eigentlich sagen? Sie hatte sich nichts zurechtgelegt, und im Grunde kannte sie ihn nur flüchtig. Er hatte Fayna häufig von der Arbeit abgeholt, damals, als sie noch nicht schwanger gewesen war, bei einigen Festen war er dabei gewesen, zuletzt natürlich bei der Taufe seines Kindes. Nie hatten er und Julia viele Worte gewechselt. Ein derart persönliches Thema wie den Gesundheitszustand seiner Frau hatte es zwischen ihnen nie gegeben.

Zwei Frauen verließen die Apotheke, und Julia gab sich einen Ruck. Falls sie drinnen der Mut verlassen würde, konnte sie immer noch eine Packung Vitamin-C-Tabletten kaufen und wieder gehen. Vielleicht war Pablo ja gar nicht im Geschäft. Sie ertappte sich dabei, dass sie sich das beinahe wünschte, und rief sich zur Ordnung. Mehr als lächerlich machen konnte sie sich schließlich nicht.

Sie überquerte die Straße und öffnete die Tür. Ein älterer Mann stand an der Verkaufstheke und wurde von einer jungen Frau bedient. Pablo selbst kam gerade durch eine Tür neben der Theke in den Verkaufsraum. Ein Lächeln glitt über sein Gesicht, als er Julia erkannte.

»Was kann ich für dich tun«, fragte er, nachdem sie sich begrüßt hatten. »Ich hoffe, du bist nicht krank?« Er musterte sie besorgt durch seine Brillengläser. Er hatte schütteres Haar, das sich auf dem Oberkopf bereits lichtete, und gutmütig blickende Augen. Der perfekte Apotheker, dem selbst ein altes Mütterchen gern ihre Gebrechen anvertraute.

»Nein«, antwortete Julia und sah verlegen zu Pablos Mitarbeiterin hinüber. »Ich wollte etwas mit dir besprechen. Ich meine, falls du Zeit hast.«

»Natürlich«, antwortete Pablo überrascht. »Worum geht es denn?«

»Könnten wir vielleicht … ich würde gerne unter vier Augen mit dir …«

»*Por supuesto*«, kam er ihr zur Hilfe und wechselte ein paar Worte mit seiner Angestellten. »Bitte komm hier entlang. Oder sollen wir lieber in eine Bar gehen?«

»Nein, nein«, wehrte Julia ab und fühlte, wie ihr heiß wurde. Pablos Mitarbeiterin warf ihr einen neugierigen Blick zu, was Julia noch verlegener machte. »Es reicht völlig, wenn wir …« Sie wies auf die Tür, durch die Pablo vorhin gekommen war, und folgte ihm erleichtert, als er sie öffnete.

Er führte sie in eine kleine Teeküche, an deren Wände Regale voller Kartons standen.

»Bitte, nimm Platz«, sagte er und wies auf einen alten Metallstuhl. »Nicht gerade sehr gemütlich …«

»Kein Problem«, erwiderte Julia rasch. »Weißt du, ich bin wegen Fayna hier«, sagte sie, nachdem Pablo sich gesetzt hatte. Sogleich verschwand das Lächeln aus seinen Augen.

»Julia«, sagte er ernst, »bitte nimm es mir nicht übel, aber ich möchte noch nicht, dass sie wieder bei dir arbeitet.«

»Darum geht es nicht«, erwiderte Julia. »Keine Sorge, ich hab ja Amelie für den Service. Neulich war ich bei euch.«

Pablo nickte. »Ja, das hat sie erzählt.« Er wirkte auf einmal müde, so als ob jede Energie aus ihm gewichen wäre. »Ich dachte, du hättest sie wegen der Arbeit aufgesucht.«

»Nein«, antwortete Julia. »Ich wollte sie einfach nur besuchen und fragen, wie es ihr und dem Baby geht. Aber was ich gesehen habe, macht mir Sorgen.«

Pablo schluckte und blickte auf seine Hände, die er vor sich auf dem Tisch gefaltet hatte. Die Wendung, die das Gespräch genommen hatte, schien ihn aus dem Konzept gebracht zu haben.

»Da bist du nicht die Einzige«, sagte er schließlich und hob den Kopf. Seine Augen wirkten traurig, und erst jetzt erkannte Julia auch in seinem Gesicht die Spuren von Erschöpfung. »Sie wird sich an die Lebensumstellung gewöhnen«, sagte er und straffte sich.

»Hör mal, Pablo, ich kann verstehen, wenn du sagst, dass mich das nichts angeht. Außerdem bin ich weder Mutter noch

Medizinerin. Bitte erlaube mir trotzdem die Frage: Wurde Fayna nach der Geburt gründlich untersucht?«

»Natürlich, was denkst du denn«, gab Pablo irritiert zurück. »Es ist alles in bester Ordnung mit ihr. Sie will nur einfach nicht einsehen, dass sich ihr Leben mit der Geburt unseres Kindes verändert hat.« Er war heftiger geworden, so als sei er derlei Diskussionen müde. »Weißt du, ich bin maßlos enttäuscht von ihr. Es ist ja nicht so, dass nur *ich* ein Kind wollte. In Wirklichkeit war sie die treibende Kraft. Sie hat sich sehnlichst ein Kind gewünscht. Dass es so schnell ging, hat uns beide überrascht. Und natürlich war die Schwangerschaft ein Albtraum für sie.«

Er nahm die Brille ab und rieb sich die Augen.

»Sie kommt mir so verändert vor«, sagte Julia. »Als sei sie nicht sie selbst. Hat man denn auch ihren Hormonspiegel untersucht? Sie wäre ja nicht die Erste, die unter dieser Depression leiden würde, die manchmal nach Geburten auftritt. Du weißt sicher, was ich meine.«

Pablo hatte seine Brille noch nicht wieder aufgesetzt und warf ihr nun einen befremdeten Blick zu.

»Fayna ist nicht depressiv«, sagte er in einem Ton, der keinen Widerspruch duldete. »Sie ist einfach nur dickköpfig. Das war sie immer. Du kennst sie ja, stets mit dem Kopf durch die Wand. Das habe ich ja so sehr an ihr geliebt. Sie weiß genau, was sie will. Aber jetzt treibt sie es zu weit.«

Julia holte tief Luft, um ihm zu widersprechen, doch dann ließ sie es sein. »Auf mich hat sie einfach nur furchtbar unglücklich gewirkt«, sagte sie stattdessen. »Und das ist so gar nicht ihre Art. Pablo, du bist schließlich vom Fach. Du weißt besser als ich, dass Hormone das Gemüt eines Menschen vollkommen durcheinanderbringen können.« Sie erhob sich. »Ich mach mir einfach Sorgen. Bitte nimm es mir nicht übel.«

Ein Ruck lief durch den Körper des Apothekers.

»Natürlich nicht«, antwortete er so höflich, als wären sie in der Apotheke und sie seine Kundin. »Vielen Dank. Das ist sehr nett von dir. Mach dir keine Gedanken. In ein paar Wochen haben wir das sicher überstanden.«

Als sie auf der Straße stand, hatte Julia ein ungutes Gefühl. War sie zu weit gegangen?

Sie überquerte die Straße und ging in Richtung Kirchplatz. Doch mit jedem Schritt, den sie zurücklegte, war sie mehr davon überzeugt, das Richtige getan zu haben. Jetzt konnte sie nur noch hoffen, dass es Fayna bald besser ginge, egal, was der Grund für ihren Zustand war.

15

Sommerferien

»Na, wo ist der kleine Streber?« Jens stand unvermittelt in der Küche und blickte sich gut gelaunt um. Julia war gerade dabei, den Nudelteig für hundertzwanzig Portionen Maultaschen durch die Maschine zu lassen, den sie statt mit der üblichen Fleischmasse mit Garnelen füllen würde. Sie war in Gedanken noch bei ihrem Gespräch mit Pablo und erschrak fürchterlich, als ihr Bruder so plötzlich hereinplatzte. »Hast du sein Zeugnis gesehen?«, fuhr Jens begeistert fort. »Er hat mir ein Foto geschickt. Lauter *notable*, das ist bei uns gut. Und nur zweimal *aprobado*, ausreichend, in total unwichtigen Fächern. Ich bin stolz auf ihn.«

»Er freut sich sicher, wenn du ihm das sagst«, antwortete Julia. »Ich finde auch, dass er enorme Fortschritte gemacht hat. Das hat er übrigens Parvati zu verdanken. Sie hat unermüdlich mit ihm gelernt.«

Jens überhörte diese Bemerkung geflissentlich. »Wo steckt er denn? Jetzt, wo die Sommerferien begonnen haben, können wir endlich mal wieder etwas gemeinsam unternehmen.«

Julia schwieg verlegen. Emil war schon am Morgen mit Diego zum Tauchen gefahren. Aber das durfte sie Jens nicht verraten, sie hatte ihrem Neffen ihr Ehrenwort gegeben. Keiner von ihnen hatte erwartet, dass sein Vater so plötzlich hereinschneien würde. Sie suchte noch nach einer Antwort, mit der sie weder die Unwahrheit sagte noch Emil verriet, als Jens' Aufmerksamkeit sich bereits etwas ganz anderem zugewandt hatte: Er hatte durch das

Fenster Tanja in einem Liegestuhl unter dem Nísperobaum erspäht.

»Bin gleich zurück«, sagte er und verschwand durch die Küchentür, die in den Garten führte.

Durchs Fenster beobachtete Julia, wie er sich seiner Exfreundin mit großen Schritten näherte.

»Jetzt sitzt sie in der Falle«, stellte Amelie fest, die eben noch im Restaurant alles für den Abend vorbereitet hatte und nun an Julias Seite die Szene beobachtete. »Tanja wollte sich die Fußnägel lackieren. Da kann man schlecht weglaufen. Jens hätte keinen besseren Zeitpunkt erwischen können.«

Julia war sich nicht sicher, ob sie in Amelies Stimme Mitgefühl heraushörte oder eher Schadenfreude. Vermutlich eine Mischung aus beidem.

»Vielleicht ist es gut, wenn sich die beiden endlich aussprechen«, sagte sie und wandte sich dem Nudelteig zu.

»Ich fasse es nicht«, rief Amelie aus, die näher ans Fenster getreten war, um besser zu sehen. »Sie rennt tatsächlich vor ihm davon, Fußnägel hin oder her. Achtung!« Sie wandte sich abrupt ab und tat so, als suche sie etwas in dem Schrank, in dem Julia ihre Kochblusen und Schürzen aufbewahrte. »Gleich ist sie hier.«

Im nächsten Moment flog die Tür auf, und Tanja stürzte mit hochrotem Gesicht herein. Sie war barfuß, die Zehen des rechten Fußes leuchteten in einem modischen Pink, die des anderen waren noch unlackiert.

»Tu nicht so«, fuhr sie Amelie an. »Ich hab genau gesehen, wie du uns beobachtet hast.« Und zu Julia gewandt fauchte sie: »Ich hätte nie gedacht, dass du so gemein bist, ihn hinterrücks …«

»Jetzt beruhige dich mal«, fiel ihr Julia ins Wort. »Er hat mich genauso überrascht wie dich.«

Tanja schnaubte und floh in ihr Zimmer im ersten Stock. Jens stand noch immer unter den Obstbäumen und wirkte irgendwie verloren. Julia fühlte Mitleid in sich aufsteigen und wusch sich rasch die Hände. Auch wenn weder Emil noch Tanja darüber begeistert sein würden – Julia beschloss, ihren Bruder zum Mittagessen einzuladen. Als sie in den Garten kam, war er allerdings verschwunden.

»Wo ist er hin?«, fragte sie Amelie, die ihr gefolgt war.

»Ich glaube, er hat verstanden, dass er hier nicht willkommen ist«, antwortete ihre Freundin.

Das stimmt überhaupt nicht, wollte Julia erwidern, als sie bereits das Motorengeräusch von Jens' Tourenbus vernahm. Kurz hatte sie den Impuls, hinterherzulaufen und ihn aufzuhalten, doch dazu war es ohnehin zu spät.

»Hör zu«, sagte sie aufgebracht zu ihrer Freundin. »Jens ist mein Bruder. Und er ist hier sehr wohl willkommen.«

»Ach?«, machte Amelie und musterte sie verwundert. »Seit wann denn das?«

Seit wir am Mirador del Time über gewisse Dinge gesprochen haben, dachte Julia und ging zurück an ihre Arbeit. Während sie mit geübter Hand die Maultaschen portionierte, sah sie auf einmal wieder Jens' lebloser Körper in den Wellen treiben, und es war ihr, als könne sie sein Gewicht spüren und ihre Verzweiflung, als sie vergeblich versucht hatte, ihn an die Wasseroberfläche zu bringen. Das war im vergangenen Oktober gewesen. Damals wäre Jens beinahe ertrunken …

»Ist er weg?« Tanja streckte den Kopf zur Tür herein. »Ehrlich, Julia, das darf nicht mehr passieren.«

Auf einmal fühlte Julia ungewohnten Zorn in sich aufsteigen. Sie legte das Portioniermesser beiseite und fuhr zu Tanja herum.

»Du hast nicht zu bestimmen, wer hier ein- und ausgeht. Bitte merk dir das.« Und zu Amelie gewandt fügte sie hinzu: »Das gilt für dich genauso.«

Tanja und Amelie wechselten konsternierte Blicke.

»Ich kann mir auch etwas anderes zum Wohnen suchen«, gab Tanja trotzig zurück.

»Ganz wie du willst«, antwortete Julia und widmete sich wieder ihrer Arbeit. »Das steht dir selbstverständlich frei.« Kein Mensch hatte Tanja damals eingeladen, in der Finca zu wohnen. Sie war eines Morgens früh um sechs einfach vor der Tür gestanden und hatte Julia angefleht, ihr Unterkunft zu gewähren, nachdem sie Jens verlassen hatte. Das sollte ursprünglich nur vorübergehend sein. Inzwischen hatten sie sich angefreundet, und es war für Julia kein Problem, ihr weiterhin zwei der kleineren Zimmer zu vermieten. Das gab Tanja jedoch noch lange nicht das Recht, so mit ihr zu reden.

Erst am späten Nachmittag kehrte Emil erschöpft und glücklich vom Tauchen zurück, vertilgte eine doppelte Portion Maultaschen und berichtete begeistert von seinen Fortschritten.

»Heute bin ich eine Minute und sieben Sekunden unter Wasser gewesen«, erzählte er, und seine Augen leuchteten.

»Unglaublich«, antwortete Julia beeindruckt. »Ich würde keine dreißig Sekunden schaffen.«

»Ach, das ist noch gar nichts«, wiegelte Emil ab. »Diego kann mehr als fünf Minuten die Luft anhalten.«

»Dafür hat er lange geübt«, gab Julia zu bedenken. »Wenn du so weitermachst, kriegst du das in ein paar Jahren auch hin. Übrigens«, wechselte sie das Thema, »dein Vater war hier und hat nach dir gefragt. Er ist sehr stolz auf dich wegen deines Zeugnisses.«

Emil warf ihr einen skeptischen Blick zu.

»Er ist stolz auf mich? Wegen dieser dämlichen Schulnoten?«

»Ich bin auch der Meinung, dass das eine tolle Leistung ist«, sagte Julia aufmunternd. »Bitte ruf ihn an. Außerdem müssen wir überlegen, was ich ihm sagen soll, wenn er fragt, wo du bist.«

»Das geht ihn gar nichts an«, gab Emil zurück. »Kann ich Schokoladeneis haben?«

»Sicher«, antwortete Julia und holte ihm eine Portion. Ihr war es lieber, er wusste nicht, wo genau sie solche Leckereien aufbewahrte. Nicht, dass sie eines Abends einen leeren Eisbehälter im Gefrierschrank vorfand, während die Gäste auf ihren Nachtisch warteten. »Also. Wenn dein Vater wissen möchte, wo du bist, muss ich ihm antworten. Du willst doch nicht, dass es Ärger gibt, oder? Und damit du es gleich weißt – ich werde Jens nicht anlügen.«

»Sag einfach, dass ich schwimmen gegangen bin. Mit Freunden. Das ist nicht mal gelogen.« Emil grub seinen Löffel tief in die dunkelbraune Eismasse und sah sie treuherzig an.

»Ich glaube, dein Vater möchte in den Ferien gern etwas mit dir unternehmen.« Julia verstaute das Eis im Gefrierschrank.

»Was denn?«, fragte Emil skeptisch. »Wenn er mich wieder zum Mountainbiking mitschleppen will – dazu hab ich keine Lust.«

»Wieso sagst du ihm nicht, was *du* gern machen möchtest?« Julia reduzierte die Hitze unter dem Topf mit den Fischkarkassen, aus denen sie einen leckeren Fond zubereiten wollte. Dafür durfte das Wasser nur leicht simmern, keinesfalls brodeln.

»Ich will mit Diego tauchen«, antwortete Emil bockig und kratzte den letzten Rest Eis aus dem Porzellanschälchen.

»Was ist eigentlich mit Parvati?«, beschloss Julia, das Gespräch zu wenden. »Begleitet sie euch denn?«

Emil schüttelte den Kopf. »Sie hat Angst vorm Wasser«, sagte er bedauernd. »Stell dir vor, sie kann nicht mal richtig schwimmen!« Das klang nun durchaus vorwurfsvoll.

»Wieso bringst du es ihr nicht bei?«, fragte Julia.

»Ich sag doch. Sie hat Angst vorm Wasser.« Emil trug sein schmutziges Geschirr zur Spülmaschine und räumte es ein. »Was das anbelangt, ist sie ein richtiges Weichei. Ich geh dann mal duschen«, sagte er und wollte verschwinden.

»Moment mal«, sagte Julia streng. »Du nennst deine Freundin ein Weichei, weil sie sich vor dem Meer fürchtet?«

»Ja!«, antwortete Emil achselzuckend. »Das ist einfach albern!«

»Hast du vergessen, dass dein Vater etwas Ähnliches über dich gesagt hat in Bezug aufs Mountainbiking?«, fuhr Julia fort. »Und du fandst das gar nicht toll.«

Emil lief dunkelrot an. »Das ist etwas ganz anderes«, versuchte er, sich zu verteidigen.

»So?«, fragte Julia unbarmherzig zurück. »Inwiefern?«

»Ach, lass mich in Ruhe«, blaffte er sie an und stürmte aus der Küche.

»Vergiss nicht, deinen Vater anzurufen«, rief Julia ihm hinterher und hoffte, dass er das noch gehört hatte.

Um sechs Uhr erschienen die ersten Gäste. Wie immer kamen die Touristen aus Deutschland, der Schweiz und England zur »ersten Schicht«, wie Paola es nannte. Julias Maultaschenvariante fand großen Anklang, ebenso das Wildkaninchenragout und natürlich der gefüllte Tintenfisch. Gegen neun konnten die Tische neu eingedeckt werden und waren für die spanischen Gäste bereit, die selten vor dieser Zeit zu Abend aßen. Um zehn Uhr waren die Maultaschen ausgegangen, und Julia nahm sich vor, künftig mehr davon zuzubereiten. Zum Glück hatte Diego ihr an diesem Morgen herrlichen Schwertfisch gebracht, den sie in drei Zentimeter dicken Scheiben schlicht *a la plancha* anbriet und mit einer raffinierten Zitronen-Thymian-Sauce servierte. Winzige, in der Pfanne karamellisierte Ziegenkäselaibchen aus Pacos Käserei mit Eukalyptushonig von Maribel und Salzkrokant waren als Dessert für die meisten Spanier zwar ungewohnt, dennoch wagten sich einige daran.

»Wenn Julia diesen Nachtisch auf die Karte setzt«, sagte ein älterer Gast, »dann schmeckt das auch. Sie weiß, was sie tut.«

Ein größeres Kompliment konnte Julia sich vonseiten der Einheimischen kaum vorstellen.

Der Sonntag gestaltete sich unerwartet anstrengend. Andauernd kamen Gäste ohne Voranmeldung vorbei, standen wartend im Hof herum und wollten nicht verstehen, warum man Tische für jene frei hielt, die schon vor Wochen reserviert hatten. So mancher Urlauber verließ unzufrieden und schimpfend das Flor de Sal – Julia war das schrecklich unangenehm. Außerdem war es der erste richtig heiße Tag des Jahres, pünktlich zum Beginn der Schulferien war der kanarische Sommer mit aller Macht angekommen, und vor allem in der Küche staute sich die Hitze.

Belén residierte an einem Tisch im Hof, wo sie im Schatten eines riesigen Sonnenschirms gemeinsam mit Álvaro, Carlos, Toto und Baltasar, den sie inzwischen für ihr Projekt eingenommen hatte, Hof hielt und Gäste aus verschiedenen Behörden empfing, um für ihre Pläne zu werben. Julia bewunderte die alte Dame, die unermüdlich Kontakte knüpfte, geduldig Fragen beantwortete und Bedenken ausräumte. Sie hatte Julia zuvor gebeten, reichlich von dem gefüllten Tintenfisch bereitzuhalten, und Amelie berichtete amüsiert davon, wie die anfänglich skeptischen Mienen nach dem Genuss dieser Köstlichkeit einen verzückten Ausdruck annahmen. Julia hegte keine Zweifel daran, dass Belén am Ende alle überzeugen würde.

Gegen vier Uhr hatten die meisten Gäste um die Rechnung gebeten oder waren bereits aufgebrochen, als Amelie in die Küche kam und Julia schon an ihrer Miene ablesen konnte, dass sie etwas Ungewöhnliches zu berichten hatte.

»Sag schon, was los ist«, bat sie und dekorierte die beiden letzten Dessertteller dieses Tages.

»Douglas ist da«, sagte Amelie grinsend und musterte Julia mit einem amüsierten Blick. »Dein Sternegucker.«

»*Mein* Sternegucker?« Julia rollte mit den Augen. »Ich glaube, da hast du was falsch verstanden.« Gleichzeitig bekam sie ein schlechtes Gewissen. Hatte sie dem Astrophysiker nicht versprochen, sich bei ihm zu melden? Wann war das gewesen? Sie konnte sich nicht mehr erinnern. »Ist er allein? Was möchte er denn essen? Falls er den Tintenfisch will, es ist gerade noch eine Portion übrig.«

»Von Essen hat er nichts gesagt«, gab Amelie zurück. »Er will dich sprechen.«

Julia stöhnte auf. »Sag ihm, ich habe keine Zeit.«

»Das hab ich schon«, entgegnete Amelie schmunzelnd. »Er will warten, bis du Zeit hast.«

»Warum grinst du so komisch?«, fragte Julia genervt.

Amelies Lächeln vertiefte sich noch. »Ach, nur so. Und noch etwas: Naira ist ebenfalls gekommen. Und rate mal, wen sie im Schlepptau hat.«

»Pepe?«

»Bingo.«

»Was gibt es da zu raten?«, gab Julia gereizt zurück. »Schließlich kommen sie jeden Sonntag um diese Zeit.«

»Und was soll ich Douglas sagen?«

Julia schob ihr die beiden fertigen Dessertteller zu. »Mach ihm einen Kaffee, der geht aufs Haus. Ich kümmere mich nachher um ihn.«

Die Müdigkeit fiel ganz plötzlich über sie her. Bis zu diesem Moment hatte Julia sie nicht gespürt, solange sie arbeitete, verlieh ihr die Begeisterung für ihren Beruf die notwendige Energie, um die vielen Stunden ohne Pause in der Küche durchzuhalten. Ja, nach all den Jahren liebte sie es noch immer, eine Order nach der anderen so perfekt, wie sie es nur vermochte, zu erledigen. Es war wie ein Tanz nach einer unhörbaren Musik, eine Choreografie, bei der jede ihrer Bewegungen saß. Doch kaum hatte die letzte Bestellung die Küche verlassen, ließ diese Euphorie nach und machte einer großen Erschöpfung Platz. Und ganz besonders am Sonntagnachmittag, am Ende einer Arbeitswoche, in der sie sechs Tage hintereinander ihr Bestes gegeben hatte.

Paola warf ihr einen verständnisvollen Blick zu.

»Ich räum die Küche auf«, schlug sie vor. »Geh dich ruhig ein bisschen ausruhen. Wenn du mich fragst, kann dieser Sternegucker warten. Du bist ja ganz bleich vor Müdigkeit.«

»Danke«, antwortete Julia, und ihr Herz wurde weit. »Das ist lieb von dir.« Was würde sie nur ohne diese großartige Frau tun?

In ihrem Zimmer legte Julia ihre durchgeschwitzte Kleidung ab und stopfte sie in den Wäschekorb. Sie stellte sich unter die Dusche, ließ warmes Wasser auf sich herunterprasseln und rieb sich mit der Lavendelseife ein, die ihr Gara, die Mutter ihres Biobauern, neulich geschenkt hatte. Tief sog sie das beruhigende Aroma ein und fühlte sich in den Kräutergarten der Gärtnerin versetzt, spürte, wie sich ihre Sinne entspannten. Danach wickelte sie sich in ihr Badetuch und legte sich, ohne sich abzutrocknen, einige Minuten aufs Bett. Dies war die beste Methode, die sie kannte, um sich bei dieser Hitze ein wenig abzukühlen. Am liebsten hätte sie die Augen geschlossen und sich einer genussvollen Siesta hingegeben, aber das ging nicht, schließlich wartete Douglas im Hof auf sie. Aufseufzend erhob sie sich, schlüpfte in ein kirschrotes Sommerkleid, kämmte ihr Haar und flocht es zu einem Zopf.

Als sie in den Hof kam, sah sie sich umsonst nach dem Schotten um.

»Dein Verehrer ist schon wieder gegangen«, begrüßte Naira sie mit aufreizender, zuckersüßer Stimme.

»Wieso?«, fragte Julia und wunderte sich über ihre eigene Schlagfertigkeit. »Hier sitzt er doch.« Sie hauchte Álvaro einen zärtlichen Kuss auf die Lippen und überlegte, wohin sie sich setzen sollte, denn am Tisch war kein Stuhl mehr frei.

»Jetzt mach mal Platz für Julia«, wies Belén Naira streng an. »Sie hat den ganzen Tag hart gearbeitet.« Widerstrebend überließ Naira Julia ihren Stuhl neben Álvaro, während Pepe für Naira eifrig einen weiteren herbeiholte und ihn neben den seinen stellte. »So«, sagte Belén und blickte zufrieden in die Runde. »Jetzt ist jeder dort, wo er hingehört.« Dann wandte sie sich an Toto. »Das war ein erfolgreicher Tag, finde ich. Ich glaube, der Zufahrtsweg zum *chiringuito* ist so gut wie gebaut. Oder?«

Es war noch dunkel, als Álvaro am nächsten Morgen aufstand. Er bemühte sich, leise zu sein. Julia war trotzdem wach geworden.

»Ich komme mit«, sagte sie benommen und versuchte, sich aus dem Laken zu befreien, in das sie sich im Schlaf verwickelt hatte. Mehr als ein Leintuch war bei dieser Hitze nicht zu ertragen. »Ich helfe euch bei der Salzernte.«

»Nein, das brauchst du nicht«, antwortete Álvaro liebevoll. »Ich hab genügend Mitarbeiter. Heute ist dein freier Tag, *cariño*. Schlaf dich mal richtig aus.« Er setzte sich kurz zu ihr auf die Bettkante und strich ihr liebevoll das Haar aus der Stirn.

»*Seguro?*«, fragte sie und fühlte die Müdigkeit in jedem einzelnen Knochen.

»Ja, da bin ich ganz sicher«, beruhigte er sie. »Das Wetter ist ideal, ich werde noch Salzblumen ernten, ehe die anderen kommen. Und du machst jetzt schön brav wieder die Augen zu.« Sie musste lachen, weil er mit ihr sprach wie mit einem Kind, und ließ sich bereitwillig auf Stirn, Nasenspitze und den Mund küssen. Und war tatsächlich eingeschlafen, kaum dass er das Zimmer verlassen hatte.

Sie wachte erst auf, als es schon heller Tag war. Von draußen hörte sie Devis helles Lachen, also musste es nach neun Uhr sein.

Julia sprang aus dem Bett und schlüpfte in ein leichtes Sommerkleid, lief barfuß hinunter in die Küche. Im Garten saß Belén und neben ihr zu Julias Erstaunen Parvati. Im Restaurant hatte Devi bereits die Stühle auf die Tische gestellt und wischte schwungvoll den Terrakottaboden aus.

»Guten Morgen! Willst du eine Tasse Kaffee?«

Devi schüttelte lächelnd den Kopf. »Nein danke. Später vielleicht.« Sie zögerte kurz. »Parvi möchte dich übrigens etwas fragen«, fügte sie hinzu. »Sie sitzt hinten mit Belén im Garten.«

»Ich hab sie schon entdeckt«, antwortete Julia, während sie sich einen extra starken Kaffee aus der Maschine ließ. »Schade, dass sie und Emil im Moment so wenig Zeit miteinander verbringen. Emil scheint ja gerade nur das Tauchen im Kopf zu haben.«

»Das stimmt«, erklärte Devi mit einem Seufzen. »Deshalb gab es auch schon Streit zwischen den beiden.«

»Wirklich? Bislang waren sie doch ein Herz und eine Seele.«

Devi hob vielsagend die Brauen und zuckte mit den Schultern. »Hast du je von einem Honeymoon gehört, der ewig währt?«, fragte sie, und obwohl sie lächelte, sah Julia ihr an, dass sie sich Sorgen machte.

Julia schmierte sich ein Honigbrötchen und nahm alles auf einem Tablett mit nach draußen. Sie konnte es gerade noch auf dem Gartentisch abstellen, als Amo angerannt kam und sie begrüßte.

»Ich hab ihm schon frisches Wasser hingestellt«, berichtete Parvati.

»Du bist immer so aufmerksam«, lobte Julia das Mädchen und streichelte den Garafiano ausgiebig. Dann gab sie Belén *besitos* und nahm am Tisch Platz. »Deine Mutter sagt, du möchtest mich etwas fragen?« Julia nahm einen Schluck von ihrem Kaffee und sah, wie Parvati errötete.

»Ja, ich … ich suche einen Ferienjob und dachte mir, vielleicht hättest du ja Arbeit für mich?« Sie sah Julia erwartungsvoll an. »Ich könnte in der Küche helfen«, schlug sie vor. »Oder Amelie zur Hand gehen. Die Betten machen und deine Wäsche bügeln. Den Hof fegen. Was so anfällt.«

Julia musterte sie überrascht.

»Ja, warum nicht«, sagte sie nachdenklich. »Arbeit gibt es genug. Aber sag mal, es sind schließlich Ferien. Möchtest du nicht freimachen und dich ausruhen wie andere Kinder? Wann willst du denn anfangen, zu arbeiten?«

»Gleich heute, wenn es geht«, kam es wie aus der Pistole geschossen. »Ausruhen brauch ich mich nicht. Das mach ich in der Schule, da langweile ich mich sowieso die ganze Zeit. Und Emil ist ja immer mit Diego auf dem Meer.« Das Mädchen wirkte ehrlich betrübt.

»Das ist sicher nur eine Phase«, versuchte Julia, sie zu trösten. »Und ja, du kannst gern ein paar Stunden am Tag bei mir arbeiten.« Selbst wenn es nichts für Parvati zu tun gegeben hätte – Julia hätte es sowieso nicht übers Herz gebracht, ihr eine Absage zu erteilen. Rasch hatten sie sich auf einen Stundenlohn geeinigt, und Parvati strahlte über das ganze Gesicht.

»Womit soll ich anfangen?«, fragte sie.

»Einen Moment noch«, bat Belén. »Darf ich fragen, wofür du das verdiente Geld verwenden möchtest?«

Parvati schluckte und sah zweifelnd von Julia zu Belén, die das Gespräch aufmerksam verfolgt hatte, und wieder zurück. Julia wollte gerade einwerfen, dass das Parvatis Sache sei und sie ihnen keine Rechenschaft schuldig war, als das Mädchen sagte: »Ich spare auf eine Reise.«

»Auf eine Reise?« Belén war ganz Ohr. »Wo möchtest du denn hin?«

»Zu einem Wissenschaftscamp in den USA. Auch wenn Emil

das blöd findet.« Auf einmal wirkte das schmale Mädchen ziemlich eigensinnig. »Ich will trotzdem hin.«

»Und dieses Camp«, fragte Julia nach, »das kostet Gebühren? Willst du dir dafür Geld verdienen?«

»Normalerweise schon«, antwortete Parvati bescheiden. »Ich muss allerdings nichts bezahlen.«

»Du musst nichts bezahlen?«, fragte Belén überrascht. »Warum denn nicht?«

»Ich konnte online eine Prüfung ablegen. Und die hab ich …« Parvati lief rot an und sah verlegen zu Boden. »Ich hab ziemlich gut abgeschnitten.«

»Du hast ein Stipendium bekommen«, schloss Julia aus ihren Worten.

Parvati nickte. »Aber der Flug ist teuer«, erklärte sie seufzend. Sie erhob sich und begann, das gebrauchte Geschirr auf das Tablett zu laden. »Soll ich oben die Betten machen und die Bäder putzen?«

»Ja«, sagte Julia, noch immer verblüfft über die überraschenden Pläne der stets so zurückhaltenden Freundin ihres Patensohns. »Das wäre toll.«

Belén und Julia sahen Parvati nach, bis sie im Haus verschwunden war. Ihr blondes Haar hatte sie zu einem französischen Zopf geflochten, der ihr wie ein goldenes Band weit über den Rücken fiel. Parvati würde einmal eine große Schönheit werden, da war sich Julia sicher.

»Das ist ein wirklich erstaunliches Mädchen«, sagte Belén voller Verwunderung.

»Ja, sie ist klüger, als es sich so manch einer hier vorstellen kann«, antwortete Julia nachdenklich. Sie musste sich unbedingt erkundigen, was so ein Flugticket kostete. Und gegebenenfalls den Stundensatz erhöhen. »Falls du mal was auszurechnen hast«, schlug sie Belén vor, »gib es ruhig Parvati. Sie ist in Mathematik ein Ass.« Und in allen anderen Fächern auch, fügte sie in Gedanken hinzu.

»Komm ich zu früh?«, rief plötzlich eine Stimme.

Julia drehte sich überrascht um. Vidal stand im Garten und strahlte nur so vor Unternehmungslust. »Zeigst du mir heute, wie du den gefüllten Tintenfisch machst?«

16

Die Sache mit dem Vertrauen

»Hatte ich nicht gesagt, du brauchst erst am Dienstag wiederzukommen?« Julia war alles andere als begeistert, den jungen Koch zu sehen. »Heute ist Ruhetag.«

»Ich weiß, antwortete Vidal fröhlich. »Da wirst du sicher einiges vorbereiten. Drei von deinen Saucen sind am Freitag ausgegangen. Und was hältst du davon, wenn ich dir helfe, dein Spezial-Curry herzustellen?«

»Das ist sehr aufmerksam von dir«, gab Julia zurück, »aber ich mach das lieber selbst.« Wie kam dieser Grünschnabel auf die Idee, sie würde ihm die Zusammensetzung ihrer Saucen oder ihrer Currymischung anvertrauen, Rezepte, die sie im Laufe vieler Jahre entwickelt hatte? »In einer Stunde geht es zum Einkaufen. Du kannst gern mitkommen. Warum fährst du inzwischen nicht hoch ins Dorf und holst bei Totos Onkel eine Fuhre Brennholz für den Ofen?« Sie benutzte gerne Beléns alten gemauerten Holzofen zum Brotbacken, für Schmorgerichte und natürlich für Emils heißgeliebte Pizza.

Die Enttäuschung über diesen Vorschlag war Vidal so deutlich anzusehen, dass Belén einen Hustenanfall vortäuschte, damit er nicht bemerkte, dass sie lachen musste.

Nachdem Julia ihm die Schlüssel für ihren Lieferwagen ausgehändigt und ihm den Weg erklärt hatte, kehrte sie in den Garten zurück.

»Warum lässt du den jungen Mann nachher nicht die

menestra – den Eintopf – für die Salzarbeiter kochen?«, schlug
Belén vor. »Und danach könnte er allein zum Einkaufen fahren.
Schließlich ist er vom Fach. Im Großmarkt kann er wohl nicht
viel falsch machen, wenn du ihm alles aufschreibst. Und dein Bio-
bauer weiß ohnehin, was du brauchst. Da ist er den ganzen Tag
beschäftigt, und du kannst dich endlich mal in die Hängematte
legen.« Und als sie sah, wie Julia zögerte, fügte sie schmunzelnd
hinzu: »Oder deine geheimen Saucen anrühren und dein Curry
mischen.«

Augenblicklich fühlte Julia sich durchschaut. Hielt Belén sie
für kleinlich, weil sie ihre Rezepturen für sich behalten wollte?

»Keine Angst, das hab ich früher genauso gemacht. Und falls
du vorhaben solltest, unser Tintenfischrezept herauszugeben, bekommst du es mit mir zu tun.«

»Niemals!«, versicherte Julia ihr lachend. »Aber sag mal, wie
sieht es denn nun mit deinen Bauplänen aus?«, fragte sie, um das
Thema zu wechseln. »Fangt ihr wirklich jetzt schon an?«

»Sam hat mit seiner Mannschaft heute Morgen damit begonnen, die Grundfläche freizulegen und die vorhandenen Steine zu
sortieren«, antwortete Belén zufrieden. »Mal sehen, wie der Untergrund aussieht. Wenn wir Glück haben, ist es Felsgestein. Ansonsten muss ein Fundament gegossen werden. Heute Nachmittag holt Carlos mich ab, dann schauen wir uns das mal an. Willst
du mitkommen?«

»Warum nicht?« Sie konnte kaum glauben, dass dieses Projekt
so bald schon verwirklicht werden könnte. »Und du bist sicher,
dass du alle Genehmigungen bekommst?«

»Ganz sicher«, entgegnete Belén im Brustton der Überzeugung.

Vidals Eintopf für Álvaros Helfer geriet äußerst lecker, und nachdem Parvati in Windeseile eine Liste der verbliebenen Bestände
im Vorratsschrank erstellt hatte, schickte Julia den Koch, wie

Belén ihr geraten hatte, allein zum Einkaufen. Parvati bot sich an, Julias Kochblusen, die bereits in der Waschmaschine ihre Runden drehten, aufzuhängen und später zu bügeln, und so konnte Julia in aller Ruhe Belén und deren Architekten zur Lomada Ronca begleiten.

Sam und seine Truppe hatten ganze Arbeit geleistet. Drei verschiedene Berge mit unterschiedlich großen Steinen ragten neben der Stelle auf, an der der *chiringuito* errichtet werden sollte. Etwas weiter abseits hatten sie das gerodete Gestrüpp aufgeschichtet, das in der Ruine gewuchert war.

»Unglaublich, was hier zwischen den blanken Felsen wächst«, stöhnte Sam. »Entsprechend hartnäckig ist das Zeug.«

Julia ging an der langen Flanke des ehemaligen Gebäudes entlang und versuchte, sich vorzustellen, was hier bald entstehen sollte. In der Finca hatte sie sich von Belén noch einmal die Pläne zeigen lassen. Vor ihrem geistigen Auge sah sie bereits alles vor sich. Und doch würde noch viel harte Arbeit nötig werden, um Beléns Vision Wirklichkeit werden zu lassen.

»Sonnenkollektoren werden den Strom erzeugen«, erklärte Carlos den Männern gerade. »Das genügt. Das Lokal wird ohnehin nur tagsüber geöffnet haben.«

»Und wenn im Winter tagelang Sturm herrscht?«, fragte einer.

»Dann kommt sowieso keiner«, entgegnete Belén. »Und der *chiringuito* bleibt geschlossen.«

»Man könnte auch einen Generator aufstellen«, schlug einer der Männer vor.

»Kommt nicht infrage«, gab Belén zurück. »Hier soll man das Rauschen des Windes hören und das Geschrei der Seevögel. Und nicht das Dröhnen eines Dieselmotors, der die Luft mit seinem Gestank verpestet. Dieses Lokal wird so klimaneutral wie möglich funktionieren.«

Sam warf Julia einen verschwörerischen Blick zu und grinste

anerkennend. Ja, dachte Julia. Von Álvaros *yaya* konnte sich so manch einer eine Scheibe abschneiden.

Am späten Nachmittag – Julia hatte eben Vidal nach Hause geschickt – fiel ihr ein, dass sie eine Weinlieferung bei ihrem Winzer abholen musste, und fuhr noch einmal los. Die Sonne stand tief über dem Horizont und tauchte die Insellandschaft in intensives gelbliches Licht. Julia ließ sich Zeit und genoss die Fahrt, und je mehr sie an Höhe gewann, desto angenehmer wurde die Temperatur. Es war einfach unglaublich, wie rasch auf La Palma die Klimazonen aufeinanderfolgten. Nicht allein die Höhenlage war dafür verantwortlich, auch die Frage, wie sehr ein Ort der Sonne zugewandt war oder ob er die meiste Zeit im Schatten lag, hatte Einfluss darauf. Auf diese Weise entstanden verschiedene Mikroklimata, und es konnte vorkommen, dass in tausend Metern Höhe noch Mandelbäume gediehen, während an anderer Stelle, zum Beispiel in Faynas Dorf einige Hundert Meter tiefer, oft Nebel herrschte. Das Gut, von dem Julia die meisten ihrer Weine bezog, lag an einer sonnigen Hangseite und war umgeben von frischem, sattem Grün.

In der Einfahrt standen fünf Autos, und Julia fiel ein, dass um diese Uhrzeit häufig Weinproben angeboten wurden. Als sie zur Lagerhalle kam, sah sie, dass ihre Lieferung bereits in Kisten bereitstand.

»*Buenas tardes!*« Einer der Söhne des Weinbauern kam ihr entgegen. »Soll ich dir die Kisten in den Wagen laden?«

»Das wäre nett, *muchísimas gracias*«, antwortete Julia erleichtert und reichte ihm den Autoschlüssel. »Ist dein Vater mit Kunden dort drin?« Sie wies auf die Tür, die zu dem Kellerraum führte, in dem die Verkostungen stattfanden.

Der junge Mann lud eine der Kisten auf eine Sackkarre. »Ja«, sagte er. »Geh ruhig rein. Ich glaube, meine Mutter möchte dir etwas zeigen.«

Julia bedankte sich und betrat den Weinkeller. Denn ohne Hallo zu sagen konnte sie nicht einfach verschwinden.

»*Hola,* Julia«, hörte sie eine weibliche Stimme. Es war Dolores, die Frau des Weinbauern. »Wie schön, dich zu sehen. Komm, wir haben heute etwas ganz Besonderes.« Die kleine freundliche Frau fasste Julia beim Ellenbogen und zog sie zu einer Theke. Daneben stand eine Gruppe von Besuchern um ein großes Holzfass herum, auf dem der Besitzer ein rundes Brett wie eine Tischplatte montiert hatte. Es waren ausschließlich Männer, und sie sprachen Englisch. Julia hielt sie für Touristen, und mit einem Ohr bekam sie mit, dass sie sich über die Erdbeben unterhielten, die noch immer nicht aufgehört hatten. »Dass du um diese Zeit keinen Alkohol trinkst, weiß ich ja«, sagte Dolores geschäftig zu Julia. »Aber ein Schluck kann nicht schaden, und du musst unbedingt unseren neuen Schinken probieren. Mein Bruder hat ihn gemacht, und ich kann kaum erwarten, zu hören, was du von ihm hältst.«

Julia bekam trotz ihres Protests ein kleines Weinglas in die Hand gedrückt. Dolores legte ein paar fein aufgeschnittene Schinkenscheiben auf einen Teller und stellte ihn vor Julia auf den Tisch. »Hier. Bitte koste mal. Wenn du mich fragst – gegenüber diesem hier kann jeder Jamón Ibérico von der *península* einpacken.«

Península, die Halbinsel, nannten die Bewohner der Kanaren das spanische Festland, und der Jamón, luftgetrockneter Schinken, war so etwas wie ein Nationalheiligtum der Spanier. War schon der Jamón serrano, also der »Gebirgsschinken«, etwas Besonderes, der von ganz normalen Hausschweinen stammte, so war der Schinken der halbwilden schwarzen Rasse der Iberischen Schweine, die sich nicht für die Massentierhaltung eigneten, das Nonplusultra unter Schinkenliebhabern. Tatsächlich war sein Geschmack unvergleichlich, denn diese Tiere lebten fast das gesamte Jahr im Freien und ernährten sich hauptsächlich von den

Früchten der Kork- und Steineichen, was ihrem Fleisch den charakteristischen nussigen Geschmack verlieh. Seit einigen Jahren wurden Schweine der Rasse Ibérico auf La Palma gehalten, denn sie waren genügsam und passten sich sowohl extremer Hitze und Trockenheit als auch kühlen Wintern an. Und nun war Dolores' Bruder offenbar selbst in das Schinkengeschäft eingestiegen.

»Diese Tiere hatten ein schönes Leben in der Natur«, erklärte Dolores temperamentvoll und beobachtete gespannt, wie Julia den Jamón Ibérico probierte. »Und das schmeckt man. Oder?«

Julia nickte. »Ausgezeichnet«, sagte sie anerkennend. »In welcher Gegend von La Palma wird der Schinken hergestellt?«

Während Dolores es ihr erklärte, spürte Julia auf einmal, dass sie jemand beobachtete. Fragend sah sie zu der Männergruppe hinüber und blickte direkt in Douglas' grüne Augen.

»Hallo«, sagte sie überrascht. »Was für ein Zufall!«

»Ja, das kann man wohl sagen«, antwortete der Schotte. »Darf ich vorstellen? Dies sind meine Kollegen. Thure und Tom kennst du ja schon.« Douglas' Begleiter drehten sich zu ihr um. Julia entdeckte die beiden Männer, die Douglas ins Flor de Sal mitgebracht hatte, und wurde mit den anderen bekannt gemacht. Der Weinbauer erklärte wortreich, wer Julia war, und sie wurde in den Kreis gebeten. Dennoch fühlte Julia Douglas' Befangenheit.

»Tut mir leid wegen gestern«, sagte sie schließlich, als sich die Aufmerksamkeit der anderen wieder den Weinen zugewendet hatte. »Ich war müde und …«

»Du musst dich nicht entschuldigen«, fiel ihr Douglas ins Wort. »Es war nicht richtig von mir, einfach vorbeizukommen. Es ist nur so … du hast dich nicht mehr gemeldet und ich hab mir Sorgen gemacht …«

Die nächste Sorte Wein wurde serviert, und Dolores' Mann hielt einen kleinen Vortrag über die Reben, den Ausbau und was es sonst noch über diese Abfüllung zu sagen gab, und Julia wurde einer Antwort enthoben. Und doch rührte es sie, dass sich der rothaarige Schotte Gedanken um sie gemacht hatte.

»Wir würden gern demnächst dein Restaurant besuchen«, sagte einer seiner Kollegen, den Julia noch nicht kannte. »Doug schwärmt so sehr davon.«

Julia reichte ihm eine Visitenkarte und riet ihm, möglichst bald anzurufen und einen Tisch zu reservieren. Sie ließ sich von Dolores ein großes Stück von dem Schinken einpacken und verabschiedete sich.

Sie war schon bei ihrem Wagen, als sie Schritte hinter sich hörte. Es war Douglas.

»Auf die Gefahr hin, dass ich dir auf die Nerven gehe«, begann er und grinste verlegen. »Nächstes Wochenende kommt meine Schwester mit ihrem Mann und ein paar Freunden zu Besuch. Sonntagnacht werden wir eine Sternenwanderung unternehmen. Hast du Lust, dabei zu sein?«

»Ja, das wäre schön«, sagte sie erfreut. Die Tatsache, dass eine ganze Gruppe diese Wanderung machen würde, erleichterte ihr die Entscheidung.

»Dann ist es abgemacht.« Im Licht der untergehenden Sonne sah Julia, wie er lächelte. »Treffpunkt um elf bei der Schranke vor dem Observatorium.«

»Welche Schranke denn?«

»Die Zufahrt zum Gelände des Observatoriums ist für Besucher nachts gesperrt«, erklärte Douglas. »Ich werde da auf dich warten. Oder soll ich dich besser am Flor de Sal abholen?«

»Nein, das ist nicht nötig«, antwortete sie. »Ich werde dort sein.«

»Nimm eine warme Jacke mit«, riet Douglas ihr. »Und zieh feste Schuhe an.«

Jemand rief seinen Namen. Er hob zum Abschied die Hand, dann wandte er sich um und ging zurück zu seinen Kollegen.

Zu Hause angekommen traf sie gerade noch Sam an, der gekommen war, um seine Tochter abzuholen. Parvati saß bereits im Wagen, drehte jedoch den Kopf zur Seite, als Julia näher trat.

»Was ist los?«, fragte sie Sam besorgt. »Hat Parvati etwa geweint?«

»Tja«, machte Sam unglücklich, »es gab wohl Streit.«

»Streit? Mit wem?«

»Mit Emil.« Er verzog sein Gesicht zu einer kleinen Grimasse und zuckte mit den Schultern.

Julia ging zum Wagen und öffnete die Beifahrertür. »Parvati, Liebes«, sagte sie sanft zu dem Mädchen. »Erzähl mir, was passiert ist.«

Das Mädchen schluchzte auf. »Emil ist total gemein im Moment.«

»Aber warum denn?«

»Wegen … wegen …«

»Er findet es blöd, dass Parvi zu dem Wissenschaftscamp will«, erklärte Sam.

»Er hat gesagt, dass ich eine Streberin bin«, brachte Parvati unter Tränen hervor. »Und mich nicht für die richtigen Sachen interessiere.«

»Was für ein Blödmann«, entfuhr es Julia. »Ich werde mit ihm reden.«

»Besser nicht«, bat Parvati eilig und schluckte. »Darf ich morgen trotzdem wiederkommen?«

»Natürlich«, antwortete Julia. »Mach dir keine Sorgen. Sicher vertragt ihr euch bald wieder.«

Darauf gab Parvati keine Antwort.

»Na dann«, sagte Sam mit einem missglückten Grinsen. Es war offensichtlich, dass ihm der Kummer seiner Tochter naheging. »Es war ein langer Tag. Man sieht sich.« Er stieg in den Wagen und fuhr davon.

Emil hatte sich in sein Zimmer verzogen. Während Julia endlich dazu kam, ihre Gewürzmischungen zu erneuern und die Saucen anzurühren, ließ er sich nicht blicken. Erst als Álvaro, erschöpft und von Kopf bis Fuß mit einer Salzkruste bedeckt, nach Hause gekommen war, streckte der Junge den Kopf in die Küche, um zu fragen, wann es etwas zu essen gäbe.

»Wenn Álvaro geduscht hat«, antwortete Julia und warf ihrem Neffen einen prüfenden Blick zu.

»Ist was?«, fragte er prompt.

»Warum hat Parvati geweint?«

Emils Miene verfinsterte sich. »Was geht dich das an? Misch ich mich etwa ein, wenn du mit Álvaro Streit hast?«

»Álvaro und ich streiten nicht«, behauptete Julia. Natürlich hatten auch sie hin und wieder ihre Auseinandersetzungen. Allerdings war das schon seit einer ganzen Weile nicht mehr der Fall gewesen, wie ihr gerade auffiel. »Und falls Álvaro mich mal zum Weinen bringt, darfst du ihn durchaus fragen, ob das sein musste.«

Emil öffnete den Mund für eine heftige Entgegnung, überlegte es sich jedoch anders. Er trat in die Küche und schloss die Tür hinter sich.

»Sie ist manchmal so schrecklich langweilig«, bekannte er und setzte sich auf einen Küchenstuhl. »El Rostro hat schon recht. Außer Lernen und Lesen macht sie nichts.«

Julia wollte ihm widersprechen – mit Mühe bezwang sie sich. Wenn er schon Vertrauen zu ihr gefasst hatte, dann wollte sie ihn auf jeden Fall ausreden lassen. Dass Emil allerdings seinen Freund erwähnte, Maribels Enkel Acorán mit dem Spitznamen El Rostro, gab ihr zu denken. Denn dieser Junge hatte die stille, zarte Parvati noch nie leiden können. Ließ sich Emil etwa von ihm beeinflussen?

»Du sagst doch, sie muss gar nicht so viel lernen«, sagte Julia und maß Olivenöl für ihr Aioli ab.

»Das ist ja das Ätzende«, erklärte Emil frustriert. »Sie schaut sich etwas an und merkt es sich für alle Zeiten.« Dass Parvati mit einem fotografischen Gedächtnis gesegnet war, hatte Julia erst an Weihnachten erfahren, als das Mädchen Marcos als Falschspieler entlarvt hatte. Damals war Emil noch begeistert von Parvatis Fähigkeit gewesen. »Weißt du eigentlich, dass sie neuerdings Mandarin lernt?«

»Parvati lernt Chinesisch?«, fragte Julia erstaunt. Das stellte sie sich ziemlich schwierig vor.

»Ja«, gab Emil zurück. »Wenn unsereins Comics liest, sieht sie sich diese Schriftzeichen an.« In seiner Stimme schwang Neid mit und vielleicht auch das Gefühl, mit ihr nicht mithalten zu können, fand Julia. »Und während ich alles gleich wieder vergesse, behält sie es für immer.« Nun klang seine Stimme anklagend.

»Hast du dir schon mal überlegt, dass das ganz schön anstrengend sein kann?«, fragte Julia und brach eine Knoblauchknolle auseinander. »Im Grunde ist es von der Natur ziemlich gut eingerichtet, dass wir Dinge vergessen können. Stell dir mal vor, du hast alles in deinem Kopf, was du jemals gesehen oder gehört hast.«

»Ich stelle mir das cool vor«, behauptete Emil.

»Siehst du«, schlussfolgerte Julia geschickt. »Das heißt, du hast eine ziemlich coole Freundin. Wieso bringst du sie dann zum Weinen?«

Emil starrte auf die Tischplatte und gab keine Antwort.

Julia ließ ihre Arbeit ruhen und setzte sich zu ihm. »Es ist noch nicht lange her, da hast du mir gesagt, dass ihr euch liebhabt«, sagte sie sanft. »Ist das denn nicht mehr der Fall?«

Emil blickte auf, und Julia erschrak vor dem Kummer in seinen jungen blauen Augen.

»Doch. Ich hab sie immer noch lieb«, sagte er rau. »Aber ich glaube nicht, dass wir eine Zukunft haben. Wahrscheinlich haben wir zu wenig gemeinsam. Und wenn sie erst einmal in diesem

Wissenschaftscamp ist, verliebt sie sich garantiert in einen Typen, der genauso klug ist wie sie. Auf jeden Fall klüger als ich.« Er kaute auf seiner Unterlippe herum, und Julia konnte auf einmal den Schmerz fühlen, der an ihm nagte. Er glaubte, Parvati nicht gewachsen zu sein.

»Noch ist sie hier«, sagte sie. »Und sie leidet darunter, wie du sie behandelst. Und was diese klugen Typen anbelangt, die bislang nur in deiner Fantasie ihr Interesse wecken – willst du nicht ihr die Entscheidung überlassen, mit wem sie zusammen sein will?«

Emil blinzelte heftig und sah angestrengt aus dem Fenster, obwohl es dort nichts zu sehen gab außer einem Stück blauen Himmel und der Krone des Nísperobaums. Er schien mit den Tränen zu kämpfen.

»Darf ich einen Vorschlag machen?«, fragte Julia vorsichtig.

Emil zuckte mit den Schultern und starrte den gemauerten Herd an, als gäbe es nichts Interessanteres.

»Mach mal einen Tag Pause mit dem Tauchen und lade Parvi irgendwohin ein. Unternehmt etwas. Esst zusammen Eis. Und sprecht miteinander. Auch über das, was euch Angst macht. Denn nur so kann man eine Beziehung über Krisen hinwegretten. Und jemanden, den man liebhat, wegzustoßen, nur damit man nicht das Risiko eingeht, irgendwann verlassen zu werden …«

»… ist ziemlich dämlich«, vollendete Emil selbst den Satz. Er sah Julia mit einem schiefen Grinsen an. »Aber Parvi jobbt ja neuerdings bei dir«, wandte er kläglich ein. »Wie sollen wir da einen Ausflug machen?«

»Ich geb ihr einen Tag frei«, erklärte Julia und erhob sich, um sich ihrer Knoblauchmayonnaise zuzuwenden. »Kein Problem. Alles andere musst du selbst in Ordnung bringen.«

»Wo ist eigentlich das nette blonde Mädchen mit dem seltsamen Namen?«, fragte Belén am Donnerstagvormittag, als sie mit dem Frühstück fertig waren. An den Tagen zuvor hatte Parvati stets das Geschirr abgeräumt und gefragt, ob sie ihnen noch etwas bringen sollte, was Álvaros Großmutter sehr gefallen hatte. »Dieses kluge Kind, das so gern zu einem Wissenschaftscamp reisen möchte? Siehst du, und ich bin schon so alt und vergesslich, dass ich mir nicht einmal ihren Namen merken kann.« Julia stimmte in ihr Lachen ein.

»Parvati hat sich heute freigenommen«, erklärte sie geheimnisvoll. »Sie und Emil unternehmen etwas gemeinsam.«

»Das klingt gut«, antwortete Belén. »Übrigens finde ich, dass du und Álvaro so etwas auch mal machen solltet. Wo steckt der Junge eigentlich?«

»Er bringt das geerntete Salz mit der *Alba* zum Hafen von Santa Cruz.« Es war das erste Mal, dass er selbst am Steuer seines Bootes stand, und er war ziemlich aufgeregt gewesen. Diego begleitete ihn, also hätte Emil an diesem Tag ohnehin nicht mit ihm Tauchen gehen können. Aber das brauchte Parvati nicht unbedingt zu wissen, fand Julia.

»Ihr beide müsst dringend mal ein paar Tage freimachen«, sagte Belén. »Was ich dich überhaupt fragen wollte: Wieso fällt es dir eigentlich so schwer, Vidal wichtigere Aufgaben zu übertragen?« Sie betrachtete Julia forschend aus ihren hellen grünbraunen Augen. Offenbar war ihr aufgefallen, dass Julia ihm wieder eine Arbeit zugeteilt hatte, die eigentlich genauso gut ihre Küchenhilfe erledigen konnte. Paola hatte das natürlich bereits mitbekommen und war überhaupt nicht glücklich darüber. »Wenn er dein Souschef werden soll, muss er dich entlasten können. Oder nicht?«

Natürlich hatte Belén recht. Dennoch fühlte Julia ein Misstrauen in sich, das sie selbst nicht erklären konnte. Nachdem

Belén allerdings das Wort »Souschef« ausgesprochen hatte, fiel es ihr wie Schuppen von den Augen.

»Vielleicht liegt es daran, dass mein letzter Souschef das Wissen, das er bei mir erworben hatte, am Ende gegen mich verwendet hat. Weißt du noch? Als ich hier auf der Insel wegen eines Sturms festsaß, hat er im Schwarzwald gegen mich intrigiert und schließlich sogar meinen Platz eingenommen.« Julia sah nachdenklich über die Gartenmauer hinweg zum Horizont, wo das makellose Blau des Himmels in das des Atlantiks überging. Lange hatte sie nicht mehr daran gedacht, was damals geschehen war. Doch ein Teil von ihr hatte sich das alles wohl ganz genau gemerkt.

»Das war natürlich eine üble Geschichte«, räumte Belén ein. »Aber Vidal wird hier ja kaum deinen Platz einnehmen können, selbst wenn er wollte. Möchtest du einen Rat?«

»Von dir jederzeit«, antwortete Julia erwartungsvoll.

»Triff eine Entscheidung.« Belén sah ihr in die Augen. »Entweder du überwindest deine Befürchtungen und vertraust ihm, oder du trennst dich von ihm. Und zwar am besten sofort. Denn dann ist jede gemeinsame Minute für dich verschenkte Zeit.«

Julia nickte. Wie so oft hatte Belén recht.

»Danke«, sagte sie. »Ich werde in mich gehen.«

An diesem Abend rief sie Vidal zu sich.

»Traust du dir zu, die Vorspeise mit den Garnelen und das Kaninchenragout zu übernehmen?«, fragte sie ihn.

»*Por supuesto*«, erklärte er und sah sie erwartungsvoll an.

»Auch das Anrichten der Teller?«

»*Claro que sí*«, lautete die Antwort.

»In Ordnung«, sagte Julia und schluckte. Nun gab es kein Zurück. »Eines noch: Kein Teller verlässt die Küche, ohne dass ich ihn gesehen habe.«

»*De acuerdo*. Abgemacht!«, kam es wie aus der Pistole geschossen.

»Es geht los«, verkündete Amelie und überreichte Julia die erste Order.

»Zweimal Artischocken. Zweimal die Garnelen«, las sie vor. »Danach einmal die Auberginen, zweimal Kaninchen, einmal Fisch.«

Ohne zu zögern, griff Vidal nach der Pfanne, um die Garnelen darin anzubraten. Und Julia dachte, wie schön es wäre, wenn sie nicht mehr alles allein machen müsste.

17

Spannungen

Alles klappte wie am Schnürchen. Zwar musste Julia beim Anrichten und Garnieren der Teller letzte Hand anlegen, doch ihre Handschrift, was das anbelangte, war so speziell, dass man nicht erwarten konnte, dass jemand das auf Anhieb genauso hinbekam wie sie. Vidal arbeitete schnell und effizient und hatte sich bei ihr in den vergangenen Tagen schon einiges abgeschaut.

Als sie spät am Abend gemeinsam die Desserts richteten, erzählte er Julia, dass seine Spezialität der *flan* sei, dieser traditionelle spanische Eierpudding mit Karamellsauce.

»Wenn das so ist, setzen wir für morgen *flan* auf die Dessertkarte. Morgen früh bereitest du fünfundsechzig Portionen zu.« Sie war sich sicher, dass nicht nur ihre Restaurantgäste angetan wären, sondern auch die gesamte Wohngemeinschaft diese Köstlichkeit unbedingt würde probieren wollen.

»Gern! In diesem Fall brauchen wir allerdings viele frische Eier«, gab Vidal zurück. »Ich kann die gleich auf dem Weg hierher kaufen, wenn du einverstanden bist. Und ehe du fragst«, kam er ihr grinsend zuvor. »Sie sind von freilaufenden Bio-Hühnern.«

Julia ließ sich erklären, welchen Hühnerhof er meinte. Dann hatte sie eine Idee. »Was hältst du davon, wenn wir nächste Woche gemeinsam einen *flan* mit Flor de Sal im Karamel ausprobieren? Oder besser in der Eiermasse?«

»Klingt beides spannend«, antwortete Vidal und gab sich große Mühe, den letzten Dessertteller dieses Abends genauso zu dekorieren, wie Julia das tat. Doch das hauchfein abgeschälte Stück einer Zitronenschale rutschte ihm regelmäßig von der Pinzette. »Wie schaffst du das nur?«, fragte er.

»Komm, ich zeig es dir noch mal.« Julia griff nach ihrer eigenen Pinzette, wickelte im Handumdrehen drei winzige Spiralen, setzte sie auf das Granatapfelsorbet und legte anschließend mit dem von ihr selbst zubereiteten Maracujamark schwungvoll einen gelben Kreis um die Eiskugel. »Locker aus dem Handgelenk«, erklärte sie. »Mit ein bisschen Übung kriegst du das schon hin.«

Julia hatte Emil nicht nach Hause kommen hören. Und als sie endlich Feierabend machte und leise in sein Zimmer spähte, schlief er bereits tief und fest. So konnte sie nur hoffen, dass er gemeinsam mit Parvati einen schönen, harmonischen Tag verbracht hatte.

Auch Álvaro schlief schon. Er war müde und überglücklich von seiner Tour zurückgekommen und hatte ihr in der Küche, wo er eine Kleinigkeit zu Abend gegessen hatte, begeistert von seiner Bootsfahrt um die halbe Insel berichtet. »Das mache ich von nun an immer so«, hatte er zufrieden gesagt und sich früh zurückgezogen.

Jetzt schmiegte sich Julia vorsichtig an seinen schlafwarmen Körper, um ihn nicht zu wecken, und spürte, wie das Gefühl von Glück in ihr aufstieg. Álvaro murmelte etwas, offenbar träumte er, und drehte sich so, dass sie noch näher an ihn kuscheln konnte. Und keine zwei Minuten später war sie eingeschlummert.

Während für Julia am folgenden Tag, einem Freitag, das anstrengende Wochenende begann, wollte Álvaro nach einer harten Arbeitswoche alles geruhsamer angehen.

»Am liebsten würde ich dich auf die *Alba* entführen und mit dir wegfahren«, sagte er beim Frühstück, das sie ausnahmsweise im Bett einnahmen. »Nach El Hierro oder La Gomera.«

»Das wäre traumhaft«, sagte Julia mit einem Seufzen.

»Was ist mit Sonntagabend?«, fragte Álvaro und schenkte ihr Kaffee nach. »Gegen sechs bist du doch meistens fertig. Wir lassen Belén mit Toto, Naira und all den anderen einfach allein und stechen in See. Du hast noch nicht einmal die gemütliche Koje gesehen, die ich im Unterdeck fertig eingerichtet habe. Da verbringen wir zwei romantische Nächte auf dem Atlantik. Und am Dienstagmorgen bring ich dich rechtzeitig zurück in deine Küche.«

»Das klingt toll«, antwortete Julia begeistert. Dann fiel ihr etwas ein. »Aber dieses Wochenende geht es leider nicht.«

»Wieso? Du hast doch Vidal«, warf Álvaro ein, der sich seinen schönen Plan nicht so schnell ausreden lassen wollte. »Der kann doch die Vorbereitungen und das Einkaufen übernehmen. Wozu hast du ihn sonst eingestellt?«

»Noch ist er nicht so weit«, wandte Julia ein. »Vielleicht in ein paar Wochen. Außerdem habe ich für Sonntagnacht Douglas zugesagt. Du weißt schon. Diese Sternenwanderung. Ich konnte ihn nicht mehr länger vertrösten. Außerdem …«

»Was? Du gehst mit diesem Mann mitten in der Nacht auf den Berg, Sterne anschauen?« Álvaro starrte sie an, als hätte sie etwas Ungeheuerliches vor.

»Jetzt sieh mich nicht so an«, bat Julia. »Seine Schwester samt Mann und einigen Freunden sind mit von der Partie.« Plötzlich hatte sie eine Idee. »Warum kommst du nicht auch mit?«

»Warum ich nicht mitkomme?« Álvaro stellte scheppernd das Betttablett weg, obwohl Julia noch gar nicht fertig gefrühstückt hatte, was er nicht zu bemerken schien. »Weil ich nicht eingeladen bin, deshalb.«

Er stieg aus dem Bett und strich sich mit beiden Händen sein Haar aus dem Gesicht. Seine Augen blitzten.

»Aber …«

»Hör zu, Julia. Dieser Mann hat ein Auge auf dich geworfen, das ist dir doch wohl klar.«

Julia schüttelte entsetzt den Kopf. »Nein, ganz bestimmt nicht. Er hat dich doch neulich abends kennengelernt und weiß, dass wir zusammen sind.«

»Ja, vielleicht. Wobei ich mir da gar nicht so sicher bin. Außerdem ist das manchen Männern ziemlich gleichgültig, wenn sie sich einmal unsterblich verliebt haben …«

»Unsterblich verliebt?« Julia musste lachen, so absurd fand sie diese Idee. »Nur weil Naira immer wieder stichelt, musst du nicht gleich denken …«

»Das hat mit Naira nichts zu tun«, fiel ihr Álvaro aufgebracht ins Wort. »Ich hab selbst Augen im Kopf. Ständig taucht dieser Schotte auf und hängt hier herum. Das sieht doch ein Blinder, dass er nur auf eine Gelegenheit wartet.«

»Eine Gelegenheit? Auf was für eine Gelegenheit denn?« Langsam wurde Julia ärgerlich. »Was hältst du eigentlich von mir? Glaubst du, ich falle ihm gleich in die Arme, nur weil er mir den Sternenhimmel zeigt? Wie gesagt, wir sind keineswegs allein. Ich hab daran gedacht, Emil und Parvati mitzunehmen, falls ihre Eltern einverstanden sind. Und ich fände es wirklich schön, wenn du …«

»Vergiss es«, gab Álvaro schroff zurück, ging ins Badezimmer und schlug die Tür hinter sich zu.

Völlig perplex blieb Julia zurück. War Douglas tatsächlich verliebt in sie? Und sie selbst – war sie so naiv, das nicht bemerkt zu haben? Ihr kam in den Sinn, wie Amelie jedes Mal grinste, wenn Douglas auftauchte. Was im Grunde nur drei Mal passiert war, wenn sie es sich recht überlegte. Selbst wenn es stimmen sollte – wieso reagierte Álvaro so sauer? Vertraute er ihr so wenig, dass er dachte … ja was denn eigentlich? Dass sie sich unter den Sternen auf zweitausend Metern Höhe verführen lassen würde? Das war vollkommen absurd.

Ernüchtert stieg sie aus dem Bett und ging zu Álvaro ins

Badezimmer. Er stand unter der Dusche und hielt das Gesicht unter den Brausekopf, die Augen fest zugekniffen. Julia streifte ihr Nachthemd ab und stellte sich zu ihm, schlang wie in der Nacht zuvor von hinten die Arme um ihn. Sogleich wich er aus und verließ abrupt die Duschkabine.

»Was ist denn los?«, fragte sie verstimmt. »Du machst mir doch wegen dieser Sache nicht etwa eine Szene?«

Álvaro nahm sein Handtuch, rubbelte sich damit ab und ging ohne zu antworten ins Schlafzimmer. Ihre Ratlosigkeit verwandelte sich in Trotz. Sollte er ruhig schmollen. Es kam nicht infrage, dass sie die Wanderung absagte. Álvaro hatte nicht den geringsten Grund, an ihr zu zweifeln. Für Eifersucht hatte sie ihm nie Anlass gegeben. Sie würde Emil und Parvati mitnehmen, nicht, um Álvaro zu besänftigen, sondern weil sie diesen Gedanken schon zuvor gehabt hatte. Und weil es ihnen sicherlich gut gefallen würde.

Als sie ins Zimmer trat, war Álvaro nicht mehr da. Sie fand ihn weder in der Küche noch im Garten. Vermutlich war er in den Salzgarten gegangen, wie immer, wenn er wegen irgendetwas grollte. Hoffentlich kommt er dort unten bald wieder zur Vernunft, dachte Julia empört.

Doch spätestens, als sie wie jeden Morgen den Teig für die Brötchen ein letztes Mal mit der Maschine durchkneten ließ und schließlich die vielen Backbleche mit den kleinen Laibchen füllte, fiel ihr Trotz in sich zusammen und machte einer großen Traurigkeit Platz.

»Wie war es denn gestern?«, fragte sie Emil, der ein untrügliches Gespür dafür zu haben schien, wann das erste Blech Brötchen aus dem Ofen kam. Wie so oft war er genau dann zum Frühstück in der Küche erschienen.

»Gut«, antwortete er knapp und schmierte dick Butter auf die noch warme Semmel.

»Was habt ihr denn unternommen?«

»Nichts Besonderes«, lautete die Antwort. Offenbar wollte er nicht darüber reden. Und da er ziemlich zufrieden wirkte, schluckte Julia all die anderen Fragen, die sie gern gestellt hätte, hinunter. Sie wollte ihm gerade von der Sternenwanderung erzählen und sich erkundigen, ob er dazu Lust hätte, als sein Handy klingelte. Emil spähte auf das Display und gähnte.

»Ist nur Papa«, sagte er gelangweilt und nahm das Gespräch lustlos an.

Er meldete sich mit einem lang gezogenen »Jaaa?«. Danach sagte er eine Weile gar nichts mehr, sondern lauschte plötzlich aufmerksam. »Wirklich?«, fragte er ungläubig und nahm nicht einmal wahr, dass Julia ihm seinen Kakao hinstellte. »Ist ja cool«, sagte er. »Kann Parvati mitkommen?« Die Antwort lautete offenbar Nein, denn mit einem Schlag wirkte seine Begeisterung deutlich gedämpft. »Hmm«, machte er. »Okay, verstehe. Aber dann geht es erst am Sonntag … Weil ich vorher keine Zeit hab … Nein, kann ich nicht verschieben.« Jetzt nahm er den Becher mit Kakao endlich wahr und trank davon. »Sonntag und Montag hab ich Zeit. Vorher nicht.« Offenbar ließ Jens sich darauf ein, was auch immer die beiden vorhatten. »Geht klar«, sagte Emil. »Nein, ich verrate nichts. Bis Sonntag.«

Er unterbrach die Verbindung und widmete sich seinem Brötchen, auf dem die Butter inzwischen zerlaufen war. Julia wartete vergebens darauf, eine Erklärung zu bekommen.

»Heute bist du nicht gerade mitteilsam«, sagte sie schließlich. Sonntag auf Montag, hatte Emil gesagt. Also konnte er nicht mitkommen zu der Sternenwanderung.

»Ist ein Geheimnis«, antwortete Emil. »Ich hab versprochen, nichts zu verraten.«

»Und warum nicht?«, konnte Julia sich nicht verkneifen zu fragen.

»Weil du dir zu viele Sorgen machst«, erklärte Emil und griff nach einem zweiten Brötchen.

Na toll, dachte Julia resigniert. Als ob ich mir jetzt keine machen würde.

Der Vormittag verging im Nu. Vidal brachte fünf Dutzend Eier und machte sich an die Zubereitung des *flan*. Bald war die Küche erfüllt von dem Duft nach Vanille und karamellisiertem Zucker. Julia erhaschte einen Blick auf Emil und Parvati im Garten, und nach ihren liebevollen Gesten zu urteilen, war zwischen den beiden wieder alles in Ordnung. Das Mädchen stürzte sich voller Elan auf die Aufgaben, die Julia ihr übertrug, und schon daran konnte man erkennen, dass sich die beiden versöhnt haben mussten.

Nur Álvaro war noch immer nicht aufgetaucht, und er kam auch nicht zum Mittagessen, das sie sonst alle gemeinsam am großen Gartentisch im Schatten des Nísperobaumes einnahmen.

»Wo ist Álvaro«, fragte prompt Belén, als Vidal eine große Kasserolle mit Hähnchen in Safransauce und Pinienkernen auf den Tisch stellte.

»Keine Ahnung«, antwortete Julia unglücklich und reichte die Schüssel mit dem Reis weiter.

»Habt ihr euch gestritten?«, fragte Emil anzüglich, und Parvati warf ihm einen entsetzten Blick zu. Julia könnte schwören, dass sie ihm gerade unter dem Tisch einen leichten Tritt verpasste. Julia wartete, bis Vidal ins Haus gegangen war, um noch mehr von der Safransauce zu holen.

»Er ist eifersüchtig, weil ich am Sonntag mit Douglas diese Sternenwanderung machen möchte«, sagte Julia mit einem tiefen Seufzen. »Eigentlich wollte ich dich dazu mitnehmen, Emil. Aber du hast ja schon etwas anderes vor.«

Jetzt warf Parvati ihrem Freund einen fragenden Blick zu. Offenbar wusste sie noch nichts von seinen Plänen mit Jens.

»*Ich* könnte mitkommen«, schlug Tanja vor, die bislang geschwiegen hatte.

»Na, ob das in Douglas' Sinn ist?«, lästerte Amelie.

Julia warf ihr einen ungehaltenen Blick zu. »Natürlich ist es das«, erwiderte sie. »Ohnehin sind noch eine Menge anderer Leute dabei. Wir sind keineswegs allein. Du kannst gern mitkommen, Tanja. Und du, Amelie, hör bitte damit auf, so zu tun, als hätte Douglas irgendwelche Absichten.«

»Wolltest du nicht ausziehen?«, wandte sich Amelie nun an Tanja. Offenbar war sie heute streitlustig. »Hast du schon was Neues gefunden?«

Tanja wurde rot. »Nein«, antwortete sie patzig. »Ich werde Jens eben aus dem Weg gehen. Wäre schön, wenn ich vielleicht etwas früher erfahren könnte, wann er kommt und …«

»Tanja«, stöhnte Julia auf. »Das hatten wir doch schon. Ich bin doch nicht dafür zuständig, dich zu warnen, wenn *ich* Besuch bekomme oder Emil.«

»Wir können ja eine Alarmanlage installieren«, schlug Emil mit einem frechen Grinsen vor. »Mit Lampen, die aufleuchten, wenn sich Papa nähert. Fände ich gut. Parvi, kannst du rausfinden, wie man das macht? Dein Vater kriegt das sicher installiert.«

»Schluss jetzt«, befahl Julia ungewohnt streng. Vidal war schon fast wieder bei ihrem Tisch angelangt, und sie wollte nicht vor einem neuen Mitarbeiter Privatangelegenheiten diskutieren.

»Wieso begleitet dich Álvaro eigentlich nicht auf dieser Wanderung?«, erkundigte sich Belén leise, als sich die übrige Tischrunde anderen Themen zuwandte.

Julia zuckte mit den Schultern. »Keine Ahnung«, sagte sie bedrückt. »Er sagt, er sei nicht eingeladen.«

Belén schüttelte den Kopf. »Dummer Junge«, murmelte sie. »Und? Du gehst trotzdem mit?«

Julia nickte. »Ich sehe keinen Grund, es nicht zu tun«, erwiderte sie störrisch. »Wo kommen wir denn da hin? Heute will er nicht, dass ich diese Wanderung mitmache. Und morgen ist es etwas anderes. Ich mache ihm ja auch keine Vorschriften.«

Belén erwiderte nichts, und Julia warf ihr einen prüfenden Blick zu. Wie wohl die Beziehung von Álvaros Großeltern gewesen sein mochte? Hatte Belén stets getan, was Jaime gewollt hatte? Er war an die zwanzig Jahre älter gewesen als Belén. Trotzdem konnte sich Julia kaum vorstellen, dass Belén sich ihrem Mann kommentarlos untergeordnet hatte. Und selbst wenn, Julia würde das gar nicht erst anfangen. Sie wollte eine Beziehung auf Augenhöhe.

»Und wer möchte jetzt meinen *flan* probieren?«, riss Vidal sie aus ihren Gedanken.

Da sagte keiner Nein. Und der ausgewogene Geschmack nach Ei, Vanille und Karamell beruhigte nicht nur Julias Gemüt.

»Álvaro weiß gar nicht, was er verpasst«, murmelte Belén an ihrer Seite.

»Ich werde Emil bitten, ihm seine Portion in den Salzgarten zu bringen«, sagte Julia versöhnlich.

»Nur, wenn ich als Belohnung einen Nachschlag bekomme.« Emil sah sie herausfordernd grinsend an.

»Falls heute Abend etwas übrig bleibt, bekommst du sie morgen«, erwiderte Julia.

Ihr Restaurant war kein Selbstbedienungsladen, das hatte sie schon bei anderer Gelegenheit Tanja erklären müssen. Alle wussten inzwischen, welcher Kühlschrank für den internen Gebrauch da war und welcher für den Betrieb. Und seitdem das geregelt war, kam es nicht mehr vor, dass sie plötzlich abends eine der Schalen mit den Desserts leer vorfand. »Aber es könnte sein, dass noch ein Stück von der Schweizer Schokolade übrig ist«, fügte sie milde hinzu und sah, wie sich die Miene ihres Neffen aufhellte. Jetzt wurde der Junge bald vierzehn, und noch immer konnte man ihm mit einer solchen Nascherei eine Freude bereiten.

»Deal«, antwortete Emil und schnappte sich das Körbchen, das Julia vorbereitet hatte. Darin befand sich auch eine Portion von dem Safranhähnchen, nur für den Fall, dass Álvaro noch nicht zu Mittag gegessen hatte. Julia konnte einfach nicht anders, als für die zu sorgen, die sie liebte.

Eine halbe Stunde später kam Emil unverrichteter Dinge zurück und stellte das Körbchen auf den Tisch.

»Er ist nicht da«, sagte er. »Kann ich jetzt vielleicht seinen *flan* haben?«

Julia war so überrascht von dieser Nachricht, dass sie nicht widersprach, als der Junge sich bediente. Immerhin vertilgte er nur die Hälfte des leckeren Eierpuddings. »Der Rest ist für Parvi«, sagte er und stellte den Becher zurück in den Korb.

»Ist sein Pick-up da?«, fragte Julia. »Und was ist mit dem Boot?«

Emil zuckte mit den Schultern. »Mir war nicht klar, dass ich Detektiv spielen muss. Wenn du willst, geh ich gleich noch mal runter. Wo ist Parvi? Vielleicht kommt sie mit.«

Parvati war jedoch damit beschäftigt, die Flaschen der Bar einzeln abzustauben, und pflichtbewusst, wie sie war, ließ sie sich nicht zu diesem kurzen Ausflug überreden.

Diesmal ließ Emil sich Zeit. Es war schon fast vier Uhr, Julia füllte gerade hauchfein ausgewellten Filoteig mit einer Mischung aus Spinat und Ziegenfrischkäse, als er zurückkam.

»Also der Pick-up steht noch da. Aber das Boot ist weg. Krieg ich ein Eis?« Emil stürzte ein großes Glas Wasser hinunter und ließ sich erschöpft auf einen Hocker fallen. Bei dieser Hitze war der Aufstieg aus dem Salzgarten selbst für einen Teenager keine Kleinigkeit.

»Na gut, das hast du dir verdient«, sagte Julia und bat Vidal, zwei Portionen herzurichten. Dann rief sie Parvati, damit sie gemeinsam mit Emil eine Pause machte. Die beiden verzogen sich mit ihren Eisbechern in den Garten, und Julia blieb sorgenvoll zurück. Álvaro war mit der *Alba* aufgebrochen? Wohin? Und für wie lange?

Obwohl sie eigentlich keine Zeit dafür hatte, lief sie rasch hinauf in ihr gemeinsames Zimmer. Sie öffnete den Schrank. Alles wirkte ganz normal. Was hatte sie erwartet? Dass all seine Kleider verschwunden waren?

Sie schloss den Schrank und lehnte kurz ihre Stirn gegen das Holz. Es war nicht das erste Mal, dass Álvaro im Zorn einfach verschwand. Sein Gemüt war schnell erhitzt, und zugleich ging er Auseinandersetzungen gern aus dem Weg. Julia hatte außerdem das Gefühl, dass er das Verschwinden als ein probates Mittel sah, um seinen Unmut deutlich kundzutun und zu signalisieren, dass er anderer Meinung war. Denn nichts war so schlimm für sie, als nicht zu wissen, wo ein ihr wichtiger Mensch war und wann er zurückkam. Und auf einmal wurde ihr schmerzhaft bewusst, dass das schon früher so gewesen war, damals, als ihr Vater aufgrund der Streitereien mit ihrer Mutter immer öfter und länger fortblieb, bis er eines Tages überhaupt nicht mehr nach Hause gekommen war.

Ein dicker Kloß hatte sich in ihrem Hals gebildet, herrje, sie würde doch nicht etwa weinen? Sie öffnete die Augen und sah sich im Zimmer um. Nichts wies darauf hin, dass Álvaro länger fortbleiben wollte. Er würde eine Runde um die Insel drehen und sich beruhigen. So wie sie sich jetzt beruhigen und zu ihrer Arbeit zurückkehren würde.

Anstatt in die Küche zu gehen, stieg sie spontan auf das Dach des Hauses, das ein geringes Gefälle hatte und wohin sie sich schon so manches Mal zurückgezogen hatte. Von hier aus überschaute sie einen großen Teil der nordwestlichen Küste. Weit weg am Horizont zog ein riesiges Frachtschiff vorüber, aus Julias Blickwinkel wirkte es so klein wie ihr Daumen. Die *Alba* hingegen war nirgendwo zu sehen.

Na gut, sagte sie sich und begab sich in die Küche. Wenn er seinen Ausflug ohne sie machen wollte, dann war das sein gutes Recht. Aber er hätte wenigstens Bescheid sagen können. Das war man sich in einer Beziehung einfach schuldig, fand sie.

Álvaro kehrte an diesem Abend nicht zurück und auch nicht am Samstag. Julia war zu stolz, ihn auf seinem Handy anzurufen, und doch kreisten ihre Gedanken um nichts anderes mehr. Als sie am Sonntagmorgen aufwachte und der Platz neben ihr immer noch leer war, wurde ihr Herz zentnerschwer vor Kummer, Empörung und Wut. Immer wieder sah sie auf ihrem Handy nach und konnte es nicht glauben, dass Álvaro es offenbar nicht mal für nötig hielt, eine Nachricht zu schreiben.

Belén war übers Wochenende in ihr Zimmer in der Seniorenresidenz zurückgekehrt, um mit einer Bekannten deren fünfundachtzigsten Geburtstag zu feiern, und Julia war froh darüber, sie hätte die fragenden Blicke der Älteren nur schwer ertragen. Sam hatte am Vortag Emil abgeholt und Julia leise verraten, dass er ihn und seine Tochter zum Charco Azul fahren würde, wo Parvati entschlossen war, ihre Angst vor dem Wasser zu überwinden und sich von Emil das Schwimmen beibringen zu lassen.

»Keine Sorge, ich bleibe dabei und hab ein Auge auf die beiden«, hatte er hinzugefügt, und Julia dachte, wie schön so eine junge Liebe sein konnte. Und sie war stolz auf Emil, der eingesehen hatte, wie falsch sein Neid auf Parvati gewesen war, und auf das Mädchen, das so tapfer versuchte, ihre Ängste zu überwinden.

»Was will Jens denn mit dir unternehmen?«, fragte Julia, als Emil nun am frühen Sonntagmorgen mit einem prall gepackten Rucksack die Treppe heruntergepoltert kam und hastig sein Frühstück verschlang. Es war gerade mal halb acht.

»Wir gehen zu den dampfenden Schloten«, antwortete Emil mit vollen Backen.

»Zu welchen dampfenden Schloten denn?«, fragte Julia überrascht.

»Na, zu den Vulkanen.« Dann fiel ihm offenbar ein, dass er das nicht verraten sollte, und presste rasch die Lippen zusammen.

»*Was* wollt ihr tun?« Julia glaubte, sich verhört zu haben.

»Papa war da schon mit seinen Touristen«, gab Emil zurück. »Muss toll gewesen sein.«

Julia dachte an die Gespräche unter ihren Gästen in den letzten Tagen. Von enormen Rauchsäulen war die Rede gewesen, die an der Cumbre Vieja aufgestiegen waren. Sie hatte das alles nur mit halbem Ohr wahrgenommen, die wenigen Male, wenn sie Zeit hatte, sich im Restaurant sehen zu lassen und von Tisch zu Tisch zu gehen. Denn im Grunde waren ihre Gedanken die ganze Zeit bei der Frage, wo Álvaro steckte und wann er endlich zurückkommen würde. Und ob sie nicht vielleicht doch auf die Sternenwanderung verzichten und Tanja allein schicken sollte.

»Und warum brauchst du dazu so viele Sachen?«, fragte Julia und deutete auf Emils Rucksack.

»Wir bleiben über Nacht da oben«, antwortete Emil. »In Papas Zelt. Kann sein, dass bei Nacht Funken aufsteigen, das sieht dann aus wie ein riesengroßer Glühwürmchenschwarm, sagt Papa.« Er stürzte den Kakao hinunter und griff nach einem weiteren Brötchen. »Darf ich mir eines schmieren? Für unterwegs?«

»Natürlich«, antwortete Julia. »Mach dir ruhig zwei.« Sie versuchte sich vorzustellen, was Emil in diesem Zeltlager erwartete. »Wo genau ist das denn, wo ihr hinwollt?«

Emil zuckte mit den Schultern. »Irgendwo bei einem Ort namens El Paraíso.« Er grinste. »Wir fahren ins Paradies, ist das nicht lustig? Aber bitte verrate Papa nicht, dass ich dir das erzählt hab. Sonst rastet er gleich wieder aus.« Er zog eine vielsagende Grimasse und belegte zwei Brötchen großzügig mit Scheiben des leckeren Schinkens von Dolores, die ihm Julia aus dem Kühlschrank geholt hatte.

»Die Gase, die dabei austreten«, sagte sie besorgt, »die sind sicher nicht ganz ungefährlich. Bitte seid vorsichtig.« Am liebsten hätte sie nun doch mit ihrem Bruder ein paar Worte über diesen Ausflug gewechselt. Sie kannte ihn allerdings gut genug, um zu wissen, dass er sich in seine Pläne nicht dreinreden ließ und mit Sicherheit ärgerlich reagieren würde. Und genau das wollte sie vermeiden. Schließlich war er Emils Vater und würde hoffentlich selbst so vernünftig sein, keine unnötigen Risiken einzugehen.

»Hey, er macht das jeden Tag mit seinen Touristen«, sagte Emil. Offenbar sah er ihr die Bedenken an. »Und ich bin schließlich kein Baby mehr.«

»Passt trotzdem auf euch auf«, bat Julia. »Besteht denn nicht das Risiko, dass der Vulkan ausbricht?«

»Im Leben nicht«, gab Emil zurück und lachte unbesorgt. »Obwohl das natürlich toll wäre! Unser Lehrer meint, dass das nur Panikmacher sagen. Der letzte Vulkanausbruch war vor mehr als fünfzig Jahren und zwar ganz im Süden der Insel. Seither bebt es eben, mal stärker, mal schwächer. Und ab und zu qualmt es ein bisschen. So wie jetzt. Also. Wenn was Spektakuläres passiert, mach ich Fotos und schick sie dir, versprochen. Und morgen sind wir zurück.«

»Kommen denn noch andere Leute mit?«, fragte Julia.

»Nein.« Emil strahlte. »Das wird ein Männerausflug. Nur wir beide und der Vulkan.« Von draußen war das Geräusch einer Hupe zu hören. Offenbar hatte Jens nicht vor, hereinzuschauen.

»Ich muss los«, sagte Emil freudig und griff nach dem Rucksack. »Bis morgen.«

Julia war froh, Vidal an ihrer Seite zu haben, denn an diesem Sonntag fiel es ihr schwer, sich auf die Arbeit zu konzentrieren. Wie immer bei diesem schönen Sommerwetter war das Restaurant durchgehend bis auf den letzten Platz ausgelastet, und sogar noch am Nachmittag fielen Touristen bei ihnen ein und fragten nach Eiscreme oder anderem Dessert zum Kaffee. Gegen fünf war der letzte der leckeren Kekse aufgegessen, die die Witwenkooperative *Horno de la delicia* für das Flor de Sal backte, und selbst der Apfelstrudel war innerhalb kurzer Zeit weg, den Julia in der Tiefkühltruhe aufbewahrt und rasch im Ofen aufgebacken hatte.

»Wir schließen«, wies sie Amelie an, die sich daranmachte, den verbliebenen Gästen die Rechnungen zu bringen und den Aufsteller mit der Aufschrift *Cerrado – Geschlossen* unter dem Torbogen zu platzieren.

Julia räumte gemeinsam mit Vidal die Küche auf und nahm sich vor, an diesem Abend nicht Naira und die anderen zu bewirten, bis denen einfiel, nach Hause zu gehen. Stattdessen wollte sie sich hinlegen, um für die Nachtwanderung einigermaßen fit zu sein. Im Hof war endlich Ruhe eingekehrt, nur Toto war gekommen und saß zusammen mit Amelie an einem Tisch nahe der Mauer bei einem Glas Gin Tonic.

»Ich leg mich aufs Ohr«, sagte sie zu den beiden. »Wenn die anderen kommen – könnt ihr sie bitten, heute woanders hinzugehen?«

»Heute kommt keiner mehr«, antwortete Toto. »Naira ist ja am Freitag mit Álvaro nach Teneriffa gefahren, und Pepe schmollt, weil *er* gern mit ihr dahin gefahren wäre. Meine Eltern sind bei Freunden eingeladen und …«

Julia hörte nicht mehr, was er sagte. In ihren Ohren rauschte es. Naira war mit Álvaro auf der *Alba* unterwegs? Schon seit Freitag? Kurz wurde ihr schwindelig. Das war natürlich die Müdigkeit, sagte sie sich. Doch der Schmerz in ihrem Herzen erzählte eine ganz andere Geschichte.

Naira und Álvaro. Zusammen auf der *Alba*, in der gemütlichen Kajüte. Was für ein Schock. Aber wieso wunderte sie sich? Hatte sie es nicht die ganze Zeit befürchtet? War es möglich, dass diese Frau endlich erreicht hatte, was sie schon seit Langem im Sinn hatte?

»Warum bist du denn so bleich?«, fragte Toto besorgt.

»Das fragst du noch?«, warf Amelie verärgert ein und stand rasch auf. Behutsam legte sie den Arm um Julias Schulter. Die schob ihre Freundin benommen von sich.

»Alles klar«, sagte sie und räusperte sich. Ihre Stimme klang wie ein Reibeisen. »Dann … dann leg ich mich jetzt ein wenig hin.«

18

Die Sternenwanderung

»Bitte geh zu Toto zurück«, bat Julia.

»Ich lass dich jetzt nicht allein.« Amelie hatte sie auf der Galerie eingeholt und musterte sie besorgt. Dabei wollte Julia jetzt nur eines – ihre Ruhe.

»Ich komme schon klar«, gab sie gereizt zurück.

Die Tür zu Tanjas Zimmer ging auf.

»Wann müssen wir denn los heute Abend?«, fragte sie unternehmungslustig.

»Wir sind erst um elf bei der Sternwarte verabredet«, antwortete sie, um Beherrschung bemüht.

»Du willst tatsächlich …« Amelie betrachtete sie besorgt.

»Natürlich«, gab Julia barscher zurück als beabsichtigt. »Warum soll ich mir nicht den Nachthimmel ansehen, wenn Álvaro …« Sie brach ab. Tanja musste nicht unbedingt über diese schreckliche Sache Bescheid wissen.

»Was ist mit Álvaro?«, fragte diese prompt.

»Er ist mit Naira weggefahren«, erklärte Amelie aufgebracht. »Ehrlich, das hätte ich ihm niemals zugetraut.«

»Mit Naira? Wohin denn?«

»Könnt ihr diese Unterhaltung bitte woanders weiterführen?« Julia straffte sich. Das wurde ihr alles zu viel. »Ich will mich jetzt ausruhen. Wir treffen uns um zehn am Wagen.« Und damit verschwand sie in ihrem Zimmer.

Erst da brach das ganze Elend über sie herein. Álvaro und

Naira – hatte sie es nicht immer geahnt? Bilder tauchten vor ihrem geistigen Auge auf. Die Enge der Schlafkoje – selbst wenn Julia sie noch gar nicht gesehen hatte, wie Álvaro sie ausgebaut hatte, so wusste sie genau, dass da unter Deck nicht mehr als zwei auf drei Meter Platz war. Und *er* regte sich darüber auf, dass sie zusammen mit vielen anderen Menschen eine Nachtwanderung mit Douglas unternahm, der als Astrophysiker dabei die Sterne erklären wollte? Es war unfassbar.

An Schlaf war jetzt nicht zu denken. Stattdessen ließ sie heißes Wasser in die Wanne, obwohl draußen noch mindestens fünfundzwanzig Grad herrschten. Sie musste sich irgendwie beruhigen. Wie machte man das, wenn einem gerade das Herz brach?

Sie nahm das Rosensalz, doch statt es in das Badewasser zu streuen, brach sie in Tränen aus. Sie hätte niemals hierbleiben dürfen, damals, als sie beschlossen hatte, die Finca Álvaro und seiner Familie zu überlassen und zurück nach Deutschland zu gehen. Sie hatte von Anfang an geahnt, dass Naira immer zwischen ihnen stehen würde. Vielleicht war das Álvaro tatsächlich bis vor Kurzem nicht klar gewesen. Offenbar hatte es diesen geringen Anlass gebraucht, um ihm zum Bewusstsein zu bringen, dass seine Gefühle zu Naira keineswegs die eines Cousins zu einer Cousine waren und auch nicht die Liebe eines Ersatzbruders zu einer Wahlschwester.

Sie stellte das Glas mit dem Flor de Sal, das sie eigenhändig mit Rosenblüten aus Garas Kräutergarten aromatisiert hatte, zurück auf die Konsole und goss stattdessen Lavendelessenz ins Bad. Mechanisch zog sie sich aus und stieg in die Wanne. Das Wasser umfing sie tröstlich, doch die Wärme drang nicht bis zu ihrem Herzen. Tränen liefen ihr über die Wangen, und sie ließ es geschehen. Sie versuchte, sich vorzustellen, wie es sein würde, wenn Álvaro und Naira zurückkehrten. Ein Albtraum.

Sie erwachte mit salzigen Wangen und verspanntem Nacken, das Wasser hatte nur noch Körpertemperatur. Und da waren Klopfgeräuschen. Die Tür ging auf, und Tanja streckte den Kopf zum Badezimmer herein.

»Himmel, Julia, es ist kurz vor zehn«, rief sie aus. »Ich dachte, wir …«

»Gib mir zehn Minuten.« Julia setzte sich stöhnend auf und rieb sich den Nacken. Einen köstlichen Moment lang hatte sie vergessen, was passiert war – nun fiel ihr alles wieder ein. Álvaro. Mit Naira. Auf dem Boot.

Sie brauchte eine Viertelstunde, dann war sie abfahrbereit. Die ersten Kilometer fuhren sie schweigend. Julia entging indessen nicht, dass Tanja ihr besorgte Blicke von der Seite zuwarf.

»Ich weiß, wie du dich fühlst«, sagte sie schließlich. »Mit diesen Dingen kenne ich mich aus. Es tut fürchterlich weh, und das Einzige, was hilft, ist …«

»Tanja«, schnitt Julia ihr das Wort ab. »Ich möchte nicht darüber reden.«

»Glaub mir, es tut gut …«

»Dir vielleicht«, entgegnete Julia. »Mir nicht.«

Tanja holte Luft, und Julia dachte schon, dass sie noch deutlicher werden müsste, doch Tanja schwieg. Julia versuchte, all ihre Aufmerksamkeit auf die Kurven zu richten und auf das, was sie im Licht der Scheinwerfer vor sich sah. In dieser Nacht erschien ihr der Weg zum Observatorium unendlich weit. Schließlich erreichten sie die Schranke, von der Douglas gesprochen hatte.

»Wo sind denn alle?«, fragte Tanja aufgeregt. »Sie werden hoffentlich nicht ohne uns losgegangen sein?«

Julia sah auf die Uhr, es war fünf Minuten nach elf. Eine einsame Gestalt kam auf sie zu. Es war Douglas. Verwundert stieg sie aus dem Wagen.

»Da bist du ja«, sagte der Astrophysiker freudig. »Eine herrliche

Nacht. Es ist Neumond, ich garantiere dir eine ganz besonders großartige Sicht.«

»Hallo«, sagte Julia und sah sich verwirrt um. »Sind wir zu spät dran? Ist deine Schwester mit den anderen schon vorausgegangen?«

»Oh, meine Schwester. Die hat kurzfristig abgesagt«, antwortete Douglas gut gelaunt. »Und ihre Freunde auch. Umso besser, nicht? So bekommst du meine Führung exklusiv.«

Ehe Julia etwas antworten konnte, stieg Tanja aus dem Wagen.

»Hi, Douglas«, sagte sie fröhlich und blickte sich ebenfalls suchend um. »Wo sind denn die anderen?«

Selbst bei der spärlichen Beleuchtung des Sternenhimmels war nicht zu übersehen, dass Douglas alles andere als erfreut war, Tanja zu sehen.

»Es gibt keine anderen«, erklärte Julia. Und plötzlich wurde ihr alles klar. Douglas hatte nie vorgehabt, irgendwelche Leute zu dieser Wanderung mitzunehmen. Álvaro hatte richtig vermutet. Douglas wollte mir ihr allein sein. Trotzdem gab ihm das nicht das Recht, ihre Motive und Treue in Zweifel zu ziehen.

»Nicht?« Tanja sah erschrocken von ihr zu Douglas und wieder zurück. »Herrje, dann sind wir wohl umsonst gekommen?«, fragte sie enttäuscht.

»Nein. Natürlich gehen wir, auch wenn wir zu … ich meine, *nur* zu dritt sind«, sagte Douglas, dem seine Enttäuschung noch immer anzumerken war.

Was für ein Schwindler, dachte Julia erbost. Die Geschichte mit seiner Schwester war eine Lüge gewesen. Sie wollte gerade die ganze Sache abblasen, als Tanja ihr zuvorkam.

»Ach, das ist aber schön! Ich hab mich nämlich schon so gefreut! Und wie läuft das denn jetzt ab?«

»Wir fahren mit meinem Wagen hoch bis zum Roque«, sagte Douglas. »Von dort gehen wir ein Stück den Fernwanderweg

GR 131 entlang bis zu einigen schönen Stellen, wo wir das Teleskop aufbauen werden.«

»Ein Teleskop?« Tanja hüpfte wie ein Kind auf und ab und klatschte in die Hände. »Wie aufregend!«

Douglas musste für Tanja auf dem Rücksitz seines Geländewagens erst Platz schaffen, dann fuhren sie langsam die Straße bergauf, wobei er die Schweinwerfer nicht anschaltete.

»Wie wäre es mit Licht?«, erkundigte sich Tanja, die neugierig zwischen den beiden Vordersitzen nach vorne schaute.

»Das lasse ich lieber aus. Es würde die Arbeit meiner Kollegen stören«, erklärte Douglas. »Zumal wir nicht mit Gegenverkehr rechnen müssen.«

Tatsächlich war die surreale Landschaft, die Julia einmal mehr an die Szenerie eines Science-Fiction-Films erinnerte, in ein unwirkliches Zwielicht getaucht.

»Was sind das für Häuser?«, wollte Tanja wissen und wies auf einen Gebäudekomplex zu ihrer Rechten.

»Das ist die sogenannte *Residencia*«, antwortete Douglas. »Hier ist die Belegschaft untergebracht, die nachts arbeitet. Das da drüben sind Werkstätten und Lagerhallen.«

»Das heißt, du wohnst hier?«

»So ist es«, gab Douglas zurück. Julia entdeckte vier Hubschrauberlandeplätze. »Da vorn seht ihr übrigens unsere Stars unter den Teleskopen«, fuhr er fort und zeigte auf zwei gigantische Parabolschirme, die aus vielen einzelnen Spiegeln zusammengesetzt worden waren. »Es sind die sogenannten MAGIC-Teleskope.«

»Magic? Im Ernst?« Tanja kicherte.

»MAGIC steht für *Major Atmospheric Gamma-Ray Imaging Cherenkov Telescopes*.«

»Wow«, machte Tanja. »Das klingt beeindruckend.«

»Ja, das ist es. Das Akronym MAGIC weist darauf hin, dass diese Teleskope nicht im sichtbaren Bereich des Spektrums arbeiten, nicht einmal im Infrarot- oder Ultraviolettbereich, sondern es sucht nach Gammastrahlen.«

»Was sind Gammastrahlen?«

Julia verdrehte heimlich die Augen. Sie bezweifelte, dass Tanja sich wirklich für diese technischen Dinge interessierte. Vielmehr hatte sie den Eindruck, dass Tanja mit Douglas zu flirten versuchte und nur so tat, als fände sie all das total spannend.

»Das ist hochenergetische radioaktive Strahlung«, erklärte Douglas geduldig. »Gammastrahlen können aus ganz unterschiedlichen Quellen stammen, zum Beispiel können Schwarze Löcher im Zentrum junger Galaxien sie aussenden oder Supernovae. Weißt du, was das ist?«

Tanja verneinte, und Douglas setzte an, ihr das zu erklären, doch Julia war viel zu aufgewühlt, um seinen Ausführungen über die Schwierigkeiten der Messung von Gammastrahlung zu folgen. Sie sah aus dem Beifahrerfenster hinaus in diese unwirkliche Welt und musste auf einmal an das allererste Mal denken, als Jens sie gleich nach ihrer Ankunft hier hochgefahren hatte. Damals hatte sie vor Erschöpfung einen Kreislaufkollaps erlitten. Das letzte Mal war sie mit Álvaro und vielen anderen an Weihnachten hier oben gewesen. Damals war ihre Welt noch in Ordnung gewesen. Álvaro hatte sie im Arm gehalten, als es plötzlich geschneit hatte. Wie verliebt sie gewesen waren. Auf einmal erfasste sie eine solche Sehnsucht nach diesen harmonischen Zeiten, dass es sie körperlich schmerzte.

»Und wieso heißt das Teleskop nach diesem Russen? Cherenkov?«, wollte Tanja gerade wissen.

»Pavel Cherenkov war ein großartiger Wissenschaftler«, erläuterte Douglas, und Julia konnte nicht umhin, ihn wegen seiner Geduld zu bewundern. Oder gefiel es ihm gar, sein Wissen auszubreiten? »Er hat die sogenannte Cherenkov-Strahlung entdeckt und herausgefunden, dass man mit ihrer Hilfe indirekt die

Gammastrahlung identifizieren kann. Dafür hat er gemeinsam mit zwei Kollegen den Nobelpreis erhalten.«

»Das heißt, dass man mit diesen Parabolspiegeln Schwarze Löcher im Universum aufspüren kann?«

»Vereinfacht gesagt ist es so«, gab Douglas zurück. »Tatsächlich wurden hier einige bahnbrechende Entdeckungen in dieser Hinsicht gemacht. Deshalb wollte ich unbedingt hier arbeiten. Das sind in ihrer Art die besten Teleskope der Welt.«

Endlich erreichten sie den Parkplatz beim Roque de los Muchachos. Douglas schulterte einen schweren Rucksack, aus dem das Stativ eines Teleskops herausschaute, und verteilte Stirnlampen an Julia und Tanja. Er selbst kramte im Wagen herum und fand schließlich eine Stablampe für sich selbst. Er hatte ganz offensichtlich *nicht* für mehr als zwei Personen geplant. Sie folgten ein Stück weit der Fahrstraße, dann führte Douglas sie zu dem Einstieg in den Fernwanderweg.

»Stören wir mit unseren Lampen nicht die Teleskope?«, fragte Tanja.

Douglas lachte. »Nein, so hell sind die nicht. Passt auf und leuchtet den Weg vor euch gut aus, damit ihr nicht stürzt.«

Schweigend gingen sie hintereinander her, Douglas voraus, Tanja in der Mitte, das Schlusslicht bildete Julia. Der Weg führte sie in einiger Entfernung zur Straße an der Kante des alten Vulkankraters, der sogenannten Caldera, entlang. Julia musste hin und wieder kurz innehalten und ihre Lampe ausschalten, um die atemberaubenden Ausblicke, die sich ihr boten, in sich aufzunehmen. Die spärlichen Pflanzen, die hier wuchsen, schienen in dieser Nacht geradezu zu leuchten. In der Ferne konnte sie auf dem Meer die charakteristische Form des Pico del Teide erkennen. Das Sternenlicht legte einen silbernen Schein um diesen Vulkankegel, der zum Wahrzeichen der Insel Teneriffa geworden war. Und dort sollte Álvaro jetzt irgendwo sein? Das war einfach unvorstellbar.

Vor ihr stieß Tanja gegen einen größeren Stein, der sich löste und den Abhang hinunterstürzte, dabei riss er weiteres Geröll mit sich. Noch etliche Sekunden hörten sie das polternde Geräusch, bis es in der Tiefe verklang.

»Achtung«, rief Douglas eindringlich. »Immer auf den Weg schauen.«

Julia trat ein Stück Richtung Rand und sah hinab. Rechterhand fiel die Kraterwand steil ab, sie wusste, dass der Grund der Caldera gut tausend Meter unter ihnen lag.

Tanja setzte nun vorsichtiger einen Fuß vor den anderen. Das Licht der Stirnlampen warf harte Schatten und verzerrte die Dimensionen. Julia fand, dass man hier oben beim Licht der Sterne weit besser sah, und schaltete ihre aus. Ihre Schritte passten sich dem unebenen Gelände an, mitunter kam es ihr so vor, als würde sie nicht gehen, sondern schweben. Und je weiter sie vorankamen, desto malerischer gruppierten sich die Felswände rings um sie, bildeten Gruppen, Figuren, erinnerten an hockende Gestalten, strebten wieder auseinander und waren am Ende einfach nur Gestein.

Sie waren ungefähr eine Stunde unterwegs, als sie zu einer Aussichtsplattform gelangten.

»Hier bleiben wir vorerst«, sagte Douglas und stellte seinen Rucksack ab. »Alles in Ordnung mit euch?« Sie nickten. Tanja schlang die Arme um ihren Oberkörper, denn hier blies auf einmal ein eisiger Wind. »Komm hier rüber«, rief Douglas und winkte sie zu sich in die Nähe eines großen Felsens. Im Rucksack klirrte es leise, als er auf einmal eine Flasche und zwei Gläser daraus hervorzauberte. »Ich hab mir gedacht«, begann er verlegen, »dass wir zuerst einmal auf dieses grandiose Naturschauspiel, das uns hier von allen Seiten umgibt, miteinander anstoßen sollten.« Er drückte ihnen die Gläser in die Hand, entkorkte mit lautem Knall eine Flasche Cava und schenkte ihnen ein.

»Wie nett«, freute sich Tanja. »Auf so etwas kommt nicht jeder Mann.« Und zu Julia gewandt fügte sie hinzu: »Das ist ja richtig romantisch.«

»Was ist mit dir?«, fragte Julia provokant in Douglas' Richtung. »Stößt du nicht mit an?« Er sollte ruhig wissen, dass sie seinen Schwindel durchschaut hatte.

Verlegen kratzte sich der Astrophysiker am Hinterkopf. »Ich Trottel hab nur zwei Gläser eingepackt, weil ich dachte, wir sind nur zu zweit«, gestand er. »Nachdem meine Schwester samt Mann und Freunde abgesagt haben«, beeilte er sich hinzuzufügen. »Aber das ist gut so. Ich muss ja nachher noch fahren.«

»Und das ohne Scheinwerfer«, scherzte Tanja gespielt tadelnd. »So geht das nicht. Was meinst du, Julia? Lass uns aus einem Glas trinken. Wir können doch nicht richtig miteinander anstoßen, wenn Douglas kein Glas hat! Hier, nimm.« Sie drängte Douglas ihr Glas förmlich auf.

»Okay«, stimmte Julia ihr schulterzuckend zu. Sie würde ohnehin nur an dem Glas nippen. Auch sie musste später noch fahren. Sie stießen abwechselnd mit ihrem Wanderführer an, dann machte sich Douglas daran, das Teleskop aufzubauen.

Tanja versuchte eifrig, ihm dabei behilflich zu sein. Julia hingegen ging ein paar Schritte abseits zu einer etwas erhöhten Stelle und sah sich um. Weit unter ihr schimmerte silbern der Atlantik. Irgendwo da draußen befand sich Álvaro. Und Naira war bei ihm. Der Schmerz war so heftig, dass sie sich unwillkürlich die Hände gegen die Brust presste und ihren Blick in die Ferne richtete. Teneriffa lag dort im Silberglanz, weiter rechts entdeckte sie die Insel Gomera. Sie legte den Kopf in den Nacken und versank im Anblick des von all den Himmelskörpern erleuchteten Universums. Die Milchstraße war ein unfassbar breites, dichtes Lichterband, in dem ihr Blick geradezu versank. Je länger sie hinschaute, desto mehr Details eröffneten sich ihr,

umso tiefer ins Unendliche schien sich diese Formation fortzu-
setzen.

»Was wir sehen können«, hörte sie Douglas zu Tanja sagen,
»ist nur ein winziger Bruchteil dessen, was uns tatsächlich umgibt.
Wir wissen nicht einmal, wo dieser Raum über uns endet oder wo
er beginnt.«

Ein Windstoß fuhr Julia durchs Haar, und sie zog ihre Kapuze
über. Sie fröstelte. Sie sah zu, wie Douglas das Teleskop justierte
und Tanja sich zu ihm beugte. Wenigstens sie schien diese nächtli-
che Aktion zu genießen.

Diese Sternenwanderung – und die Tatsache, dass sie daran
teilnehmen wollte, gleich welche Gefühle Álvaro bei Douglas ver-
mutete – war der Grund für ihre Auseinandersetzung mit Álvaro
gewesen. Aber deshalb konnte er sich doch unmöglich Naira zugewandt haben. Nein, vermutlich war dies nur ein willkommener
Anlass gewesen, um …

»Komm runter«, rief Tanja ausgelassen und wedelte mit den
Armen. »Es geht los!«

Als Julia schließlich durch das Teleskop blickte, sah sie nichts,
alles verschwamm in den Tränen, die sie vor den anderen verbarg.
Tränen um die Liebe ihres Lebens. »Toll!«, sagte sie und überließ
Tanja das Gerät. »Einfach großartig.« Und hatte keine Ahnung,
was Douglas ihr da eigentlich zeigen wollte. Seine Erklärungen
drangen nicht bis zu ihr durch. Sie war froh darüber, dass Tanja
ihn mit ihren Fragen löcherte und so seine Aufmerksamkeit auf
sich zog. Julia drehte ihr Gesicht in den Wind und wartete, bis er
ihre Tränen getrocknet hatte, auch wenn es schmerzte, so kalt war
er.

Irgendwann konnte sie wieder klar sehen. Und glaubte zu
träumen. In südlicher Richtung stieg ein gewaltiger roter Schein
über den Bergen auf.

»Was ist das?«, fragte sie fassungslos. In diesem Moment

erklang ein Grollen. So als befände sich ein gigantischer Motor unter der Insel. Oder ein Ungeheuer. Dann hörte sie Detonationen. Aus dem roten Glühen wurde eine Säule aus Feuer, die sich in den nächtlichen Himmel erhob. Unter ihren Füßen vibrierte der Fels. »Oh nein«, keuchte sie. »Das darf nicht ...«

»Der Vulkan«, hörte sie Douglas aufgeregt neben sich sagen. »Was für ein Schauspiel! Seht nur, jetzt ist er tatsächlich ausgebrochen.«

19

Der Weg zum Paradies

»Weiß jemand, wo ein Ort namens El Paraíso liegt?«, fragte Julia voller Panik.

Douglas schüttelte den Kopf.

»Südlich von El Paso«, sagte Tanja. »Jens ist dort gern mit seinen Touristen hingefahren, weil man von dort einen tollen Blick auf …« Sie brach ab und warf Julia einen bestürzten Blick zu. »Warum willst du das wissen?«

»Er ist mit Emil dort.«

»Was?! Jetzt?«, rief Tanja entsetzt. »Das ist direkt an der Vulkankette, an der Cumbre Vieja. Ist er denn jetzt vollkommen verrückt geworden?«

»Du kennst ihn doch«, gab Julia mit erstickter Stimme zurück. Mein Gott, warum war sie nicht eingeschritten, als Emil ihr verraten hatte, was sein durchgeknallter Vater vorhatte. »Heute Morgen hat er Emil abgeholt. Sie wollten zelten. Und zwar irgendwo in der Nähe von El Paraíso. Um diese ›tollen Rauchwolken‹ ganz aus der Nähe zu sehen. Und jetzt …« Sie wies auf den rotglühenden Schein in der Ferne, den sie von diesem exponierten Ort aus wie auf dem Präsentierteller beobachten konnten. Ihre Stimme versagte. Mit zitternden Fingern suchte sie nach ihrem Handy und konnte es vor Aufregung nicht finden.

»Ich muss sofort dorthin!«

»Zum Vulkan?« Douglas sah zu der Fontäne aus Feuer, die dort in der Ferne gen Himmel aufstieg. »Das ist nicht dein Ernst.«

»Natürlich müssen wir da hin«, schrie Tanja und rüttelte an seinem Arm. »Und zwar jetzt gleich.«

»Das ist ziemlich weit«, wandte Douglas ein. »Glaubt ihr nicht, die beiden Männer haben sich längst in Sicherheit gebracht?«

Endlich hatte Julia ihr Handy in einer ihrer Jackentaschen gefunden. Natürlich hatten sie hier oben keinen Empfang.

»Du weißt offenbar nicht, von wem wir sprechen«, sagte sie und steckte das Handy weg. »Jens ist mein Bruder. Und Emil mein Neffe. Dreizehn Jahre alt. Du hast ihn kurz kennengelernt. Bring uns zurück zu meinem Wagen, das ist alles, worum ich dich bitte. Du brauchst nicht mit uns hinzufahren.«

Zu ihrem Schrecken brach Tanja unvermittelt in Tränen aus.

»Natürlich müssen wir dahin!«, schluchzte sie. »Dieser Idiot! Wenn ich den in die Finger kriege, mach ich Hackfleisch aus ihm.«

Falls er noch lebt, dachte Julia und half Douglas, das Teleskop einzupacken. Wenig später machten sie sich auf den Rückweg.

Es fiel ihr schwer, sich auf den Pfad am Rande des Abgrunds zu konzentrieren. Wann immer sich ein Ausblick in südlicher Richtung bot, zog das unfassbare Schauspiel, das der Vulkanausbruch bot, ihre Blicke auf sich. Wäre die Sache nicht so ungeheuer gefährlich – und das nicht nur für Jens und Emil, die sich allem Augenschein nach mutwillig selbst in Gefahr gebracht hatten, sondern für alle, die in der Nähe der Ausbruchstelle lebten –, könnte sie den atemberaubenden Anblick der entfesselten Naturgewalt durchaus genießen. Einen besseren Ort, um ihn aus sicherer Entfernung zu beobachten, als hier am Rand des alten, längst erloschenen Kraters im Norden, gab es wohl kaum. Doch angesichts der Tatsache, dass Emil und Jens dort waren, erfüllten die Ereignisse sie mit Entsetzen.

Außerdem machte Tanja ihr Sorgen. Dass sie so emotional

auf die Nachricht reagierte, dass sich Jens und Emil vermutlich in unmittelbarer Gefahr befanden, verwirrte Julia. Von Jens hatte Tanja sich im vergangenen Jahr unter dramatischen Umständen getrennt und tat seitdem alles dafür, um ihm ja nicht zu begegnen. Zu Emil hatte sie zwar in den Monaten, in denen sie nun schon bei Julia in der Finca lebte, ein halbwegs kumpelhaftes Verhältnis aufgebaut, nachdem sie früher wie Katz und Maus gewesen waren. Aber so gut, dass sie in Tränen ausbrechen musste, war es noch lange nicht. Das sollte einer verstehen.

Julia biss die Zähne zusammen und ignorierte ihr Seitenstechen. Die Strecke erschien ihr jetzt viel weiter als auf dem Hinweg. Nach einer gefühlten Ewigkeit erreichten sie endlich die Fahrstraße, das letzte Stück bis zum Parkplatz wäre Julia am liebsten gerannt. Als sie beim Roque de los Muchachos angekommen waren und der Blick auf die Cumbre Vieja erneut frei vor ihnen lag, erschütterte gerade eine Explosion den Krater, und glühende Gesteinsbrocken wurden hoch in die Luft geschleudert. Sie konnten sogar das Dröhnen der Detonation hören.

»Die Feuersäule ist gut und gern zweihundert Meter hoch«, schätzte Douglas und starrte beeindruckt auf die pilzförmige Fontäne, die aus dem Erdinnern in den Himmel hinaufschoss und sich wie das Feuerwerk eines Riesen in großer Höhe versprühte. Fasziniert holte er eine Fotokamera aus seinem Rucksack, um ein paar Aufnahmen zu machen.

Julia war vor Schreck wie gelähmt. Dort, wo die glühenden Gesteinsbrocken auf die Erde auftrafen, entzündeten sich Feuer, und zwar so weit von der Ausbruchsstelle entfernt, dass es Julia ganz anders wurde. Rasend schnell breiteten sich die Brandherde aus und erleuchteten die Berghänge. Dann entdeckte Julia das feuerglühende Lavaband, das über den westlichen Rand des Kraters wie aus einem überkochenden Topf herausquoll und sich in Richtung Tal ergoss.

»Wie kannst du so ruhig sein und auch noch Fotos machen?«
Tanjas Stimme überschlug sich vor Empörung. Sie rüttelte heftig an der Tür des Geländewagens. »Dort leben Menschen. Das ist kein Schauspiel. Das ist eine Katastrophe. Verdammt, lass uns endlich losfahren!«

Julia versuchte erneut, Emil anzurufen, doch eine elektronische Stimme meldete lediglich, dass der Angerufene nicht zu erreichen war. Offenbar hatte er keinen Empfang. Oder … Julia wollte nicht daran denken, was alles passiert sein konnte, und stieg stattdessen in Douglas' Wagen.

»Wollt ihr wirklich dorthin?«, fragte er und ließ den Motor an.

»Natürlich«, antwortete Julia knapp.

Schweigend nahm Douglas die gut ausgebauten Kurven hinunter zum Observatorium. Als sie die Schranke erreicht hatten, vor der Julia ihr Auto geparkt hatte, sagte er unvermittelt: »Ich komme mit. Ihr seid ja viel zu aufgeregt. Besser, ich fahre euch.«

»Danke für das Angebot«, antwortete Julia. »Aber du musst das nicht tun. Wir kommen allein zurecht.«

Sie stieg aus, doch bei ihrem Wagen holte er sie ein.

»Ich lass dich jetzt nicht allein«, sagte er mit Bestimmtheit. »Nicht in diesem Zustand. Gut möglich, dass ihr die ganze Nacht unterwegs sein müsst.« Und als er sah, dass sie sein Angebot noch immer abwehren wollte, fügte er hinzu: »In manchen Situationen geht nichts über einen guten Chauffeur.« Er versuchte ein Lächeln, seine grünen Augen blickten besorgt.

Julia zögerte. Douglas war im Grunde ein Fremder, hatte nichts mit ihrer Familie und ihren Problemen zu tun. Außerdem war er ganz offensichtlich in sie verliebt. Es erschien ihr nicht richtig, ihn in diese Geschichte mit hineinzuziehen. Auf der anderen Seite fühlte sie, wie sie am ganzen Körper zitterte vor Sorge. Vermutlich hatte er recht. Nach allem, was an diesem Tag geschehen war, konnte sie Unterstützung tatsächlich gebrauchen.

»Ich finde, das ist eine gute Idee«, kam ihr Tanja zuvor, die nun auch an Julias Wagen angekommen war. »Du bist ein echter Kavalier, Douglas.«

»Na gut«, gab Julia nach und reichte ihm den Zündschlüssel.

»Danke. Aber wir machen es so, wie ich es sage. Einverstanden?«

»Yes, madam.« Im Licht der Sterne sah Julia ihn grinsen. »Ich bin nur der Fahrer. Also bitte alles einsteigen.«

Zu Julias Verwunderung herrschte auf der Landstraße, die an der nachts abgesperrten Zufahrt zur Sternwarte vorbei bergaufwärts führte, reger Verkehr.

»Wo wollen die denn alle hin mitten in der Nacht?«, fragte Tanja auf dem Rücksitz.

»Ob das Leute sind, die sich den Vulkanausbruch von oben ansehen wollen?«, überlegte Julia laut.

»Gut möglich. Wenn man hier weiterfährt, kommt man zu einem anderen Aussichtspunkt«, sagte Douglas. »Er heißt Pared de Roberto. Eigentlich wollte ich mit euch noch dorthin wandern.«

»Glaubst du wirklich, das sind Schaulustige?«

»Warum sollten sie sich das nicht ansehen?«, fragte Douglas zurück. »Wann ist zuletzt auf La Palma ein Vulkan ausgebrochen? Vor fünfzig Jahren? Oder länger? Solange sie sich nicht selbst in Gefahr bringen oder Rettungskräfte behindern, ist das doch in Ordnung.« Aus ihm sprach eindeutig der Wissenschaftler, dachte Julia.

Noch mehr Autos kamen ihnen entgegen, und Douglas musste vorsichtig fahren, die Straße war an vielen Stellen nicht besonders breit. Haarnadelkurve um Haarnadelkurve arbeiteten sie sich langsam bergab. Julia stöhnte innerlich. Wenn das so weiterginge, würden sie erst im Morgengrauen in El Paraíso eintreffen. Und dann? Welchen Sinn machte diese Fahrt? Sie mochte sich gar nicht ausdenken, welches Chaos dort herrschen würde. Und trotzdem. Sie konnte jetzt unmöglich nach Hause zurückkehren. Und seltsamerweise schien Tanja genau derselben Meinung zu sein.

»Fahr mal langsamer«, sagte sie gerade. »Da vorn sollten wir links abbiegen. Damit kürzen wir ein Stück ab und gelangen oberhalb von Puntagorda auf die Küstenstraße.«

Douglas tat wie geheißen, und Julia war froh, dass Tanja sich aus ihrer Zeit, als sie noch mit Jens zusammen gewesen war und in seinem Tourismusunternehmen mitgearbeitet hatte, so gut auf der Insel auskannte. Auch auf dieser Straße herrschte ungewöhnlich viel Verkehr. Vor einem Landgasthof, an dem sie vorüberkamen, standen trotz der späten Stunde etliche Menschen beisammen, die heftig zu diskutieren schienen.

Endlich erreichten sie die besser ausgebaute Hauptstraße und kamen nun etwas zügiger voran. Julia hatte plötzlich die Idee, das Autoradio einzuschalten und nach dem Inselsender zu suchen, doch ihre Antenne fing nur unverständliches Rauschen auf.

Noch nie war ihr die Strecke, die sie fast jede Woche zurücklegte, so lang erschienen wie in dieser Nacht. Inzwischen war es kurz vor zwei, und noch waren sie längst nicht am Ziel. Aber was hieß das schon, am Ziel? Wie weit würden sie sich El Paraíso nähern können?

Immer wieder versuchte sie, Emil oder Jens zu erreichen – ohne Erfolg. Als sie den Aussichtspunkt Mirador del Time erreichten, versperrten achtlos auf der Fahrbahn abgestellte Autos und aufgeregte Menschen die Straße, die von hier aus hinunter in den tief eingeschnittenen Barranco de las Angustias führte. Douglas blieb nichts anderes übrig, als ebenfalls anzuhalten.

Julia und Tanja stiegen gleichzeitig aus dem Wagen und kämpften sich durch die Menschenmenge. Laute und besorgte Stimmen umgaben sie, alles fühlte sich völlig unwirklich an. Tanja hielt Julia am Arm fest, damit sie nicht auseinandergedrängt wurden. Endlich hatten sie sich bis zur Terrasse des Cafés und zur Balustrade durchgeschlängelt.

Der Vulkan lag in voller Pracht vor ihnen. Jenseits des

Aridanetals kehrte er sein Innerstes nach außen. Leuchtend rot floss die Lava aus seinem Schlund und bahnte sich ihren Weg bergabwärts. Von hier aus erkannte Julia, dass es sich nicht nur um einen Schlot handelte, sondern um mehrere, entlang der Vulkankette konnte sie mindestens drei Ausbruchstellen ausmachen. Eine enorme Rauchwolke hing schwer über den Kratern, bäumte sich auf und zog in bizarren Formationen in Richtung Küste. Der Geruch nach Verbranntem drang bis zu ihnen herüber, obwohl der Mirador del Time ungefähr zwanzig Kilometer Luftlinie entfernt lag.

Julia sah sich um und stellte fest, dass sie direkt neben jenem Tisch standen, an dem sie damals mit Jens gesessen hatte und wo unvermittelt die Erde gebebt hatte. *Hier unter der Cumbre Vieja brodelt eine andere Suppe als in deinem Kochtopf,* hatte Jens gesagt. *Der Vulkan ist nie ganz erloschen, auch wenn er seit Jahrzehnten schläft. Die Menschen vergessen das gern, bauen ihre Häuser auf seine Flanke und bestellen ihre Gärten.* Oder sie zelten so nah wie möglich an seinem Schlund, dachte Julia bitter. Doch woher hätte Jens wissen können, wo genau sich die Erde öffnen würde?

»Wir müssen weiter«, drängte sie, nahm Tanja, die wie erstarrt wirkte, bei der Hand und zog sie zurück zum Wagen. Inzwischen war Bewegung in die willkürlich abgestellten Fahrzeuge geraten, ihre Besitzer waren offenbar zur Besinnung gekommen und räumten nach und nach die Straße. Endlich konnten sie weiterfahren, um die enge Kurve biegen und die abenteuerlichen Serpentinen in Angriff nehmen, die hinunter nach Tazacorte führten.

Die Fahrt war mühselig. Immer wieder hielten Autofahrer einfach an, sprangen aus dem Wagen, um Fotos zu machen oder um zu filmen. Die Menschen, so wurde Julia klar, waren zwischen namenlosem Entsetzen und hysterischer Begeisterung über das, was sie sahen, hin- und hergerissen. Sie schrien, lachten und weinten gleichzeitig und umklammerten ihre Familienmitglieder. Bei jeder

Explosion aus dem Inneren des Kraters jauchzten die einen auf und verfielen andere in Panik. Die Welt schien aus den Angeln, was kein Wunder war, denn der feste Grund unter den Füßen hörte nicht mehr auf zu vibrieren. Eigentlich, dachte Julia, müsste unser Überlebensinstinkt uns in die Flucht treiben, so wie Amo am Tag der Taufe hatte weglaufen wollen. Auf Menschen schien die Faszination dieses ungeheuren Naturschauspiels hingegen wie ein Magnet zu wirken.

»Dieses Geräusch«, hörte Julia Tanja sagen. »Hört ihr das auch?«

Natürlich hörte Julia es, es war allgegenwärtig. Ein Rattern und Dröhnen, so als bewegte sich eine riesige Straßenwalze auf sie zu, so tief und grollend, wie sie noch nie etwas vernommen hatte.

»Das ist der Berg«, sagte Douglas, der lange geschwiegen hatte. »Oder besser gesagt, die Kräfte, die den Berg erschaffen haben.«

»Wie meinst du das?«, fragte Tanja.

»Im Erdmantel, das ist die Gesteinsschicht unter der Erdkruste, ist es sehr heiß. Dort herrschen Temperaturen von mehr als tausend Grad. Außerdem steht er unter extremem Druck. Sind Hitze und Druck zu groß, schmilzt das Gestein und wird zu Magma. Um es ganz einfach zu sagen.«

»Dann kotzt die Erde also gerade ihr Inneres aus?«

Das war typisch Tanja, dachte Julia und verdrehte die Augen.

»In gewisser Weise schon«, antwortete Douglas bedächtig. »Das Magma dehnt sich aus, und da es im Erdinnern keinen Platz dafür gibt, steigt es nach oben und füllt Hohlräume in der Erdkruste, sogenannte Magmakammern. Wenn auch die voll sind, wird es weiter an die Erdoberfläche gepresst. Dass die Kanarischen Inseln aus einem riesigen sogenannten Hotspot entstanden sind, das wisst ihr wahrscheinlich. Hier ist die Erdkruste besonders dünn, es gibt Kanäle und Spalten. So wie hier.« Er wies auf den glühenden Schein auf der anderen Seite der Schlucht. »Da sind ungeheure Kräfte am Werk«, fuhr er fast schon ehrfürchtig fort. »Hier kann man quasi eine klitzekleine Ahnung davon bekommen, was passiert, wenn ein Stern entsteht.«

Das Schweigen, das seinen Ausführungen folgte, war bedrückend. Die Vorstellung, welche gigantischen Energien im Universum herrschten, wirkte nicht gerade beruhigend auf Julias Nerven. Ständig wanderten ihre Gedanken zu Emil und Jens. Ja, sie wunderte sich selbst darüber, dass sie sich um beide gleichermaßen sorgte. Aber wieso sollte das eigentlich verwunderlich sein? Jens war ihr Bruder, sie waren zusammen aufgewachsen. Und auf einmal wurde Julia bewusst, dass sie seit einiger Zeit in einer Art Erwartung lebte, was ihr Verhältnis zu Jens anbelangte. In der Erwartung, dass etwas passieren würde. Etwas Gutes. Etwas, das sie einander endlich näherbringen würde. Sie hatte oft an ihr Gespräch beim Mirador del Time denken müssen. Damals, als Jens gesagt hatte, dass er sie für das Scheitern der Ehe ihrer Eltern verantwortlich machte. Obgleich dieser Vorwurf an ihr nagte, so wusste sie doch, dass diese erste Aussprache der Schlüssel zu einem besseren Verständnis unter ihnen sein könnte. Denn im Gegenzug warf sie ihrem Bruder spätestens seit dem Teenageralter vor, von ihrer Mutter grenzenlos vergöttert worden zu sein. Ja, ihr war klar geworden, dass sie ihm insgeheim den Vorwurf machte, ihr die Liebe der Mutter gestohlen zu haben. Denn neben Jens, so schien es, war im Herzen ihrer Mutter einfach kein Platz mehr für sie gewesen.

Unwillkürlich schüttelte Julia den Kopf. So viele Missverständnisse, so viel unausgesprochene Schuldzuweisung. Und vermutlich traf keine davon zu. Das alles hatte sie mit Jens irgendwann klären wollen. Wenn die Zeit dafür reif wäre. Und jetzt? War seine Zeit womöglich abgelaufen? Würden sie nie mehr Gelegenheit haben, über all das zu sprechen und sich endlich zu versöhnen? Bei diesem Gedanken wurde Julia regelrecht übel.

Nein, das durfte einfach nicht sein. Sie dachte an Emil und wie fröhlich er sich noch am Morgen von ihr verabschiedet hatte. *Nur wir beide und der Vulkan,* hatte er gesagt. Sie starrte auf die Rücklichter des Wagens vor ihnen, die langsam vor ihren Augen verschwammen. Wortlos reichte Douglas ihr eine Packung Papiertaschentücher, und erst jetzt bemerkte sie die Tränen, die ihr über die Wangen liefen.

Sie kamen an der Abzweigung vorbei, die zu Jens' Haus führte, und Julia wünschte sich, dass die beiden dort wären, in ihren Betten lägen und friedlich schliefen. Wenig später war ihre Fahrt vor einer Straßensperre endgültig zu Ende. Julia stieg aus und ging an den anderen wartenden Wagen entlang bis zum Sperrposten. Es war heiß, die Luft voller Rauch. Julia zog ihre Jacke aus.

»Sie können nicht weiterfahren«, sagte der Mann. Er wirkte übernächtigt und so schockiert wie alle, die hier standen und zum Vulkan emporblickten. »Die Feuerwehr ist im Einsatz. Menschen werden evakuiert.«

»Mein Bruder und mein Neffe waren da oben«, erklärte Julia. »Ehrlich gesagt weiß ich nicht, ob sie nicht noch dort sind. Ich mache mir große Sorgen.«

Der Mann nickte. »Da bist du nicht die Einzige«, sagte er. »Viele hier fragen nach ihren Angehörigen oder Freunden.«

»Sind die Leute aus El Paraíso auch evakuiert worden?«

»*Claro*«, antwortete er. »Die zuallererst.«

»Und wo sind sie jetzt?«, fragte Julia.

»Kann ich dir nicht sagen«, sagte er. »Je nachdem. Die meisten lassen sich zu Verwandten bringen.« Sein Walkie-Talkie meldete sich, eine schnarrende Stimme teilte ihm etwas mit, was Julia nicht verstand. »Geht nach Hause«, rief er schließlich allen Umstehenden zu und wollte sich abwenden. »Je weniger hier die Straße versperren, desto besser.«

»Können wir nicht vielleicht doch weiterfahren?«, bat Julia eindringlich.

Der Mann sah sie aus müden Augen an. Er wies mit dem Arm über die Straßensperre hinweg. »Siehst du das?« Julia stellte sich auf die Zehenspitzen und versuchte, zu erkennen, was er meinte. Dann sah sie einen riesigen, rotglühenden Hügel und erschrak. Ein meterhoher Wall aus feurigem Gestein glitt wenige Hundert Meter vor ihr den Hang herunter. »Die Lava erreicht gerade die Straße«, sagte der Mann. »Keiner kann hier mehr durch. Dreht um und gebt den Weg frei.« Er wandte sich von ihr ab und ging zu einem Kollegen.

Julia sah sich hilflos um. Ihr Blick fiel auf einen riesigen Felsbrocken, der unweit der Straße in einem Feld lag. Hastig rannte sie dorthin und kletterte hinauf. Und sah nun mit eigenen Augen, wie die Masse aus flüssigem, heißem Gestein langsam, aber stetig die Straße unter sich begrub und sich auf der anderen Seite auf die Mauer eines Anwesens zubewegte, sich zunächst an ihr aufstaute, um sie schließlich einfach zum Schmelzen zu bringen und die Ziersträucher dahinter in Brand zu setzen.

Julia schlug die Augen nieder, ehe die zerstörerische Lava das Haus erreichte, kletterte von dem Felsen und lief zurück zu Tanja und Douglas.

»Wir kehren um«, wollte sie sagen, doch sie brachte nur ein Krächzen heraus. Die Luft war erfüllt von Rauch und Staub, und Julia musste erst ihre Kehle freihusten, bis sie wieder sprechen konnte. »Es war dumm von mir, euch hierherzuschleppen«, sagte sie und nahm dankbar die Wasserflasche an, die Douglas ihr reichte. »Die Straße ist gesperrt. Lasst uns zurückfahren.«

»Und was ist mit Jens und Emil?« Tanjas Stimme klang verzweifelt.

»Offenbar wurden alle, die in Gefahr waren, evakuiert«, berichtete Julia. Während Douglas ein mühseliges Wendemanöver begann, versuchte sie, das Gefühl von Panik niederzukämpfen. »Vielleicht haben sie sich nach Hause bringen lassen. Wir sollten bei Jens' Bungalow vorbeischauen.«

Das taten sie. Im Haus brannte kein Licht, Jens' Wagen stand nicht auf seinem Parkplatz, und auf ihr wiederholtes Klingeln öffnete niemand. Es war inzwischen halb vier Uhr morgens.

»Ich fürchte, wir können nichts mehr tun«, erklärte Julia niedergeschlagen.

»Doch«, widersprach Tanja. »Wir können zum Krankenhaus fahren. Ich weiß, wo das ist, eine meiner Kundinnen arbeitet dort am Empfang.«

Douglas warf Julia einen fragenden Blick zu. Sie schloss erschöpft die Augen und nickte.

»Versuch ein paar Minuten zu schlafen«, riet er sanft. »Tanja zeigt mir den Weg.«

»Nein«, murmelte Julia. Wie sollte sie jetzt schlafen? Sie legte trotzdem ihre Jacke zusammen und schob sie zwischen Autofenster und Rückenlehne, um ihren Kopf darauf zu betten. Nur einen Moment lang entspannen wollte sie sich. Und döste auch schon ein.

20

Feuer und Asche

Sie schreckte hoch, als der Wagen anhielt. Auf dem Parkplatz des Krankenhauses schien die Hölle los zu sein. Überall standen Menschen zusammen, diskutierten erregt, einige weinten. Mutlos sah Julia zum Portal des Gebäudes hinüber. Es herrschte ein unbeschreibliches Gedränge.

»Wenn du willst, geh ich kurz rein und frag nach ihnen«, schlug Tanja vor.

»Ich komme mit«, erklärte Julia und stieg aus dem Wagen.

»Lass mich das allein machen«, drängte Tanja. »Du bist todmüde. Es hat keinen Sinn, dass wir uns beide ins Getümmel stürzen.«

»Und du?«, fragte Julia zurück. »Du musst genauso müde sein wie ich.«

»Ich bin okay«, gab Tanja zurück. »Und ich kenne Rosa vom Empfang. Ich war auf ihrer Hochzeit, weil ich die Einladungskarte und alles andere gestaltet habe. Da hab ich auch ihre Kolleginnen kennengelernt.« Und als Julia noch nicht überzeugt wirkte, fügte sie hinzu: »Wenn sich herausstellt, dass Jens und Emil hier sind, hol ich dich sofort. Versprochen.«

Julia sah zum Krankenhaus hinüber. Gerade fuhr ein Sanitätswagen mit gellender Sirene und Blaulicht vor und hielt vor dem Eingang für die Notaufnahme.

»Na gut«, sagte sie. »Und du holst mich ganz bestimmt?«

»Ehrenwort.«

Tanja verschwand in der Menge. Seufzend stieg Julia zurück in den Wagen.

»Das hast du dir sicher anders vorgestellt, als du mich zur Sternenwanderung eingeladen hast«, sagte sie matt zu Douglas, der ganz entspannt am Steuer zu sitzen schien. Er zuckte mit den Schultern und lächelte.

»Stimmt«, sagte er und sah hinüber zu den Sanitätern, die eine Trage aus dem Wagen holten und sie im Schnellschritt ins Krankenhaus trugen. »Ich hab es mir ein kleines bisschen romantischer vorgestellt.«

Julia warf ihm einen vorwurfsvollen Blick zu.

»Du hast mich reingelegt«, stellte sie fest. »Das mit deiner Schwester war geschwindelt. Hab ich recht?«

Er antwortete nicht gleich, sondern sah hinüber zum Eingang des Krankenhauses.

»Sie wollte tatsächlich kommen«, sagte er schließlich ernst. »Ich hätte dir Bescheid geben sollen, als sie abgesagt hat.« Er warf ihr einen prüfenden Blick zu. »Aber dann hättest du einen Rückzieher gemacht. Oder?«

Julia seufzte. »Wir sollten wohl ein paar Dinge klären«, sagte sie. »Ich bin in einer festen Beziehung.« Im selben Moment fragte sie sich, ob das überhaupt noch stimmte. Während der vergangenen Stunden hatte sie ihren Streit mit Álvaro verdrängt, doch die Tatsache, dass er mit Naira übers Wochenende nach Teneriffa gefahren war, kehrte nun mit aller Macht in ihr Bewusstsein zurück. Weil sie Douglas nicht hatte absagen wollen, hatte Álvaro den Ausflug mit jener Frau gemacht, die sich von Anfang an zwischen sie gedrängt hatte. Trotzdem war es eine Erleichterung für sie, zu wissen, dass wenigstens Álvaro in Sicherheit war. Sie wandte sich Douglas zu. »Hast du das nicht gewusst?«

»Sagen wir mal so«, antwortete er, »ich wollte es gar nicht so genau wissen.« Er schluckte hart und schien mit sich zu kämpfen.

Schließlich sah er sie an, seine grünen Augen betrachteten sie eindringlich. »Ich mag dich wahnsinnig gern, Julia. Vom ersten Moment an hab ich gedacht, dass wir beide vielleicht …« Er brach ab und senkte den Blick. »Das waren wohl Wunschträume. Eine so tolle Frau wie du ist natürlich nicht frei. Julia, ich möchte, dass du weißt …«

Die Beifahrertür wurde aufgerissen, Tanja streckte den Kopf herein.

»Hier sind sie nicht«, rief sie atemlos. »Aber ich weiß, wo sie die Evakuierten hingebracht haben, die nicht verletzt sind. Komm, lass mich vorn sitzen, dann kann ich Douglas besser den Weg zeigen.«

Erleichtert stieg Julia aus und nahm auf der Rückbank Platz. Die Unterbrechung kam ihr sehr gelegen. Ein Liebesgeständnis war im Augenblick das Letzte, was sie brauchte. Unter Tanjas Anweisungen kämpfte Douglas sich bis zum nächsten Kreisverkehr durch, als plötzlich Julias Handy klingelte. Mit zitternden Fingern zog sie es aus der Tasche. Ihr Herz machte einen Sprung, als sie Emils Name auf dem Display erkannte.

»Emil?«, fragte sie atemlos.

»Ja, ich bin's«, hörte sie ihren Neffen sagen und hätte weinen mögen vor Erleichterung. Seine Stimme klang kratzig, er musste husten. »Kannst du uns abholen kommen?«

»Wo um alles in der Welt seid ihr?«

»In der Sporthalle von Los Llanos«, antwortete Emil. »Hier sind massenhaft Leute, und ich will hier nicht bleiben.«

»Sie sind in Los Llanos. In der Sporthalle«, sagte Julia zu Tanja.

»Klar«, antwortete die. »Wir sind schon auf dem Weg dahin.«

»Kannst du uns abholen?«, wiederholte Emil kläglich.

Im Hintergrund konnte Julia Stimmengewirr hören, jemand sprach auf Emil ein, es war Jens.

»Ich geb dir Papa«, sagte Emil.

»Tut mir leid, Julia«, hörte sie nun Jens sagen. »Ich weiß, es ist mitten in der Nacht. Aber Emil ist nun mal ein sturer Kerl und wollte unbedingt, dass wir dich …«

»Seid ihr unverletzt?«, fiel ihm Julia aufgeregt ins Wort. »Geht es euch gut?«

»Ja, ja, alles bestens. Kein Grund, auszuflippen«, antwortete Jens. Das sollte wohl lässig klingen. Es gelang ihm nicht so recht.

»Wir sind ohnehin auf dem Weg zu euch«, sagte Julia. »Ich bin so froh, ich kann dir gar nicht sagen, wie …« Wieder kamen ihr die Tränen.

»Sag ihm, wir sind in zehn Minuten dort«, rief Tanja finster nach hinten. »Und er soll sich bloß in Acht nehmen, denn gleich kann er was erleben!«

»Was war das denn?«, fragte Jens irritiert.

»Das war Tanja«, erklärte Julia und fühlte, wie die Erleichterung sie fast überwältigte. »Sie ist bei mir, und ich soll dir sagen … dass sie sich auf dich freut.«

»Bist du verrückt?«, schrie Tanja.

Doch da hatte Julia die Verbindung schon unterbrochen.

Als Julia Emil entdeckte, blieb ihr kurz fast das Herz stehen. Sein Gesicht war fahl, Aschestaub hatte sich auf sein blondes Haar gelegt, seine Augen waren rot unterlaufen. Noch hatte er sie nicht gesehen, und wie er so neben seinem Vater stand, wirkte er trotz der vielen Menschen um ihn herum einsam und verloren.

Tanja erreichte die beiden noch vor ihr, und ehe Jens es sich versah, hatte sie ihm eine kräftige Ohrfeige verpasst.

»Spinnst du eigentlich?«, schrie sie ihn an. »Dich in solche Gefahr zu begeben und den Jungen auch noch mitzunehmen?« Ihre Stimme überschlug sich, die Umstehenden wandten sich ihnen verblüfft und amüsiert zu. »Typisch Jens Brunner«, fuhr sie fort, die Fäuste in die Hüfte gestemmt. »Wann siehst du endlich ein, dass du erwachsen bist?«

Nun hatte Julia Emil erreicht und schloss ihn in die Arme. Der Junge klammerte sich an sie wie ein Ertrinkender.

»Alles in Ordnung mit dir?«, flüsterte sie ihm ins Ohr. Er nickte und hielt sie noch fester. »Dann fahren wir jetzt nach Hause«, sagte sie und sah sich nach Jens um. Der strahlte Tanja an, als hätte sie ihn nicht soeben geschlagen, sondern ihm eine Liebeserklärung gemacht.

»Das heißt«, sagte er hoffnungsvoll, »ich bin dir nicht egal?«

»Doch«, gab Tanja zornig zurück und stampfte mit dem Fuß auf. »Du bist mir so was von egal.«

Jens lächelte breit.

»Das sieht aber überhaupt nicht danach aus«, entgegnete er.

»Lasst uns hier verschwinden«, warf Julia ein. »Unser Auto steht da drüben.« Sie legte den Arm um Emils Schultern. Keine Macht der Welt würde sie dazu bringen, ihn wieder loszulassen, bis sie in Sicherheit waren. Wie im Traum bahnten sie sich ihren Weg durch die Menschen, die nach ihren Angehörigen suchten, sich gefunden hatten und sich tränenreich in den Armen lagen. Und noch immer grollte die Erde unter ihnen wie ein zorniges Tier.

Als sie einstiegen, kommentierte Jens mit keinem Wort, dass Douglas am Steuer saß, ja, er schien es überhaupt nicht wahrzunehmen, und schon allein das zeigte Julia, dass die Ereignisse der vergangenen Stunden an ihm nicht spurlos vorübergegangen waren.

Tanja hatte wieder auf dem Beifahrersitz Platz genommen und dirigierte Douglas aus dem Ort.

So viele Fragen drängten sich Julia auf, die auf der Rückbank zwischen Jens und Emil saß. Sie beschloss allerdings, sie erst später zu stellen. Das Wichtigste war jetzt, sie alle in Sicherheit zu bringen.

»Könnt ihr mich bei meinem Haus absetzen?«, brach Jens das

Schweigen, als sie die Kreuzung erreichten, bei der der Weg zu ihm abzweigte.

»Willst du nicht lieber mit zur Finca kommen?«, schlug Julia vor.

»Nein«, fiel ihr Tanja schneidend ins Wort. »Das will er nicht. Stimmt's, Jens? Da vorn geht's lang.«

Douglas nickte. »Hier ist ja ganz schön was los«, sagte er. Tatsächlich kam ihnen eine lange Autokolonne entgegen, Wagen an Wagen kämpfte sich im Schritttempo nach oben in Richtung Hauptstraße. Ein Fahrer setzte die Lichthupe, und Douglas hielt an, kurbelte das Fenster herunter.

»Das ist einer meiner Nachbarn«, sagte Jens verwundert und stieg aus. »*Hola!*«, grüßte er ihn. »*Qué pasa?* Was ist denn los?«

»Ihr könnt da nicht mehr runter«, rief der andere zurück. Er wirkte verzweifelt. »Der Vulkan! Der Lavastrom kommt direkt auf die Siedlung zu. Ihr müsst umkehren!«

In die Fahrzeugkolonne kam wieder Bewegung, und Jens' Nachbar fuhr weiter. Jens stand mitten auf der Straße und schien zur Salzsäule erstarrt. Julia stieg ebenfalls aus und berührte ihn sanft an der Schulter.

»Komm mit uns«, sagte sie.

»Nein, das glaub ich nicht«, antwortete Jens wie in Trance. »Der Vulkan ist doch so weit entfernt. Solang ich das nicht mit eigenen Augen gesehen habe …«

»Steig ein«, rief Douglas ihm durch das offene Fahrerfenster zu. »Wir fahren runter, soweit es möglich ist.«

Schweigend näherten sie sich der Siedlung. Ascheflöckchen legten sich auf die Windschutzscheibe und zerflossen unter dem Sprühwasser zu einer hässlichen grauschwarzen Brühe. Dann erreichten sie eine etwas erhöht gelegene Stelle, von der aus die Straße nach einer Linkskurve steil nach unten führte. Douglas stoppte den Wagen.

»Warum hältst du an?«, fragte Jens.

Douglas wies nach links. Und da sahen sie es alle. Eine breite Lavazunge, um viele Meter höher als ein Haus, floss langsam, aber stetig den Hang hinab und erreichte gerade die erste Villa der Siedlung. Julia konnte geradezu fühlen, wie alle im Auto die Luft anhielten. Jetzt überwand die Lava die Steinmauer, verwandelte zwei Palmen in brennende Fackeln, umschloss das Haus mit ihren glühenden Armen. Emil schrie leise auf, als der Dachstock zu brennen begann und nach wenigen Sekunden von dem Haus nichts mehr zu sehen war, so als hätte es ein Ungeheuer einfach verschlungen.

»Fahr runter, schnell«, keuchte Jens. »Wenn wir uns beeilen, kann ich noch ein paar Dokumente retten.

»Es ist zu gefährlich«, gab Douglas ruhig zurück. »Es steht zu viel auf dem Spiel. Ein paar Menschenleben zum Beispiel.«

»Überlass mir den Wagen, bitte«, schrie Jens und rüttelte von hinten am Fahrersitz. »Steigt alle aus, und ich fahr allein …«

»Den Teufel wirst du tun«, fiel ihm Tanja entschlossen ins Wort. »Glaubst du, ich schau seelenruhig zu, wie du dich umbringst? Was ist mit deinem Sohn? Willst du ihm das zumuten? Gib auf, Jens Brunner. Sieh ein, dass endlich etwas stärker ist als dein verdammter Eigensinn.«

»Tanja, ich …«

»Wärst du eben zu Hause geblieben, dann hättest du in aller Ruhe packen können«, schnitt Tanja ihm erbarmungslos das Wort ab. »Aber nein, du musstest ja so tun, als wäre ein Vulkanausbruch ein Vergnügungspark. Jetzt holt er sich, was er will.«

»Papa«, krächzte Emil und musste schon wieder husten. »Bitte mach keinen Blödsinn.«

Julia konnte den Blick nicht von der Walze aus glühendem Gestein wenden, die sich unaufhaltsam ihren Weg durch die Siedlung bahnte. Einige wenige Häuser, die am Rand und etwas erhöht standen, blieben verschont, zumindest vorerst. Von anderen fraß die Lava nur einen Teil oder zerstörte lediglich den Vorgarten. Für die meisten Gebäude gab es allerdings keine Rettung. Das Haus ihres Bruders lag ganz am unteren Rand der Siedlung, vielleicht hatte er Glück, und der Lavastrom würde vorher zum Stillstand kommen?

»Es ist sowieso zu spät«, sagte Douglas und wies auf eine Stelle, wo der zerstörerische Fluss gerade ein Stück der Zufahrtstraße, die dort eine Kurve beschrieb, verschlang. »Die Straße ist nicht mehr passierbar. Wenn wir runtergefahren wären, säßen wir jetzt in der Falle.«

Jens sank kraftlos gegen die Rückenlehne. Ein seltsames regelmäßiges Zucken durchlief seinen Körper. Zuerst dachte Julia, er sei hysterisch geworden und würde lachen. Dann wurde ihr bewusst, dass ihr Bruder begonnen hatte, haltlos zu weinen.

Sie sprachen nicht viel während der Fahrt in den Norden. Emil schlief nach einer Weile, an Julias Schulter gelehnt, ein. Douglas rief seinen Kollegen Tom an und bat ihn, ihn beim Mesón abzuholen. Der Morgen dämmerte bereits, als sie endlich bei der Finca ankamen.

»Komm mit rein«, bat Julia Douglas, als Tanja mit Emil und Jens vorausging. Noch war Tom nicht eingetroffen. »Ich mach uns als Erstes einen guten Kaffee.«

Doch der Schotte winkte ab. »Danke«, sagte er und lächelte wehmütig. »Aber ich glaube, ich warte lieber hier draußen.«

»Du musst mindestens genauso müde sein wie ich«, wandte Julia ein. »Wie kann ich dir jemals vergelten, was du heute Nacht für uns getan hast?«

Douglas' Lächeln wurde breiter. »Indem du vergisst, was ich vorhin gesagt habe«, erwiderte er, und Julia wusste sofort, was er meinte. Sein Geständnis, wie gern er sie mochte. Und welche

Hoffnungen er sich gemacht hatte. »Lass uns einfach Freunde bleiben«, bat er. Ein Wagen bog in die Zufahrt zur Finca ein und näherte sich in einer Staubwolke.

»Du hast uns die ganze Nacht über die Insel gefahren«, sagte Julia dankbar. »Und stets die Nerven bewahrt. So was tut nur ein Freund.«

Douglas lachte. »Wie ich sagte: In manchen Situationen geht nichts über einen guten Chauffeur.«

Spontan fiel Julia ihm um den Hals. »Ich danke dir. Von Herzen«, flüsterte sie.

Douglas erwiderte ihre Umarmung fest und löste sich dann von ihr, um in den Wagen seines Kollegen einzusteigen. Dann fuhr er in den anbrechenden Morgen.

»Sieht so aus, als hätte ich mir umsonst Sorgen um dich gemacht.«

Julia fuhr herum. Hinter ihr stand Álvaro. Ihr erster Impuls war, sich in seine Arme zu werfen. Da nahm sie seine ablehnende Haltung wahr, sein finsteres Gesicht.

»Du ... du bist zurück?«, fragte sie stattdessen, und Erleichterung durchflutete sie.

»Wie du siehst«, antwortete er, machte aber keine Anstalten, sie zu umarmen. »Ich bin wirklich froh, dass dir nichts passiert ist«, sagte er mit unergründlichem Blick in Richtung der Staubwolke, in der Toms Auto gerade die Landstraße erreichte. »Obwohl ja offenbar außer dem Vulkanausbruch sonst noch einiges geschehen ist ...« Ohne ein weiteres Wort ging er zum Haus.

21

Die wir lieben

Das Badewasser war dunkelgrau, als Emil aus der Wanne stieg. An den Schienbeinen und an einem Ellenbogen hatte er leichte Schürfwunden. Julia fragte sich, was er wohl hinter sich haben mochte. Der Junge wirkte völlig erschöpft und war schweigsam wie nie zuvor. Was Emil jetzt brauchte, war Ruhe und Schlaf.

Ihr ging es kaum anders, sie hielt sich nur noch mit Mühe auf den Beinen. Nachdem sie sich davon überzeugt hatte, dass Jens in dem Gästezimmer, in das Tanja ihn gebracht hatte, alles hatte, was er brauchte, machte sie sich auf die Suche nach Álvaro.

Er war offenbar auch gerade erst zurückgekommen, sie fand ihn im Schlafzimmer über seine Reisetasche gebeugt. Packte er sie aus oder wieder neu? Wollte er gleich wieder gehen? Zu Naira? Ein Gefühl von Verzweiflung überfiel sie so jäh, dass sie sich aufs Bett setzen musste.

»Wir haben die ganze Nacht nach Jens und Emil gesucht«, sagte sie zu Álvaros Rücken. Er antwortete nicht, es war, als spräche sie gegen eine Wand. Schließlich hatte er die Tasche geleert und verstaute sie im Schrank. Julia atmete auf. Wenigstens wollte er nicht ohne Aussprache einfach gehen.

Er nahm seine schmutzige Wäsche und ging damit ins Badezimmer. Julia folgte ihm und sah zu, wie er sie in den Korb stopfte, der dafür vorgesehen war. *Warum bist du mit Naira nach Teneriffa gefahren?* und *Hast du dich für sie entschieden?* wollte sie fragen, doch sie hatte nicht die Kraft dazu.

»Bist du jetzt mit ihm zusammen?« Álvaro hatte sich zu ihr umgedreht und sah ihr vorwurfsvoll in die Augen.

»Ich? Mit wem?«, fragte sie konsterniert.

»Na, mit diesem Sternegucker, der dir ja die ganze Nacht so großartig beigestanden hat.« Álvaro sprühte auf einmal nur so vor Verärgerung und Eifersucht.

»Nein!«, rief Julia heftig. »Ich bin nicht mit ihm zusammen. Wie kommst du auf so eine bescheuerte Idee? Ich bin mit *dir* zusammen. Jedenfalls dachte ich das.«

»Du dachtest das?«

Plötzlich kamen Julia heiße Tränen der Enttäuschung und der Wut. »Du bist einfach weggefahren«, empörte sie sich. »Ohne Abschied. Und dann erfahre ich von Toto, dass du …« Sie konnte nicht mehr weitersprechen. Kraftlos sank sie auf den Rand der Badewanne und ließ ihren Tränen freien Lauf.

»Was hat Toto gesagt?«, fragte Álvaro. Julia fühlte seinen Arm um ihre Schultern, er hatte sich neben sie gesetzt.

»Er hat gesagt, dass du mit Naira nach Teneriffa gefahren bist.«

Sie konnte kaum sprechen vor Schluchzen. Noch immer lag Álvaros Arm um ihre Schultern, und ihr Herz klopfte so heftig, dass es in ihren Ohren dröhnte.

Sie fühlte, wie er ihr eine Strähne aus dem Gesicht strich. »Hat dir Toto denn nicht erzählt, warum ich Naira nach Teneriffa gebracht habe?«

Julia blickte überrascht auf. Die Frage nach dem Warum hatte sie sich nicht gestellt. Sie war davon ausgegangen, dass es eine Vergnügungsfahrt gewesen war, die Reise von zwei Verliebten.

»Nein«, antwortete sie.

Er stöhnte auf und schüttelte ratlos den Kopf. Seine Wut schien wie weggeblasen. »Jetzt lassen wir dir erst mal ein schönes Bad ein«, sagte er fürsorglich und öffnete den Wasserhahn. »Und dann erzähl ich dir alles. Einverstanden?«

Julia ließ zu, dass er ihr beim Ausziehen half. Sie war erschöpft und müde, wusste nicht mehr, wie sich das alles aufklären sollte. Aber das Wichtigste war, dass alle, die sie liebte, unter ihrem Dach versammelt waren. Und dass der Vulkan, der Häuser und Straßen unter sich begrub und Menschen obdachlos machte, weit genug entfernt war.

Als sie in dem duftenden Schaumbad saß und das warme Wasser ihren Körper sanft umspülte, zog Álvaro einen Hocker heran und setzte sich zu ihr.

»Willst du jetzt hören, warum ich Naira nach Teneriffa gebracht habe?«, fragte er. Julia nickte. »Ich weiß nicht, ob du mitbekommen hast, dass ihre epileptischen Anfälle in den vergangenen Wochen häufiger geworden sind?«

Julia schüttelte verwundert den Kopf.

»Je mehr sie darunter leidet, desto mehr klammert sie sich an mich. Ich weiß ja, dass dir das nicht gefällt.« Er hielt kurz inne und reichte Julia den Naturschwamm, den er ihr zu Ostern geschenkt hatte. »Mir übrigens auch nicht«, fügte er hinzu. »Am Freitag haben wir erfahren, dass in Teneriffa im Moment ein Kongress zum Thema Epilepsie stattfindet, an dem eine Spezialistin aus den Vereinigten Staaten teilnimmt. Diese Ärztin hat sich auf den Zusammenhang von Traumata und Epilepsie spezialisiert und gilt in diesem Bereich als Koryphäe. Naira hat ihre Anfälle ja erst seit dem Unfalltod ihres Bruders. Es ist Toto gelungen, kurzfristig eine Konsultation für Naira bei dieser Spezialistin zu bekommen, und zwar am Samstag, das war der einzig freie Termin, den sie anbieten konnte. Pepe wollte mit Naira rüberfliegen, aber mir war nicht wohl dabei. Diese vielen Erdbeben … Ob du es glaubst oder nicht, ich hatte tatsächlich so etwas wie eine … eine Vorahnung, dass es dieses Mal wirklich zu einem Vulkanausbruch kommen würde. Dazu musste man wahrlich kein Hellseher sein, die Vulkanologen haben es schon seit langer Zeit vorhergesagt. Ich fand es sicherer, mit dem Boot zu fahren. Denn bei einem Ausbruch ist der Luftverkehr als Erstes gestört.«

»Du hast das geahnt?« Julia richtete sich jäh auf. »Warum hast du mir nichts davon gesagt?«

»Es hätte ebenso gut erst in einer Woche geschehen können«, antwortete Álvaro. »Oder in einem Monat. Ich wollte dich nicht unnötig beunruhigen. Und außerdem …« Er zögerte.

»Was außerdem?«, bohrte Julia nach.

»Ich war unglaublich sauer auf dich«, räumte Álvaro ein. »Dass Douglas in dich verknallt ist, sieht doch ein Blinder. Es war mir unverständlich, dass du darauf bestanden hast, mit diesem Mann mitten in der Nacht auf den Berg zu fahren und dir von ihm die Sterne zeigen zu lassen. Das klang mir einfach alles zu romantisch, ganz egal, ob da noch andere Leute dabei sein sollten oder nicht. Er würde dich durch das Teleskop schauen lassen, sich zu dir beugen und dir beim Einstellen helfen, dabei würden sich eure Hände streifen …« Álvaro presste die Lippen zusammen und atmete schwer. »Na ja, du weißt schon! Die einzige plausible Erklärung war, dass auch du an ihm interessiert bist.«

»Das bin ich nicht, und das hab ich ihm natürlich gesagt. Und dir übrigens auch«, gab Julia zurück. »Wie kommst du überhaupt dazu, mir zu misstrauen? Habe ich dir je einen Anlass dazu gegeben?«

Álvaro biss sich auf die Lippen und schüttelte den Kopf.

»In einer Sache hattest du aber recht,« erklärte Julia. »Es stimmt. Er hat sich tatsächlich mehr von mir erhofft. Seine Schwester samt Mann und Freunden konnten nicht kommen, und er hatte sich folglich auf eine Nachtwanderung zu zweit gefreut. Allerdings hatte ich Tanja mitgebracht.«

»Na bitte«, warf Álvaro ein. »Ich hab es gewusst. Wieso hast du nicht auf mich gehört?«

»Weil ich es nun mal nicht leiden kann, wenn mir jemand

Vorschriften machen will.« Empört funkelte sie ihn an. »Bitte sag nie wieder, dass ich dieses oder jenes nicht machen soll«, erklärte sie kämpferisch. »Sich lieben heißt, einander zu vertrauen. Oder?«

Álvaro zog halb erstaunt, halb lächelnd die Augenbrauen hoch. »Du forderst Vertrauen? Und wie sieht es bei dir damit aus? Sobald Naira ins Spiel kommt, siehst du rot. Unterstellst mir alles Mögliche. Wo ist da dein Vertrauen?«

Julia schwieg betroffen. Álvaro hatte recht, und das musste sie erst einmal verdauen. Seufzend ließ sie sich zurück ins Badewasser gleiten.

»Warum hast du mir denn nicht Bescheid gesagt, dass du nach Teneriffa fährst? Du warst einfach weg und hast das ganze Wochenende nichts von dir hören lassen«, sagte Julia vorwurfsvoll.

»Aber ich hab dir doch eine Nachricht hinterlassen«, sagte Álvaro verblüfft. »Ich bin am Freitagmittag kurz hier gewesen, ein paar Kleider packen, während ihr im Garten gegessen habt. Nach unserer Auseinandersetzung war mir einfach nicht danach, mich vor versammelter Mannschaft von dir zu verabschieden. Ich hatte gehofft, dich in der Küche allein zu erwischen, aber stattdessen ist nur Vidal gekommen, um etwas zu holen. Da hab ich rasch den Zettel geschrieben.«

»Welchen Zettel?«, fragte Julia.

»Hast du ihn nicht gefunden? Ich hab ihn neben den Buchungskalender auf die Theke gelegt.«

»Auf die Theke? Da war keine Nachricht«, antwortete Julia verwirrt und versuchte, sich zu erinnern. Auf einmal fiel es ihr wieder ein. »Parvi hat nach dem Mittagessen die Flaschen in der Bar abgestaubt und die Theke mit Bienenwachs poliert. Ich habe ihr gesagt, sie soll das Reservierungsbuch in die Schublade darunter legen. Wahrscheinlich ist auch der Zettel dort gelandet.«

»Ach du liebe Zeit«, sagte Álvaro bestürzt. »Damit hab ich natürlich nicht gerechnet.«

Ein Gefühl der Erleichterung durchflutete Julia. Also gab es doch eine Erklärung für Álvaros Verhalten?

»Aber sag mal«, wandte sie ein. »Warum hast du dich denn das ganze Wochenende nicht gemeldet? Du hättest doch eine Textnachricht schreiben oder anrufen können.«

»Ich war sauer auf dich«, gab Álvaro zu. »Du hast dich ja nicht einmal erkundigt, wie die Überfahrt nach Teneriffa war und welches Ergebnis Nairas Termin bei der Spezialistin hatte. Ich konnte ja nicht ahnen, dass du meine Erklärung nicht gelesen hast.«

Julia schluckte. Das alles machte Sinn.

»Wo ist Naira jetzt?«, fragte sie schließlich.

»In Puerto de la Cruz auf Teneriffa«, antwortete Álvaro. »Pepe ist sehr unglücklich, dass er nicht mitkam, nun da Naira ein paar Tage dortbleiben muss. Denn Kathe Shaffer hat angeboten, mit ihr in der kommenden Woche noch mal zu arbeiten und sie auch Kollegen vorzustellen. Das ist eine einmalige Chance. Lass uns hoffen, dass sie ihr helfen können.«

Ja, das wünschte Julia ihr von ganzem Herzen. Mit schlechtem Gewissen dachte sie daran, dass sie Naira einige Male verdächtigt hatte, ihre Epilepsie vorzuschieben, um Álvaro nahe sein zu können.

»Was ist eigentlich mit Jens und Emil passiert?«, unterbrach Álvaro ihre Gedanken.

Julia stöhnte auf und schloss die Augen. Auf einmal sah sie wieder diese schrecklichen Bilder vor sich. Vor allem der gigantische Fluss aus Lava, der Straßen, Häuser, ja, ganze Siedlungen verschlang, hatte sich in ihr Gedächtnis eingebrannt.

»Jens hat mit Emil ganz in der Nähe der Ausbruchstelle gezeltet, stell dir das mal vor!«, berichtete sie. »Als wir oben auf dem Roque die Eruptionen gesehen haben, wollte ich nur eines – so schnell wie möglich dorthin. Douglas hat uns gefahren.« Einen Moment lang konnte sie nicht weitersprechen, die quälend lange Fahrt auf den verstopften Straßen war einfach unerträglich gewesen. »Je näher wir dem Vulkan kamen, desto chaotischer wurde es. Ich dachte schon, dass sie …« Sie musste schlucken und tief Luft holen, ehe sie weitersprechen konnte. »Ich hatte solche Angst, dass sie es nicht geschafft haben könnten«, fuhr sie schließlich fort. »Dann rief Emil an. Man hatte sie evakuiert.«

»Gott sei Dank«, sagte Álvaro und nahm ihre Hand vom Badewannenrand und küsste sie.

»Ich fürchte, Jens wird eine ganze Weile bei uns wohnen müssen.« Julia sah ihn besorgt an. »Er wollte unbedingt nach Hause. Aber das war nicht möglich. Es kann gut sein, dass sein Haus zerstört wird, falls es das nicht schon ist.«

»Das ist furchtbar.« Álvaro drückte ihre Hand. »Ich weiß, wie schrecklich es ist, sein Heim zu verlieren.«

»Wie hast du eigentlich von dem Vulkanausbruch erfahren?«

»Ich lag in Puerto de la Cruz vor Anker und konnte nicht schlafen«, erzählte Álvaro. »Die ganze Zeit hab ich an dich gedacht und mich gefragt, was zwischen dir und diesem Sternegucker gerade läuft. Dauernd hab ich nachgesehen, ob nicht doch noch eine Nachricht von dir kommt. Schließlich bin ich an Deck gegangen und hab zu euch nach Westen geschaut.«

»Von Teneriffa aus?«

Álvaro nickte. »Die Insel kann man natürlich vom Wasser aus nicht sehen. Auf einmal war da dieser Feuerschein. Da wusste ich sofort, was los war, und hab mich augenblicklich auf den Heimweg gemacht.« Er lächelte schief. »Wenn ich ehrlich bin, war ich plötzlich ziemlich erleichtert darüber, dass du mit Douglas unterwegs warst.«

»Warum denn das?«, fragte Julia.

»Oben bei der Sternwarte warst du in Sicherheit«, antwortete Álvaro ernst. »Ich konnte ja nicht wissen, dass du dich mitten ins Getümmel stürzen würdest.«

»Und du bist sofort zurückgekommen?«, fragte Julia.

»Natürlich«, antwortete er. »Schließlich leben alle Menschen, die mir wichtig sind, auf La Palma. Vor allem du. Und meine Großmutter. Meine Freunde. Auch mein Salzgarten befindet sich hier. Ich bin Palmero. Selbst wenn die ganze Insel in die Luft fliegen sollte – mein Platz ist hier.«

Das Gefühl der Zärtlichkeit überfiel Julia so jäh, dass sie nicht anders konnte, als sich aufzurichten und Álvaro zu umarmen. Dass sie ihn damit ganz nass machte, war ihr vollkommen egal. Er drückte sie an sich, beugte sich tief zu ihr hinunter, und obwohl er Jeans und T-Shirt trug, ließ er sich übermütig zu ihr in die Wanne gleiten, sodass das Wasser über den Rand schwappte und das halbe Badezimmer überschwemmte.

»Ich liebe dich«, sagten beide gleichzeitig. Sie lachten und küssten sich immer wieder.

»Wie sollen wir hier jemals herauskommen?«, fragte Álvaro schließlich und zog Julia noch enger an sich.

»Keine Ahnung«, murmelte sie nahe an seinem Mund und küsste ihn erneut.

Julia schlief tief und traumlos bis zum Mittag und wurde schließlich von lauten Stimmen aus dem Garten geweckt. Es dauerte einen Moment, ehe sie Jens und Tanja erkannte. Gleichzeitig fiel ihr alles wieder ein. Die beiden schienen heftig miteinander zu streiten. Julia drehte sich um und stellte fest, dass die andere Seite des Himmelbetts leer war. Sicher sah Álvaro im Salzgarten nach dem Rechten.

»Nein, ich denke gar nicht daran!«, hörte sie Tanja wütend sagen und leiser die unverständliche Stimme von Jens, die etwas antwortete.

Seufzend stand Julia auf und zog sich an. Sie wählte das erstbeste Sommerkleid, das ihr in die Hände kam, kämmte ihr Haar und steckte es im Nacken auf.

Zuerst wollte sie sich vergewissern, dass mit Emil alles in Ordnung war. Vorsichtig öffnete sie die Tür zu seinem Zimmer. Er schlief, hatte das Laken von sich gestrampelt, sein Haar stand in alle Richtungen ab. Leise schloss sie die Tür und ging hinunter in die Küche, um die Lage zu sondieren. Kurz dachte sie daran, wie groß und leer die Finca gewesen war, als sie hier im vergangenen Jahr eingezogen war. Heute war bis auf ein kleines Gästezimmer jeder Raum belegt. Dass außerdem ihr Bruder bei ihr Unterschlupf suchen würde, hätte sie sich nie im Leben vorstellen können.

»Du glaubst doch nicht im Ernst, wir könnten so tun, als sei alles vergeben und vergessen?«

Julia lugte vorsichtig aus dem Küchenfenster. Tanja saß draußen am Gartentisch, einen Kaffeebecher vor sich, und Jens stand unschlüssig neben ihr. Jetzt drehte er sich mit einer hilflosen Geste um und kam direkt auf das Haus zu. Rasch wandte Julia sich ab und sah im Küchenschrank nach, wie viel Brot noch da war. Sie fand nur noch einen kleinen Rest, und natürlich hatte sie am Abend zuvor keinen Brötchenteig mehr angesetzt.

Die Tür ging auf, und Jens erschien auf der Schwelle.

»Hallo«, sagte Julia und musterte ihn verstohlen. Er sah schrecklich aus, ganz so, als ob er seit ihrer Ankunft überhaupt nicht geschlafen hätte. Und wahrscheinlich war das auch der Fall.

»Hey, Julia«, sagte er und ließ sich auf einen Küchenhocker fallen. Seine Augenlider waren entzündet, tiefe Falten, die Julia an ihm noch nie bemerkt hatte, furchten seine Stirn.

»Kaffee?«

»Wäre toll.« Er stützte die Ellbogen auf den Tisch und legte das Kinn in seine Hände.

»Hast du im Zimmer alles gefunden, was du brauchst?«, fragte sie und setzte die Maschine in Gang.

»Was ich brauche, kannst du mir leider nicht geben«, antwortete er. »Nur eines vielleicht. Leihst du mir nachher deinen Wagen?«

Das Zischen der Kaffeemaschine enthob Julia einen Moment lang der Antwort.

»Was willst du damit?«, fragte sie schließlich, als die duftende schwarze Flüssigkeit in die Tasse lief.

»Nachsehen, ob mein Haus noch steht.«

Julia konnte ihn nur zu gut verstehen. An seiner Stelle würde sie das ebenfalls wollen. Die Sache war nur, dass sie sich nicht sicher war, ob er wusste, was er tat. Die vergangenen Tage hatten bewiesen, was sie schon lange vermutet hatte – dass Jens sich mitunter überschätzte. Und gerade jetzt wirkte er so verzweifelt, dass Julia sich Sorgen machte, er könnte eine Kurzschlusshandlung begehen. Sie wollte gerade sagen *Wenn du mir versprichst, vorsichtig zu sein, und dich nicht in Gefahr begibst*, als ihr einfiel, was Álvaro vor wenigen Stunden über das Vertrauen gesagt hatte. War es nicht an der Zeit, auch ihrem Bruder Vertrauen entgegenzubringen?

»Klar kannst du meinen Wagen haben«, sagte sie und atmete ein paarmal tief durch. Wenn man sich erst einmal darauf einließ, war es gar nicht so schwer.

Jens' Züge entspannten sich etwas. »Danke«, sagte er und nahm einen Schluck von dem Kaffee, den sie ihm hingestellt hatte. »Drück mir die Daumen, dass die Bude noch steht«, fügte er hinzu. Er zog seine Geldbörse aus der Hosentasche und legte sie auf den Tisch. »Falls nicht, ist das hier alles, was mir in diesem Leben geblieben ist.« Er öffnete das Lederetui und sah den Inhalt durch. »Personalausweis, Führerschein. Eine Kreditkarte, die anderen sind zu Hause. Hundertvierundsechzig Euro in bar und ein paar Münzen.« Resigniert steckte er das Portemonnaie ein.

Julia nahm ihre Tasse, setzte sich neben ihn und legte ihm den Arm um die Schultern.

»Du hast deinen Sohn«, sagte sie leise. »Und deine Schwester.

Alles andere lässt sich ersetzen.« Ihr Herz klopfte heftig in Erwartung einer brüsken Zurückweisung. Nie zuvor in ihrer beider Leben waren sie sich so nahegekommen, außer an jenem Tag, als sie ihn gemeinsam mit Diego aus dem Wasser gerettet hatte. Im Gegensatz zu damals war Jens heute bei vollem Bewusstsein. Doch entgegen ihrer Befürchtung entzog er sich ihr jetzt nicht, nein, ganz im Gegenteil. Julia kam es vor wie ein Wunder, als ihr Bruder sich sacht an sie lehnte und sogar seinen Kopf gegen ihren legte. Sie wagte kaum, zu atmen.

Von draußen näherten sich Schritte, der kurze Moment war vorüber. Beide richteten sich auf, und Julias Arm glitt von Jens' Schulter. Trotzdem war gerade etwas zwischen ihnen geschehen. Kurz sahen sie Tanja, die am Fenster vorüberging, jedoch nicht eintrat. Jens seufzte leise.

»Was hast du nur mit meiner Tanja gemacht?«, fragte er in übertriebener Verzweiflung. Wieder einmal rettete er sich in die Ironie, diesmal war sie allerdings ohne jede Boshaftigkeit. »Sie war einmal ein so umgängliches Mädchen.«

»Sie hat sich verändert«, sagte Julia und grinste.

»Ja, und ob.« Jens machte große betrübte Dackelaugen. »Inzwischen hasst sie mich.«

Julia stand auf und nahm eine Dose mit Mandelkeksen von einem Regal.

»Das glaube ich nicht«, sagte sie. »Als sie dachte, dir sei etwas zugestoßen, war sie sehr verzweifelt. Sie ist bloß schrecklich wütend auf dich.«

»Kannst du nicht ein gutes Wort für mich einlegen?«, fragte Jens und griff nach einem Keks. Auf einmal hatte er große Ähnlichkeit mit Emil. Julia musste an den Tag denken, als der Junge genau an demselben Platz gesessen und ihr von seinen Schwierigkeiten mit Parvati erzählt hatte. Ein warmes Gefühl breitete sich in ihrer Brust aus. War das die berühmte Geschwisterliebe?

»Nein«, antwortete sie liebevoll. »Das musst du schon selbst mit ihr klären.« Sie nahm den Autoschlüssel vom Haken und reichte ihn Jens.

»Hier«, sagte sie. »Wäre schön, wenn du und der Wagen heil wiederkommen würdet. Und dass du es weißt: Du kannst hier wohnen, solange du willst.«

Gerade als Jens vom Hof fuhr, kam Emil zu ihr in die Küche, blass und hoffnungslos verstrubbelt.

»Frühstück?«, fragte Julia. »Soll ich dir ein Müsli machen?«

Emil nickte, und Julia füllte Haferflocken in eine Schale.

»Wo ist Papa?«, fragte er.

»Er will nachsehen, ob sein Haus noch steht«, antwortete Julia und warf ihrem Neffen einen prüfenden Blick zu.

»Und wie will er das tun, ohne Auto?« Emil bediente sich bei den Mandelkeksen.

»Ich hab ihm meines geliehen«, erklärte Julia und rieb einen Apfel in Emils Müsli. »Was ist eigentlich mit seinem passiert?«

»Verbrannt«, antwortete Emil und nahm sich noch einen Keks. »So wie das Zelt und alles andere.« Er hustete und füllte sich Wasser in ein Glas, trank es in einem Zug leer. Julia gab ein paar frische Salbeiblätter aus dem Garten in eine Kanne und goss sie mit kochendem Wasser auf.

»Was ist das für ein Husten?«, fragte Julia. »Hast du Rauch eingeatmet?«

Emil zuckte mit den Schultern. Er wirkte apathisch, so als würde ihn alles sehr anstrengen.

»Magst du mir erzählen, wie es euch ergangen ist?«

»Da gibt's nicht viel zu erzählen«, antwortete Emil. »Mitten in der Nacht sind wir aufgewacht, weil es so gedröhnt hat. Die Erde hat gezittert, als würde gleich eine Planierraupe über unser Zelt fahren. Draußen war alles voller Qualm. Wir haben uns rasch angezogen.« Er hustete heftig. Julia gab Maribels Berghonig auf einen Löffel und reichte ihn Emil.

»Was habt ihr dann gemacht?«

»Wir haben versucht, mit Papas Bus wegzufahren«, erzählte er und schluckte den Honig langsam. »Aber man konnte nichts sehen, alles war schwarz um uns und die Windschutzscheibe voller Asche. Da haben wir den Bus stehen gelassen und sind den Berg runtergerannt. Es ist immer heißer geworden, und ringsherum haben die Bäume angefangen zu brennen.« Er stockte, musste wieder husten, und Julia bereute bereits, ihn zum Reden gebracht zu haben. Schweigend aß er sein Müsli. Als er fertig war, lehnte er sich erschöpft zurück. »Irgendwann standen wir auf einer Straße, ich weiß nicht mehr genau, wie wir dahin gekommen sind. Da waren Leute, die haben uns mitgenommen. Ich hab versucht, dich anzurufen, aber der Akku war leer. Zum Glück hatte in der Sporthalle einer das richtige Kabel, und ich hab das Handy aufladen können. Dann hab ich dich angerufen.« Er trank von dem Tee. »Ist Devi nicht da?«, fragte er unvermittelt, und erst jetzt wurde Julia bewusst, dass sie heute nicht gekommen war.

»Nein«, antwortete sie und war sofort beunruhigt.

»Ich hab eben schon versucht, Parvi anzurufen«, erklärte Emil. »Sie geht nicht ran.«

Seine Sorge übertrug sich auf Julia. Devi hatte noch nie gefehlt, ohne Bescheid zu geben und einen Ersatz zu organisieren. Sofort griff sie nach ihrem Smartphone und wählte ihre Nummer. Erst nach dem fünften Läuten meldete sie sich.

»Ist alles in Ordnung bei euch?«, fragte Julia, nachdem sie sich begrüßt hatten.

»Ich weiß nicht so genau«, antwortete Devi. Ihre Stimme klang besorgt. »Der Lavastrom hat den Fahrweg zu uns herunter an einer Stelle blockiert. An der Haarnadelkurve oben beim Wasserreservoir.« Julia hielt vor Schreck die Luft an. Die Piste, die zu Devis und Sams Höhlenwohnung führte, war in den Felsen geschlagen worden, man konnte nirgendwo ausweichen oder querfeldein ein Hindernis umfahren. Die letzten fünfhundert Meter musste man ohnehin zu Fuß gehen. Das Wasserreservoir befand sich zwar einen guten Kilometer oberhalb der Höhlenwohnung, doch seit der vergangenen Nacht war Julia klar, dass das nichts heißen musste. Wenn der Lavastrom tatsächlich diese Route nehmen würde, wäre es nur eine Frage der Zeit … »Tut mir leid, ich hätte dich anrufen sollen«, fuhr Devi schuldbewusst fort. »Ich bin so aufgeregt, da hab ich nicht daran gedacht.«

»Absolut verständlich«, antwortete Julia. »Glaubst du …«, sie wagte es nicht auszusprechen.

»Dass die Lava bis zu uns runterkommt?« Devi hatte sofort verstanden. »Ich hoffe nicht. Sam ist nachsehen gegangen, wie die Lage weiter oben ist. Jedenfalls kommen wir momentan hier nicht weg.«

Diese Vorstellung fand Julia unerträglich.

»Auch nicht zu Fuß?«, fragte Julia. »Könnt ihr nicht über die Felsen klettern?«

»Was ist mit Parvati?«, warf Emil angstvoll ein.

»Keine Chance«, gab Devi zurück. »Die sind viel zu steil.«

»Kann Emil kurz mit Parvati sprechen?«, fragte Julia.

»Sie ist mit Sam gegangen«, antwortete Devi. »Ich sag ihr Bescheid, wenn sie zurück sind. Sie wird sich melden.«

Zwei Atemzüge lang war es still zwischen ihnen. Schließlich stellte Julia die Frage, die sie nicht mehr losließ.

»Und wenn die Lava zu euch runterkommt? Was könnt ihr dann tun?«

Devi antwortete nicht gleich. »Keine Ahnung«, sagte sie dann. »Hoffen wir einfach das Beste.«

22

Der Hilferuf

Es war schwer, Emil zu beruhigen. Er war entschlossen, zu Fuß aufzubrechen oder den Bus zu nehmen, um zu seiner Freundin zu gelangen, und wäre nicht Álvaro aus dem Salzgarten zurückgekommen, hätte Julia ihn womöglich nicht aufhalten können.

»Was genau ist passiert?«, fragte er den Jungen, und Emil erzählte aufgeregt von der Lage, in der sich Devi, Sam und Parvati befanden. »Wenn ich dich recht verstehe, wissen wir noch nicht, ob die Höhlen überhaupt betroffen sein werden«, schloss Álvaro, nachdem er sich alles angehört hatte. »Gut möglich, dass die Lava an den Höhlen vorbei in den *barranco* fließt.«

»Auch dann müssen sie da weg«, stieß Emil erregt hervor. »Da wird es furchtbar heiß werden und der ganze Rauch …«

»Wollen wir versuchen, im Internet Informationen zu finden?«

Álvaros besonnene Art wirkte, Emil nickte und folgte ihm in das kleine Büro, das sie für Tanja eingerichtet hatten. Julia wollte sich ihnen anschließen, da fielen ihr all ihre anderen Freunde ein.

Als Erstes rief sie Amelie an, die gestern Abend bei Toto übernachten wollte. Sie erfuhr, dass die beiden aufgebrochen waren, um als Freiwillige bei der Unterbringung von Evakuierten zu helfen.

»Du glaubst nicht, was hier los ist«, sagte Amelie atemlos. »Ständig werden mehr Menschen hergebracht. Toto hat gerade die Familie seines Onkels davon überzeugen können, ihre Finca im gefährdeten Gebiet zu verlassen. Meinst du, wir könnten sie zu dir bringen?«

»Natürlich«, antwortete Julia. »Hier wird es zwar schon ziemlich eng, aber wir können Zelte im Garten aufstellen. Im Salzgarten können wir ebenfalls Leute unterbringen.«

»Was meinst du mit ›ziemlich eng‹?«, erkundigte sich Amelie.

»Jens wohnt bei uns«, antwortete Julia. »Er kann nicht zurück in sein Haus. Trotzdem. Wen immer ihr herbringen wollt«, fuhr Julia fort, »meinen Segen habt ihr.«

Kaum hatte sie aufgelegt, fiel ihr Paola ein, die bei ihr in der Küche arbeitete. Und Carmen, die Devi häufig beim Saubermachen half. Und was war mit den Frauen von der Witwenkooperative, die Julias Kekse backten?

Sie versuchte, eine nach der anderen anzurufen, doch alle Leitungen waren besetzt, auch die von Maribel. Natürlich. Sicher hatte jeder jemanden auf der Insel, um den er sich Sorgen machte. Julia war versucht, Jens' Nummer zu wählen, rief sich allerdings zur Ordnung. Sie hatte beschlossen, ihm zu vertrauen, und dabei würde sie bleiben, statt ihm auf die Nerven zu fallen.

»Wir müssen sofort los!« Emil war in die Küche gestürzt.

»Parvati hat sich gemeldet«, erklärte Álvaro, der hinter ihm eintrat. »Ich hab mit ihrem Vater gesprochen. Sie wollen versuchen, den *barranco* hinunter zur Küste zu klettern.«

»Ist die Lage denn so schlimm?«, fragte Julia bestürzt.

»Es ist besser, sie verlassen die Höhlen«, erklärte er. »Die Lava ist schon ziemlich nah.«

»Es ist verdammt steil da«, wandte Emil angstvoll ein. »Wir haben ein paarmal probiert, zum Wasser runterzuklettern, und sind nicht weit gekommen.«

»Gesetzt den Fall, sie schaffen es bis hinunter zur Küste. Was dann?«, wollte Julia wissen.

»Wir holen sie mit der *Alba*«, antwortete Álvaro. »Sam hält es nicht für unmöglich, bis zum Wasser zu gelangen.« Julia dachte an den spektakulären Ausblick, den man von Devis Terrasse aus hatte. Die Höhlen lagen einige Hundert Meter über dem Meeresspiegel wie Felsennester über einem tief eingeschnittenen *barranco*. »Keiner weiß, wie lange der Vulkan aktiv sein wird«, fuhr Álvaro fort. »Im Internet haben wir ein paar Informationen vom Institut für Vulkanologie gelesen.«

»Die sagen, dass das erst der Anfang ist«, warf Emil aufgeregt ein.

»Inzwischen hat sich ein weiterer Schlot geöffnet«, erklärte Álvaro. »Es gibt mehrere Lavaströme.« Er wandte sich an Emil und musterte ihn besorgt. »Die drei können ja nicht ewig auf irgendeiner Klippe ausharren. Die *Alba* ist startklar. In einer halben Stunde können wir los.«

»Okay, ich komme mit«, sagte Julia.

»Ja, das wäre gut«, antwortete Álvaro. »Ich wollte noch Toto fragen, ob er uns begleitet. Wenn wir das Schlauchboot zu Wasser lassen müssen, brauchen wir mehr Hände. Pepe hab ich schon verständigt. Er kommt, so schnell er kann.«

»Toto ist mit Amelie in der Stadt«, berichtete Julia. »Sie helfen dabei, die Evakuierten unterzubringen. Wahrscheinlich bringen sie einige Verwandte von Toto hierher.«

Álvaro überlegte. »Ich könnte Diego fragen …«

In diesem Moment hörten sie den Motor eines Wagens.

»Wenn das Pepe ist, dann hat er sich wirklich beeilt«, sagte Álvaro erleichtert.

Aber es war nicht Pepe. Es war Jens, der zurückgekommen war.

»Papa«, rief Emil und flog in seine Arme. »Wir müssen Parvati und ihre Eltern retten. Kommst du mit?«

»Natürlich«, sagte Jens und hielt seinen Sohn fest im Arm. »Was ist der Plan?«

Pepe war alles andere als begeistert, als er hörte, dass ausgerechnet El Alemán mit von der Partie sein sollte, seine Ablehnung stand ihm allzu deutlich ins Gesicht geschrieben. Ja, einen Moment lang sah es ganz so aus, als würde er wieder gehen, statt sich seinem Freund wie versprochen anzuschließen. Doch als er hörte, was genau getan werden musste, riss er sich zusammen.

»Hast du die Rettungsseile und Schwimmwesten mitgebracht?«, fragte Álvaro und bat Jens, mitzukommen und ihm zu helfen, alles, was er für den Einsatz für notwendig hielt, aufs Boot zu bringen.

Währenddessen packte Julia Ersatzkleidung für alle ein, Handtücher und natürlich eine Tasche mit Proviant sowie Getränke. Sogar Tanja rang sich dazu durch, beim Packen zu helfen, wobei sie versuchte, Jens aus dem Weg zu gehen.

»Was ist eigentlich mit deinem Haus?«, fragte Julia ihren Bruder, als sie schließlich beladen mit Taschen voller Wolldecken ein letztes Mal den Felsenweg hinuntergehen wollten.

»Das gibt es nicht mehr«, antwortete Jens lapidar.

Julia blieb erschrocken stehen und wandte sich zu ihm um. Ein neuer Ausdruck lag auf seinem Gesicht, sie konnte ihn nicht recht deuten.

»Das ist ja furchtbar«, brachte sie mühsam hervor und stellte ihre Taschen ab.

Jens nickte, atmete tief ein und sah an Julia vorbei über die Weite des Atlantiks, presste die Lippen aufeinander und stieß die ganze Luft auf einmal aus.

»Ja«, sagte er. »Jens Brunner muss mal wieder ganz von vorn anfangen.« Julia wusste nicht, was sie sagen sollte. Jedes Wort des Mitgefühls würde hohl und nichtig klingen. »Das Gute daran ist, dass ich mich neu erfinden kann«, fuhr er fort. »Das Schlechte daran – das brauch ich dir ja wohl kaum zu erklären.«

»Das Wichtigste ist, dass wir alle noch da sind«, sagte Julia. »Alles andere ist nur … Materie. Irgendwann wirst du ein neues Haus haben. Und alles, was du dir wünschst.«

»Im Augenblick wünsche ich mir eigentlich nur, dass Tanja wieder Vertrauen zu mir fasst«, antwortete Jens ehrlich. »Nach dieser Geschichte kann ich mir das wohl abschminken.«

Julia konnte nicht anders, sie schloss ihren Bruder in die Arme. Sie fühlte die Wärme seines Körpers und sein heftig schlagendes Herz. Und den Druck seiner Hände an ihrem Rücken.

»Mein Haus ist auch deines«, sagte sie und löste die Umarmung. »Und was Tanja anbelangt – da ist das letzte Wort noch nicht gesprochen, denke ich. Sie war *sehr* aufgewühlt, als wir befürchten mussten, dass euch etwas passiert war.«

Bedrückt gingen sie weiter. Dafür, dass er sein Zuhause verloren hatte, fand Julia ihren Bruder ziemlich tapfer. Als sie unten zu den anderen stießen, folgte Jens, ohne zu zögern, Álvaros Anweisungen, half Emil, die Rettungsweste anzuziehen, und packte mit an, als es daranging, mithilfe des großen Schlauchboots alles an Bord der *Alba* zu bringen. Mehrmals fuhr es zwischen Land und Boot hin und her, und gerade, als Julia mit Jens und Emil einsteigen wollte, war auf einmal Tanja bei ihnen.

»Pass auf sie auf«, sagte sie streng zu Jens.

»Mach ich«, antwortete er, und seine Züge wurden weich.

Tanja betrachtete ihn aus zusammengekniffenen Augen, die Hände in die Hüfte gestemmt. »Und? Wo bleibt dein cooler Spruch?«, fragte sie provozierend.

Mit einem großen Lächeln schloss er sie sanft in seine Arme und küsste sie. Das Ganze ging so schnell, dass sie keine Gelegenheit hatte, sich zu wehren.

»Das ist das Coolste, was mir gerade einfällt«, sagte er, wandte sich ab und stieg ins Schlauchboot.

Wie versteinert blieb Tanja noch eine ganze Weile am Ende des Salzgartens stehen und sah ihnen nach. Erst als das Beiboot die *Alba* erreichte, wandte sie sich um und ging zurück in Richtung Finca.

Unter anderen Umständen hätte Julia die Fahrt entlang der Küste durchaus genießen können. Das Wetter war herrlich, und bis auf die dunkle Aschewolke, die über der Insel aufstieg und sich in großer Höhe zu einem pilzartigen Gebilde verdichtete, war der Himmel strahlend blau. Keiner von ihnen sprach, zu ungeheuerlich war das, was gerade geschah. Endlich brach Emil das Schweigen.

»Was passiert eigentlich, wenn die Lava ins Meer fließt?«, fragte er.

»Dann verursacht sie unter Wasser große Veränderungen«, sagte Pepe. »Hast du schon einmal Wasser auf ein Lagerfeuer gekippt?«

Emil nickte. »Klar. Das zischt und dampft ganz schön.«

»Dein Feuer war ungefähr 800 Grad heiß«, erklärte Pepe. »Die Temperatur der Lava ist um einiges heißer, ungefähr 1200 Grad. Das heißt, es wird auch in diesem Fall ziemlich zischen und dampfen, wenn das passieren sollte. Das Wasser erhitzt sich. Viele Meeresbewohner mögen das nicht. Neue Unterwasserformationen werden entstehen, anderes wird zerstört.«

Emil dachte nach. »Sind so die Unterwasserfelsen bei der Lomada Ronca entstanden?«, fragte er.

Pepe nickte. »Alles hier ist auf diese Weise entstanden.« Er machte eine Geste, die ganz La Palma umfasste.

Daraufhin schwiegen sie wieder, lauschten dem Tuckern des Motors und dem Plätschern der Wellen und starrten auf die Küste, die Julia zum Teil bereits recht gut kannte. Die See war ruhig, das Schlauchboot, das sie im Kielwasser hinter sich herzogen, tanzte behäbig auf den Wellen. Sie hatte keine Ahnung, was sie an der Küste unterhalb der Wohnhöhlen ihrer Freunde erwartete und ob es ihnen wirklich möglich wäre, dort hinunterzugelangen. Nach einer guten Stunde drosselte Álvaro den Motor und holte sein Fernglas hervor.

»Hier muss es irgendwo sein«, sagte er und reichte es Emil. »Kannst du etwas erkennen?«

Angestrengt suchte der Junge die Felsen ab. Julia beobachtete sorgenvoll die gewaltigen Wellen, die dagegen anstürmten und sich in hoch aufsteigenden Fontänen brachen. Wie sollte man hier Menschen bergen?

»Da«, rief Emil aufgeregt und wies auf eine Felsformation weit oberhalb des Meeresspiegels. »Ich kann ein paar von Sams Orangenbäumen erkennen.«

In gebührendem Abstand, um nicht auf Unterwasserriffe aufzulaufen, steuerte Álvaro die *Alba* weiter in Richtung Süden. Allmählich öffnete sich ihnen der Blick in den mächtigen *barranco*, der eine tief eingeschnittene Bucht bildete. Einige malerische vorgelagerte Klippen schützten sie vor der ungestümen See. Julia atmete auf. Wenn Sam einen Weg hier herunter finden könnte, wäre eine Rettung denkbar.

»Da oben sind sie«, schrie Emil plötzlich und wies auf eine Felsformation, die aussah wie der Unterkiefer eines Dinosauriers mit scharf gezackten Zähnen darin.

Julia beschirmte ihre Augen mit der Hand und versuchte, zu erkennen, was Emil meinte. Dann sah auch sie es. Drei winzige Gestalten, die eine weiß, die andere orangefarben und die dritte safrangelb, klebten wie leuchtende Käfer an einer zerklüfteten Steilwand vielleicht hundert Meter über der Bucht. Julia nahm Emil das Fernglas aus der Hand und stellte es für sich scharf. Sam, ganz in Weiß, bildete die Vorhut. Er reichte Devi gerade die Hand, um ihr über eine Kante zu helfen. Parvati folgte den beiden, und nachdem Devi sicheren Stand hatte, half Sam seiner Tochter. Als sie das Hindernis überwunden hatten, war es, als hätte Sam ihren Blick gespürt. Er drehte sich um, und sein angespanntes Gesicht strahlte auf.

»Sie winken«, rief Emil und riss Julia das Fernglas aus der

Hand. »Ich glaube, sie haben uns gesehen.« Er hüpfte aufgeregt auf und ab und wäre dabei fast über seine eigenen Füße gestürzt, hätte Jens ihn nicht rasch festgehalten.

»Schön cool bleiben«, riet er seinem Sohn und legte ihm den Arm um die Schulter.

Álvaro steuerte die *Alba* vorsichtig näher an die Bucht heran und stellte den Motor ab. Aus dem Fach unter dem Steuer holte er einen Gegenstand aus Metall heraus, der an einem langen Stück stabiler Schnur befestigt war.

»Ist das ein Senklot?«, fragte Emil interessiert.

»Ja«, antwortete Álvaro. »Willst du mir helfen? Komm mal mit zur Reling und halte das hier fest.« Er reichte ihm das in großen Schlaufen zusammengelegte Seil, wickelte einige Meter davon ab, nahm das schwere Metalllot, das fast die Länge seines Unterarms hatte, in die rechte Hand und warf es mit Schwung über Bord. Die daran befestigte Leine ließ er dabei durch seine linke Hand gleiten, und Emil gab geschickt so viel nach wie notwendig.

»Woher weißt du, wie tief es sinkt?«, fragte Emil.

Álvaro wies auf die in regelmäßigem Abstand in das Seil einge-flochtenen Lederstücke und zählte leise und konzentriert mit, wie viele dieser Markierungen unter Wasser verschwanden. Schließ-lich stoppte die Schnur in seinen Händen. »Das Lot ist auf Grund gestoßen«, sagte er. »Zweiunddreißig Meter. Wir befinden uns also noch auf der äußeren Festlandsplatte und können uns noch ein Stück der Küste nähern.«

Pepe steuerte die *Alba* behutsam in Richtung Festland, wäh-rend Álvaro das Senklot in seinen Händen hielt, sodass es am Grund mitgezogen wurde. Schließlich schien es auf Widerstand zu stoßen, und Álvaro gab Pepe ein Zeichen, den Motor abzustel-len.

»Hier bleiben wir«, sagte er und übergab die Leine Emil, der sie stolz festhielt. »Pepe, holst du das Lot wieder ein und setzt den

Anker?« Er wandte sich an Jens. »Kannst du das Schlauchboot steuern für den Fall, dass ich ins Wasser muss?«, fragte er.

»Natürlich«, antwortete Jens.

»Dann schlag ich vor, dass wir beide und Julia in die Bucht fahren. Pepe, hältst du hier mit Emil die Stellung?«

»*Claro que sí*«, antwortete Pepe.

»Ich komm mit euch!«, rief Emil.

»Nein«, gab Álvaro ruhig zurück. »Du bleibst besser hier und ...«

»Auf gar keinen Fall«, fiel ihm der Junge ins Wort. »Parvati kann noch nicht besonders gut schwimmen«, erklärte er, und seine Stimme überschlug sich vor Aufregung und Sorge. »Wenn sie ins Wasser fällt, kann ich sie rausholen. Ich kann tauchen, das hab ich mit Diego geübt.« Und als er sah, dass Álvaro noch immer zögerte, hielt er ihn an seiner Rettungsweste fest. »Bitte!«, rief er flehentlich.

»Am Ende müssen wir euch beide retten«, warf Jens ein.

»Sie ist meine Freundin!« Emil stampfte mit dem Fuß auf.

»Na gut«, räumte Álvaro ein. »Wenn dein Vater einverstanden ist.« Jens nickte. »Aber du hältst dich absolut an das, was ich sage. Verstanden?«

»Verstanden«, antwortete Emil erleichtert.

»Das gilt auch für dich?« Álvaro sah Jens eindringlich an.

»Aye, aye, Käpt'n!«, gab dieser zurück und tippte sich mit einem Schmunzeln an die imaginäre Matrosenmütze.

Sie legten Rettungswesten an und kletterten in das Schlauchboot, das Álvaro gemeinsam mit Jens so nah wie möglich an die Seite der *Alba* herangezogen hatte. An Bord sicherten sie sich mithilfe von Sorgleinen am Boot, dann drehte Jens den Motor auf und nahm Kurs auf die Bucht.

Die Wellen, die mit voller Wucht gegen die Steilküste anrollten und von ihr zurückgeworfen wurden, ließen das Schlauchboot nur so tanzen, und selbst Julia, die ansonsten ziemlich seefest war, fühlte Übelkeit in sich aufsteigen, als sie von den Wellenkämmen jäh hochgehoben wurden, um im nächsten Moment tief in ein Wellental zu gleiten. Sie bewunderte Jens, der das Boot souverän durch diese aufgebrachte See steuerte, und war froh, als sie endlich die schützenden Riffe passierten und in das viel ruhigere Wasser der Bucht einfuhren.

»Wo sind sie denn?«, fragte Emil und legte den Kopf in den Nacken, um an den steil aufragenden Flanken der Schlucht hinaufzuschauen. »Könnt ihr sie sehen?«

»Sicher sucht Sam gerade nach einem gangbaren Weg«, antwortete Álvaro. Ganz langsam steuerte Jens das Boot tiefer in die Schlucht hinein. Unerträgliche Minuten vergingen, und Julia dachte schon, die drei wären nicht weitergekommen, als Emil einen leisen Schrei ausstieß und auf die Felsen über ihnen deutete.

Sam hatte eine Stelle gefunden, an der die ansonsten fast glatte Steilwand erodiert war, sodass sich Absätze und Stufen im Gestein gebildet hatten, in denen sich hier und dort sogar ein paar hartnäckige Wolfsmilchgewächse angesiedelt hatten. Sam hatte offenbar beschlossen, wie schon zuvor vorauszuklettern und Devi und Parvati zu zeigen, wohin sie am besten ihre Tritte setzen sollten und wo sie sich festhalten konnten. Julia sah, dass er Devi immer wieder die Hand reichte oder ihr an besonders schwierigen Stellen half, ihren Fuß in eine sichere Spalte zu platzieren, woraufhin sie dasselbe bei ihrer Tochter tat. Während die drei sich langsam und konzentriert abwärts bewegten, war es Julia, als würden sie alle im Schlauchboot den Atem anhalten, so halsbrecherisch wirkte das Ganze.

Sie legte einen Arm um Emils Schultern und fühlte seine Anspannung. Am liebsten hätte sie weggesehen, doch sie konnte den Blick nicht von den drei Gestalten wenden, die an der Felswand hingen und vorsichtig versuchten, Stück für Stück nach unten zu gelangen. Plötzlich lösten sich kleine Steine unter Sams Füßen und rieselten herab, und Julia bekam es mit der Angst zu tun, denn sie wusste, dass sich zwischen den Felsschichten schlotartige Abschnitte aus vulkanischem Material befanden, das porös und nicht besonders solide war. Die drei hielten kurz inne und kletterten dann vorsichtig weiter.

Die Zeit schein sich zu verlangsamen und ins Unendliche auszudehnen. Julia fühlte, wie ihr der Schweiß über den Rücken lief. Obwohl es allmählich Abend wurde, war es stickig und heiß in der Schlucht, in die weder die Wellen noch der Wind Einlass fanden.

Julia lehnte sich über den Rand des Schlauchboots und hielt ihre Hand ins Wasser. Obwohl es kristallklar war, konnte sie den Grund nicht erkennen. Zuerst glaubte sie, dass sich die Felswand auf dem Wasser spiegelte. Aber das war nicht der Fall. Die Felswand setzte sich unter Wasser fort und verschwamm irgendwann in großer Tiefe. Wohin sie blickte, sie konnte keine Riffe erkennen, offenbar gähnte unter ihnen ein enormer Abgrund.

Ein Gefühl wie Höhenangst erfasste sie. Sie zwang sich, tiefe und ruhige Atemzüge zu nehmen. Plötzlich nahm sie den Geruch nach Verbranntem wahr. Erschrocken sah sie nach oben. Über ihnen ballte sich eine schwarze Wolke zusammen. Sie wechselte einen besorgten Blick mit Álvaro. War die Lava schon so nah?

»Jetzt haben sie es bald geschafft«, sagte Jens leise und wies auf die Felswand.

Tatsächlich trennten nun nur noch rund zehn Meter die drei vom Wasserspiegel, und Julia wurde zuversichtlicher. Emil schien sich ebenfalls ein wenig zu entspannen, er richtete sich auf und streifte, ohne es zu bemerken, Julias Arm ab. Sie konnten bereits Sams ruhige Stimme hören, der Parvati Mut zusprach und Devi Anweisungen gab.

Und dann geschah es. Devi griff nach einem der Wolfsmilchgewächse, an dem sich bereits Sam festgehalten hatte, doch während

sie ihr Gewicht verlagerte und dafür Parvatis Hand losließ, gab
der Strauch plötzlich nach. Vergeblich versuchte sie, sich an einem
Felsvorsprung festzuhalten, und schwankte. Sam griff nach ihr.
Dabei verloren beide den Halt.

Wie in Zeitlupe sah Julia die beiden Körper fallen. Im Sturz
flatterte Devis orangefarbene Tunika wie die Flügel eines Vogels.
Aber natürlich konnte sie nicht fliegen. Zuerst prallte Sam auf
dem Wasser auf, danach Devi. Dann verschwanden beide in den
Wellen.

23

Der Sprung ins Leben

»Wo ist Parvi?«, war das Erste, was Devi sagte, als sie wieder zu sich kam.

Sie war unverletzt. Instinktiv hatte sie sich zusammengerollt wie ein Embryo und war wie eine rotierende Kugel ins Wasser gestürzt. Julia hatte das Steuer übernommen, denn um Sam und Devi an Bord des Schlauchboots zu holen, hatten Álvaro und Emil Jens' Hilfe benötigt. Sam war mit dem Rücken auf die Wasseroberfläche aufgeprallt und hatte eine Platzwunde am Oberarm, die Julia mit Bandagen aus dem Erste-Hilfe-Kasten des Schlauchboots zu verbinden versuchte. Trotz seiner Schmerzen am Rücken wollte er nichts davon wissen, an Bord der *Alba* gebracht zu werden.

»Wir müssen Parvi retten«, sagte er und starrte hinauf zu seiner Tochter, die sich an die Felswand klammerte und offenbar nicht mehr wagte, sich auch nur einen Millimeter zu rühren.

»Ich klettere hoch zu ihr«, sagte Emil entschlossen und sprang erneut ins Wasser, noch ehe Julia oder sein Vater ihn zurückhalten konnten.

Atemlos sahen sie zu, wie der Junge zur Felswand schwamm und sich auf einen Absatz unterhalb des Wasserspiegels stellte. Tatsächlich gelang es ihm, sich ein, zwei Meter emporzuarbeiten, dann kam ein überhängendes Stück Felsen, und sosehr er sich bemühte, er musste aufgeben. Eine Weile versuchte er es an anderer Stelle, doch er rutschte ab.

»Ich mach das«, keuchte Sam unter Schmerzen und versuchte, sich aufzurichten. »Ich hol sie runter.«

»Das ist unmöglich«, wandte Devi verzweifelt ein. »Du bist verletzt, Sam. Du kannst dich ja kaum aufrecht halten.«

»Du musst springen, Parvi«, rief Emil zu seiner Freundin hinauf. »Denk daran, was ich dir gezeigt hab. Stoß dich vom Felsen ab und spring!«

»Nein!«, schrie Parvati voller Panik.

»Es ist gar nicht so schlimm«, versuchte Emil, sie zu beruhigen. »Hier sind keine Felsen unter Wasser. Wenn du ganz gerade herunterspringst, kann nichts passieren.«

Parvati antwortete nicht, drehte jedoch den Kopf und sah zu Emil hinunter.

»Du kannst dich nicht ewig da oben festhalten«, rief er ihr zu, und seine Stimme klang verzweifelt. »Wenn du abrutschst, tust du dir weh. Bitte, Parvi. Stoß dich ab und spring. Ich bin hier und helf dir aus dem Wasser.«

Alle starrten sie zu dem Mädchen hinauf. Die Sonne stand tief und hüllte die Felswand in ein überirdisch goldenes Licht. Parvatis safrangelbe Bluse leuchtete mit ihrem Haar um die Wette. Auf einmal verdunkelte sich der Himmel, eine Schwade Aschestaub hing in der Luft. Julia nahm ein Grollen wahr, dieses fürchterliche Geräusch, das sie bereits kannte.

»Wir können hier nicht ewig bleiben«, sagte Jens und deutete auf das obere Ende der Schlucht, von wo die dunkle Wolke zu ihnen herunterwehte. Da raffte Sam sich auf.

»Parvi«, rief er, so laut er konnte. »Deine Mama und ich sind hier, uns geht es gut. Wir können dich leider nicht holen. Emil hat recht, du musst springen. Ich weiß, dass du das kannst.« Sein Gesicht war schmerzverzerrt. Konzentriert schloss er die Augen. »Atme tief ein und aus«, rief er. »Ich zähle bis drei. Bei drei springst du.«

Julia fühlte, dass sie sich ihre Unterlippe vor lauter Aufregung wund gebissen hatte. Würde das Mädchen, das sich so sehr vor dem Wasser fürchtete, ihre Angst überwinden?

»Eins«, rief Sam, und wer ihn kannte, konnte hören, wie sehr ihn das anstrengte. »Ausatmen. Und einatmen. Zwei. Ausatmen. Und einatmen. Drei. Spring, Parvi!«

Ein Ruck lief durch den zierlichen Körper dort oben an der Felswand. Dann stieß sich das Mädchen tatsächlich so kräftig ab, dass es aussah, als machte sie einen großen Ausfallschritt nach hinten.

»Arme fest an den Körper drücken«, schrie Emil, und Parvati tat es.

Gerade wie eine Kerze folgte sie der Schwerkraft, bis sie unter Wasser verschwand. Sofort setzte Emil ihr nach.

Einige qualvolle Sekunden lang war nichts von den beiden zu sehen. Dann endlich tauchten sie gemeinsam auf, und ein Laut der Erleichterung entfuhr Devi. Emil hielt seine Freundin von hinten unter den Achseln gefasst und schwamm mit ihr in Rückenlage zum Boot. Julia kamen die Tränen vor Erleichterung und Stolz auf ihren Neffen. Sofort holten Jens und Álvaro die beiden an Bord, und Devi schloss ihre Tochter schluchzend in die Arme.

»Lass uns von hier verschwinden«, sagte Álvaro zu Jens, doch die Ansage war gar nicht notwendig. Jens hatte bereits den Motor gestartet und begann nun, das Boot zu wenden. Am oberen Rand des *barranco* hatte sich die Wolke zu einer schwarzen Masse verdichtet. Darunter glühte es feurig.

»Legt eure Rettungsjacken an«, rief Julia und half Emil und Parvati dabei, sich mithilfe der Sorgleinen am Boot zu sichern. Kaum hatte sie den letzten der Karabiner eingehakt, als das Schlauchboot auch schon aus der geschützten Bucht herausschoss.

»Keinen Augenblick zu früh«, sagte Álvaro.

Julia blickte zurück. Eine rote Feuerzunge quoll über den

Rand des *barranco* und stürzte herunter. Im nächsten Moment wurde das Schlauchboot von einer Welle des aufgewühlten Meeres erfasst und einmal um die eigene Achse geschleudert, bis Jens es wieder in seiner Gewalt hatte und schräg zu den Wellenkämmen Kurs auf die *Alba* nahm.

An Bord machten sie Bestandsaufnahme.

»Wie geht es dir?«, fragte Julia Sam, als sie die Platzwunde an seinem Oberarm neu verband. »Was tut dir außer dem Arm sonst noch weh?«

»Der Rücken«, stöhnte er und ließ sich dankbar auf die Matratze sinken, die Álvaro aus der Schlafkoje an Deck gebracht hatte. »Und der Kopf.«

»Und was ist mit dir?«, fragte Julia Parvati, die in eine Wolldecke gehüllt dicht bei Emil saß, der beide Arme um sie geschlungen hatte.

»Alles in Ordnung«, antwortete sie, und es klang, als sei sie selbst verwundert darüber.

»Du warst unglaublich mutig«, sagte Julia anerkennend. »Ich hab keine Ahnung, ob ich mich getraut hätte, aus solcher Höhe zu springen.«

»Ich schätze, ich hatte keine andere Wahl«, sagte Parvati bescheiden und schmiegte sich dichter an Emil. Ihr Blick wanderte zurück zu der Schlucht, aus der Schwaden aus weißem Dampf, vermischt mit schwarzem Rauch, aufstiegen. Pepe hatte auf Sams Bitte hin die *Alba* weit hinaus aufs Meer gesteuert. Von hier aus konnten sie mithilfe des Fernglases über die Klippen sogar bis hinauf zu den Höhlenwohnungen sehen.

Der oberste Obstgarten war ausgebrannt. Den Eingang der Wohnung konnte man durch Qualm und Rauch kaum erkennen.

Sam streckte seine Hand nach Devi aus, die neben ihm Platz genommen hatte.

»Hauptsache, wir haben uns«, sagte sie und drückte einen Kuss auf Sams Hand. »Alles andere ist unwichtig.«

»Ich hab nicht gewusst, wie toll du schwimmen und tauchen kannst«, sagte Jens anerkennend zu seinem Sohn.

Emils Wangen färbten sich rosa vor Freude. »Du hast ja nie danach gefragt«, gab er zurück.

»Ich finde, du hast uns großartig durch die Wellen gesteuert«, warf Julia an ihren Bruder gewandt ein. Jens wandte sich plötzlich ab und tat so, als beobachtete er etwas Interessantes an der Küste – offenbar war ihm das alles zu viel der Harmonie. Und irgendwie konnte Julia ihn verstehen. Ihr Herz wurde schwer, wenn sie daran dachte, was ihr Bruder in den vergangenen Stunden verloren hatte.

»Wir bringen euch ins Krankenhaus«, sagte Álvaro zu Sam und Devi. »Ihr müsst euch alle untersuchen lassen. Auch Parvati. Sicher ist sicher.«

»Dann nehm ich mal Kurs auf Santa Cruz«, sagte Pepe und startete den Motor.

In der Hauptstadt angelangt wollte Álvaro die Gelegenheit nutzen, um nach Belén zu sehen, während Emil darauf bestand, Parvati ins Krankenhaus zu begleiten und sich auf Julias Drängen hin selbst untersuchen zu lassen. Er hatte zwar an Bord der *Alba* kaum noch gehustet, aber Julia wollte lieber auf Nummer Sicher gehen. Pepe war seiner eigenen Wege gegangen, und so blieben Julia und Jens unschlüssig zurück. Es war inzwischen kurz nach zehn, die Dämmerung senkte sich über die Marina.

»Kennst du hier irgendwo eine Bar?«, fragte Julia ihren Bruder, der an der Anlegestelle stand und so aussah, als wäre er mit seinem Latein am Ende. »Ich lade dich zu einem Bier ein.«

Jens hob die Schultern und ließ sie fallen. »Klar«, sagte er und setzte sich in Bewegung.

Stumm gingen sie nebeneinanderher. Julia konnte nicht fassen, wie viel sich in so kurzer Zeit verändert hatte. War sie jemals mit ihrem Bruder ein Bier trinken gegangen? Sie hatte keinerlei Erinnerung an eine solche Begebenheit.

Sie bogen in eine belebte kleine Straße ein. Im Schein der Laternen und Reklameschilder der Restaurants und Bars flanierten die Menschen, als ginge auf der anderen Seite der Insel nicht gerade fast die Welt unter.

»Hier ist es«, sagte Jens und wies auf die offen stehende Tür einer Bar. »Theke oder Tisch?«

Sie entschieden sich für einen Platz an einem der Tische draußen auf dem Gehsteig. Die Luft war lau und voller zarter Essensdüfte. Auf der Fahrt nach Santa Cruz hatten sie Julias Proviant geplündert, und nun verspürte sie keinerlei Appetit. Doch der Hauch nach Rosmarin und Knoblauch, gebratenem Fisch und Zitronen tat Julias Sinnen wohl.

Jens bestellte Bier, das der Kellner nach kurzer Zeit brachte und außerdem zwei winzige Tellerchen mit Oliven vor sie hinstellte. Sie hatten sie längst aufgegessen und ihre Gläser halb geleert, als Jens endlich das Schweigen brach.

»Es tut mir leid«, sagte er.

»Was tut dir leid?«, fragte Julia überrascht.

»Na, alles«, antwortete er. »Und dass ich dir jetzt auf der Pelle sitze. Aber ehrlich gesagt weiß ich gerade nicht mehr weiter. Ich kann mich nicht erinnern, dass mir das jemals passiert ist.«

Julia nickte. Was sollte sie darauf entgegnen? Jens hatte völlig recht. Sollte sie wiederholen, was sie ihm bereits gesagt hatte – dass sie für ihn da war, solange er sie brauchte?

»Du sagst überhaupt nichts?«, fuhr Jens sie an, sodass Julia zusammenschreckte. Natürlich, dachte sie. Er war trotz allem noch der Alte. Es war naiv, zu glauben, er habe sich durch seinen Schicksalsschlag komplett verändert. Würde er wieder derselbe unerträgliche Kerl werden, sobald er sich von dieser Katastrophe erholt hatte?

»Dabei weißt du doch sonst immer alles besser«, fuhr Jens hitzig fort. »Ständig hast du mich mit deinen guten Ratschlägen verfolgt. Und jetzt, wo ich mal einen gebrauchen könnte – Fehlanzeige.« Julia holte erschrocken Luft und setzte zu einer Antwort an. Was konnte sie schon erwidern? »Da siehst du es.« Jens lehnte sich zurück und verschränkte die Arme vor der Brust. »Du hast eben noch nie erlebt, wie es ist, wenn dir alles auf die Füße fällt.«

»Doch, das hab ich durchaus erlebt«, entgegnete Julia irritiert. »Zuletzt vor rund fünfzehn Monaten, nachdem ich Emil zu dir auf die Insel gebracht hatte. Erinnerst du dich nicht mehr? Ich konnte wegen des Sturms nicht rechtzeitig zurückfliegen. Daraufhin hat mich mein Chef rausgeschmissen.«

Jens riss die Augen auf und starrte sie fassungslos an.

»Er hat dich rausgeschmissen?«, fragte er ungläubig. »Das erfindest du jetzt. In Wirklichkeit bist du doch einer Laune gefolgt und hast den *mesón* gekauft und …«

»Nein, so war das nicht.« Julia war lauter geworden, und die Gäste am Nebentisch drehten sich nach ihnen um. Sie war empört. Wie konnte Jens nur so etwas behaupten? Auf einmal wurde ihr jedoch bewusst, dass sie ihrem Bruder nie erzählt hatte, was damals wirklich passiert war. Weil sie ja sowieso nur das Notwendigste miteinander gesprochen hatten im vergangenen Jahr. »Frag Claire, wenn du mir nicht glaubst«, fuhr sie ruhiger fort. »Ich hab von einem Tag auf den anderen meine Stelle verloren, und wenn du mich wirklich kennen würdest, wüsstest du, dass das Savoir Vivre damals mein Lebensinhalt war. Ich habe es aufgebaut, zu dem gemacht, was es am Ende war. Ich habe den Michelin-Stern dafür errungen und es international bekannt gemacht. Und dann schmeißt mich der Besitzer einfach raus, weil ich drei Tage nicht kommen konnte. Ansonsten hätte ich nie und nimmer alles aufgegeben und …«

Der Kellner trat an ihren Tisch und fragte, ob er noch etwas bringen dürfe.

»Ja«, sagte Jens und ignorierte Julias Kopfschütteln. »Bring uns zwei Gläser Gin.«

»Gin Tonic«, rief Julia dem Mann hinterher. »Jedenfalls«, fuhr sie an Jens gerichtet fort, »weiß ich sehr gut, wie es ist, ganz von vorn anzufangen. Mir ist zwar nicht die Bude abgebrannt. Aber meine Karriere war ein Scherbenhaufen.«

»Warum hast du mir das nie …«

»Weil wir einander nicht zugehört haben«, fiel ihm Julia erregt ins Wort. »Weil du mich nicht leiden konntest. Du hast mir sogar dein Haus verboten. Weißt du das nicht mehr?«

»Du konntest mich auch nicht leiden«, gab Jens zurück. »Ständig hattest du etwas an mir auszusetzen. Und an Tanja. Ich begreife bis heute nicht, wie es passieren konnte, dass ausgerechnet ihr zwei euch zusammengetan habt.«

»Ja, das hätte ich selbst nicht erwartet«, räumte Julia ein und musste plötzlich schmunzeln. »Eines Tages stand sie im Morgengrauen vor meiner Tür und bat um Asyl«, erzählte sie. »Glaub mir, ich war alles andere als begeistert. Vor allem wegen Emil. Der hat mir daraufhin den Krieg erklärt und ist …«

»… zu mir übergelaufen«, beendete Jens ihren Satz. »Stimmt.« Seine Mundwinkel zuckten, auch er konnte ein Lächeln nicht mehr unterdrücken.

Julia atmete tief durch, während der Kellner zwei Gläser mit Gin vor sie hinstellte. Offenbar hatte er nicht mehr gehört, dass sie eigentlich einen Gin Tonic gewollt hatte. Nun gut, dachte sie, das spielt jetzt keine Rolle mehr.

»Lass uns nicht wieder streiten«, bat sie.

»Aber das können wir doch so gut.« Jens grinste breit, hob sein Glas und prostete ihr zu.

»Dann lass uns das andere lernen«, schlug sie vor.

»Das Nichtstreiten?«, fragte Jens.

»Einen friedlichen und vernünftigen Umgang miteinander«, sagte Julia und nahm einen Schluck Gin. Sofort fühlte sie, wie ihr der Alkohol zu Kopf stieg. »Einfach nett zueinander sein.«

»Den Netten beißen die Hunde«, erwiderte Jens.

»Nur wenn du dich mit den Falschen umgibst«, konterte Julia. »Bitte versteh endlich. Du bist nicht mehr im Wettbewerb mit allen anderen. Das Leben ist kein Turnier. Und es geht nicht darum, die Nummer eins zu werden. Wenn du möchtest, dass man dich gernhat, musst du die anderen ebenfalls ein bisschen mögen. Und sie so behandeln, wie du selbst behandelt werden möchtest.«

Jens lehnte sich zurück und setzte eine ironische Miene auf.

Ach, dachte Julia enttäuscht, was rede ich da? Bei Jens war Hopfen und Malz verloren, das wusste sie, seit sie ein kleines Mädchen gewesen war. Daran änderte auch ein Vulkanausbruch nichts. Sie stützte die Ellbogen auf den Tisch und wappnete sich gegen einen seiner typischen sarkastischen und verletzenden Sätze.

Doch der kam nicht. Es blieb still. Der Kellner brachte ihnen Tellerchen mit gegrillten Tintenfischringen. Schweigend aßen sie davon und nippten an ihren Gläsern. Unter dem Licht der Straßenlaterne und dem aus der Bar wirkte Jens müde, und das war nur allzu natürlich. Seit gestern war sein Leben auf den Kopf gestellt. Damit war er jedoch nicht allein. Julia mochte sich gar nicht vorstellen, wie viele Menschen ihr Zuhause verloren hatten.

»Tut es dir immer noch leid?«, fragte Jens so plötzlich, dass Julia zusammenschrak.

»Leid?«, fragte sie zurück. »Was denn?«

»Dass du deine Position als Sterneköchin verloren hast?«

Julia schüttelte den Kopf. »Nein, überhaupt nicht«, antwortete sie. »Im Nachhinein hätte mir gar nichts Besseres passieren können. Hätte Kercher mich nicht rausgeschmissen, wäre ich vermutlich irgendwann in einer Klinik gelandet und hätte mich wegen

Burn-out behandeln lassen müssen. Ich hätte Álvaro nicht kennengelernt, und das ist für mich das Schönste, was mir je passieren konnte.« Sie betrachtete die klare Flüssigkeit in ihrem Glas und nahm noch einen Schluck. »Ich bin froh, dass es so gekommen ist«, schloss sie. »Manchmal muss einem der Boden unter den Füßen weggezogen werden, damit man den Mut hat, den Schritt zu tun, den man sonst nie wagen würde.«

»Den Schritt ins Glück?«, fragte Jens und beobachtete sie genau.

Nahm er sie auf den Arm? Julia beschloss, dass es ihr egal war, was er dachte. »Genau«, antwortete sie mit fester Stimme. »Weil das Glück, das das Leben für uns bereithält, am Ende viel größer ist, als wir es uns vorstellen können. Und weil man aus freien Stücken niemals aufgeben würde, was man hat.«

Wieder schwiegen sie eine Weile.

»Weil es sich so anfühlt, als ob man von einer Steilwand einfach ins kalte Wasser springen muss«, sagte Jens schließlich nachdenklich.

»Genauso ist es«, antwortete Julia.

In diesem Moment klingelte ihr Handy. Es war Álvaro, der ihr mitteilte, dass Belén beschlossen hatte, mit ihnen in die Finca zu kommen.

»Das ist schön«, antwortete Julia. »Aber hast du ihr gesagt, dass es voll werden könnte? Amelie und Toto wollten eine Familie mitbringen. Und Sam und Devi …«

»Die haben sich übrigens bei mir gemeldet«, erklärte Álvaro. »Man will alle drei über Nacht zur Beobachtung dabehalten. Wollen wir uns in einer halben Stunde an der Anlegestelle treffen? Emil und Pepe werden auch hinkommen.«

»Oh ja«, sagte Julia erleichtert.

»Was ist der Plan?«, fragte Jens, nachdem sie das Gespräch beendet hatte.

»Wir fahren nach Hause«, sagte sie. »Ist es dir recht, wenn du mit Emil das Zimmer teilst?«, fragte sie und winkte dem Kellner. »Ich fürchte, es wird in diesen Tagen voll werden in der Finca.«

»Kein Problem«, antwortete Jens und legte einen Geldschein auf den Tisch. »Ich war in letzter Zeit viel zu viel allein.«

24

Zauber der Liebe

Das Erste, was Julia sah, als sie an diesem Morgen die Augen aufschlug, war eine Girlande aus weißen Rosen, die von einem der Pfosten am Fußende des Himmelbetts zum anderen reichte. Sie glaubte zu träumen, doch die Arme, die sie nun sanft umfingen, und Álvaros Küsse überzeugten sie davon, dass das nicht der Fall war.

»*Feliz cumpleaños*«, flüsterte er zwischen zwei Liebkosungen. »Alles Gute zum Geburtstag, *cariño*. Sieh mal, was die Frauen für dich gemacht haben.«

Er wies auf die Rosengirlande, und Julia erkannte die üppig blühenden Strauchrosen aus dem Garten. Sie hatte ganz vergessen, welcher Tag heute war. Mit einem tiefen Aufseufzen gab sie sich seinen streichelnden Händen hin und genoss die Vertrautheit zwischen ihnen.

»Wie spät ist es?«, flüsterte sie. »Sollte ich nicht aufstehen und Frühstück machen?«

»Nein«, antwortete Álvaro und verschloss ihren Mund mit seinen Lippen. »Heute nicht. Heute kümmern sich andere darum.«

Die Anspannung, die Julia seit nun schon mehreren Wochen empfand, ließ nach, bereitwillig sank sie in Álvaros Arme. Es gelang ihr tatsächlich, die lebhaften Stimmen aus dem Garten und das Klappern von Geschirr mitsamt der ganzen übrigen Welt auszublenden und sich ganz und gar Álvaros Zärtlichkeit zu überlassen.

Seit über vier Wochen beherbergte sie nun schon mehr als dreißig Menschen, und immer wieder kamen neue hinzu. Sie alle hatten durch den Vulkanausbruch entweder ihr Heim verloren, oder sie konnten vorerst nicht zu ihren Häusern zurückkehren, weil diese mit dicken Ascheschichten bedeckt waren, die Zufahrtswege verschüttet waren oder weil sie in unmittelbarer Nähe zu Lavafeldern lagen, die noch immer an die tausend Grad heiß waren und giftige Gase verströmten. Denn der Vulkan war noch nicht versiegt. Hier jedoch, im Nordwesten der Insel, konnten sie unter Julias Fürsorge aufatmen und zur Ruhe kommen, soweit dies möglich war bei der Ungewissheit, wie alles weitergehen würde. Immerhin hatten in den vergangenen Tagen die Eruptionen nachgelassen, und die Experten sprachen bereits von Anzeichen dafür, dass der Ausbruch möglicherweise bald beendet sein könnte. Und darauf hofften sie alle.

Es war schon fast Mittag, als die Welt um Julia wieder Konturen annahm und sie und Álvaro beschlossen, aufzustehen und sich nach einer erfrischenden Dusche zu den anderen zu gesellen. Julia sah aus ihrem Schlafzimmerfenster. An den Anblick der Zelte in ihrem Obstgarten hatte sie sich längst gewöhnt. In dem größten waren Totos Verwandte untergebracht, eine Großfamilie mit sechs Erwachsenen, daneben waren zwei kleinere für deren Kinder aufgestellt worden. Jens und Emil hatten bereitwillig ihr Zimmer in der Finca geräumt, damit Devi, Sam und Parvati dort wohnen konnten, und schliefen nun in einem Zweimannzelt, das Pepe ihnen geliehen hatte. Sams Rücken ging es inzwischen zwar viel besser, trotzdem wollte ihm niemand zumuten, auf einer Luftmatratze zu liegen, ehe er nicht ganz genesen war.

Sie waren ziemlich zusammengerückt: In Tanjas Büro hatten sie für Candelaria von der Witwenkooperative eine Liege aufgestellt, die gerade so in den kleinen Raum passte, während im großen Gästezimmer Paola mit Mutter und Tochter Zuflucht gefunden hatte. In den restlichen beiden kleinen Kammern wohnte eine entfernte Tante von Serena mit ihrer Cousine.

Julia fand es schwierig, bei all dem Kommen und Gehen den Überblick zu behalten, doch das machte ihr nichts aus. Ihr Haus stand allen offen, die Hilfe brauchten, denn war das nicht der Sinn und Zweck einer Herberge? Das fand auch Belén, die eine entfernte Verwandte bei sich in dem Appartement neben dem Hof aufgenommen hatte und mit der Seelenruhe einer ehemaligen Wirtin mithalf, die Versorgung der bunt zusammengewürfelten Gemeinschaft zu organisieren.

Aus ihrem Schlafzimmerfenster sah Julia Vidal, der gerade ein großes Tablett voller *bocadillos* – belegter Brötchen – auf den Tisch stellte, den sie als Buffet benutzten. Der junge Koch hatte es sich mit Álvaros Erlaubnis im Salzgärtnerhäuschen unten im Jardín de la Sal bequem gemacht, und Julia war froh darüber, denn sie hätte nicht gewusst, was sie ohne ihn in diesen Zeiten machen würde. Es war seine Idee gewesen, zwischen dem Haus und den Zelten mehrere lange Tische und Bänke aufzustellen, und Jens hatte ihm bereitwillig dabei geholfen.

»Heute wollten wir Nudeln machen«, sagte Julia zu Vidal mit Blick auf den Wochenplan, den sie gemeinsam aufgestellt hatten.

Er grinste nur. »Heute geht nichts nach Plan«, antwortete er verschmitzt. »Du brauchst dich um nichts zu kümmern. Und stell dir vor, ich ebenso wenig.« Er lachte und schien sich über Julias erstaunte Miene diebisch zu freuen.

»Was meinst du damit? Und was ist das für ein Lärm?«, fragte Julia und ging vors Haus, um nachzusehen. Ein Traktor, der gerade so durch das steinerne Tor passte, kam langsam in den Hof gefahren. Auf seiner Ladefläche ragte ein seltsames Gestell aus Eisenstangen auf. »Was soll das werden?«, fragte sie Álvaro, der dem Fahrer Zeichen gab, damit er nicht das Nebengebäude rammte.

»Überraschung«, rief er durch den Motorenlärm zurück. »Lass uns nur machen.«

»Herzlichen Glückwunsch zum Geburtstag übrigens«, rief Emil und lief zu Amo, der den Traktor empört verbellte und um ihn herumsprang, als sei er ein Ungeheuer, das er unbedingt verjagen musste. Endlich erwischte Emil ihn am Halsband und verschwand mit dem widerstrebenden Hund hinterm Haus.

Vom Traktor kletterten Toto und dessen Vater Juan Pérez. Sie gratulierten Julia herzlich – was sie allerdings mit dem Gestänge auf dem Traktor vorhatten, wollten sie nicht verraten.

»Warum machst du es dir nicht im Garten bequem, bis wir alles vorbereitet haben?«, schlug Toto vor.

»Genau das werden wir jetzt tun«, fiel Belén ein, die aus dem Nebengebäude getreten war, und hakte sich bei Julia unter. »Hast du überhaupt schon gefrühstückt? Nein? Dann werde ich gleich mal Vidal die Ohren lang ziehen.«

Diese Strafmaßnahme war nicht notwendig. Inzwischen hatte Amelie im Garten einen der kleineren Restauranttische nach allen Regeln der Kunst eingedeckt. Ein Gesteck aus weißen Rosen prangte darauf samt einem Frühstück, wie Julia es liebte: Mit zwei der kleinen, duftenden Brötchen nach ihrem eigenen Rezept, Butter und Honig aus Maribels Imkerei. Frische Erdbeeren schimmerten in einer Schale – Julia hatte keine Ahnung, wo Vidal die um diese Jahreszeit hergezaubert hatte – und ein wenig von dem Jamón Ibérico, den Julia so liebte.

»Alles Gute zum Geburtstag«, sagte Amelie und umarmte Julia. »Setz dich. Gleich bringe ich dir deinen Kaffee.«

Gerührt nahm Julia an dem Tisch Platz. Sich von den anderen bedienen zu lassen fühlte sich für sie völlig ungewohnt an. Während sie sich das Frühstück schmecken ließ, brachten ihr die anderen Geschenke. Emil überraschte Julia mit einer Schmuckschatulle aus Tea-Holz, die er selbst gemacht hatte. Schon zu

Weihnachten hatte er ihr eine kleine Dose zur Aufbewahrung von Álvaros kostbarem Flor de Sal gedrechselt, die Arbeit mit Holz machte ihm viel Freude. Parvati hatte gemeinsam mit ihrer Mutter aus winzigen Muscheln eine bezaubernde Kette gebastelt, die Julia sogleich anlegte. Ein Korb aus Bananenblättern enthielt neue Kekskreationen, die die Frauen der Witwenkooperative für Julia gebacken hatten. »Keine Ahnung, ob sie dir schmecken«, sagte Candelaria bescheiden. »Wir haben einfach ein bisschen experimentiert.«

Totos Tanten, die geschickt mit Nadel und Faden umgehen konnten, hatten aus einem alten Leintuch eine wunderschöne Bluse in der traditionellen Weißstickerei der Insel genäht und verziert, die Julia gleich nach dem Frühstück anprobierte und die ihr ausgezeichnet stand. Und Belén steckte Julia eine Silberbrosche in Form einer Eidechse an, ein kleiner Schatz aus ihrer eigenen Schatulle, wie sie erzählte.

»Siehst du die Augen?«, fragte Belén, und Julia nickte. Sie glänzten schwarz aus der alten Silberschmiedearbeit heraus. »Sie bestehen aus Vulkangestein. Das soll uns daran erinnern, dass der Vulkan nicht nur schlimme Seiten hat. Er hat immerhin unsere Insel erschaffen. Und bald wird seine Lava zu fruchtbarem Boden verwittern, auf dem wir Obst und Weintrauben anbauen können.«

»Wenn er nur endlich wieder Ruhe gibt«, warf eine der Frauen ein und bekreuzigte sich.

»Das wird er«, erklärte Belén mit großer Überzeugung. »Da bin ich mir ganz sicher.«

»Wie kannst du da so sicher sein?«, fragte Paolas Mutter, eine fast neunzigjährige Frau, mit zitternder Stimme.

»Weil ich es geträumt habe«, gab Belén zurück. »Und dass ich eine *bruja* bin, eine Hexe, das ist ja allgemein bekannt.«

»Wenn du recht behältst«, erwiderte Paola, »bist du eine weise Frau, keine *bruja*.«

»Ist das nicht ein und dasselbe?«, fragte Belén selbstbewusst in die Runde.

»Belén hat noch immer recht behalten«, warf ihre Verwandte ein. »Jedenfalls in solchen Dingen.«

Sie unterhielten sich noch eine Weile über den Vulkanausbruch, der sie alle seit Wochen bewegte, bis Julia es vor Neugierde nicht mehr aushielt und einen Blick in den Hof riskierte. Sie glaubte ihren Augen nicht zu trauen: In seiner Mitte prasselte ein offenes Feuer in einer riesigen Metallschale. Álvaro und seine Freunde aus dem Dorf standen angeregt plaudernd um sie herum und tranken Bier aus der Flasche. Amo, der sich inzwischen beruhigt hatte und wieder freigelassen worden war, verfolgte das Treiben aufmerksam vom Treppenabsatz vor dem Eingang zum *mesón* aus. Als Álvaro Julia sah, reichte er ihr mit einem breiten Lächeln ebenfalls ein Bier.

»Darf ich fragen, was das wird?« Interessiert betrachtete Julia einen enormen Dreifuß, der etwas abseitsstand. Eine flache Eisenpfanne mit einem Durchmesser von über einem Meter lehnte an der Mauer. »Ist das womöglich eine Paella-Pfanne?«

Juan Pérez lachte. »Einer Köchin macht man so schnell nichts vor«, sagte er anerkennend. »Ja, wir haben gedacht, dass dein Geburtstag ein schöner Anlass für eine große Paella wäre. Wir nennen das eine *paella gigante*. Das ist die Pfanne, die wir normalerweise für unser Dorffest verwenden. Tja, um es gleich zu sagen: Ich fürchte, das halbe Dorf wird heute auch kommen. Ich hoffe, du hast nichts dagegen.«

Julia lachte. »Was für eine großartige Idee«, sagte sie und erkundigte sich sogleich nach dem Rezept.

»Die Zutaten für unsere Paella sind ein Geheimnis«, warf einer der älteren Männer ein.

»Nun, das werde ich euch schon noch entlocken«, gab Julia gut gelaunt zurück.

»Spätestens, wenn sie davon kostet, weiß sie ohnehin, was ihr da reintut«, sagte Belén, die Julia gefolgt war. »Aber das macht nichts. Julia ist eine von uns. Sie darf es ruhig kennen.«

Julia warf ihr einen dankbaren Blick zu. Es war das erste Mal, dass jemand von den Einheimischen das so deutlich aussprach. Ihr wurde ganz warm ums Herz, als die Männer reihum mit ihr anstießen.

»Da sind schon die ersten Gäste«, sagte Álvaro und wies zum Tor.

Es war Maribel mit ihrer gesamten Familie. Die Imkerin trug ein großes Kuchenblech vor sich her, das mit einem Küchentuch abgedeckt war, und sah sich verwundert um.

»Was habt ihr denn vor?«, fragte sie die Männer, dann lief ein Strahlen über ihr Gesicht.

»Sieht ganz nach einer *paella gigante* aus«, sagte Paco, ihr Mann, während Amelie Maribel den Kuchen abnahm, um ihn in die Küche zu bringen.

»Wie schön, euch zu sehen«, rief Julia und umarmte ihre Freundin herzlich. Maribel erwiderte ihre Umarmung.

»Wir haben uns viel zu lange nicht gesehen«, sagte sie leise, und das schlechte Gewissen war ihr ins Gesicht geschrieben. »Ich muss mich außerdem bei dir entschuldigen«, fuhr sie fort.

»Ich wüsste nicht, wofür«, antwortete Julia großzügig und nahm ihre Freundin ein wenig beiseite.

»Wegen der Sache mit Fayna«, erklärte Maribel und wirkte bedrückt. »Ich hab dir so viele Vorwürfe gemacht. Das war schon fast unverschämt. Und außerdem hattest du vollkommen recht.«

»Ich hatte recht? Womit denn?«

»Sie wird es dir später selbst sagen«, antwortete Maribel. »Jedenfalls war es nicht richtig von mir, dich so damit zu bestürmen, Fayna gleich wieder Arbeit zu geben. Offen gestanden war ich ziemlich wütend auf dich. Und dabei wäre es gar nicht gut für sie gewesen.«

»Du hattest einfach das Wohl deiner Nichte im Sinn«, entgegnete Julia. »Und glaub mir, ich möchte genau wie du eine gute Lösung finden.«

Noch ehe Maribel etwas entgegnen konnte, wurde Julia zum Tor gerufen, wo gerade Diego mit seiner Schwester Isora und deren Mann Rayco gekommen war, die ihr Restaurant zur Feier des Tages geschlossen hatten, um mit Julia zu feiern. Sie hatten wie so manch anderer Gast eine Platte voller Leckereien für das Buffet mitgebracht, das Jens gemeinsam mit Tanja aufgebaut hatte. Julia beobachtete schon seit einer Weile, dass die beiden inzwischen oft miteinander sprachen. Und wenn Tanja auch noch zu zögern schien, so hoffte Julia, dass sie und Jens sich einander wieder annähern könnten. Denn dass sich beide zueinander hingezogen fühlten, war nicht zu übersehen.

Jetzt packte Jens mit an und half den Männern um Toto und Juan, den Dreifuß über das Feuer zu stellen und darauf die große Paella-Pfanne zu platzieren. Julia hatte nahe dem Tor Aufstellung genommen, um all die Überraschungsgäste willkommen zu heißen, die in das Mesón Flor de Sal strömten. Abián und die anderen Fischer der Gegend brachten Kühlboxen mit und stellten sie neben Juan ab, offenbar hatten sie von Totos Vater genaue Anweisungen erhalten, was sie zur Paella beisteuern konnten. Aus den Augenwinkeln beobachtete Julia interessiert, wie mehr als ein Liter Olivenöl in die Pfanne gegeben und eine große Menge Fleischstücke, dem Duft nach von wilden Kaninchen, darin angebraten wurde.

Auch Amo war das nicht entgangen, interessiert schnuppernd näherte er sich der Kochstelle. Doch auf einmal hob er wachsam den Kopf, stellte seine Nackenhaare auf und jagte bellend zum Tor hinaus.

»Amo«, rief Julia streng und eilte ihm hinterher. Normalerweise war der Garafiano friedlich wie ein Lamm. Er schien es zu genießen, wenn Gäste da waren, ganz als seien sie eine Herde, die er bewachen musste. Selten geriet er so außer Rand und Band, und wenn, dann befand sich unter den Besuchern ein anderer Hund – und genau dies war nun der Fall. Ein wütend kläffender weißer Spitz erwürgte sich beinahe selbst mit seinem Halsband, an dem eine Frau ihn festhielt. Es war Faynas Mutter.

»*Hola*, Arminda!«, rief Julia und erwischte Amo endlich an seinem Halsband. Sie musste all ihre Kraft aufwenden, um den empörten Rüden zurückzuhalten, der dem frechen Spitz offenbar nur zu gern eine Lektion erteilt hätte. Zum Glück kam ihr Pablo zu Hilfe, der den Spitz kurzerhand wieder ins Auto setzte und die Tür hinter ihm schloss.

»Ich hab doch gesagt, wir sollten ihn besser zu Hause lassen«, erklärte Fayna, die mit der kleinen Martina auf dem Arm gerade ausstieg.

»Im Auto kann er nicht bleiben«, wandte Arminda ein. »Da drin wird es viel zu heiß.«

»Ich bringe Amo in sein Gehege«, sagte Julia und hoffte im Stillen, dass sich der Spitz inmitten der Gäste zu benehmen wusste. Ganz so, als ob Amo jedes Wort verstanden hätte, begann er sich nun noch heftiger in Julias Griff zu winden. Vom Fest verbannt zu werden hielt er wohl für absolut ungerecht.

»Ich übernehme das«, hörte Julia Álvaro sagen, der den empörten Garafiano mit sicherer Hand wegführte.

Jetzt erst konnte Julia Fayna und ihre Familie richtig begrüßen und die kleine Martina bewundern, die sie bereits mit wachen Augen zu fixieren schien und einen glucksenden Laut ausstieß, als Julia sich über sie beugte.

»Du siehst großartig aus«, sagte Julia zu Fayna, die über das ganze Gesicht strahlte. Die unnatürliche Blässe, die Julia bei ihrem

Besuch wahrgenommen hatte, war verschwunden, Faynas Augen blitzten nur so vor Lebensfreude – wie früher. Ihr lockiges Haar trug sie wieder kurz geschnitten, und in ihrem hellen Sommerkleid wirkte sie jung und glücklich.

»Mir geht es endlich wieder gut«, sagte sie ernst und umarmte Julia herzlich. »Das hab ich dir zu verdanken. Jedenfalls sagt Pablo das.«

»Ja, wir sind dir sehr zu Dank verpflichtet«, erläuterte ihr Mann. »Erinnerst du dich an deinen Besuch bei mir in der Apotheke?« Julia nickte. »Erst hab ich deine Worte nicht ernst genommen. Aber dann hab ich Fayna trotzdem zu einem Endokrinologen gebracht. Und stell dir vor, du hattest vollkommen recht! Es hat sich herausgestellt, dass ihr Hormonhaushalt durch Schwangerschaft und Geburt vollkommen aus dem Gleichgewicht geraten war. Das war der Grund für ihre Depression.«

»Ich weiß gar nicht, was aus mir geworden wäre, wenn wir das nicht herausgefunden hätten«, warf Fayna ein.

»Inzwischen konnte ihr Hormonspiegel in Ordnung gebracht werden. Und nun schau sie dir nur an.« Pablo legte seinen Arm um Faynas Schulter, und Julia bemerkte gerührt, dass ihm Tränen in die Augen traten. »Dass ich da nicht selbst draufgekommen bin …« Er schüttelte den Kopf.

»So geht es uns allen«, sagte Julia sanft. »Was wir direkt vor Augen haben, können wir oft am wenigsten einschätzen. Da ist der Blick von außen oft hilfreich.«

»Das stimmt«, sagte Pablo und drückte fest Julias Hand. »Danke, dass du so offen warst und zu mir gekommen bist.«

»Dafür sind Freunde da«, antwortete Julia. »Ich bin froh, dass es Fayna besser geht. Nun kommt endlich rein und seht euch an, welche Überraschung mir Álvaro und seine Freunde bereitet haben.«

Ihr Blick fiel auf einen schlaksigen großen Mann, der sich

zögernd dem Tor näherte und sich unschlüssig umsah, so als sei er sich nicht sicher, ob er wirklich eintreten sollte.

»Pipo«, rief Julia aus und eilte ihm entgegen. »Wie schön, dich zu sehen. Wie geht es dir in der Stadt?«

Der Barista zuckte mit den Schultern und drückte Julia linkisch eine Flasche mit Vanillelikör Licor 43 in die Hand. Das war einer der wichtigen Bestandteile seiner Kaffeespezialität, dem Barraquito. »Hier an der Küste gefällt es mir besser«, antwortete er. »Herzlichen Glückwunsch übrigens.«

»Bald bist du wieder hier«, versprach Belén, die zu ihnen getreten war. »Jetzt kommt mal beide mit mir. Julia möchte nämlich wissen, wie die Paella zubereitet wird, *verdad?*«

»Unbedingt«, antwortete Julia und folgte ihr zur Feuerstelle. Inzwischen hatte Juan Pérez auch in Ringe geschnittene Tintenfische in der Pfanne angebraten und frische, enthäutete Tomaten und klein geschnittene grüne Bohnen dazugegeben. Toto wendete alles geschickt mit einem großen Rührlöffel, der aussah wie ein kleiner hölzerner Spaten, während die älteren Männer darüber stritten, ob es besser war, zuerst das Wasser in die Pfanne zu geben und dann den Reis oder umgekehrt. Álvaro bereitete der Diskussion ein Ende und goss gut und gerne zehn Liter vorbereitete Hühnerbrühe darüber.

»Warum ist die so gelb?«, fragte Julia, obwohl sie die Antwort schon ahnte.

»Wir haben den Safran darin aufgelöst«, erklärte Juan.

Amüsiert beobachtete Julia, wie die Umstehenden sich fachsimpelnd einmischten.

»Und wann tust du nun den Reis dazu?«, fragte ein älterer Mann und runzelte kritisch die Stirn.

»*Hombre*«, antwortete Juan. »Hab ein bisschen Geduld. Am Ende müssen ja auch die Bohnen weich sein, oder?«

Schließlich war er mit deren Konsistenz zufrieden und nickte

Álvaro zu. Gemeinsam gaben sie den Inhalt von fünf Kilopaketen Reis in die Pfanne, und Toto sorgte mit seinem Spatel dafür, dass alles gut verteilt wurde.

»Jetzt musst du aber damit aufhören, in der Paella rumzustochern«, wies eine Frau aus dem Dorf Toto streng an und nahm ihm den Holzlöffel aus der Hand.

»Ist das Feuer nicht zu heiß?«, erkundigte sich Nairas Vater, den Julia gar nicht hatte kommen sehen. »Nicht, dass der Reis anbrennt!«

Naira. Sicher war auch sie längst gekommen. Während sich eine lebhafte Debatte um die ideale Temperatur zum Garen von Paella-Reis entspann, sah Julia sich nach Álvaros Cousine um. Sie entdeckte Naira neben Pepe und Serena, die Martina auf dem Arm hielt und sich angeregt mit Fayna unterhielt. Als ob sie ihren Blick gespürt hätte, schaute Naira auf und lächelte Julia zu ihrer Überraschung herzlich an, löste sich von der Gruppe und kam auf sie zu.

»*Feliz cumpleaños*«, sagte sie und stellte sich auf die Zehenspitzen, um Julia zu umarmen.

»Danke«, antwortete Julia bewegt. So freundlich war die junge Frau noch nie zu ihr gewesen. »Wie geht es dir?«

»So gut wie schon lange nicht mehr«, antwortete Naira. »Hat Álvaro dir erzählt, dass ich keinen Anfall mehr hatte, seit ich auf Teneriffa war?«

»Nein«, antwortete Julia erfreut. »Es war ja ganz schön was los bei uns …«

»Das stimmt«, entgegnete Naira. »Weißt du, ich finde es großartig, dass du so viele von unseren Leuten aufgenommen hast. Man hört nur das Beste von dir.«

»Wir helfen uns gegenseitig«, erwiderte Julia verlegen. »Das ist normal. Es ist schlimm genug, was die Menschen gerade durchmachen müssen.«

»Heute feiern wir. Und alle sollen ihre Sorgen vergessen.«

Álvaro war zu ihnen getreten und reichte Julia und Naira ein Glas Cava. Erstaunt sah Julia sich um. Jeder hatte inzwischen so ein Glas in der Hand. »Auf Julia«, rief Álvaro laut und hob das seine. »Und auf unsere Gemeinschaft.«

Viele Rufe erklangen, und jemand stimmte ein Lied an, in das andere nach und nach einfielen. Julia konnte den Text nicht verstehen, denn er war im Inseldialekt verfasst, aber das war gar nicht notwendig, die Emotionen des Liedes teilten sich ihr auch so mit. Ihr Blick fiel auf Emil, der neben Parvati stand. Sie sah wunderschön und zerbrechlich aus in dem Kleid, das Tina ihr zusammen mit einigen anderen Sachen geschenkt hatte. Sie hatte es zusammen mit Devi ihrer Größe angepasst, denn wie so viele andere hatten sie nur die Kleidung, die sie auf dem Leib getragen hatten. In der Festhalle des Dorfes hatten die Bewohner eine Art kostenlose Secondhand-Boutique für all diejenigen eingerichtet, die nicht das Geld hatten, sich in der Inselhauptstadt neu einzukleiden. Auch Julia hatte ihren Schrank durchgesehen und abgegeben, was sie nicht dringend brauchte.

Jens stand etwas abseits an der Mauer, an der ein großer Stapel Brennholz aufgeschichtet war, die Arme vor der Brust verschränkt. Er wirkte, als wüsste er nicht, wie er das Ganze finden sollte. Julia kannte ihn gut genug, um zu wissen, dass er solche emotionalen Szenen nicht besonders schätzte. Dann bemerkte er, dass ein älterer Mann aus dem Dorf eines der großen Holzscheite vom Stapel nehmen wollte, und packte mit an. Gemeinsam schleppten sie das schwere Stück zum Feuer – eine kleine Szene, die Julia noch vor kurzer Zeit für schlichtweg unmöglich gehalten hätte. Direkt daneben unterhielt sich Diego mit Pipo, während Tanja Amelie und Tina half, den Gästen von dem Cava nachzuschenken.

Julia hatte auf einmal einen Kloß im Hals. Denn all diese Menschen waren an diesem Tag nur ihretwegen hier. Dies ist meine Wahlfamilie, dachte Julia, die einen mehr, die anderen weniger. Ob die Zeiten, in denen man ihr voller Misstrauen und Feindseligkeit begegnet war, nun endgültig der Vergangenheit angehörten? Julia hoffte es. Sicher würde es auch in Zukunft Meinungsverschiedenheiten geben, so wie in jeder Gemeinschaft. Julia baute jedoch darauf, dass man stets einen Weg finden würde, sich zu einigen und dabei das Wichtigste nicht aus den Augen zu verlieren – den gegenseitigen Respekt.

Das Lied war zu Ende, und um die Feuerstelle entstand Bewegung. Diego und Abián öffneten ihre Kühlboxen und gaben in Windeseile Fischfilets in den sich langsam eindickenden Reis. Isora und Rayco legten mit Riesengarnelen hübsche Muster in die Pfanne.

»Ihr könnt euch schon mal anstellen«, rief Juan Pérez in die Menge. »Es dauert nicht mehr lange, dann ist die Paella fertig.«

Sogleich schnappten sich die Gäste Teller von den Tischen und bildeten auf beiden Seiten der Pfanne lange Reihen.

Julia sog tief den Duft ein, der von dem Reisgericht aufstieg. Das Aroma des Kaninchenfleischs mischte sich mit dem bittersüßen nach Safranreis und gegarten Meeresfrüchten. Auch für das Auge war diese traditionelle Paella eine wahre Freude: In dem tiefgelben Reis bildeten die rosafarbenen Garnelen und die grünen Bohnen farbenfrohe Muster.

»Die erste Portion ist für Julia«, rief Juan Pérez und reichte ihr einen großzügig gefüllten Teller.

Die Gäste wurden rasch bedient, denn wie jedes Reisgericht musste die Paella auf den Punkt genau genossen werden, sonst konnte es passieren, dass der Reis und die zarten Meerestiere trocken und zäh wurden. Wer seine Portion ergattert hatte, holte sich bei Tina ein Glas Weißwein und nahm an einem der Tische Platz.

»Es schmeckt ganz einfach wunderbar«, sagte Julia, nachdem sie gekostet hatte.

»Hörst du das?«, fragte Belén nach einer Weile.

Julia lauschte. Es war ungewöhnlich still im Hof.

»Nein, ich höre nichts«, antwortete sie.

»Siehst du, das meine ich«, gab Belén über das ganze Gesicht strahlend zurück. »Jeder ist viel zu sehr mit Essen beschäftigt. Das ist genau das, was uns Köchinnen glücklich macht. *Verdad?*«

»Das stimmt«, erwiderte Julia mit einem Lachen.

»Sieh mal, wer da kommt«, sagte Tanja leise zu Julia und wies zum Tor. »Wenn das mal nicht unser Sternegucker ist.«

Kurz stockte Julia der Atem, als sie Douglas in den Hof treten sah. Hoffentlich, dachte sie, regt sich Álvaro nicht wieder unnötigerweise auf. Doch zu ihrer Überraschung war gerade er es, der sich nun erhob und dem Astrophysiker entgegenging.

»*Bienvenido*«, sagte er herzlich zu Douglas und sorgte dafür, dass er eine Portion von der Paella bekam. »Komm, setz dich zu uns«, forderte Álvaro ihn auf und stellte ihn einigen Dorfbewohnern als guten Freund vor, der Julia und Tanja während der Nacht des Vulkanausbruchs zur Seite gestanden hatte. Als diese hörten, wo Douglas arbeitete, rückten sie zusammen, um ihm Platz zu machen, versorgten ihn bereitwillig mit Wein und verwickelten ihn auf der Stelle in ein angeregtes Gespräch, und es schien dabei keinen zu stören, dass der Schotte auf ihre vielen Fragen nur radebrechend antworten konnte.

Ein überwältigendes Gefühl von Zärtlichkeit erfüllte Julia vom Kopf bis zu den Zehenspitzen. Wie lieb von Álvaro, an Douglas zu denken und ihn einzuladen. All die Missverständnisse und Anschuldigungen der vergangenen Wochen und Monate erschienen ihr inzwischen vollkommen unverständlich.

»Pipo lässt fragen, wer von euch einen Barraquito möchte.« Es war Fayna, die gelassen die vielen erhobenen Hände zählte, denn natürlich wollte fast jeder einen.

Julia erhob sich. »Da sollte ich sicher helfen«, sagte sie. Belén zog sie sanft auf ihren Stuhl zurück.

»Oh nein, das musst du nicht«, erklärte sie. »Lass dich doch ausnahmsweise mal so richtig verwöhnen. Pipo weiß, was er tut. Und Fayna ebenfalls.« Unruhe befiel Julia. Noch hatte sie die Frage nicht geklärt, wer von beiden bei ihr bleiben sollte, Amelie oder Fayna. »Jetzt mach dir mal keine Sorgen«, sagte Belén leise, der dies wohl nicht entgangen war. »Gleich wirst du sehen, alles fügt sich aufs Beste.«

Pipo musste die Gläser bereits vorbereitet haben, denn es dauerte nicht lange, und Fayna kam mit einem vollen Tablett in den Hof. Das erste der typischen Barraquito-Gläser wurde Julia überreicht. Als jeder seines in Händen hielt, erhob sich Belén.

»Die meisten von euch wissen ja schon, dass es auf der Lomada Ronca bald einen *chiringuito* geben wird, viele von euch helfen schließlich mit, ihn zu bauen.« Beiläufiges Gemurmel erhob sich. »Wenn alles gut geht, werden wir im September öffnen.« Belén sah hinüber zum offenen Portal des Restaurants. »Pipo«, rief sie laut. »Zeig dich doch mal, *por favor!*« Scheu erschien der Barista auf der Schwelle. »Komm her zu mir, mein Junge«, forderte Belén ihn liebevoll auf, und als er neben ihr stand, fuhr sie fort. »Wir alle vermissen die Bar de los dos Dragos, stimmts?«

»Oh ja«, riefen einige.

»So ein Jammer«, bestätigten andere.

»Bald können wir Pipos Kaffeekünste auf der Lomada Ronca genießen. Und ratet mal, wer ihn dabei unterstützen wird!«

Auf einmal wurde es mucksmäuschenstill im Hof.

»Keine Ahnung!«, rief jemand.

»Meine Wahl als Leiterin des Lokals fiel auf eine junge Frau, die ihr alle kennt. Sie ist eine der Besten ihres Fachs und liebt neue Herausforderungen. Wir haben unglaubliches Glück, dass sie sich bereit erklärt hat, uns bald in meinem neuen *chiringuito* zu verwöhnen. Die Rede ist von Fayna, Maribels Nichte.«

Applaus und großer Jubel erhoben sich. Julia fiel ein Stein vom

Herzen. Also war Beléns ursprünglicher Plan aufgegangen. Fayna strahlte über ihr ganzes Gesicht, erhob sich auf Beléns Bitte und stellte sich neben Pipo.

»Wir werden nicht nur Kaffee ausschenken«, rief sie mit heller Stimme. »Nicht wahr, Pipo? Sondern auch eine kleine Speisekarte anbieten, und ich hoffe, Julia und Vidal werden uns dabei unterstützen.«

»Natürlich werden sie das«, fiel Belén ein und zwinkerte Julia zu.

»Sehr gerne«, antwortete Julia und erhob sich ebenfalls. »Gemeinsam werden wir ein kleines Juwel aus dem neuen Ausflugslokal machen.«

Auf einmal entstand Unruhe vor dem Tor, wohin sich einige Männer zum Rauchen zurückgezogen hatten.

»Habt ihr es schon gehört?«, rief Nairas Vater, sein Mobiltelefon in der Hand. »Der Vulkan ist erloschen. Es kam gerade in den Nachrichten.«

Ein ungeheurer Jubel erhob sich. Die Neuigkeit riss die meisten von ihren Plätzen, und viele steuerten dem Ausgang zu.

»Das müssen wir uns ansehen«, rief jemand. »Entschuldige, Julia, wir müssen jetzt los.«

»Auf! Zum Roque de los Muchachos«, ein anderer.

»Zum Mirador del Time«, schlug eine Frau vor.

Hastig verabschiedeten sich viele der Gäste, jeder wollte offenbar mit eigenen Augen sehen, ob die Nachricht stimmte. Eine halbe Stunde später waren nur noch Álvaros und Julias engste Freunde und Verwandte da.

»Nun«, sagte Belén mit einem trockenen Lachen zu Julia. »Nichts ist schlimmer, als wenn die Gäste unnötig lange bleiben. Das Problem haben wir heute nicht.« Dann fügte sie ernst hinzu: »Ein schöneres Geburtstagsgeschenk, als dass der Vulkan zur Ruhe gefunden hat, kann man sich ja wohl kaum wünschen.«

»Das stimmt«, sagte Julia. »Hoffentlich ist es auch wahr.«

»Bis wir sicher sein können, dass der Vulkan seine Aktivitäten wirklich eingestellt hat, müssen wir noch ein paar Tage warten«, erklärte Toto, und sein Vater nickte.

»Trotzdem«, warf Amelie ein, die die Nachrichten auf ihrem Smartphone überprüft hatte. »Die Wissenschaftler sind zuversichtlich. Die Messungen im Erdinnern sprechen dafür, dass das Schlimmste vorbei ist.«

»Das wäre ganz einfach großartig«, sagte Devi erleichtert. »Vielleicht können wir bald nach Hause gehen.«

»Das wird sicher noch eine Weile dauern«, gab Toto zu bedenken.

»Hauptsache, unser Heim ist unversehrt«, sagte Sam und legte seinen Arm um Devi. Sie hatten inzwischen aufgrund von Luftaufnahmen Gewissheit darüber, dass der Lavastrom die Wohnhöhlen verschont hatte.

»Solange bleibt ihr einfach bei uns«, sagte Julia.

»Eigentlich wollten wir heute etwas bekannt geben«, sagte Pepe plötzlich und warf Naira einen fragenden Blick zu. »Oder sollen wir besser noch warten?«

Naira schüttelte entschlossen den Kopf. »Nein«, antwortete sie. »Ich finde, der Tag ist perfekt.«

»Nun macht es nicht so spannend«, bat Serena. »Was habt ihr ausgeheckt?«

»Naira und ich haben uns verlobt«, erklärte Pepe und strahlte in die Runde.

»Na, das wurde auch Zeit«, entfuhr es Belén.

»Was für eine schöne Neuigkeit!« Julia freute sich ehrlich. »Noch ein wunderbarer Grund, um miteinander anzustoßen. Für solche Gelegenheiten habe ich im Kühlraum ein paar ganz besondere Flaschen.«

Sie ging selbst, um den Champagner zu holen, den sie in ihrer

Felsenhöhle aufbewahrte. Dabei entdeckte sie Emil mit Parvati im hinteren Garten. Sie hatten endlich Amo freigelassen, denn Fayna war samt ihrer Familie und dem Spitz bereits aufgebrochen. Auf einmal gesellte sich El Rostro wie zufällig zu ihnen und sagte leise etwas zu Emil.

»Geht in Ordnung«, antwortete Emil laut und deutlich. »Ich bin gerne wieder dein Freund. Aber nur, wenn du dich bei Parvati entschuldigst.«

Maribels Enkel schien mit sich zu kämpfen, während Parvati über und über rot vor Verlegenheit wurde. Dann gab sich El Rostro einen Ruck und reichte Parvati die Hand. Was er dabei murmelte, konnte Julia nicht verstehen. Doch das war nicht notwendig, denn im nächsten Augenblick schlug Emil ihm kameradschaftlich auf die Schulter.

»Was für ein Tag«, sagte Julia Stunden später zu Álvaro.

Es war tiefe Nacht. Sie hatten sich in stiller Übereinkunft von dem spontanen Verlobungsfest zurückgezogen und waren an Bord der *Alba* gegangen, um endlich einmal wieder ganz allein sein zu können. Toto und Pepe hatten kurzerhand aus dem Dorf eine Musikanlage geholt, und nun wehten die fröhlichen Stimmen und die Klänge von Nairas Lieblingssongs zu ihnen herunter und mischten sich unter das Plätschern der Wellen und das Knarren des Bootes.

Álvaro hatte die Matratze an Deck gebracht. Unter den Myriaden von Sternen ließen sie sich nun hier vom Atlantik sanft wiegen.

»War es ein schöner Geburtstag für dich?«, fragte Álvaro und zog Julia an sich.

Sie nickte, und ehe sie etwas sagen konnte, verschloss er ihren Mund mit seinen Lippen. Über ihnen prangte das Firmament so klar wie seit Wochen nicht mehr, die Aschewolke des Vulkans hatte es lange Zeit getrübt. Doch in dieser Nacht schien es, als seien die Gestirne zum Greifen nah.

»Jetzt wird alles gut«, flüsterte Julia und schmiegte sich in Álvaros Arme.

»Was war das Schönste heute für dich?«, fragte er sie.

Julia antwortete nicht gleich.

»Schwer zu sagen. Alles war schön«, sagte sie. »Vom Moment an, als ich aufgewacht bin.« Die Ereignisse des Tages zogen vor ihrem inneren Auge vorüber. »Vielleicht die Tatsache, dass wir alle miteinander eine Gemeinschaft geworden sind«, sagte sie schließlich. »Sogar Jens hat jetzt daran teil. Ist das nicht unglaublich?«

»Es hat sich herumgesprochen, dass er bei der Rettung von Devis Familie eine große Hilfe war«, warf Álvaro ein. »Er ist wirklich gar nicht so übel, wenn er nicht den großen Macker raushängt.«

Julia seufzte. »Ja, das stimmt. Ich hoffe sehr, dass er nicht wieder in seine alten Gewohnheiten zurückfällt, sobald er nicht mehr auf uns angewiesen ist.«

»Das glaube ich nicht«, entgegnete Álvaro. »Schließlich ist er dein Bruder. Es hat ein bisschen gedauert, bis er seine liebenswerten Seiten entdeckt hat. Aber ich bin mir sicher, er fühlt sich inzwischen viel wohler.«

»Hoffen wir es«, sagte Julia und lehnte sich zurück. Ein Komet zog seine Bahn über den Himmel und verglühte. Es erinnerte sie an jene Nacht, in der sie die Entscheidung getroffen hatte, die Finca zu kaufen. Auch damals hatte eine Sternschnuppe aufgeleuchtet und sie in ihrem Entschluss bestätigt.

»Im Grunde sind wir nur ein winziges Staubkörnchen in einem unendlich großen Universum«, flüsterte sie. »Ein Wimpernschlag im Vergleich zu dem, was war und was nach uns sein wird.«

»Grund genug, diesen Wimpernschlag bestmöglich zu nutzen«, antwortete Álvaro und bedeckte ihr Gesicht mit vielen kleinen Küssen.

Wie wahr, dachte sie. Denn die Liebe, das hatte sie inzwischen verstanden, war kein Geschenk, das einfach vom Himmel fiel, kein Schatz, den man in seine Schatulle legen konnte und für alle Ewigkeit besaß. Die Liebe wollte stets gepflegt werden, forderte Geduld, Verständnis, Vertrauen und Zeit.

Und dann gab es für Julia nur noch sie beide, ihre Zärtlichkeit und das unendlich beglückende Gefühl ihrer Liebe, das sie einhüllte wie ein Zauber und Worte und Gedanken überflüssig machte. Ein Zauber, der so kostbar wie zerbrechlich war und immer wieder von Neuem verdient werden wollte.

ENDE

Nachwort und Danksagung

Als ich die Geschichte dieser Trilogie vor mehr als drei Jahren entwickelte und damals meiner Lektorin Melanie Blank-Schröder vorschlug, im dritten Band einen Vulkan ausbrechen zu lassen, ahnte keine von uns, dass dies auf der kanarischen Insel La Palma tatsächlich so bald passieren würde. Ganz im Gegenteil, wir hielten meine Idee für absolut unwahrscheinlich. Als die Realität zwei Jahre später meine Fantasie eingeholt hatte, war es ohnehin unumgänglich, dieses Naturereignis in meine Romanhandlung zu integrieren, wenn auch frei erzählt und nicht zu hundert Prozent wirklichen Geschehnissen folgend.

Ich danke von Herzen all meinen Freunden und Bekannten, die auf La Palma diese schwierige Zeit durchleben mussten und zum Teil noch heute unter den Folgen zu leiden haben, für ihren Mut und die Kraft, mir meine vielen Fragen zu beantworten.

Die Auswirkungen des Vulkanausbruchs, die die Landschaft von La Palma für immer verändert haben, werden heutzutage vor Ort erklärt und aufgezeigt. So gibt es zum Beispiel von Experten geführte Wanderungen durch das betroffene Gebiet und Bootstouren, die von der Seeseite aus einen Blick auf die neu entstandenen Areale gewähren.

Danken möchte ich ebenfalls meiner wunderbaren Schwester und Erstleserin Brunhilde, die seit vielen Jahren in Spanien lebt und mir in Bezug auf Gepflogenheiten und Sprache bei allen drei Bänden der Trilogie sowie dem Büchlein *Weihnachtszauber im Salzgarten* unschätzbare Hilfe geleistet hat. Meiner Lektorin Melanie Blank-Schröder danke ich von Herzen für die engagierte Mitarbeit und die wunderbare Zusammenarbeit überhaupt. Meiner Agentin Petra Hermanns danke ich für ihre Unterstützung und die stets positive Art, mit der sie mir zur Seite steht.

Und wie immer danke ich Daniel Oliver Bachmann für seine Liebe. Denn nur, wenn man sie kennt, kann man über sie schreiben, daran glaube ich fest.

Folgen Sie Tabea Bach mit ihrer neuen Reihe
ins Tessin. Genießen Sie jetzt die Leseprobe
des ersten Bandes der Rosenholzvilla-*Saga.*

Leseprobe aus

Tabea Bach

Die Rosenholzvilla

1

Der Anruf

Die Strahlen der untergehenden Sonne tauchten die Kabine der Business Class in die Farbe von reifen Aprikosen. Die Maschine würde gleich landen, und Elisa ging ein letztes Mal den Korridor entlang, um nachzusehen, ob auch alle Passagiere angeschnallt und ihre Tische hochgeklappt waren. Sie half der jungen Mutter in der vorderen Reihe, ihren weinenden Säugling in die dafür vorgesehene Trage zu betten und sich selbst zu sichern.

»Es sind nur ein paar Minuten«, erklärte sie der Frau. »Wir werden eine ruhige Landung haben. Gleich dürfen Sie Ihren Schatz wieder auf den Arm nehmen.«

Unter dem warmen Klang von Elisas Stimme verstummte das Baby und sah sie aus großen Augen an. Seine Mutter schenkte Elisa ein dankbares Lächeln.

Elisa ging zum Mikrofon und informierte die Passagiere über das aktuelle Wetter, das sie in New York erwartete, gab die letzten Hinweise und schließlich ihrer Crew das Kommando, sich selbst zu setzen und anzuschnallen. Seit drei Jahren war sie Kabinenchefin und in dieser Funktion für acht Kolleginnen und Kollegen verantwortlich. Da sie nur Langstrecken flog, wechselten lange, anstrengende Schichten mit Pausen von mehreren Tagen ab. Elisa gefiel ihr Beruf, nicht zuletzt, weil er sie rund um den Globus führte. New York war dabei ein eher unspektakuläres Ziel.

Sie schnallte sich an und schloss für einige Momente die Augen. Auf die Frage ihrer Mutter neulich, ob sie glücklich sei, hatte sie, ohne zu zögern, mit Ja geantwortet. Da hatte Eric ihr noch nicht gesagt, dass er jetzt mit der neuen Pilotin zusammen war, um die sich alle scharten, als sei sie eine Sensation. Und tatsächlich kam es auch im 21. Jahrhundert immer noch selten vor, dass eine Frau diesen Posten bekleidete. Die Neue war Eric als Erste Offizierin zugeteilt worden, und als sei es ein Befehl von ganz oben gewesen, hatte er sofort etwas mit ihr angefangen.

Elisa presste die Lippen zusammen. Was hatte sie erwartet? Eric war seit Langem bekannt dafür, seine Partnerinnen zu wechseln wie das blütenweiße Hemd unter seiner Uniform. Gerade mal drei Monate waren er und Elisa ein Paar gewesen, und dabei hatte Lena, Elisas Freundin, das bereits für einen Weltrekord in der Statistik von Erics Beziehungskarussell gehalten.

Was würde Elisa sagen, wenn ihre Mutter sie *heute* fragen würde, ob sie glücklich sei? Genau dasselbe, dachte sie und straffte sich. Eric und sie passten sowieso nicht zusammen. Vermutlich war sie besser dran ohne ihn. Sie war selbst überrascht, wie wenig ihr die Trennung ausmachte. Sie war zweiunddreißig und von den Illusionen, die sie noch vor zehn Jahren über die große Liebe gehabt haben mochte, war nicht mehr viel übrig.

Mit einem Ruck setzte das Flugzeug auf der Landebahn auf, und der Säugling fing erschrocken an zu schreien. Elisa schüttelte den Kopf. War dies Erics Antwort auf ihre Gedanken? Oder war er mit seiner Ersten Offizierin beschäftigt? Sonst waren seine Landungen die sanftesten der Welt. Sie fixierte die kleine rote Lampe, die gleich auf Grün springen würde, womit sie ihrer Crew das Zeichen zum Aufstehen geben konnte. Sie hatte alles versucht, um die Schicht zu tauschen und unter einem anderen Piloten zu fliegen, doch das war so kurzfristig nicht möglich gewesen. Was soll's, sagte sie sich, als das Licht von Rot auf Grün umschaltete. Geh ich ihm eben aus dem Weg. Sie hatte sich mit Lena und einigen anderen Kolleginnen verabredet. An diesem freien Abend würden sie einige der bekanntesten New Yorker Roof-Top-Bars unsicher machen, und darauf freute sie sich schon lange.

»Hättest du eventuell Lust auf ein Konzert?«, fragte Roy, als sie gemeinsam als Letzte das Flugzeug verließen. Der junge Mann, der gerade seine Ausbildung mit Bravour abgeschlossen hatte, strich sich die weißblond gefärbten Haare aus der hübschen Stirn. »Ich wollte eigentlich Steven damit überraschen.« Er seufzte tief, und Elisa warf ihm einen bedauernden Blick zu. Die beiden Flugbegleiter waren seit Kurzem ein Paar. An diesem Morgen hatte sich Steven jedoch krankgemeldet. »Möchtest du vielleicht die Karte?«

»Elisa ist schon verabredet«, warf Lena ein, die in der Gangway auf die beiden gewartet hatte, und hakte sich bei ihr unter. »Wir machen uns einen unvergesslichen Abend. Sabrina, Elke und Daniela sind auch dabei. Das wird toll!«

Sie traten aus der Gangway in das Flughafengebäude, wo die Kolleginnen in einem kleinen Pulk beisammenstanden, jede mit einem kleinen Rollköfferchen bewaffnet und offenbar bester Laune. Auf einmal stieg Elisa ein unverkennbarer Duft in die Nase. Erics Aftershave. Als sie sich umblickte, stellte sie fest, dass er direkt hinter ihr stand, die Neue an seiner Seite.

»Was habt ihr denn vor heute?« Die neue Co-Pilotin lächelte in die Runde. »Können wir mitkommen?«

Lena warf Elisa einen erschrockenen Blick zu und setzte zu einer Antwort an, doch Sabrina, die offenbar vollkommen ahnungslos war, kam ihr zuvor.

»Wir machen einen drauf«, verkündete sie mit blitzenden Augen. »Mit The Crown fangen wir an. Das soll wirklich sensationell sein …«

»Natürlich«, fiel ihr Eric ins Wort und zog seine neue Freundin an sich. »Eines der bekanntesten Dachlokale von New York City. Da schließen wir uns euch selbstverständlich an.«

Elisa stöhnte innerlich auf. Als sich der Pulk in Bewegung setzte, blieb sie ein Stück zurück. Das hatte ihr gerade noch gefehlt. Die Lust auf einen mondänen Abend in den New Yorker Bars war ihr gründlich vergangen. Wütend betrachtete sie Erics Rücken, der mitten im Pulk der Flugbegleiterinnen mal wieder den Hahn im Korb gab. Auf einmal war Roy wieder an ihrer Seite.

»Weißt du was?«, sagte sie zu ihm. »Ich komm gerne mit dir. Was wird denn gespielt? Nein, warte. Ich lass mich einfach überraschen.«

Sie waren alle in demselben Hotel untergebracht, und als Elisa in dem eleganten schwarzen Kleid, das sie stets bei sich hatte, wenn sie eine der internationalen Metropolen anflogen, in die Lobby kam, wartete Roy bereits auf sie. Eilig gingen sie auf eines der Taxis zu, die vor dem Hotel warteten. Sie waren spät dran, der Transfer vom John-F.-Kennedy-Flughafen nach Manhattan hatte länger gedauert denn je, und Roy bat den Fahrer, so schnell zu fahren wie nur möglich.

»Wenn ihr's eilig habt, solltet ihr die Metro nehmen«, lautete dessen lakonische Antwort.

Elisa ließ sich in den durchgesessenen Kunstledersitz sinken und schloss die Augen. Lena hatte angekündigt, Sabrina zur Schnecke zu machen, doch Elisa hatte ihr das ausgeredet. Schließlich brauchte nicht die gesamte Crew zu wissen, dass sie gerade von Eric abserviert worden war. Ihr war die Lust auf das fröhliche Geschnatter ihrer Kolleginnen sowieso vergangen. Auf einmal merkte sie, wie müde sie eigentlich war. Hätte sie besser im Hotel bleiben sollen?

Das Taxi stoppte. Elisa öffnete die Augen und sah sich um. Während Roy bezahlte, stieg sie aus und fand sich in Midtown Manhattan wieder, nur zwei Blocks vom Central Park entfernt in der 7. Avenue Ecke 57. Straße. Alles kam ihr so bekannt vor.

Natürlich, sie standen direkt vor einem prächtigen Backsteinge-
bäude im Stil der Neorenaissance, wie es Ende des 19. Jahrhun-
derts modern gewesen war. Beklommen betrachtete Elisa den
Haupteingang mit den fünf rund gewölbten Portalen über dem
beleuchteten Vordach. Die Carnegie Hall.

»Was ist?«, fragte Roy und musterte sie besorgt. »Ist dir nicht
gut?«

»Alles bestens«, erwiderte sie und starrte auf die weit geöffneten Türen.

»Wir sollten uns beeilen«, drängte Roy. »Es ist schon fünf nach
acht. Himmel, hoffentlich lassen sie uns überhaupt noch auf unsere Plätze.«

Wie benommen folgte Elisa ihm in das ehrwürdige Konzertge-
bäude, über die mit roten Teppichen ausgeschlagenen Treppen hinauf zum Foyer. Mit jedem Detail kam die Erinnerung zurück …

»Schnell«, rief ihnen eine Platzanweiserin zu und nahm Roy
die Karten aus der Hand, um sie dann im Eilschritt zur richtigen Tür zum Parkett zu bringen. Das Herz schlug Elisa bis in den
Hals, während missbilligend dreinblickende Besucher ihretwegen
aufstehen mussten, um sie zu ihren Plätzen in der Mitte der zehn-
ten Reihe durchzulassen.

Und da saß sie nun auf einem der rot gepolsterten Sitze. Auf
der riesigen Bühne, die Platz für ein ganzes Orchester samt großem Chor bot, stand ein einziger Stuhl, auf den ein Spotlight
gerichtet war. Ein Soloabend. Elisas Hals war wie ausgetrocknet.
Applaus brandete auf, und eine zierliche Gestalt betrat die Bühne.
Elisa glaubte zu träumen. Eine junge Frau, nein, eher ein Teenager, trat an die Rampe und verbeugte sich. Ihre rechte Hand umfasste den Hals eines Cellos.

Elisa war, als blicke sie durch einen Spiegel in die Vergangenheit und sah sich selbst. Die junge Frau setzte sich und pla-
zierte den Dorn am unteren Ende ihres Instruments in den dafür

vorgesehenen Halter am Boden. Nahm ihr Cello zwischen die Knie, überprüfte die Spannung des Bogens. Dann besann sie sich einen Moment – und begann zu spielen.

Roy drückte Elisa einen der Programmzettel in die Hand, die ihm wohl die Platzanweiserin gegeben hatte. PREISTRÄGERKONZERT DES INTERNATIONALEN CELLO-WETTBEWERBS, las sie, darunter den Namen der jungen Frau und die Stücke, die sie spielte. Elisa hätte den Zettel nicht gebraucht, sie kannte das Programm in- und auswendig. Denn sie hatte einmal selbst dort oben gesessen, auf genau dieser Bühne. Ebenso wie die Künstlerin heute hatte sie zunächst die zwölf halsbrecherischen Capricci des Cello-Virtuosen Alfredo Piatti gespielt, die bei dieser Art von Wettbewerben Standard waren, ebenso wie die Solosuiten von Johann Sebastian Bach. Sie warf einen Blick auf den Programmzettel – ja, es war genau das Stück, das auch sie damals ausgesucht hatte.

Elisa saß starr auf ihrem Stuhl. All die Jahre hatte sie versucht, diesen Tag zu vergessen, und tatsächlich hatte sie lange Zeit überhaupt nicht mehr an die Ereignisse von damals gedacht. Hatte diesen Moment, der ihr Leben für immer in eine andere Richtung katapultiert hatte, aus ihrer Erinnerung gelöscht. Diese fürchterliche Schmach, die Verwirrung, in die sie gestürzt war, die vielen schlaflosen Nächte, in denen sie diesen einen Augenblick immer und immer wieder aufs Neue durchlebt hatte, ihren Zusammenbruch und die Wochen in einer Klinik, in der außer ihr nur überarbeitete und ausgebrannte Erwachsene gewesen waren, die sich nicht vorstellen konnten, wie es möglich war, dass bereits eine Sechzehnjährige an diesen Punkt gelangte. Und dann war eine Zeit gekommen, während der sie sich das selbst nicht mehr hatte erklären können.

Jetzt allerdings wusste sie es wieder, fühlte die Panik in sich aufsteigen, langsam und unaufhaltsam, so als säße wieder sie dort oben und nicht das fremde Mädchen, sie, Elisa Maria Eschbach, und müsste sich beweisen. Ihre Hand, die den Programmzettel hielt, war eiskalt und gleichzeitig schweißnass und hielt das Papier viel zu fest. Wie war es möglich, dass sie nach all den Jahren noch immer jede einzelne Note kannte, so vertraut waren ihr die Melodien. Unaufhaltsam wie ein Uhrwerk nahm die Musik ihren Lauf, und irgendwann hatte die junge Cellistin die Capricci mit Bravour beendet. Der Applaus erhob sich wie eine Woge.

»Gefällt es dir nicht?«, raunte Roy ihr besorgt zu, als sie nicht klatschte.

»Doch, doch«, murmelte sie und bemühte sich, ihre Hände aus der Erstarrung zu lösen.

Nun war die Suite von Bach an der Reihe, ihr Schicksalsstück. Elisa wurde bewusst, dass sie die Komposition seit damals nie mehr gehört hatte. Das war nicht schwierig gewesen, denn sie hatte die Welt der Musik ja vollkommen aus ihrem Leben verbannt. Und doch bemerkte sie nun fasziniert, wie sich die Finger ihrer linken Hand unwillkürlich zu bewegen begannen, als ob sie sich viel genauer an alles erinnern würden als sie selbst. Sie musste ihre rechte Hand auf ihre linke legen, um sie daran zu hindern, die Tonfolgen zu greifen. Etwas begann in ihrem Innern zu vibrieren, ja, sie hatte diese Musik einmal geliebt, sie war lange Zeit ein Teil von ihr gewesen.

Doch in ihre Freude des Wiedererkennens mischte sich sogleich jenes andere Gefühl, so als würde eine Faust ihren Magen zusammenpressen. Je weiter das Stück voranschritt, umso unerbittlicher wurde der Druck. Jene verhängnisvolle Stelle rückte unaufhaltsam näher, und Elisa fühlte ihr Herz heftig schlagen. Nur noch wenige Takte – sie hielt den Atem an und schloss die Augen. Und dann war alles wieder da.

Sie war sechzehn Jahre alt und saß auf der Bühne der Carnegie Hall, unten im Parkett eine Gruppe von vielleicht dreißig Personen. Die internationale Jury, darunter große Berühmtheiten und andere, von denen Elisa noch nie etwas gehört hatte. Und ganz hinten in der letzten Reihe die imponierende, wohlbekannte Gestalt …

Die Stelle war vorüber, und Elisa atmete auf. Die junge Frau dort vorn auf dem Podium spielte weiter, unfehlbar und mit großer Ausdruckskraft. Sie war wirklich gut. Nicht wie Elisa, die damals über ein paar Noten gestolpert war und auf einmal nicht mehr gewusst hatte, was sie hier oben eigentlich machte. Und keine Kraft mehr gehabt hatte, den Bogen anzuheben und einfach weiterzuspielen. Keine Kraft mehr für irgendetwas …

»Du wirst doch nicht krank werden?«, fragte Roy, als sie den Saal für die Pause verließen. Ein großer Orchesterumbau auf der Bühne stand an, in der zweiten Hälfte würde die Preisträgerin Schumanns Cellokonzert spielen. Elisa schüttelte den Kopf.

»Nur Kopfschmerzen«, schwindelte sie. »Bitte lass dir von mir nicht den Abend verderben. Ich nehm ein Taxi und leg mich im Hotel aufs Ohr.«

Mitten in der Nacht läutete ihr Handy. Sie hatte eine Ewigkeit nicht einschlafen können, wieder und wieder hatte sie die Szene im Konzertsaal durchlebt, bis sie sich in ihren Träumen mit den Ereignissen von damals vermischt hatte. Vollkommen gerädert nahm sie den Anruf an. Es war ihre Mutter, und zuerst verstand sie kein Wort von dem, was sie sagte.

»Bitte, Mama«, sagte sie und musste sich räuspern. »Weißt du eigentlich, wie spät es ist?«

»Natürlich«, antwortete ihre Mutter erstaunt. »Zehn Uhr. Schläfst du etwa noch?«

»Ich bin in New York.« Elisa nahm einen Schluck Mineralwasser. »Egal was los ist, hat das nicht Zeit bis morgen?«

»Tut mir leid«, hörte sie ihre Mutter schuldbewusst sagen. »Natürlich hat das Zeit bis morgen. Wann kann ich dich denn am besten erreichen?«

Elisa war jetzt wach genug, um zu hören, wie aufgewühlt ihre Mutter klang. Sie hatten ein inniges Verhältnis zueinander, auch wenn sie sich selten sahen.

»Warte«, unterbrach Elisa sie. »Jetzt bin ich sowieso schon wach. Was gibt es denn?«

»Niklas hatte einen Schlaganfall«, platzte es aus ihrer Mutter heraus. »Er liegt in einer Privatklinik in Lugano. Eben kam der Anruf.« Elisa schwieg betroffen. Sie und ihre Mutter sprachen nicht mehr über Elisas Großvater, schon seit langer Zeit nicht mehr. Daran, wer schlussendlich den Kontakt abgebrochen hatte, konnte sie sich nicht mehr erinnern. Niklas Eschbach war kein einfacher Mensch. Entweder, man tat, was er wollte, oder man verbannte ihn am besten gleich aus seinem Leben.

»Und jetzt?«, fragte sie in die Stille hinein. »Wirst du hinfahren?«

»Nein«, kam es wie aus der Pistole geschossen zurück. »Du weißt, dass ich das nicht kann. Ich wollte dich fragen, ob du vielleicht …«

»Ich?« Elisa war mit einem Mal hellwach. Wenn sie die Augen schloss, sah sie wieder seine unverkennbare große Silhouette ganz hinten im Parkett der Carnegie Hall sitzen. Wie stellst du dir das vor?, wollte sie fragen.

»Hör zu, ich weiß, was du fühlst«, hörte sie ihre Mutter sagen. »Mit mir hat er damals doch dasselbe gemacht. Mich hat er zu Höchstleistungen an der Geige getrieben und dich … na ja, das ist alles lange her. Und jetzt ist er alt und braucht Hilfe.«

Dann fahr *du* doch hin, dachte Elisa trotzig.

»Ich kann das nicht«, sagte ihre Mutter, als hätte sie ihre Gedanken gehört. »Du weißt doch, wie fürchterlich wir uns zerstritten haben. Es würde ihn nur aufregen, mich zu sehen. Bei dir ist es etwas anderes.«

»Ist er denn überhaupt bei Bewusstsein?«, wandte Elisa ein.

»Ich weiß es nicht«, antwortete ihre Mutter. »Aber falls nicht, wacht er irgendwann auf und regt sich schrecklich auf, wenn er mich sieht.«

»Als ob ihn mein Anblick nicht auch aufregen würde.«

»Das ist etwas anderes«, wiederholte ihre Mutter sanft. »Ich bin sicher, nach allem, was damals passiert ist, hat er dir gegenüber ganz bestimmt ein schlechtes Gewissen.« Und als Elisa nicht antwortete, fügte sie hinzu: »Hör zu, Liebes, du würdest mir einen Riesengefallen tun.«

»Und was genau stellst du dir vor?«

»Fahr hin und sieh nach, wie es um ihn steht«, bat ihre Mutter.

»Er wird doch nicht sterben …«, sagte Elisa leise, mehr zu sich selbst.

Einen Moment lang war es still zwischen ihnen. Dann hatte ihre Mutter sich wieder gefangen.

»So schnell stirbt Niklas nicht«, versicherte sie mit fester Stimme. »Und falls es tatsächlich so schlimm um ihn stehen sollte, dann komme ich natürlich.«

»Na gut.« Elisa seufzte.

»Wann kannst du dort sein?«

»Ich muss zuerst auf meinem Flugplan nachsehen.«

»Ja, klar.« Die Erleichterung war ihrer Mutter deutlich anzuhören. »Du bist ein Schatz, Elisa. Ich bin dir sehr dankbar.«

Um ihre Nachtruhe war es nun geschehen. Nachdem sie sich eine Stunde lang hin- und hergewälzt hatte und ihr bewusst geworden war, wie leid sie es im Grunde war – bei aller Begeisterung für ihren Beruf –, jede Nacht in einem anderen Bett zu schlafen, stand sie auf und zog sich an. Es war kurz nach vier, und sie fühlte sich wie gerädert. Um acht musste sie wieder am Flughafen sein, es blieb ihr also einige Zeit, die sie totzuschlagen hatte.

Sie checkte aus dem Hotel aus, ließ sich ein Taxi rufen und

nach Coney Island fahren. Während sie in Soho nach Westen abbogen, um am Hudson River entlang in Richtung Battery Tunnel zu fahren, dämmerte langsam der Morgen. Um diese frühe Stunde war selbst in einer Stadt wie New York, deren Puls niemals erlosch, kaum Verkehr. Ein paar einsame Straßenkehrmaschinen zogen ihre Bahnen.

Fasziniert sah Elisa zu, wie der Tag anbrach, als sie in Brooklyn den Tunnel wieder verließen und auf dem Shore Parkway entlang der New York Bay immer weiter in Richtung Süden fuhren. Es war Juni, der Tag versprach, heiß zu werden, noch wehte eine leichte Brise, als sie sich bei dem berühmten Luna Park absetzen ließ.

Mit müden Augen betrachtete sie die aus zahlreichen Filmen vertraute kunterbunte Szenerie mit den Karussells, dem legendären Riesenrad und der Thunderbold-Achterbahn. Der einsame Strand schien um diese Zeit den Möwen zu gehören. Elisa zog ihre Schuhe aus und wanderte auf dem noch nachtkühlen Sand den Meeressaum entlang. Versuchte, einen klaren Kopf zu bekommen. Dass sie am Abend zuvor zufällig in das Preisträgerkonzert gestolpert war, das vor sechzehn Jahren eigentlich sie hätte spielen sollen, kam ihr beim erwachenden Licht des neuen Tages vollkommen surreal vor. Was für ein merkwürdiger Zufall, dass ihr Großvater ausgerechnet jetzt einen Schlaganfall erlitten hatte. Überhaupt war es für sie schwer vorstellbar, dass dieser Mann, stark, massiv, riesengroß wie ein knorriger Baum, von so etwas Banalem wie einem Schlaganfall gefällt werden konnte.

Ein paar Möwen flogen keckernd und schimpfend vom Strand auf und zogen ihre Kreise über den Wellen. In einer Sandkuhle lag ein kleiner, einarmiger Teddybär, der schon bessere Tage gesehen hatte. Der Himmel nahm die Farbe von Blutorangen an, ein paar Wolkenfäden am Horizont flammten lila auf.

Elisa blieb stehen und sah sich um. Hinter ihr erleuchtete die aufgehende Sonne einen fast schon türkisblauen Himmel. Zeit, zurückzugehen. Zeit, eine Entscheidung zu treffen. Zeit, dass sie sich wie eine Erwachsene verhielt und nicht mehr wie ein Mädchen, das beim größten Musikwettbewerb der Welt versagt hatte.

Damals hatte sie alle ihre Stücke auswendig gespielt, und natürlich brauchte sie auch heute keinen Plan, um zu wissen, wohin sie ihre Arbeit in den nächsten Tagen führen würde. Sie hatte lediglich ein bisschen Zeit gewinnen wollen, nachdem ihre Mutter sie dermaßen überrumpelt hatte. Aber sie wusste genau, dass sie der heutige Rückflug über Mailand führen würde. Und dass sie danach fünf Tage frei hatte.

Das war noch ein Aspekt, den Elisa am Langstreckenfliegen so schätzte: Eine Reihe von anstrengenden Tagen und Nächten, die sich durch die Zeitverschiebung ineinander verflochten und wenig Schlaf zuließen, wechselte sich mit Erholungsphasen ab. Als sie zehn Stunden später in Mailand-Malpensa landeten, war es 22 Uhr Ortszeit. Sie verabschiedete sich von ihrer Crew, von der jeder zu seinem Heimatflughafen weiterflog. Elisa allerdings würde hier übernachten und am nächsten Morgen in aller Frühe mit einem Mietwagen nach Lugano fahren.

Sie brauchte fast doppelt so lange als die von ihrem Navigationssystem angekündigte Stunde nach Lugano. Denn auf der Stadtautobahn rund um Mailand hatte sich eine einzige zähfließende Autokolonne gebildet, und erst nach einer Dreiviertelstunde konnte sie in Richtung Norden abbiegen. Bei Gaggiolo überquerte sie die Grenze und war endlich im Tessin, dem südlichsten Zipfel der italienischen Schweiz.

Elisa war nervös. Sie hoffte, dass ihre Mutter recht behalten würde, dass Niklas ihrer Hilfe nicht bedurfte und sie rasch wieder aus seinem Leben verschwinden konnte. Aber hätte sich dann überhaupt jemand aus der Klinik bei der Tochter des Patienten gemeldet?

Vor der Ponte Diga, dem Seedamm, der Melide mit Bissone auf dem anderen Ufer des Luganer Sees verband, staute sich der Verkehr erneut. Baustellenfahrzeuge blockierten eine der Spuren, ungeduldige Autofahrer trommelten auf ihren Lenkrädern, hier und dort wurde gehupt. Dennoch konnte Elisa sich dem Zauber der Landschaft, die sie umgab, nicht entziehen. Und als sie endlich den Seedamm erreichte, wusste sie kaum, wohin sie zuerst schauen sollte – auf das türkis glitzernde Wasser des Sees, auf die bewaldeten, steil aufragenden Hänge des Monte Arbòstora oder zu den bezaubernden Villen, die das Seeufer säumten.

Es war kurz nach elf, als sie den Mietwagen auf dem Parkplatz der Privatklinik abstellte. Sie trank von dem Mineralwasser, das sie mitgenommen hatte, saß einfach nur da und überlegte, was sie jetzt wohl erwartete. Als ihr Handy klingelte, schrak sie zusammen. Es war ihre Mutter.

»Bist du dort?«, fiel sie mit der Tür ins Haus. »Wie geht es ihm?«

»Im Moment bin ich angekommen«, antwortete Elisa und sah hinüber zum Eingang des Krankenhauses. »Ich geh jetzt rein.« Kurz war es still zwischen ihnen. »Weißt du was?«, fuhr Elisa fort. »Ich melde mich, wenn ich mehr weiß. Ja? Bitte ruf jetzt nicht jede halbe Stunde an.«

»Okay, okay«, antwortete ihre Mutter kleinlaut. »Ich bin nur … Ich mach mir Sorgen.«

Warum kommst du dann nicht her?, dachte Elisa und biss sich auf die Zunge. Stattdessen sagte sie: »Es wird schon nicht so schlimm sein. Ich ruf dich an.«

»Elisa?«, hörte sie ihre Mutter sagen.

»Ja?«

»Danke, dass du das machst.«

»Ist doch klar. Bis später, Mama.«

»Bis später, Liebes.«

Elisa beendete das Gespräch, schaltete ihr Mobiltelefon

vorsichtshalber aus und stieg entschlossen aus dem Wagen. Wie es ihr in all den Jahren als Flugbegleiterin zur Gewohnheit geworden war, kontrollierte sie ihre Kleidung, auch wenn sie an diesem Tag nicht die Uniform trug, sondern ein apricotfarbenes Sommerkleid, das sie vor Kurzem während eines Aufenthalts in San Francisco gekauft hatte, dazu helle Sandalen. Ihr langes blondes Haar hatte sie im Nacken mit einer Spange locker zusammengenommen. Als sie ihr Spiegelbild im Glas der Eingangstür flüchtig sah, fragte sie sich, wie sehr sie sich wohl verändert hatte in den vergangenen Jahren. Und ob Niklas sie überhaupt gleich wiedererkennen würde.

Er lag in einem Einzelzimmer mit Blick auf den See, seine massige Gestalt hob sich unter dem weißen Laken ab. Um ihn herum waren medizinische Apparaturen aufgestellt, die den Raum mit einem verhaltenen Summen erfüllten, ein Infusionsbeutel hing über ihm in einem Gestell und versorgte ihn mit irgendeiner Flüssigkeit. Sein Kopf mit der eindrucksvollen Löwenmähne, die inzwischen fast ganz ergraut war, ruhte auf einem Kissen, die Augen unter den buschigen Augenbrauen waren geschlossen. Viele widersprüchliche Gefühle stürmten auf Elisa ein, als sie ihren Großvater nun nach all den vielen Jahren zum ersten Mal wiedersah.

Der Arzt, der Elisa hereingeführt hatte, trat einen Schritt zurück und bedeutete ihr, ihm nach draußen zu folgen.

»Wir wollen ihn nicht wecken«, sagte er auf dem Flur und warf einen Blick in die Krankenakte in seiner Hand. »Möchten Sie mich in mein Büro begleiten?«

Elisa nahm auf dem Besucherstuhl Platz. In ihren Ohren surrte es leise. Niklas' Anblick hatte sie mehr verstört, als sie erwartet hatte. Auf einmal fühlte sie sich wieder wie das junge Mädchen von früher.

»Wie geht es ihm?«, fragte sie und musste sich räuspern, so belegt klang ihre Stimme.

»Den Umständen entsprechend recht gut«, lautete die Antwort. »Wir haben ihn aus der Intensivstation entlassen können, das ist schon mal ein gutes Zeichen. Viel mehr können wir noch nicht sagen. So ein Schlaganfall ist immer eine höchst individuelle Sache. Manche erholen sich rasch und vollständig. Andere hingegen …«

»Wovon hängt das ab?«, fragte Elisa.

»Von vielen Faktoren«, erklärte der Arzt. »Von der Konstitution des Patienten. Von Vorerkrankungen. Davon, wie rasch er nach dem Apoplex in Behandlung kam. Und natürlich davon, welche Hirnregionen betroffen waren.«

»Glauben Sie, mein Großvater wird wieder gesund?«

Der Arzt hob die Schultern und ließ sie wieder fallen. »Vieles spricht dafür«, sagte er vorsichtig. »Soweit es scheint, war er kerngesund vor dem Hirnschlag. Und er kam auch ohne Zeitverlust in Behandlung. Es gibt also durchaus Grund zur Hoffnung. Mehr kann ich nicht sagen. Aber ich verspreche Ihnen, dass wir unser Möglichstes tun, so wie immer. Bitte hinterlassen Sie Ihre Telefonnummer bei der Stationsschwester, damit wir Sie erreichen können.«

Er erhob sich, und Elisa verstand, dass sie sich damit zufriedengeben musste. Sie begab sich zur Stationsleitung und sprach mit der Schwester, die sie bat, etwas Wäsche für ihren Großvater zu bringen, und hinterließ ihre Handynummer. Als sie wieder auf dem Flur stand, wusste sie nicht so recht, was sie tun sollte. Sie beschloss, noch einmal nach Niklas zu sehen.

Leise betrat sie sein Zimmer. Ihr Herz fing wie wild an zu klopfen, als sie sah, dass er wach war. Sie trat an sein Bett, und ihre Blicke trafen sich.

Seine Augen waren noch immer dieselben, blau wie ein Gletscher in der Sonne. Sie weiteten sich, als er sie sah. Elisa konnte nicht einschätzen, ob vor Freude oder Empörung.

»Wie geht es dir?«, fragte sie leise und griff nach seiner Hand, nach der, in der keine Kanüle steckte. Sie fühlte sich kühl und spröde an, die Haut eines alten Menschen, die lange nicht eingecremt worden war. Er drehte seinen Kopf vollends zu ihr und musterte sie mit großen staunenden Augen. Erkannte er sie nicht und überlegte, wer sie sein könnte?

»Ich bin es«, sagte sie. »Elisa.«

Es klopfte an der Tür, dann wurde sie geöffnet. Ein Mann streckte seinen Kopf ins Zimmer, er mochte in Elisas Alter sein, vielleicht etwas älter. Er trug das dunkle Haar kurz geschnitten, seine braunen Augen unter den kräftigen Brauen wanderten besorgt von Elisa zu Niklas.

»Darf ich?«, fragte er.

Als Elisa vor Überraschung nicht antwortete, nahm er es wohl als Einladung und stand im nächsten Moment auf der anderen Seite des Krankenbetts. »Wie geht es ihm?«

Der Löwenkopf drehte sich langsam in Richtung des jungen Mannes. Ein Strahlen erhellte Niklas Eschbachs Züge. Sein Lächeln spiegelte sich in dem seines Besuchers. »Ach, was bin ich froh«, entfuhr es dem Unbekannten. »Jetzt wird alles wieder gut.«

»Ich bin Fabbio«, sagte der Mann, nachdem die Schwester sie gebeten hatte, den Kranken allein zu lassen. Er reichte Elisa die Hand. Elisa musterte ihn neugierig, während sie sie schüttelte. Fabbio war groß und schlank, seine Augen hatten die Farbe von Haselnüssen. »Und dich hab ich schon mal gesehen«, fuhr er fort.

»Ich bin Elisa«, antwortete sie verwundert. Fabbios Rechte fühlte sich rau an, wie die eines Handwerkers. »Niklas' Enkelin.«

»Natürlich!« Er schlug sich mit der flachen Hand vor die Stirn. »Das Mädchen mit dem Cello.«

Elisa blieb kurz die Luft weg, dann hatte sie sich wieder

gefangen. »Das ist lange her«, sagte sie. »Und wie stehst du zu Niklas?«, fragte sie, während sie langsam Richtung Ausgang gingen.

»Wir sind quasi … Nachbarn«, antwortete er. »Er war gerade bei uns, als es passiert ist. Ich hab den Krankenwagen gerufen.«

»Dann haben wir dir viel zu verdanken«, sagte Elisa. »Wie gut, dass er nicht allein war.«

»Ja, das kann man wohl sagen.« Inzwischen hatten sie das Portal erreicht. Fabbio hielt Elisa höflich die Glastür auf. »Wie lange kannst du bleiben?«

»Ich … ich weiß noch nicht«, stammelte sie. »Auf alle Fälle mal bis morgen oder übermorgen, denke ich. Ich bräuchte dann ein Hotel. Kannst du mir eines empfehlen?«

»Ein Hotel?« Fabbio sah sie verblüfft an. »Aber nein. Du kannst doch in der Villa wohnen, da ist Platz genug.«

»Aber ich hab keinen Schlüssel und überhaupt …«

»*Wir* haben einen Schlüssel«, fiel ihr Fabbio ins Wort. Er sah auf die Uhr. »Aber ich muss mich leider beeilen, um zwei Uhr kommt ein Kunde. Hier …« Er zog einen umfangreichen Bund aus der Tasche und löste zwei Schlüssel heraus. »Der hier ist für das Tor. Und der andere für das Haus. Du kennst den Weg?«

»Ähm, ich bin nicht sicher. Ich war schon lange nicht mehr dort«, gab Elisa zu.

»Dann fahr mir einfach hinterher. Kurz vor dem Haupttor biege ich ab. Alles klar?«

Der Weg führte am Seeufer entlang in Richtung Süden, an der Seebrücke vorbei und stieg schließlich in Serpentinen den Monte Arbòstora hinauf. Langsam kehrte Elisas Erinnerung zurück, und spätestens, als sie das Bergdorf Morione erreicht hatten, erkannte sie alles wieder. Die Villa ihres Großvaters lag etwas oberhalb des Ortes inmitten eines eigenen wunderschönen Parks, der von hohen Mauern umschlossen war. Als Fabbio fröhlich hupend auf einen unbefestigten Weg linker Hand abbog, sah sie den Torbogen mit den schmiedeeisernen Flügeltüren am Ende der Sackstraße bereits vor sich.

Sie stieg aus und öffnete das Tor. Während sie ihren Wagen in die Einfahrt lenkte, kam sie sich vor wie ein Eindringling. Ob es Niklas recht war, dass sie hier Quartier bezog? Nachdem er Fabbio sofort erkannt und sich über seinen Anblick so gefreut hatte, war sie sich nicht mehr sicher, wie sie seinen konsternierten Blick, mit dem er sie gemustert hatte, deuten sollte. Besonders glücklich hatte er jedenfalls nicht gewirkt.

Sie hob das leichte Rollköfferchen aus dem Wagen und trug es über den Kiesweg zum Eingang. Eine Freitreppe mit fünf Stufen führte zum Portal. An beiden Seiten lief das steinerne Geländer in einer Schneckenform aus, die dem Hals eines Streichinstruments nachempfunden war.

Elisa schloss die mächtige Eingangstür auf und betrat das Vestibül. Gedämpftes Licht fiel durch die Fenster, streifte den aus verschiedenfarbigen Terrakottafliesen gestalteten Fußboden und zauberte Lichtreflexe auf die Treppe mit dem Geländer aus edlem Rosenholz, die in den ersten Stock führte. Dort oben befanden sich die Schlafräume, auch das Zimmer, in dem Elisa früher während ihrer häufigen Besuche gewohnt hatte. Und eigentlich wusste sie auch, dass es besser wäre, auf dem direkten Weg dorthin zu gehen. Mit etwas Glück würde sie frische Wäsche finden und ihr Bett beziehen und sich dann nach der langen Arbeitswoche so richtig ausschlafen. Und doch stellte sie zuerst den Koffer ab, ging auf die mit Schnitzereien verzierte Flügeltür zu, von der sie wusste, dass hinter ihr der größte und wichtigste Raum des gesamten Hauses lag, Niklas Eschbachs Lebensmittelpunkt – das Musikzimmer.

Sie drückte die Klinke nieder und stemmte sich wie früher gegen das Türblatt. Wunderte sich, dass sie es längst nicht mehr als so schwer empfand wie früher. Der Saal allerdings war noch immer eindrucksvoll. In seiner Mitte stand schwarz glänzend der Konzertflügel auf einem Orientteppich, der gut und gern vier auf fünf Meter maß, umrahmt von mehreren schwarzen Ledersesseln. Durch fünf bodentiefe Fenstertüren sah man auf eine Terrasse hinaus und auf den Luganer See weit unten im Tal, der in der Mittagssonne glitzerte.

Wie magisch angezogen ging Elisa zum Flügel. Auf dem Notenpult war die Partitur einer Sinfonie von Beethoven aufgeschlagen, daneben ein Bleistift und eine Lesebrille. Es roch nach Harz und Sandelholz und nach dem dezenten Aftershave ihres Großvaters. Kein Stäubchen lag auf dem Lack des Instruments, in dem sich die Deckenleuchte aus Muranoglas spiegelte. Unschlüssig drehte Elisa sich um und wollte gerade ihr altes Kinderzimmer aufsuchen, als ihr Blick auf die Wand neben dem Kamin fiel, die voller gerahmter Fotografien war. Niklas, in allen möglichen Posituren beim Dirigieren. Niklas mit berühmten Dirigentenkollegen und anderen Stars. Eines zeigte ihn mit Placido Domingo, ein anderes mit dem Geiger Yehudi Menuhin.

Wie eitel er doch noch immer ist, dachte sie und verließ das Musikzimmer. Kein einziges Bild, auf dem er nicht zu sehen war.

Sie nahm ihren Koffer und ging entschlossen die Treppe hinauf. Auf der Balustrade im Obergeschoss angekommen, blieb sie wie angewurzelt stehen. Früher hatten hier zwischen den vier Schlafzimmertüren alte Stiche mit historischen Instrumenten gehangen. Heute befanden sich dort Fotografien. Elisas Magen begann zu flattern. Denn es war sie selbst, die ihr aus den Rahmen entgegenblickte. An den Wänden hingen vier Fotografien aus vier verschiedenen Jahren, und auf jedem hielt sie glücklich strahlend ihr Cello umarmt.